AF289792

plaisir
d'amour

Rhenna Morgan
HIS TO DEFEND
NOLA Knights

Ins Deutsche übertragen
von Jazz Winter

Rhenna Morgan
NOLA Knights: His to Defend

Aus dem Amerikanischen ins Deutsche übertragen
von Jazz Winter

© 2019 by Rhenna Morgan unter dem Originaltitel
„His to Defend (NOLA Knights #1)"
© 2020 der deutschsprachigen Ausgabe und
Übersetzung by Plaisir d'Amour Verlag, D-64678
Lindenfels
www.plaisirdamour.de
info@plaisirdamourbooks.com
© Covergestaltung: Sabrina Dahlenburg (www.art-
for-your-book.de)
© Coverfoto: Shutterstock.com
ISBN Print: 978-3-86495-485-6
ISBN eBook: 978-3-86495-486-3

Dieses Werk wurde im Auftrag von Harlequin Books
S.A. vermittelt durch die Literarische Agentur
Thomas Schlück GmbH, 30161 Hannover.

Widmung

Für diejenigen von euch, die im Moment durch harte Zeiten gehen müssen. Vergesst nicht, dass die dunklen Wolken vorbeiziehen, die Schmerzen letztendlich nachlassen werden und das Licht von Glück irgendwann wieder auf euch niederscheinen wird. Bis dahin, setzt einen Fuß vor den anderen und glaubt an die märchenhaften Enden: „… und sie lebten glücklich und zufrieden bis an ihr Lebensende". Es gibt sie wirklich.

Kapitel 1

$480.

Evette packte den Scheck ihres ehemaligen Arbeitgebers fester zwischen ihren Fingern und starrte auf das Logo der Reinigungsfirma in der oberen Ecke. An jedem anderen Freitag hätte das Geld so etwas wie eine gewisse Sicherheit für sie und ihren Sohn Emerson bedeutet. Einen Schritt mehr aus dem Chaos, das sie in ihrem Leben verursacht hatte. Die unerwartete Entlassung heute, die mit ihrer wöchentlichen Bezahlung gekommen war, fühlte sich wie ein Schlag in den Magen an. Schon wieder eine Hürde, die es zu überwinden galt. Seit Jahren war es so, als würde sie einen Spießroutenlauf absolvieren, ohne die Ziellinie überhaupt sehen zu können.

Vielleicht sollte sie sich einen Reinigungsjob in einem der Hotels ergattern. Im French Quarter gab es bei Gott jede Menge davon, und sie könnte sichergehen, dass sie dort regelmäßige Schichten arbeiten könnte. Sie hatte allerdings keine Ahnung, wie sie das vor Montag schaffen sollte, denn es war bereits sechzehn Uhr dreißig am Freitagnachmittag. Schnell etwas zu finden, war die einzige Möglichkeit, diesen Rückschlag wieder auszugleichen, sonst wäre sie gezwungen, an die Ersparnisse für Emersons Schulbildung zu gehen. Ebenso gab es da noch eine weitere Hürde: Wenn der neue Arbeitgeber bei ihrem ehemaligen anrufen würde, käme heraus, dass sie wegen eines Sicherheitsproblems gefeuert worden war.

Nicht. Gut.

Der Ziehharmonikabus schwang auf die Tulane Avenue und fuhr Richtung Stadtmitte. Evies Laune sank noch ein wenig mehr. Hätte ihr in jungen Jahren jemand erzählt, dass sie im Alter von achtundzwanzig als Alleinerziehende in einer der schlimmeren Gegenden von New Orleans leben würde, hätte sie demjenigen ins Gesicht gelacht. Sie würde als Mode-Einzelhändlerin arbeiten – oder wenigstens irgendeine Karriere in der Modebranche haben. Sie würde die Welt bereisen. Dinge sehen. Menschen kennenlernen. Als Abenteurerin durch ihr Leben gehen und alles in sich aufsaugen.

Doch dann war ihre Mutter gestorben und sie geriet auf die schiefe Bahn.

Evie seufzte und rutschte auf der harten Plastikbank etwas tiefer, während die heruntergekommenen Geschäfte, Bars und Restaurants wie verschwommen an ihr vorbeizogen und die Vibrationen des Busmotors sie bis ins Mark erschütterten.

Sieben Mal niedergeschlagen und acht Mal wieder aufgestanden.

Hätte sie jedes Mal einen Dollar dafür bekommen, wenn ihre Momma das gesagt und Evie selbst es in den letzten acht Jahren wiederholt hatte, würde sie jetzt in einem Porsche in den Garden District fahren statt mit dem öffentlichen Bus zu einem kaum bewohnbaren Apartment.

Aber ihre Momma hatte es immer irgendwie geschafft.

Meistens.

Sie hatte Evie, trotz ihrer turbulenten vorpubertären Teenagerzeit und Daddys Tod, allein großgezogen und hatte es so leicht aussehen lassen. Erst nachdem Emerson ein Jahr alt geworden war, hatte Evie den Mut aufgebracht, einige der Tagebücher ihrer Mutter zu lesen, und hatte festgestellt, wie groß die Herausforderung tatsächlich für sie gewesen sein musste. Wie viel sie aufgegeben hatte und wie allein sie sich in jeder Sekunde gefühlt hatte.

Jetzt verstand Evie es. Sie erlebte selbst, welche Opfer ihre Mutter für sie hatte bringen müssen.

Und sie hatte alles weggeworfen, während sie sich in ihrer Trauer verkrochen hatte.

Entschlossenheit und eine Menge Sturheit gaben ihr einen neuen Energiekick und brachten sie dazu, sich in ihrem Sitz aufzurichten. Selbstmitleid war genau das, was sie erst in diese Situation gebracht hatte. Sie würde den Teufel tun, ehe sie wieder dort hineingeraten würde. Frauen der Labadie-Familie warfen niemals alles hin. Gaben nie auf. Sie stellten sich den Dingen, denen sie sich zu stellen hatten, und sie taten es mit einem Lächeln im Gesicht. Vielleicht würde sie einen Weg finden, Emerson und ihr selbst die Welt zu Füßen legen zu können. Möglicherweise musste sie nur eine Weile länger sparen und etwas kreativer werden, um es zu schaffen.

Die Bremsen des Busses quietschten und die alte Dame neben ihr fiel gegen sie.

Evie spannte sich an, um sie beide im Sitz zu halten, und lächelte auf ihre Mitfahrerin hinab. „Steigen Sie hier aus, Ms. Arnold? Sie wissen doch, *Dorothy's* Freitagsangebote sind die Besten in der Woche."

Ms. Arnold warf ihr ein strahlendes Lächeln zu und presste ihre Einkaufstasche fester gegen ihre Brust. Ihre blauen Augen mochten vielleicht in den letzten Jahren ein wenig trüber geworden sein und die Falten in ihrem Gesicht etwas tiefer, aber ihr liebevolles Herz war genauso stark wie eh und je.

„Nein, nein, Evette. Der Weg zum Lebensmittelladen ist nicht mehr so einfach, wie er einmal war. Es ist besser, wenn ich meine müden Knochen nach

Hause schaffe, bevor es dunkel wird."

Eine kluge Entscheidung. Besonders in diesem Teil der Stadt, wo eine Frau wie Ms. Arnold ein gefundenes Fressen für Räuber wäre.

Nachdem Evie sicher war, dass die ältere Frau ihre Balance wiedergefunden hatte, erhob sie sich, schulterte ihre Handtasche und unternahm einen weiteren Versuch, dieselbe Diskussion mit der Nachbarin zu führen, die sie seit einem Jahr mit ihr führte. „Sieht so aus, als sollten Sie diesen schicken Lebensmittelbringdienst nutzen, den alle anderen Anwohner verwenden, um ihre Besorgungen zu erledigen. Es wäre viel weniger stressig."

Ms. Arnold hob ihr Kinn ein bisschen höher und wurde zum Inbegriff einer Südstaatenfrau mit eisernem Kern. „Selbstversorgung ist ein Privileg für mich. Das werde ich solange tun, wie der liebe Gott mich lässt." Sie nickte in Richtung der Bustüren. „Besser, Sie machen sich selbst auf den Weg zu *Dorothy's* und ihrem gut aussehenden Jungen."

Verdammt. Schon wieder mundtot gemacht worden. „Na gut, aber glauben Sie nicht, dass wir nicht auch das nächste Mal darüber reden werden."

„Ich freue mich darauf, hübsches Mädchen."

Evie schüttelte den Kopf und ging zu den Türen.

„Evette." Ms. Arnolds scharfer Tonfall brachte sie dazu, innezuhalten. Sie wartete, bis Evie ihren durchdringenden Blick erwiderte, ehe sie weitersprach. „Es wird alles gut werden. Was immer es auch sein mag … es wird Sie nicht kleinkriegen. Vergessen Sie das nicht."

Evettes Kehle zog sich zusammen, und Tränen drohten ihr die Sicht zu vernebeln. Vielleicht würde sie nie mehr die Gelegenheit haben, Ms. Arnold die

Anfahrt mit dem Bus zum Lebensmittelladen auszureden. Jedenfalls nicht, wenn ihr nächster Job nicht auch in derselben Gegend lag, in der sie bisher gearbeitet hatte. Sie umschloss das Geländer neben den steilen Stufen mit einer Hand fester und zwang sich zu einem Lächeln, das sie nicht im Geringsten fühlte. „Machen Sie sich keine Sorgen, Ms. Arnold. Es braucht mehr als einen oder zwei Tritte, um mich runterzuziehen."

Die ältere Dame nickte, als hätte sie eine solche Antwort erwartet, und kehrte dann dazu zurück, aus dem gegenüberliegenden Fenster zu starren. „Gutes Mädchen. Und nun gehen Sie schon zu Ihrem Jungen und sagen Sie Dorothy ‚Hallo' von mir."

Die Temperatur draußen lag bei fast neunundzwanzig Grad. Eigentlich gar nicht so unangenehm, dafür, dass es bereits Ende September war. Doch die Luftfeuchtigkeit des Golfstroms und der ergiebige Regen von letzter Nacht im Quarter machten das Ganze nicht wirklich zu einem angenehmen Spaziergang auf den Straßen. Sie eilte an dem albernen Souvenirgeschäft, einem Gemischtwarenladen und einem Pub vorbei. Letzterer entließ einen leichten Hauch von Zigarettengeruch auf den Bürgersteig, obwohl die Tür geschlossen war, um die kühle klimatisierte Luft drin zu behalten. Am Ende der Straße stand *Dorothy's Diner* wie ein Leuchtturm im Viertel. Der Eingang lag direkt an der Ecke. Zwei große Fenster von etwa dreieinhalb Metern Länge erstreckten sich zu beiden Seiten, damit vorbeischlendernde Passanten einen guten Blick auf die Menschenmenge darin bekamen.

Und es gab stets eine Menschenmenge bei *Dorothy's*. Wenn es um Diners ging, war das hier eine

Institution. Ein Zufluchtsort inmitten der Hölle und ein Stückchen Himmel voller Seelenfutter in einem.

Wie immer saß Emerson auf dem Barhocker, der der Eingangstür am nächsten war, an der Theke im Soda-Shop-Stil. Seine Schultern waren etwas nach vorn gebogen und seine Unterarme umrahmten seinen Teller, als wäre er ein Linebacker, der sein Essen verteidigen müsste. Sein dunkelblondes Haar rührte eher aus der Familienlinie ihres Vaters her, war ein wenig zu lang und wie bei allen siebenjährigen Jungs nach einem langen Schultag total zerzaust. Doch sein Gesichtsausdruck war leer. Seine haselnussbraunen Augen waren zu gleichgültig für jemanden, der so jung war wie er.

Sie zwang sich zu einem weiteren falschen Lächeln und schob die Glastür auf. Die Glocke oberhalb der Tür gab ein fröhliches Klingeln von sich und zwei oder drei Bedienungen riefen ihr eine Begrüßung zu.

Evie winkte ihnen freundlich zu, ging aber direkt zu ihrem Kind und verstrubbelte dessen Haar ein wenig mehr. „Hey, Champ. Wie war die Schule?"

Nur für einen kurzen Moment erwiderte ihr Sohn ihren Blick. Nur der Hauch eines Lächelns zeigte ihr, dass irgendwo tief da drin noch dieses kleine Kind steckte, das sich vor nicht allzu langer Zeit unschuldig auf ihrem Schoß zusammengerollt hatte. Die Offenheit war mit einem Augenblinzeln wieder verschwunden, und mit einem mürrischen Blick, den sie wirklich zu hassen begonnen hatte, sah er zurück auf den Teller voller Putenfleisch mit Soße. „Ein Tag wie immer."

„Ja, aber es ist *Freitag*, und jeder weiß doch, dass Freitage besser als alle anderen Tage sind." Sie ließ sich auf dem Barhocker neben Emerson nieder und stellte ihre Handtasche neben ihren Füßen auf der erhöhten Stufe ab. „Ist irgendetwas Besonderes passiert?“

Emerson schüttelte den Kopf.

„Irgendwelche überraschenden Tests?“

Wieder ein Kopfschütteln.

„Irgendwelche niedlichen Mädchen getroffen?“

Daraufhin hob er seinen Kopf und starrte sie an, als ob er hin- und hergerissen wäre, ohne sie nach Hause zu gehen oder ihr vorzuschlagen, dass sie ihr Gehirn mal untersuchen lassen sollte.

„Nun, wenigstens das hat deine Aufmerksamkeit erregt“, sagte sie. „Weißt du, als ich in deinem Alter war, konnte meine Momma mich nicht dazu bringen, die Klappe zu halten.“

Emerson schob eine Bohne, die sich zu nah an seine Soße verirrt hatte, zurück in ihr Exil auf der anderen Seite des Tellers. „Gibt keinen Grund zu reden, wenn nichts los war.“

„Hmm.“ Sie kreuzte ihre Arme und tat so, als würde sie die anderen Gäste im Diner beobachten, während sie sich den Kopf darüber zerbrach, wie sie mit ihrem Sohn umgehen sollte. Er mochte erst sieben Jahre alt sein, aber er drückte sich kultivierter aus als mancher Erwachsene. Sprach fast keinen Slang. Ohne kreolische Eigenarten und definitiv ohne Obszönitäten. Eher wie ein Gentleman, der in dem Körper eines Jungen feststeckte. Also, wie kam sie nur auf die Idee, dass plötzlich eine schockierende Erkenntnis, wie sie mit ihrem Sohn auf dessen Level reden sollte, in ihrem Hirn auftauchen würde? Und das genau in dieser Sekunde, wo sie bereits seit einem Jahr danach suchte. „Wenn du nicht mit mir sprechen willst, macht es vielleicht Ms. Dorothy. Hast du sie gesehen?“

Höflich wischte sich Emerson mit der Serviette den Mund ab und nickte in Richtung der Küche. „Sie ist da drin verschwunden, gleich nachdem du reingekommen bist. Tisch sieben mochte das Tagesgericht wohl nicht.“

Evie blickte auf Emersons Teller mit Pute und Soße. „Jemand hat sich übers Essen beschwert? Sind die high?“

Wunder, oh Wunder, Emersons Mund verzog sich zu einem Lächeln, das sich nicht gänzlich durchsetzen konnte. „Nicht jeder hat einen guten Geschmack, Mom.“

„Das stimmt“, schoss sie zurück und wünschte sich mit allem, was sie hatte, dass sie ihr Kind dazu bringen könnte, lockerer zu werden und wieder Kind zu sein. Sie drehte sich zur Küche um und deutete auf ihre Handtasche. „Passt du bitte darauf auf? Wir wollen ja nicht, dass das Geld von unserem Zahltag plötzlich Beine bekommt und ohne uns davonrennt.“

„Ja, Ma'am.“

Ja, Ma'am.

Evie schlenderte zur Küche, während die perfekte Antwort ihres Sohnes in ihrem Kopf widerhallte. Wäre sie in diesem Alter so schicklich gewesen, hätte ihre Momma eine Straßenparty veranstaltet und an die Kirchenkollekte gespendet, was auch immer ihr Bankkonto zugelassen hätte. Stattdessen war sie ziemlich frech gewesen. Natürlich niemals respektlos. Denn dann hätte sie wohl den Hintern voll oder die Ohren lang gezogen bekommen. Aber ein *Oki dokie* oder ein *Darauf kannste wetten* war eher normal als ein *Ja, Ma'am.*

Das Kratzen von Metallfüßen eines Stuhls auf dem schwarz-weiß gefliesten Fußboden schallte durch das Diner. Evie hielt am Ende der Theke inne und drehte sich zu dem Geräusch.

Ein etwa vierzigjähriger Mann mit schütterem Haar in einem Kurzarmhemd, das kaum seine Plauze bedeckte, schob seinen Stuhl von der beliebten runden Sitzecke an der hinteren Wand zurück. Seine schwarze Hose war ein wenig zu kurz, doch sie war sauber und nicht billig. Er presste ein paar Papiere in seinen Händen zusammen und verbeugte sich auf eine Art, die man leicht als Angst oder großen Respekt interpretieren konnte.

Ein Blick auf denjenigen, der sich außerdem in dieser Sitzecke befand, und die angespannte Geste ergab Sinn.

Sergei Petrovyh.

Er war ihr beim Hereinkommen gar nicht aufgefallen. Das bewies, wie sehr sie von der neuen Entwicklung in ihrem Leben abgelenkt war, denn nur an seinen Namen zu denken, ließ sie normalerweise erröten. Ehrlich gesagt machte sein Anblick sie und drei Viertel der weiblichen Einwohner sprachlos. Das restliche Viertel warf sich ihm meist an den Hals und betete zu jedem Gott, der sie erhören könnte, darum, seinem starken russischen Akzent persönlich und aus direkter Nähe lauschen zu dürfen. Vorzugsweise natürlich in einer Situation, in der keine Kleidung erforderlich wäre.

Statt in die Küche zu platzen, während Dorothy mit dem Küchenchef schimpfte, wartete Evie an der Kasse und richtete die herumliegenden Menükarten gerade aus.

Der Mann mit dem schütteren Haar trat zwei

Schritte rückwärts, drehte sich um und ging eilig zur Vordertür.

Ihr Blick glitt zurück zu Sergei und sie überspielte ihr genüssliches Mustern mit dem Durchblättern eines Bestellblocks. Dunkles, welliges Haar bis zu den Schultern, elegante Gesichtszüge, einer dieser höllisch sexy wirkenden kurz geschorenen Bärte und dazu ein köstlicher großer und fitter Körper. Aber es war nicht bloß sein Aussehen, das Frauen so anmachte. Es war seine Macht. Ein Charisma, das in diesen dunkelblauen Augen brannte und in seinen eleganten und gleichzeitig raubtierhaften Bewegungen lag. Kurz gesagt, Sergei Petrovyh war die Art von Mann, die jede Frau mit nur einem Blick dazu brachte, ihre Probleme für diesen kleinen kostbaren Moment zu vergessen.

Wenn sie ehrlich war, könnte Sergei alle ihre Probleme komplett ausradieren. Das war jedenfalls das, was er für eine lange Liste von Leuten in der Nachbarschaft getan hatte, seit er vor etwas mehr als einem Jahr nach New Orleans gezogen war. Er räumte untragbare Situationen aus dem Weg, dafür schuldete man ihm einen Gefallen.

Um auf den Punkt zu kommen … Sergei war ein Mafioso.

Ein verflucht gut aussehender, das lag auf der Hand, aber auch ein absolut gefährlicher Mann.

Schritte und leise gemurmeltes Fluchen ertönte einige Sekunden bevor Dorothys lustige Stimme Evies Liebäugeleien unterbrach. „Mädel, ich habe schon starbesessene Groupies wesentlich unauffälliger agieren sehen, als du es gerade tust.“

Evie weigerte sich, wie ein schuldiges Schulmädchen zusammenzuzucken, und ließ ihren Blick ein letztes Mal absichtlich zu Sergei schweifen, um ihn zu beäugen, nur um ihnen beiden zu beweisen, dass sie es konnte. Ernsthaft, dieser Mann war ein griechischer Gott. Vielleicht lag es an dieser olivfarbenen Haut. Oder daran, dass er sich wie ein Panther bewegte. Die maßgeschneiderten Anzüge, die er trug, brachten die Modeliebhaberin in ihr dazu, sich strecken und schnurren zu wollen.

Also, ja. Sie war alt genug, um zu liebäugeln, wann immer sie Lust dazu hatte, und sie würde sich nicht dafür entschuldigen. Ganz besonders nicht nach einem Tag wie diesem. „Hinzusehen ist doch nichts Verwerfliches." Sie drehte sich zur besten Freundin ihrer Momma um, lehnte eine Hüfte gegen die Theke und bedeckte eine Hand mit der anderen. „Und ihn anzusehen ist besser, als herauszufinden, wie ich zwischen heute und Montag ein großes Wunder schaffen soll."

Dorothy steckte ihren Bestellblock in die Tasche ihrer weißen Schürze. Ihr Daddy hatte sie nach Dorothy Dandridge benannt, weil er total verschossen in die Schauspielerin gewesen war, als Dorothy das Licht der Welt erblickt hatte. Und sie war zu einer ebenso großen Schönheit herangewachsen. Mit achtundsechzig Jahren war ihre Haut faltig und ihr Haar grau, aber ihre nahezu schwarzen Augen waren scharf wie eh und je. Sie beäugte Evie auf die Art, wie es nur eine Mutter tun konnte.

„Von was für einem Wunder reden wir hier?"

„Die Art von Wunder, die mich einen Job finden lässt."

„Ich dachte, du wärst kurz davor, eine Vorarbeiterposition bei der Reinigungsfirma zu bekommen. Was ist passiert?"

Evie warf die Hände in die Luft und kreuzte dann die Arme vor ihrer Brust. „Verdammt, wenn ich das wüsste. Irgendwas mit einer Sicherheitslücke und dass meine Schlüsselkarte nach Feierabend am Wochenende benutzt worden sei, um Zutritt zu einem Anwaltsbüro zu bekommen. Was absoluter Blödsinn ist. Abgesehen davon, dass ich und Emerson am Samstag auf dem Bauernmarkt und beim Kirchenessen waren, haben ich und meine Schlüsselkarte das gesamte Wochenende zu Hause verbracht. Die müssen da irgendwas vertauscht haben."

„Hast du ihnen das gesagt?"

„Na klar habe ich das. Aber die wollten es nicht hören. Sie meinten, dass sie keine andere Wahl hätten, als mich wegen ihrer Sicherheitsbestimmungen zu entlassen."

Dorothy zog die Augenbrauen zusammen und schlenderte hinter Evie zur Theke, wo das saubere Besteck darauf wartete, in Servietten gewickelt zu werden. Sie legte die erste Serviette aus und begann mit der Arbeit. „Keine Ahnung, wieso das gleich ein Notfall sein soll. Ich kenne dich, Evie. Du bist immer auf ein Unwetter vorbereitet. Erzähl mir also nicht, dass du keine Ersparnisse hast."

„Die sind für Emersons Schulgeld."

„Ich dachte, er steht auf der Warteliste. Es gibt demnach keinen Grund, gerade jetzt sparsam zu sein, wo du es brauchen kannst. Du kannst es doch später wieder zurücklegen."

„Er ist nicht mehr auf der Warteliste." Evie stellte sich neben sie. Sie rollte Servietten bei *Dorothy's*, solange sie denken konnte, und hatte schon so manche Krise mit dieser simplen Aufgabe durchlebt. „Der Direktor hat letzte Woche angerufen und gesagt, dass eins der Kinder woanders hinzieht. Ich kann ein Stipendium beantragen. Allerdings muss ich die Schulgebühren selbst berappen, damit sie den Platz so lange freihalten, bis sie den Antrag geprüft haben."

„Wie viel ist es denn?"

„Neunhundert Dollar."

Dorothys Kopf zuckte zu ihr, und ihre Stimme wurde so laut, dass einige Gespräche im Diner verstummten. „Neunhundert? Bist du verrückt?"

„Dorothy!", schimpfte sie flüsternd und deutete mit ihrem Blick Richtung Emerson. „Emerson braucht das. All seine Lehrer sagen es. Sie meinen, er sei in der öffentlichen Schule total gelangweilt und dass eine Montessori-Schule perfekt für ein Kind wie ihn sei."

„Pffff." Dorothy schüttelte den Kopf. „So viel Geld, nur um einen Platz freizuhalten. Dafür sollten sie ihm den Weg zum Himmel mit purem Gold pflastern und obendrein seinen Hintern abwischen." Sie pausierte lang genug, um eine angenehme Stille zwischen ihnen zu verbreiten, bevor sie Evie von der Seite ansah. „Und? Was willst du jetzt machen?"

„Nun ja, ich habe gehofft, ich könnte ein wenig für dich arbeiten, während ich mich nach etwas anderem umsehe."

Dorothy gab ein Seufzen von sich. Es war ein ehrliches, das sagte, dass sie die folgenden Worte genauso ungern aussprach, wie Evie sie hören wollte. „Kann ich nicht machen, Schatz. Die Ladys, die ich jetzt habe, haben echt Qualität, und wenn ich ihre Schichten kürze, suchen sie sich woanders Arbeit. Das Beste, was ich für dich tun kann, ist, dich anzurufen, falls eine von ihnen krank werden sollte. Aber das wird nicht passieren. Sie brauchen das Geld zu sehr.“

Mist.

So viel zu Plan B.

Sie platzierte ein perfekt gerolltes Besteckset auf dem wachsenden Turm von Dorothy, drehte sich um, lehnte ihren Hintern gegen die Theke und kreuzte erneut die Arme vor ihrer Brust. „Das ist so eine Kacke.“ Angst versuchte, sich einen Weg in ihren Brustkorb zu suchen, angefacht von einer gesunden Dosis lang ignorierter Verzweiflung und Frustration. „Ich kann es Emerson nicht versauen. Er braucht es. Er braucht …“ Ein Lächeln. Spielen. Die Möglichkeit, ein Kind zu sein und einfach ein bisschen Spaß zu haben. „Er braucht irgendetwas. Wenn diese Schule ihm das geben kann, werde ich auch auf der Straße arbeiten, falls es nötig ist.“

„Dazu wird es nicht kommen“, sagte Dorothy mit der stillen Zuversicht einer Frau, die sich bereits ihren Weg durch die Erziehung ihrer Kinder gebahnt hat. „Der Herr wird dir geben, was du brauchst, wenn du es brauchst. Das tut er immer.“

„Hmpf.“ Evie kaute auf ihrer Unterlippe herum, um nicht auszusprechen, was sie dachte. Nämlich: Wenn der Herr ihr geben würde, was sie bräuchte, wäre es nett zu erfahren, dass er das eher früher als später zu tun gedachte.

Wie von einem Magneten angezogen, glitt ihr Blick wieder zurück zu Sergei. Die zwei Männer, mit denen sie ihn oft im Diner oder in der Stadt sah, saßen nun ihm am runden Tisch gegenüber in der Sitzecke. Kir Vasilek war genauso groß und einschüchternd wie Sergei, hatte aber wunderschöne blaue Augen und blondes Haar. Er benutzte beides zu seinem Vorteil und hatte sich in der Stadt einen Ruf als absoluter Playboy verschafft. Roman Koslov auf der anderen Seite beschäftigte sich selten mit irgendwem. Wahrscheinlich, weil sein großer und imposanter Körper und seine harten, bedrohlichen Gesichtszüge die Leute glauben ließen, er wäre der leibhaftige Teufel.

Sergei könnte ihre Probleme komplett ausradieren.

Der Gedanke war diesmal ein wenig subtiler. Ein Murmeln von der seidenen Stimme der Versuchung. „Was ist mit ihm?", fragte sie Dorothy.

Dorothy drehte sich um und betrachtete Evies Gesicht, folgte dann ihrem Blick in Richtung Sergei. Da sie ihr Diner jahrelang in einem rauen Teil der Stadt in jeder nur denkbar schwierigen Zeit geleitet hatte, gab es nichts, was ihre alte Freundin runterziehen konnte. Doch in dieser Sekunde zeigte Dorothy echte Besorgnis. Sie verbarg sie so schnell, wie sie aufgetaucht war, und wandte sich wieder den Bestecken zu. „Ich denke nicht, dass du Schutz brauchst. Ich denke, du brauchst einen *Job*."

„Na ja, vielleicht kennt er ja jemanden. Könnte mir einen Tipp oder eine Empfehlung geben. Ein Blick auf die Klamotten, die er trägt, und auf den schicken BMW vor der Tür, und du weißt, er hat Knete. Und das bedeutet, er muss auch andere reiche Leute kennen."

„Er könnte welche kennen. Könnte dich sogar mit jemandem bekannt machen, aber falls du es vergessen haben solltest: Ein Mann wie er, der dir einen Gefallen tut, dem schuldest du am Ende auch etwas dafür."

„Du hast es getan."

Das war eine kindische Erwiderung. Eher passend für eine Sechzehnjährige, die mit ihrer Mutter und

Dorothy darüber diskutierte, welche Klamotten für ein Mädchen ihres Alters schicklich waren und welche nicht. Aber nicht für eine Achtundzwanzigjährige, wenn es darum ging, einen Weg zu finden, ihre Rechnungen zu begleichen.

Falls Dorothy gekränkt war, zeigte sie es nicht. Stattdessen sprach sie weiter. „Es war das kleinere Übel, Kind. Es gab Schläger, die mein Diner übernehmen wollten. Sergei hat sich darum gekümmert, und ich gebe ihm als Gegenleistung einen Ort, an dem er seine Geschäfte erledigen kann. Es ist ein kleiner Preis, den ich zahlen muss, damit mein Laden sicher ist, aber lass dich nicht von diesem gut aussehenden Gesicht täuschen. Er hat Dunkelheit in sich. Eine Menge davon. Und er hat keine Angst davor, sie rauszulassen." Sie pausierte einen Moment lang und wirkte wie eine Frau, die nach den richtigen Worten suchte, die sie als Nächstes sagen wollte. Sie drehte sich zu Evie. „Jetzt hast du nur Geldprobleme. Wenn du ihn in dein Leben lässt, löst du ein Problem, aber hast am Ende womöglich ein viel größeres."

„Vom Regen in die Traufe, oder?"

Ihr Blick wurde sanfter, und eine Fülle an Weisheiten, die Evie nicht einmal im Ansatz begreifen konnte, starrte ihr entgegen. „So etwas in der Art."

Evette seufzte und kaute auf ihrer Unterlippe herum. Die einzige andere Möglichkeit, die ihr einfiel, würde dafür sorgen, dass Momma sich in ihrem Grab umdrehen würde. Dennoch brachte sie sie ins Gespräch ein. „Ich schätze, ich könnte Onkel Carl nach Geld fragen. Erst vor Kurzen hat er mit einem ganzen Bündel hier herumgewedelt. Er ist so verrückt, wie der Tag lang ist, aber er hat immer angeboten, mir und Emerson zu helfen."

„Nein." Dorothys Erwiderung klang so hart und kam so schnell, dass Evette sie wie einen Ruck empfand. Obwohl sie ihren Tonfall fast ebenso eilig milderte, zitterten ihre Hände, als sie die Arbeit mit den Servietten wieder aufnahm. „Deine Momma hatte ihre Gründe, sich von Onkel Carl zu distanzieren. Es ist das Beste, wenn du es auch tust."

Es war nicht das erste Mal, dass Dorothy ihre Abneigung gegen Carl zum Ausdruck brachte. Warum sie und ihre Mutter ihn nicht mochten, hatten sie nie erzählt. Aber in Anbetracht der Tatsache, dass sich Evette selbst nicht gern in seiner Nähe aufhielt, hatte sie auch nie eine Erklärung forciert.

Evette stützte die Hände hinter sich gegen die Theke und starrte Sergei an.

Sergei drehte sich um und fing ihren Blick auf.

Hielt ihn gefangen.

Die Verbindung war so besitzergreifend, dass Evie hätte schwören können, er hätte die komplette Konversation mit angehört.

Was natürlich totaler Quatsch war. Das konnte er gar nicht. Er war bloß ein einschüchternder Mann mit einer guten Intuition.

Aber er könnte ihr helfen.

Viel schneller als jeder andere in dieser Gegend.

Sie verlagerte ihre Aufmerksamkeit auf Emerson, der nun mit seinem Abendessen fertig war und aus dem Fenster auf die Straße dahinter starrte.

„Besteht die Chance, dass ich dich zu einem Eis mit heißer Schokoladensoße für Emerson überreden kann?", wandte sie sich an Dorothy.

„Besteht die Chance, dir das auszureden, was du vorhast zu tun?"

„Nur wenn du mir sagen kannst, wie ich bis Montag einen neuen Job bekomme und rechtzeitig weitere fünfhundert Dollar auftreibe, um den Platz für Emerson zu halten.“

Dorothy schwieg.

„Komm schon, Dorothy. Du hast selbst erzählt, dass er kein absolut schlechter Typ ist. Verdammt. Ich erinnere mich sogar daran, dass du mal eingeräumt hast, ihn zu mögen. Das hast du nicht einmal über Pastor Manny gesagt, und den mag jeder.“

„Ja, aber dich *liebe* ich. Ebenso, wie ich deine Mama geliebt habe. Merk dir meine Worte: Wer sich mit Sergei einlässt, der weiß nicht, was ihn am Ende erwartet.“

„Wenn es meinen Jungen ausnahmsweise zum Lächeln bringt, glaube ich, dass es das wert sein wird.“

Dorothy schüttelte ihren Kopf, hob den Besteckkasten hoch, als würde er nichts wiegen, und schob ihn unter die Theke. Sie drehte sich zu Evie, betrachtete sie einige Sekunden lang, nickte dann und begab sich auf den Weg in die Küche. „Ich mache zwei Eisbecher. Ich habe das Gefühl, der Junge ist nicht der Einzige, der einen Muntermacher braucht, bevor der Tag zu Ende geht.“

Kapitel 2

Sie sah ihn schon wieder an.

Immer, wenn Sergei ins *Dorothy's* kam und Evette da war, musterte sie ihn, und sie gab nicht ein einziges Mal vor, schüchtern dabei zu sein. Ihre Kühnheit faszinierte ihn. Sie forderte ihn regelrecht heraus, wie ein Matador mit einem roten Umhang und Todeswunsch. Wäre sie jemand anders, hätte er es sich schon vor Monaten zur Aufgabe gemacht, sie zu erobern. Hätte seinen Hunger so lange an ihr gestillt, bis sie beide fix und fertig gewesen wären.

Aber sie war nicht irgendjemand.

Sie war Evette Labadie. Der Liebling der Nachbarschaft, den jeder verehrte und vergötterte. Sie auf jegliche Art, die er wollte, zu nehmen, stand im Widerspruch zu seiner Mission, nämlich die Loyalität derer zu gewinnen, die in den gefährlichsten Straßen von New Orleans lebten, die große Mehrheit der damit verbundenen Unternehmen zu kontrollieren und dabei die Konkurrenz auszulöschen. Eine so hoch angesehene Frau wie Evette zu besudeln, würde es erschweren, sich Respekt und Loyalität zu verdienen.

Außerdem war sie Dorothys Patentochter. Er mochte seinen Schutz gewährt haben im Austausch gegen einen öffentlichen Ort, an dem er seine Geschäfte erledigen konnte, doch er schätzte Dorothy auch. Er respektierte ihre hart erarbeitete Weisheit und ihre knallharte Unnachgiebigkeit. Er wollte diesen Respekt nicht entehren, indem er zuließ, dass die Hässlichkeit seiner Welt auf jemanden abfärbte, der so strahlend und offen war.

Kir lehnte sich auf seinem Platz so weit nach vorn, dass er Sergeis Fokus auf Evette unterbrach, und grinste. „Du solltest sie einfach endlich ficken.“

Wäre es jemand anderer gewesen, der das gesagt hätte, hätte Sergei ihn auf der Stelle und ohne zu zögern ausgeweidet. Glück für Kir, dass er einer der wenigen Männer war, denen Sergei blind vertraute, weshalb er sich mit einer Warnung begnügte. „Das Wort Fick oder etwas Ähnliches in Bezug auf Evette wird dir niemals wieder über die Lippen kommen oder auch nur in deinen Gedanken auftauchen. Und du wirst die Finger von ihr lassen.“ Er zwang sich dazu, seinen Blick von Evette abzuwenden, und starrte seinen Waffenbruder kalt an. „Sie ist sicher. Vor mir. Vor dir. Vor jedermann.“

Romans kehliges Lachen klang triumphierend. „Du hast bemerkt, dass die Warnung an dich sehr konkret war? Der Rest von uns hat bloß eine allgemein gültige Ansage erhalten.“

Einer von Kirs Mundwinkeln hob sich zu einem unbekümmerten und verschlagenen Grinsen. „Das liegt nur daran, dass er weiß, dass ich sie bekommen könnte, wenn ich mich ins Zeug legen würde.“

„Vielleicht.“ Sergeis Blick schweifte zurück zu Evette. Sie war ein zierliches kleines Ding, höchstens eins fünfzig, mit frechen Gesichtszügen und kurzem, aber modern gestyltem haselnussbraunen Haar, das ihn an eine Fee erinnerte, die gerade mit einem temperamentvollen Schwung aus dem Bett gesprungen war. Sergei hatte genug Details von Dorothy erfahren, um zu wissen, dass Evettes Vater aus einer hellhäutigen Familie stammte, während ihre Mutter tiefe kreolische sowie indianische Wurzeln hatte und ihre Persönlichkeit ebenso lebendig gewesen war. Es gab niemanden, den Evette wie einen Fremden betrachtete, und sie behandelte jeden gleich. Geschätzt. Wichtig.

Er hob seine Kaffeetasse vom Tisch und nippte mit einer trügerischen Lässigkeit daran. „Wie dem auch sei, dein Erfolg wäre nur von kurzer Dauer."

„Was?", fragte Kir. „Denkst du wirklich, ich könnte sie auf Dauer nicht bei Laune halten?"

„Nein. Ich denke, ich würde dir den Schwanz abschneiden, ihn dir in den Rachen schieben und dir dabei zusehen, wie du daran erstickst."

Das war keine leere Drohung, und die Geschwindigkeit, mit der Kirs Grinsen verblasste, zeigte eindeutig, dass sein alter Freund das wusste. „Zur Kenntnis genommen." Er lehnte sich zurück, schlug ein Bein über das andere in einer Geste, die den kaltblütigen Mörder nicht erkennen ließ, und studierte Evette. Was auch immer das Thema war, über das sie und Dorothy diskutierten, führte bei Evette zu eindringlichen Gesten. „Wenn du meine Meinung wissen willst, ist es nur eine Frage der Zeit, bis du deine eigene Warnung in den Wind schießt."

Das würde er nicht.

Sosehr er die Berührung eines so guten Menschen ehren und genießen würde, die Dunkelheit in ihm war zu groß, mit Leichen gepflastert und mit Blut besudelt, um eines solchen Geschenkes würdig zu sein.

„Was wollte Smitty?" Romans nicht gerade subtiler Themenwechsel zeigte, wie gut er in den letzten Jahren gelernt hatte, Sergei zu lesen.

Leider hatte er ein Thema gewählt, das Sergeis Stimmung noch mehr trübte. Vor allem, weil er den Besitzer des Lebensmittelladens nur einen Block nördlich von *Dorothy's Diner* als positive Präsenz in der Gemeinde und soliden Familienvater kannte. „Steven Alfonsi hat seine Rekrutierung verstärkt."

„Er hat sich für Smitty interessiert?" Roman hob überrascht die Augenbrauen.

Sergei schüttelte den Kopf. „Er hat es auf Smittys Sohn, Jamie, abgesehen. Hat einen Kerl in dessen Alter auf ihn angesetzt. Smitty hat gesehen, dass der Junge ständig den Laden besucht, wenn Jamie arbeitet."

Kir zog die Stirn kraus, beugte sich vor und verschränkte die Arme auf dem Tisch. „Das sieht Alfonsi gar nicht ähnlich. Jamie ist ein Collegejunge, klug und hält sich an die Regeln. Alfonsi mag keine intelligenten Schachfiguren. Sie sind schwer zu kontrollieren."

„Er will engere Beziehungen zur Nachbarschaft", antwortete Roman, ehe Sergei es tun konnte. „Wir haben fast die Hälfte seiner Geschäfte übernommen. Er will wissen, wie wir das gemacht haben. Dazu braucht er Leute im inneren Kreis, die ihm helfen, es herauszufinden."

„Die wird er nicht bekommen." Diesbezüglich war Sergei absolut sicher. Diejenigen, die in der Stadtmitte, im siebten und achten Bezirk lebten und arbeiteten, wussten zweifelsohne, dass Sergei die Bestie unter ihnen war, aber er war *ihre* Bestie. Er war derjenige, der skrupellos genug war, um sie von den Tyrannen zu befreien, die ihre Welt überrannt hatten. Es war ihnen egal, dass er im Gegenzug Tribut verlangte. Was ihnen nicht egal war, war die Tatsache, dass er sie fair behandelte und beschützt hatte, als sie es selbst nicht konnten. Damit hatte er sich ihre Loyalität verdient.

„Und was will Smitty?", fragte Roman.

Sergei tippte gegen den Rand seiner Tasse. „Was sich alle guten Väter für ihr Kind wünschen. Die Versuchung für den Jungen aus dem Weg räumen."

Kir blickte zu Roman; die unausgesprochene Anweisung wurde von beiden sofort aufgegriffen. „Willst du das erledigen oder kann ich mich darum kümmern?"

Roman schwieg, aber die Bösartigkeit, die aus jeder seiner Poren drang, war spürbar. Von ihnen dreien verabscheute er *kozels*- egoistische Idioten - wie Steven Alfonsi am meisten. Der Mann besaß keine Ehre, hatte sein Image um stereotypische Mafia-Filme und unnötige Machtspiele aufgebaut, um Angst einzuflößen. Er handelte mit Geheimnissen, benutzte sie, um gute Menschen seinem Willen zu unterwerfen.

Ein Grund mehr, warum die Menschen aus den gefährlichsten Straßen Sergei freiwillig als einen von ihnen akzeptiert hatten. Sein Reich war eins der Wahl, nicht der Gewalt. Ein Tanz, der bereitwillig angenommen und mit einer Schuld honoriert wurde. Ein Akt des Vertrauens und der Ehrung.

Es war nur eine Frage der Zeit, bis ganz New Orleans aus exakt diesem Grund hinter ihm stehen würde.

Sergei antwortete Kir, bevor Roman die Gelegenheit nutzen konnte, um seine Blutlust zu stillen. „Du wirst es regeln."

Hinter dem Tresen wandte Dorothy sich um und warf Sergei einen Blick zu, den man nur als Resignation bezeichnen konnte, und sagte dann etwas zu Evette, bevor sie sich in die Küche verzog.

Evette starrte ihn an. Ihre Arme waren überkreuzt und ihr Gesichtsausdruck hatte nichts mehr von der gewohnten Leichtigkeit. Was auch immer die *feya* auf dem Herzen hatte, es schien ernst zu sein.

Das gefiel ihm nicht.

Kein Stück.

Er zwang sich dazu, seine Aufmerksamkeit wieder auf Kir zu richten. „Übertreib es nicht. Etwas Kleines. Gerade genug, um eine Botschaft zu senden, aber nicht genug, um einen Krieg anzuzetteln. Wir werden Alfonsi gegenübertreten, wenn die Zeit reif ist.“

Kir nickte nur einmal kurz und griff nach seiner Kaffeetasse.

Evette stieß sich vom hinteren Tresen ab, umrundete die Bar und kam mit langsamen, aber zielstrebigen Schritten näher. Ihr Weg führte sie direkt zu ihm. Er spürte den Drang, sich aufzurichten, doch bevor seine Muskeln in Aktion treten konnten, konzentrierte er sich darauf, sein Verhalten unbeeindruckt wirken zu lassen. Würde sich ein Mörder mit einer Waffe auf ihn zubewegen, wäre die Maske seine zweite Natur. Nur ein weiteres persönliches Gespräch mit dem Tod.

Aber als Evette auf ihn zukam, war es eine ganz andere Erfahrung. Hinter seinem Brustbein breitete sich ein unbekannter Druck aus. Ein Adrenalinschub machte seine Haut übersensibel und ließ die Umgebung bedeutungslos werden.

Beunruhigende Reaktionen.

Gefährlich für einen Mann wie ihn.

Romans tiefe Stimme drang kaum zu ihm durch, der russische Klang ihrer Muttersprache war wie ein beruhigendes Streicheln. *„Zwei Audienzen an einem Tag. Und die hier ist mit einem Lamm.“*

Kirs Mund zuckte. *„Ich würde sie nicht unbedingt als*

Lamm bezeichnen. Aber das könnte interessant werden.“

„*Nicht für euch beide*“, sagte Sergei, als sie sich dem Tisch näherte. „*Weil ihr nicht hier sein werdet.*“

Dieses Mal machte sich Kir gar nicht erst die Mühe, sein Lächeln zu verbergen. Er wagte es sogar, zu lachen, während er aufstand und zu Roman sah, der bereits auf den Beinen war. „*Wie ich schon sagte, nur eine Frage der Zeit.*“

Evette blieb genau zwischen ihnen am Tisch stehen. So winzig, wie sie war, ließ sie Kir und Roman wie Riesen aussehen, aber sie beäugte die beiden mit einer bewundernswerten Furchtlosigkeit. „Unterbreche ich gerade etwas, das ich nicht unterbrechen sollte?“

Roman schenkte ihr etwas, das einem Lächeln bei ihm am nächsten kam, und bot ihr den Platz an, den er soeben frei gemacht hatte. „Nein, Madam. Bitte setzen Sie sich doch.“

Einige Sekunden lang inspizierte sie den ihr angebotenen Platz, die beiden Männer neben ihr und alle hinter ihr sitzenden Gäste. Dann, mit der gleichen Entschlossenheit, die er bereits während ihres Gesprächs mit Dorothy beobachtet hatte, straffte sie ihre Schultern und glitt auf den Platz rechts von ihm. „Danke.“

„Gerne.“ Roman neigte seinen Kopf Richtung Sergei und wechselte wieder ins Russische. „*Viel Glück, moy brat.*“

Kir imitierte die respektvolle Geste, doch seine Augen glänzten mit genug Heiterkeit, um zu versprechen, dass er später auf Details drängen würde. „*Glücklicher Bastard.*“ Er deutete mit dem Kinn Richtung Bürgersteig und wechselte zurück in die Landessprache. „Wir warten draußen.“

Sergei ignorierte den Spott und wandte seine Aufmerksamkeit Evette zu, nachdem die beiden davongeschlendert waren. „Ms. Labadie. Ihr Besuch an meinem Tisch kommt unerwartet."

„Sie kennen meinen Namen?"

„Sie holen Ihren Sohn jeden Tag nach der Schule hier ab, besuchen Dorothy auch bei anderen Gelegenheiten häufig und manchmal arbeiten Sie sogar für sie. Es wäre nachlässig von mir, Ihre Patentante nicht nach dem Namen einer schönen Frau zu fragen, die ich so oft hier sehe."

Sie verzog ihren Mund auf einer Seite, gerade mit gerade genug Verärgerung und Ironie, um zu beweisen, dass sie Sinn für Humor besaß. „Dorothy hat vergessen zu erwähnen, dass Sie charmant sind."

Er war also das Thema ihres Gesprächs gewesen. Interessant. Er vermutete außerdem, dass dies wohl auch die Resignation auf Dorothys Gesicht erklärte, bevor sie in der Küche verschwunden war – seine *feya* brauchte etwas. Etwas, das wichtig genug war, um sich mit dem Teufel einzulassen, und ihre Patentante hatte nichts getan, um es zu verhindern. „Das kann ich durchaus sein." Aufzuzählen, was für Fähigkeiten ihm häufiger nachgesagt wurden, war unnötig. Es schwebte zwischen ihnen wie ein schwankender Sensenmann im Wind, der nur auf seinen nächsten Auftrag wartete.

Evette zappelte auf ihrem Sitz herum und schob Romans verlassene Kaffeetasse an den Tischrand. „Wissen Sie, meine Momma hat hier früher gearbeitet. Fast von dem Tag an, als Dorothy und ihr Ehemann das Diner eröffnet haben." Sie sah zu dem Tresen, an dem Emerson saß und nun seine Hausaufgaben erledigte. „Ich habe immer genau dort gesessen, wo Emerson jetzt ist, während ich darauf gewartet habe, dass sie ihre Schicht beendete. Wenn ich keine Hausaufgabe aufhatte, ließ Dorothy mich arbeiten, Salz- und Pfeffersteuer befüllen, Zucker-päckchen auffüllen oder das Besteck in Servietten einrollen.“

Sie war ebenso ein Einzelkind und nun eine Alleinerziehende; wer Emersons Vater war, wusste nicht einmal Evette selbst. Sie lebte in einem heruntergekommenen Wohnhaus, das Sergei in den letzten drei Monaten zweimal zu kaufen versucht hatte, aber jetzt, wo er neben ihr saß – ihre Stimme hörte und ihrer unerschütterlichen Güte so nah war –, befeuerte das nur seine Motivation, alles zu bezahlen, was nötig war, um das Geschäft endlich abzuschließen. „Das weiß ich.“

Echte Überraschung erhellte ihr Gesicht. „Wirklich?“

„Dorothy hat Sie sehr gern. Sie hat mir viele Dinge erzählt. Auch, wie Ihre Mutter ihr nach dem Tod ihres Mannes beigestanden hat.“

Etwas von der Vorsicht, die sie mit an den Tisch gebracht hatte, verschwand und eine Düsterkeit legte sich über ihre haselnussbraunen Augen. Sie stützte ihre Unterarme auf den Tisch und zeichnete mit dem Zeigefinger die Linie ihres Fingernagels nach. „Das war eine schwierige Zeit. Es war ungefähr ein oder zwei Monate nach dem Hurrikan Katrina und alle waren nervös. Ich glaube, niemand hätte gedacht, dass es so schlimm werden würde, dass jemand für Essen erschossen werden würde.“

Aber Dorothys Mann war genau das passiert. Sergei hatte die Details dazu selbst nachgeschlagen. Nach Geschäftsschluss war ein Mann eingebrochen, der verzweifelt seine Familie ernähren wollte. Dorothys Ehemann war der Einzige, der zwischen dem Schützen und der von ihm begehrten Ware gestanden hatte. „Sie waren damals fünfzehn."

Dieses detaillierte Wissen erregte ihre Aufmerksamkeit innerhalb eines einzigen Herzschlags, und eine hart erlernte Vorsicht machte sich in ihrem strahlenden Blick breit.

Ja, malen'kaya feya. Ich weiß alles über dich.

Er musste es nicht sagen. Sie fühlte es und respektierte die Gefahr, die es repräsentierte.

Umso besser für sie beide. Wenn sie eine Bitte hatte, war es klug, sich daran zu erinnern, mit wem und mit was sie es zu tun hatte, bevor sie die Anfrage stellte.

Für einen Moment ließ er die unangenehme Stille zwischen ihnen schwelen, dann gab er ihr einen verbalen Schubs. „Wollten Sie über etwas Bestimmtes mit mir sprechen, Ms. Labadie?"

Sie hielt seinem Blick stand. Ihre Augen waren ausdrucksstark, durchlässig für all die Emotionen, die sich dahinter regten. Angst. Vorsicht. Verzweiflung und Hoffnung.

Ihr Blick kehrte zurück zu Emerson, und als sie sprach, lag da eine gewisse Ehrfurcht in ihrer engelsgleichen Stimme. „Haben Sie Kinder?"

Ein unerwarteter Schmerz breitete sich zwischen seinen Rippen aus. „*Nyet.*"

Sie wandte sich ihm wieder zu. „Eine Ehefrau?"

„*Nyet.*"

„Eine Freundin?"

Eine interessante Wendung. Er hatte keine Ahnung, wohin sie damit wollte. Eine Frau wie Evette würde sich nicht für einen Mann wie ihn interessieren. Jedenfalls nicht auf die Weise, wie es ihre Befragung anzudeuten schien. Und doch war seine physische Reaktion sofort und eifrig bei der Idee dabei.

Sein Schweigen und seine Mimik mussten wohl die Richtung seiner Gedanken verraten haben, denn sie richtete sich auf und plapperte drauflos. „Ich versuche herauszufinden, ob Sie jemand Besonderes in ihrem Leben haben. Jemand, für den Sie sich ein Bein ausreißen würden.“

Ah, also war es Emerson, um den sie sich Sorgen machte. Das ergab Sinn. Jeder, der sie mit ihrem Sohn sah, wusste, dass sie Berge versetzen würde, um Emersons Leben dadurch besser zu machen. Auch wenn es bedeutete, sich auf einen Tanz mit dem Teufel einzulassen.

Er nickte und dachte dabei an die Frau, die er als Schwester betrachtete, Darya, und an Anton, den Mann, der mehr ein Vater als sein eigener für ihn gewesen war. „Es gibt da einige.“

Sie studierte sein Gesicht, konzentrierte sich darauf, als ob sie die Ehrlichkeit seiner Antwort einschätzen wollte. Was auch immer sie gesehen hatte, musste wohl ihren Mut befeuert haben, denn sie schluckte den letzten Rest ihrer Angst hinunter und fuhr fort. „Emerson ist mein Ein und Alles. Die einzige Familie, die ich noch habe.“

„Die Familie ist in der Tat wichtig.“ Er wartete. Wenn sie etwas wollte, musste sie darum bitten. Er hatte bereits genug auf dem Gewissen, um ihn für immer in die Hölle zu verbannen. Ihren Untergang würde er jedoch nicht auf dieser Liste ergänzen.

Sie fing erneut an, an ihren Fingernägeln herumzufummeln, während es so wirkte, als wäre ihre Aufmerksamkeit auf den Tisch gerichtet; dabei schien sie ganz woanders mit ihren Gedanken zu sein. „Die letzten Jahre waren hart für ihn. Es kommt mir vor, als wäre er über Nacht von einem Kind zu einem Erwachsenen geworden, der im Körper eines Jungen gefangen ist. Seine Lehrer sagen, es liege daran, dass er sich in der Schule langweilt. Oder unterfordert fühlt." Sie hob den Kopf und auf ihren Lippen zeichnete sich ein stolzes Lächeln ab. „Mein Emerson ist klug." Das Lächeln verrutschte. „Aber er hat es nicht leicht, und die Lehrer denken alle, wenn ich es schaffe, ihn in der Montessori-Schule im Stadtrand unterzubringen, würde ihm das helfen."

Als hätte er gespürt, dass das Gespräch sich um ihn drehte, blickte Emerson von seinen Schulbüchern auf und erwiderte Sergeis Blick.

Schmerz.

Verwirrung.

Frustration.

Leere. Die Art, die entstand, wenn der wertvolle Teil im Leben eines Jungen fehlte.

Sergei kannte diese Leere, war den gleichen Weg voller Schmerz, Frustration und Verwirrung gegangen, bis Yefim ihn gefunden und Anton vorgestellt hatte. Evette konnte den Jungen in die beste Schule des Landes bringen, doch das würde nie die Lücke füllen, mit der ihr Sohn sich herumschlug. Er brauchte einen Mentor. Einen Mann, der ihn leitete, ihm half, sein Leben zu gestalten.

Es stand Sergei allerdings nicht zu, diese Weisheit mit ihr zu teilen. Ganz besonders, da es sich um ein Bedürfnis handelte, das Evette nicht erfüllen konnte. „Dann sollten Sie dieser Schule wohl eine Chance geben."

„Das will ich. Ich werde es tun. Tatsächlich haben

sie gerade einen Platz frei. Der Schulleiter sagte sogar, Emerson hätte gute Chancen, sich für ein Stipendium zu qualifizieren, allerdings muss ich das Geld für seinen Studiengebühren vorstrecken, um seinen Platz so lange zu halten."

„Sie brauchen also Geld, um die Aufnahme zu sichern." Eine Bitte, die leicht zu erfüllen war und verhindern würde, dass sie die hässliche Seite seines Lebens sah.

„Nein. Keinen Kredit. Ich möchte Hilfe bei der Arbeitssuche. Eine Referenz oder einen Hinweis, wenn sie einen haben. Und je früher, desto besser."

Interessant.

Wie oft waren die Menschen zu ihm gekommen und hatte ihn um Hilfe gebeten, aber nicht ein einziges Mal hatte jemand das Angebot von Geld abgelehnt.

Er beugte sich vor und legte wie sie die Unterarme auf dem Tisch ab. Während seine Hände ruhig und locker blieben, waren ihre immer noch zappelig miteinander beschäftigt. „Ein Job."

„Ja."

„Was für ein Job?"

Sie drehte sich in ihrem Sitz neben ihm so, dass sie ihm ihren Oberkörper zuwandte. Ihr Bein, das ihm am nächsten war, hatte sie angezogen; es lag ruhig auf dem Sitz. Es wirkte, als ob sie sich für ein normales Gespräch mit einem unschuldigen Mann statt mit einem bekannten Subjekt aus der kriminellen Unterwelt wappnete. „Nun ja, Sie wissen, dass ich in einem Laden wie diesem arbeiten könnte. Zumindest hier vorne. Ich war noch nie in einer Küche tätig, also wäre das schwer zu verkaufen. Mein letzter Job war bei einer Reinigungsfirma. Wir haben in Geschäftsgebäuden gearbeitet, hauptsächlich in Büros. Das hat gut funktioniert, denn es ist Tagarbeit und ich hatte kurz nach Emersons Schulschluss frei. Ich denke jedoch, dass es schwierig sein wird, so etwas wieder zu bekommen, wenn der neue Arbeitgeber eine Referenz von meinem ehemaligen verlangt."

„Und warum?"

„Weil sie mich wegen einem Sicherheitsverstoß gefeuert haben."

Alles in ihm wurde still. Seine Raubtierinstinkte wurden mit der gleichen Eindringlichkeit ausgelöst, die er gespürt hätte, wenn einer seiner meistgehassten Feinde durch die Türen des Diners gekommen wäre. „Erklären Sie mir das."

Evettes Augen verengten sich und sie neigte ihren Kopf ein klein wenig. Als sie antwortete, tat sie das mit der Vorsicht einer Frau, die sich sehr bewusst war, dass sie gerade über eine Art Auslöser gestolpert war, sich jedoch nicht ganz sicher war, was der Auslöser tatsächlich war. „Ich habe wirklich keine Ahnung. Sie haben gesagt, mein Ausweis sei am vergangenen Samstag in einem Anwaltsbüro benutzt worden, aber ich weiß, dass das nicht stimmen kann. Mein Ausweis war zu Hause. Emerson und ich waren am Samstag nur zweimal unterwegs – auf dem Bauernmarkt und in der Kirche. Ich kann es auf keinen Fall gewesen sein."

„Und das haben Sie ihnen gesagt?"

„Natürlich. Aber es stand mein Wort gegen ein computergestütztes Trackingsystem, also wollte mein Boss mir nicht zuhören."

Er würde darauf wetten, dass er ihren Boss dazu bringen könnte, zuzuhören.

Und ihn leiden lassen.

Für eine ganze Weile.

Allerdings würde das, auf lange Sicht gesehen, nicht gut für sie funktionieren, und in seinem Kopf nahm eine verlockende, aber gefährliche Idee Gestalt an. Vorteilhaft für sie beide, doch reine Folter für ihn.

Er lehnte sich erneut zurück und studierte ihr Gesicht.

Sie starrte zurück. Ihre Augen, mit Blau und Grün durchsetzte Goldflecken, wurden durch diesen unbezähmbaren Geist, der darin tobte, noch viel faszinierender. Einer hoch angesehenen Frau wie Evette und ihrem Sohn zu helfen, würde ihm bei den Einheimischen viel Vertrauen, Respekt und Loyalität einbringen. Und je mehr Loyalität und Respekt er erntete, desto schneller würde er seine Ziele erreichen.

Ein Gewinn für sie und ein Gewinn für ihn.

Dafür könnte er sicherlich ein wenig Folter verkraften.

Nachdem er seine Entscheidung gefällt hatte, machte er sich eine geistige Notiz, den Namen der Firma, in der sie gearbeitet hatte, herauszufinden und den angeblichen Sicherheitsverstoß zu untersuchen. Er zog eine Visitenkarte aus seiner Tasche, schrieb eine Adresse auf die Rückseite und schob sie über den Tisch. „Seien Sie am Montag um neun Uhr morgens dort."

Mit einer bezaubernden Kopfbewegung nahm sie die Karte in die Hand und begutachtete den formellen Druck auf der Vorderseite – ein einfacher Hinweis auf *Bogatyr Industries* mit einer Telefonnummer, bevor sie sie umdrehte. Evette runzelte ihre Stirn und schaute auf. „Die werden mir helfen, einen Job zu finden?"

„Nein, sie werden Ihnen einen Job geben."

„Aber die kennen mich doch gar nicht."

Da war es wieder. Diese Unschuld. Diese Güte, die auf wundersame Weise von dem harten Leben, das sie führte, unberührt geblieben waren. Aber sie hatte auch einen eisernen Willen, eine Stärke, die er nur bewundern konnte.

Wenn er das durchziehen würde – wenn sie die Unterstützung akzeptierte, die er ihr zu geben beabsichtigte –, wäre er wohl ständig der Verführung ausgesetzt.

Doch sie würde sehr davon profitieren. Vielleicht würde sie endlich den Halt finden, den sie brauchte, um ihre Karriere im Modegeschäft zu starten, die sie wegen ihrer plötzlichen Schwangerschaft mit Emerson aufgegeben hatte. Dorothy hatte ihm das erzählt.

Er rutschte aus der Sitzecke, richtete seine Anzugjacke und knöpfte sie zu. „Sie haben mich um Hilfe gebeten, Ms. Labadie. Seien Sie morgen früh um neun Uhr da und Sie werden sie erhalten."

Sie starrte zu ihm empor, ihre hübschen rosafarbenen Lippen leicht geöffnet und ihre Augen vor Staunen weit aufgerissen. Als hätte sie gerade einen Ritter auf einem Einhorn durch das Diner reiten sehen. Nach ein paar Sekunden voller Verblüffung schüttelte sie ihre Benommenheit ab und stand ebenfalls auf. Sie streckte ihre Hand aus. „Danke."

Bozhe, aber sie war winzig. Bei seiner Größe von einem Meter dreiundneunzig reichte ihr Scheitel kaum bis an seine Brust. Und dank des Staunens und der aufrichtigen Dankbarkeit in ihrem Gesicht, die ihn anstrahlten, fühlte er sich erst recht wie ein Riese. Sergei nahm ihre Hand in seine, wobei deren schiere Größe die ihrige vollständig verschlang.

Zieh sie näher.

Lass sie deine Kraft spüren.

Zeig ihr, wie sicher sie sich bei dir fühlen kann.

Er schüttelte die ungewollten Gedanken ab und löste seinen Griff. „Danken Sie mir noch nicht, *malen'kaya feya.*“ Er drehte sich um und ging auf die Tür zu und auf seine Männer, die draußen auf ihn warteten.

„Warten Sie.“

Beim Klang der Dringlichkeit in ihrer Stimme blieb er in der halb geöffneten Tür stehen und drehte sich zu ihr um.

Sie eilte zu ihm. „Was bedeutet das? Dieses *feya*-Ding.“

Emerson saß auf dem Barhocker; seine Hausaufgaben waren wegen der Interaktion zwischen Sergei und seiner Mutter längst vergessen.

Sergei richtete seinen Blick auf Evette, und zum ersten Mal seit langer Zeit, konnte er sich gegen ein Lächeln nicht wehren. „*Malen'kaya feya* bedeutet ‚kleine Fee‘.“ Ohne auf eine Erwiderung zu warten, nickte er Emerson zu und ging nach draußen.

Umgehend flankierten seine Männer ihn rechts und links, und die drei machten sich gemeinsam auf den Weg zu dem marineblauen BMW, der am Ende des Blocks geparkt war.

Kir schaffte es bis zum Öffnen der Hintertür für Sergei, ehe seine Neugier siegte. „Und, was hat sie gewollt?“

„Einen Job. Sie braucht einen ab Montag.“ Sergei rutschte auf den Rücksitz, wohl wissend, dass er mit einer solch vagen Antwort niemals durchkommen würde. Sie waren zu lange zusammen, um Geheimnisse voreinander zu haben. Sie kämpften schon zu viele Jahre Seite an Seite, um nur mit dem absoluten Minimum an Antworten abgespeist zu werden.

Sobald Kir sich hinter das Lenkrad gesetzt hatte, torpedierte er ihn mit einer Nachfrage. „Wirst du einen für sie finden?"

„Das habe ich bereits."

Kir und Roman wechselten einen Blick.

Roman drehte sich auf dem Beifahrersitz so weit, dass er Sergei über die Schulter hinweg ansehen konnte, und hob eine Augenbraue.

„Sie hat Erfahrung im Putzen", sagte Sergei. „Sie ist kompetent und vertrauenswürdig, deshalb wird sie ab Montagmorgen mein Anwesen verwalten."

Kapitel 3

Evette überprüfte einmal mehr die Adresse auf der Visitenkarte und dann die Hausnummer, die auf der coolen Plakette am schmiedeeisernen Zaun eingeätzt war.

Yep. Definitiv der richtige Ort.

Ihr Blick wanderte zurück zu dem massiven Plantagenhaus, das vor ihr stand. Mit seiner weißen Fassade und den klassischen runden Säulen gehörte es zum typischen Architekturstil, den jeder Besucher im Garden District von New Orleans erwartete. Die zweite Etage war wie eine Galerie aufgebaut, die sich perfekt dazu eignete, bei einem Mint Julep – einem Cocktail aus Bourbon, Minze und Zuckersirup – den Sonnenuntergang zu genießen.

Und es war riesig.

Wunderschön und atemberaubend in seiner majestätischen Schönheit.

Die Frage war, warum sie hier und nicht bei einem Geschäftsgebäude war. Ja, sie hatte schon vorher gewusst, dass die Adresse, die Sergei ihr gegeben hatte, im Garden District lag. Aber bis sie aus der historischen Saint-Charles-Straßenbahn ausgestiegen war, hatte sie nicht geahnt, dass die Adresse sie zu einem Haus führen würde.

Nein, kein Haus, Evie. Ein Haus war etwas für normale Leute. Das Ding hier war eine Villa, und ein Teil von ihr hatte Angst, überhaupt dort an der Haustür anzuklopfen.

Sie starrte hoch zu dem massiven Kronleuchter, der über der riesigen Eingangstür aus Mahagoni hing. Diese Tür war das Einzige, was zwischen ihr und einem Job stand. Sie konnte entweder auf dem Bürgersteig stehen bleiben und wie eine Touristin glotzen, oder den Mut aufbringen, es anzugehen.

„Nun, Ersteres wird dir nicht dabei helfen, dich um deinen Jungen zu kümmern", murmelte sie leise. Sie presste die Lippen aufeinander und nahm die Schultern zurück. *Toll gemacht, Evie. Sie haben wahrscheinlich überall Überwachungskameras, die direkt auf dich gerichtet sind. Lass sie ruhig sehen, dass du mit dir selbst laberst.*

Sie ging mit der gleichen vorgetäuschten Zuversicht voran, die sie seit dem Tag, an dem sie mit Emerson aus dem Krankenhaus gekommen war, wie einen Panzer vor sich hertrug. Das war der Moment gewesen, in dem ihr klar geworden war, dass sie sich mehr aufgebürdet hatte, als sie tragen konnte. Es war allerdings etwas Wahres dran an der Phrase: *Täusch es so lange vor, bis es tatsächlich klappt.* Einen Tag nach dem anderen anzugehen und ihre unerbittliche Entschlossenheit hatten ihr geholfen, so weit zu kommen, und sie hatte nicht vor, jetzt zu kneifen.

Evie drückte auf die Klingel, und hinter der Tür ertönte ein Geräusch, das sich wie eine einzelne Kirchenglocke anhörte. Sie prüfte ein letztes Mal ihr Outfit, das aus einer engen schwarzen Hose mit Aufschlägen an den Knöcheln, einem ärmellosen, cremefarbenen Häkelshirt mit Herzausschnitt und unechten Perlenknöpfen bestand. Dazu trug sie einen passenden Blazer, der an den Unterarmen hochgerollt war, und elegante, allerdings nicht allzu hohe braune Pumps. Es waren alles qualitativ hochwertige Teile, die sie im Laufe der Jahre in Secondhandläden gekauft hatte, doch niemand außer ihr würde wissen, dass es gebrauchte Ware war. Zumindest nicht, wenn sie nicht gesehen hatten, wo sie wohnte. Sie hatte gedacht, der Look würde ihre wagemutige *Ich-kann-das*-Einstellung vermitteln, aber angesichts des Anwesens, vor dem sie nun stand, hätte sie vielleicht besser ein klassisches Kostüm wählen sollen.

Zu spät.

Sie war hier, und nach den schweren Schritten auf einer harten Oberfläche hinter der Tür zu urteilen, wurde es nun ernst.

Der Türknauf wurde gedreht.

Evie hob ihr Kinn an und strahlte mit ihrem Markenzeichenlächeln die Tür an.

Eine Sekunde später verblasste es. Der pure Schock, als Sergei auf sie herabblickte, wurde nur noch von der Tatsache übertroffen, dass er zum ersten Mal, seit er vor einem Jahr ins Diner gekommen war, ohne Anzugjacke vor ihr stand.

Heilige Mutter Gottes, war er ein schöner Anblick. Einige Männer brauchten einen Anzug, um mächtig auszusehen, aber nicht Sergei. Das Fehlen der Jacke und wie sich sein feines Hemd über diese breiten Schultern spannte, brachte seinen erstklassigen Oberkörper erst so richtig zur Geltung.

Heute bestand sein Outfit aus einem sehr hellen lavendelfarbenen Hemd, gepaart mit einer perfekt sitzenden grauen Hose. Obwohl er stets Anzüge bevorzugte, wenn sie ihn gesehen hatte, trug er nur selten Krawatten. Auch heute machte er da keine Ausnahme. Sein Anblick verlockte eine Frau dazu, ihre Finger unter den Stoff des Hemdes zu schieben, um herauszufinden, ob er eher eine beharrte oder glatt rasierte Brust hatte.

„Ms. Labadie."

Die Amüsiertheit in seiner Stimme brachte sie dazu, ihre Augen von seiner Brust loszureißen und seinen Blick zu erwidern. Hatte sie gestarrt?

Ähm, hallo? Natürlich hast du das. Das tust du doch immer.

Richtig. Und nun standen ihre Wangen in Flammen und sie glotzte ihn schon wieder an. Sie räusperte sich. „Ich habe nicht erwartet, Sie hier zu sehen." Sie drehte sich und blickte zu den anderen Häusern, die die Straße säumten. „Eigentlich habe ich nicht erwartet, überhaupt hier zu sein. Ich dachte eher, ich würde zu einem Geschäftsgebäude gehen."

„Ein Geschäftsgebäude?"

„Ja. Sie wissen schon. Eine Vermittlungsagentur oder so etwas in der Art."

Er trat zurück, winkte sie herein und schüttelte den Kopf. Angesichts des Grinsens auf seinem Gesicht war sie sich ziemlich sicher, dass sein Kopfschütteln mehr humorvoll als ablehnend gemeint war wegen ihrer Vermutung. „Ich fürchte, nein."

Wow.

Der Eingang präsentierte alles, was an diesen Plantagenhäusern so wundervoll war. Er war nicht so anmaßend und verschwenderisch wie bei einigen riesigen Luxusvillen, die sie online gesehen hatte, aber dennoch so anspruchsvoll im Detail, dass er augenblicklich einen enormen Eindruck vermittelte. Die Wände waren in einem beruhigenden Buttergelb gehalten. Die weißen Fuß- und Sockelleisten waren mindestens acht Zentimeter hoch und enthielten Details, die einen Tischlermeister ins Schwärmen versetzen könnten. Eine etwa fünfzehn Zentimeter breite Bordüre aus herrlichem Hartholz umrahmten kleine achteckige, elfenbeinfarbene Kacheln, die wie ein altmodisches Kreuzstichmuster angelegt waren. „Dieses Haus ist wunderschön."

„Es ist ein Wahrzeichen." Sergei schloss die Tür hinter ihr und ging voraus. „Soweit ich weiß, wurde bei der Renovierung und den Details darauf geachtet, dass sie bemerkenswert nah an der ursprünglichen Bauweise von 1867 blieben."

Sie stoppte neben einem massiven Gemälde mit verziertem Goldrahmen – dasselbe Haus, das sie eben erst betreten hatte, aber in einer anderen Epoche angesiedelt. Irgendetwas daran beruhigte sie. Als ob alle technologischen Fortschritte der Gegenwart in einem einzigen Moment ausgelöscht worden wären und das Chaos des Sofortzugriffs auf die Welt mit sich gerissen hätte.

„Kommen Sie", sagte er, während er neben der geschwungenen Treppe stand. „Ich führe Sie herum."

Es gab nicht viele Dinge, die Evie die Sprache verschlugen. Nicht einmal einige der schickeren Häuser, die sie besucht hatte. Doch die Details dieser Villa ließen sie förmlich dahinschweben und erinnerten sie an all die entzückenden Bilder aus vergangenen Zeiten.

Verzierte Kristallkronleuchter. Handgeknüpfte Teppiche. Elegante Vorhänge, die vor den großen Fenstern hingen und am Boden geschmackvoll drapiert waren. All das erinnerte sie an die französischen Paläste, die sie sich einmal online angesehen hatte, nur mit einem kreolischen Flair.

„Es handelt sich um sieben Schlafzimmer und acht Bäder", sagte er, als er aus dem Aufzug in die Küche trat. „Diese Räume erfordern regelmäßige Reinigung, ebenso wie der Ballsaal und die Wohnräume. Es gibt einen Hausmeister und eine Köchin, deren Aufgaben Sie koordinieren müssen."

Sie würde was?

Sie blieb hinter ihm stehen. „Mr. Petrovyh.“

„Sergei.“

Sie nickte. „Sergei.“ Evie betrachtete die erstklassigen Granitarbeitsflächen mit den hochwertigen Edelstahlgeräten. Allmählich ließ die Faszination nach, die sie bisher so in den Bann gezogen hatte. Jedenfalls so weit, dass sie endlich wieder das Ruder in die Hand nehmen konnte. „Warum bin ich hier?“

„Ich zeige Ihnen das Haus und teile Ihnen meine Erwartungen mit.“

So, wie er das sagte, lag da ein gewisser Unterton in seiner Stimme, der besagte: *Sei nicht dumm!* Dennoch konnte sie den riesigen Elefanten im Raum beim besten Willen nicht sehen. „Und das tun Sie, weil …?“

Er vergrub seine Hände in den Hosentaschen und neigte den Kopf ein wenig zur Seite, während in seinen Augen die Herausforderung schimmerte. „Sie wollten einen Job, Evette. Seit einer Viertelstunde sind dieses Anwesen und alles, was damit zu tun hat, offiziell genau das.“ Ohne auf eine Erwiderung zu warten, drehte er sich um und schlenderte zur Hintertür der Küche. „Kommen Sie hier entlang, ich zeige Ihnen das restliche Gelände und den Pool.“

Sie folgte ihm, ohne einen einzelnen klaren Gedanken zustande zu bringen, zu fassungslos über seine beiläufige Erklärung, um auch nur darauf zu kommen, Einspruch einzulegen. In der Sekunde, als sie den hinteren Gartenbereich sah, setzte ihr Gehirn vollkommen aus, und sie akzeptierte die Tatsache, dass nichts mehr einen Sinn machen würde. Zumindest nicht, bis sie die Gelegenheit hätte, sich hinzusetzen und ihrem Verstand Zeit zu geben, das alles zu verarbeiten.

Perfekt getrimmte Hecken formten eine klassische Begrenzung um den kristallklaren Pool, und das Gras, das sich über die gesamte Rückseite erstreckte, war golfplatzwürdig. Eine Balustrade trennte die erhöhte Steinterrasse von einem geschwungenen Plattenweg aus Sandstein zum Pool. Marmorstatuen, die wahrscheinlich aus Italien importiert worden waren, schmückten die vielen bunten Blumenbeete, die wirklich alles – von Chinesischer Kräuselmyrte bis zu Rosenbüschen – beherbergten.

Sergei beendete seine Litanei an Instruktionen, von denen sie kein einziges Wort gehört hatte, stemmte seine Hände in die Hüften und blieb ihr gegenüber stehen. „Irgendwelche Fragen?“

Könnten Sie das alles noch mal wiederholen?

Besonders den Teil, bei dem ich dieses Anweisen hier leite?

Das wäre sicherlich nicht die cleverste Antwort, wenn man die sich bietende Gelegenheit betrachtete. Ehrlichkeit war ja gut und schön, aber manchmal brauchte ein Mädchen etwas Zeit, um aus der Realität schlau zu werden. „Ich habe eine Tonne von Fragen, es wird allerdings wohl eine Weile dauern, bis sie Gestalt annehmen.“

Er nickte einmal kurz, als wäre ihre Erwiderung nicht nur akzeptabel, sondern als hätte er nichts anderes erwartet. Sergei drehte sich um und ging auf ein Gebäude zu, das auf der anderen Seite des Gartens und am Ende der Einfahrt lag. „Gut, dann folgen Sie mir und wir werden über Ihr Gehalt reden.“

Für einen kurzen Moment machte sich ihr praktischer Verstand für die Verhandlungen bereit, wurde aber schnell von ihrer Neugier beiseitegeschoben, als sie sich dem allein stehenden Gebäude näherte. „Was ist hier drin?“

„Es ist das Kutscherhaus.“ Er öffnete die malerisch gestaltete Hollandtür, die als Haupteingang diente, und ging ihr voraus. Im Gegensatz zum Haupthaus hatte sich der ehemalige Besitzer hier einige Freiheiten herausgenommen. Es besaß immer noch den gleichen Charme wie alles andere, aber mit wesentlich mehr modernen Details.

Wunderschön.

Absolut atemberaubend.

Versiegelte Holzböden. Weiß getünchte Wände. Eine opulente Holztreppe mit schmiedeeisernen Details im Geländer. All dies wurde mit Geräten, die auf dem neusten Stand der Technik waren, und rustikalen Akzenten unterstrichen. Es wirkte wie ein Landhaus, das sich gegen die Moderne gewehrt hatte.

Sie schlenderte durch den Wohn- und Essbereich mit seinen hohen Decken und blieb an einem langen Esstisch mit einer Sitzbank auf einer Seite stehen. Evie blickte hinauf zur offenen Galerie, von der aus zwei Schlafzimmer abzweigten. „Wer wohnt hier?“

„Sie wohnen hier, Ms. Labadie.“ Er nahm einen großen braunen Umschlag vom Tisch und schüttete den Inhalt aus – einen kleinen Stapel Papiere, die an einer Ecke zusammengetackert waren, einen dicken weißen Briefumschlag, einen Satz Schlüssel und einen Kugelschreiber. Sergei hob den dicken Umschlag auf und reichte ihn ihr. „Sie erhalten natürlich einen Bonus für die Unterzeichnung des Vertrages und Zeit, sich um die Schulanmeldung für Emerson zu kümmern. Danach werden meine Männer Ihnen beim Umzug helfen.“

Evie hörte die Worte. Sie wusste tief im Innern, dass sie sich endlich zusammenreißen musste, um das alles zu verarbeiten, allerdings war sie zu nichts anderem im Stande, als die Schlüssel auf dem Tisch vor ihr anzustarren.

„Ich soll hier wohnen?"

„Eine Bedingung des Jobs. Nicht verhandelbar."

Ein Platz zum Wohnen.

Ein wirklich absolut verflucht schöner dazu.

Einer, bei dem sie sich nicht ständig darüber Sorgen machen musste, dass Emerson auf dem Weg von der Schule nach Hause getötet oder rekrutiert wurde, sich einer Gang anzuschließen.

Sie war geneigt, nach den Schlüsseln zu greifen, doch stattdessen zog sie den Stapel Papiere zu sich.

Ein Vertrag.

Zahlen und Details zeichneten sich zwischen der Juristensprache ab. Eintausend Dollar pro Woche. Miete und Nebenkosten als Teil des Pakets inklusive. Drei Wochen Urlaub. Krankenversicherung.

Und alles, was sie dafür tun musste, war, das Haus sauber zu halten und die Arbeiten der anderen Dienstleister zu koordinieren.

Das war großartig.

Genau die Veränderung, die sie brauchte, um Emerson das Leben ermöglichen zu können, das er verdient hatte, und ihre Karriere wieder in die Spur zu bringen.

„Mr. Petrovyh …" Sie leckte sich über die Unterlippe und blickte auf den Vertrag. Es gab Geschäfte, die einfach zu gut waren, um wahr zu sein, und sie wäre verflucht naiv, wenn sie nicht ihren Teil dazu beitragen würde, herauszufinden, ob dieses hier eins davon war. Sie zwang sich, ihn direkt anzusehen. „Wessen Haus ist das hier?"

Sein Grinsen war das eines Wolfes. Eines hungri-

gen, gerissenen und vernichtend schönen Wolfes.
„Meins.“

Dieses Eingeständnis hätte sie eigentlich erschrecken müssen. Es hätte sie direkt aus der Tür jagen müssen und zurück zur Straßenbahn, mit der sie hergekommen war. Stattdessen blieb sie wie versteinert, wo sie war, und schickte ein Gebet um Verständnis gen Himmel.

„Ist das ein Problem, Ms. Labadie?“

Für einen russischen Mafioso zu arbeiten?

Mit ihm zu leben?

Nun, nicht *mit* ihm. Jedenfalls nicht ganz. Doch bei näherer Betrachtung musste sie sich die Frage stellen, wie hoch wohl die Wahrscheinlichkeit von umherfliegenden Kugeln und Entführung sein könnte. Sie schob den Vertrag vor sich hin und her. „Ich wusste nur nicht … Ich wusste nicht, dass eine Unterkunft inbegriffen ist. Oder dass ich für Sie arbeiten würde.“

Er pirschte sich von seiner Seite des Tisches bis zum Ende heran, umrundete ihn und kam direkt auf sie zu. Die Art, wie er sie dabei mit diesen tiefblauen Augen ansah, machte ihr klar, warum die Beute eines Raubtieres nicht flüchten konnte. Sie war zu fasziniert, von der Schönheit des Jägers vollkommen gefangen, um sich selbst zu schützen. „Ich bin ein sehr anspruchsvoller Arbeitgeber, Ms. Labadie. Ich erwarte viel von denjenigen, die für mich arbeiten. Als Gegenleistung für ihre Fähigkeiten und Loyalität biete ich eine ausgezeichnete Vergütung. Aber missverstehen Sie eins nicht …“ Er schob ihr den Vertrag wieder hin. Tätowierungen zierten die Spitzen seiner Finger – seltsame Symbole, die für sie keinen Sinn ergaben, und komplizierte Muster, die sich um seine

Handgelenke schlangen, bevor sie unter den Hemdärmeln verschwanden. „Dies hier ist meine Welt und
Sie werden nach meinen Regeln spielen.“

Da war es. Eine Warnung und ein Ultimatum, alles in einem. Das Angebot war großzügig. Mehr als
das. Wenn sie es annehmen würde, hätte sie endlich
einen Ausweg aus den nicht enden wollenden Problemen, die sie selbst verursacht hatte, als sie voller
Trauer um ihre Mutter vom Weg abgekommen und
schwanger geworden war.

Aber dafür würde sie einem sehr gefährlichen
Mann eine Menge schulden. Mehr als das, sie würde
nicht nur dem Teufel etwas schulden. Sie würde mit
ihm zusammenleben. Und damit ging auch eine gewisse Gefahr einher. „Ich habe einen Sohn. Ich habe
die Verantwortung für ihn. Ich kann nicht …“ Sie
schluckte hart, versuchte, einen Weg zu finden, ihren
Bedenken Ausdruck zu verleihen, ohne ihn zu beleidigen.

Keine leichte Aufgabe, wenn allein der Gedanke
daran, was sie gerade in Erwägung zog, sie zu Tode
erschreckte.

Offensichtlich stand ihr diese Angst förmlich ins
Gesicht geschrieben, denn er beantwortete die unausgesprochene Frage dennoch. „Ihnen wird kein
Leid zugefügt. Auch nicht Emerson. Diejenigen, die
für mich arbeiten, sind unantastbar.“

Unantastbar.

Ausgesprochen mit absoluter Überzeugung.

Eine unzerbrechliche Endgültigkeit, die mit der
Subtilität eines Richterhammers durch den schönen
Raum hallte.

Die Logik sagte ihr, dass er das gar nicht garantieren konnte. Aber wenn sie die Entschlossenheit in seinen Gesichtszügen betrachtete und die Art, wie unerbittlich er seinen eindrucksvollen Körper positionierte, kam ihr in den Sinn, dass selbst das Schicksal es sich wohl lieber zweimal überlegen würde, sich mit ihm anzulegen.

Mit zittrigen Händen hob sie den Vertrag an und begann, ihn zu lesen, zwang sich diesmal dazu, jedes einzelne Detail davon zu verinnerlichen.

Sergei verhielt sich vollkommen ruhig. Keine unausgesprochenen oder ausgesprochenen Versuche, sie zu einer Entscheidung zu drängen. Er wirkte nur wie ein geduldiger Jäger, der auf seine aufgestellte Falle vertraute.

Der Bonus für die Vertragsunterzeichnung würde mehr als reichen, um Emersons Platz an der Schule zu garantieren. Am Ende jeder Woche hätte sie sogar genug Geld übrig, um ihre eigene Schulbildung zu finanzieren. Emerson wäre in der Lage, in einer sicheren Gegend zur Schule zu gehen, und sie hätte abends Zeit, mehr als einen Kurs pro Semester zu besuchen.

Ein Flattern breitete sich in ihrem Magen aus, und ihre Arme fühlten sich so leicht an, dass sie tatsächlich prickelten.

Hoffnung.

Es war Jahre her, seit sie sie gefühlt hatte. Sie hatten den Glauben daran schon aufgegeben, dass eine solche Chance jemals auf sie zukommen würde. Aber die Chance war jetzt hier, wenn sie mutig genug war, sie anzunehmen.

Dorothy hatte ihm vertraut und Sergei hatte all seine Versprechen gehalten. Er hatte die Schläger ausradiert, die ihr Diner überrannt und sie täglich bedroht hatten.

Ihr Blick glitt zu dem Kugelschreiber, der auf dem Tisch lag. Es war kein gewöhnlicher Stift. Eher eines dieser silbernen Dinger, die wahrscheinlich Hunderte von Dollar kosteten. Sie nahm ihn auf und das Metall fühlte sich herrlich kühl an ihren Fingern an. Das Knistern der Papiere, als sie auf die letzte Seite blätterte, war im offenen Raum in dem ansonsten stillen Moment überdeutlich zu hören. Ehe sie sich versah, starrte sie auf ihre Unterschrift.

Evette Labadie.

Jede Linie elegant und gut geübt. Eine Unterschrift, von der sie einmal geschworen hatte, sie dazu zu nutzen, um große Dinge zu vereinbaren.

Damit hatte sie nicht falschgelegen. Sie hatte sich nur nicht vorgestellt, dass es bei einem Geschäft sein würde, das sie alles kosten könnte.

Beim Aufstehen blätterte sie die Papiere wieder zurück und überreicht sie dann Sergei.

Er nahm sie entgegen, und sein ruhiges Durchblättern ließ ihn wirken wie einen zufriedenen Mann, der gerade genau das, was er wollte, in Zement gegossen hatte. „Eine kluge Wahl, Ms. Labadie." Er neigte seinen Kopf auf eine Art, die sich wie ein formales Ritual anfühlte, behielt dabei jedoch stets den Augenkontakt zu ihr. Sobald er sich wieder aufgerichtet hatte, war der angespannte Moment vorbei und wurde ersetzt durch seine anmaßende Selbstsicherheit, die er bereits den gesamten Morgen über zur Schau getragen hatte.

Er ging zur Tür, während er sein erstes Kommando als Arbeitgeber an sie richtete. „Gehen Sie. Kümmern Sie sich um Ihren Sohn und seine Schule. Sie haben heute Zeit, umzuziehen; meine Männer stehen Ihnen zur Verfügung. Morgen beginnen Sie mit Ihren regulären Aufgaben.“

In der geöffneten Tür hielt er inne, musterte sie von Kopf bis Fuß, hob eine Augenbraue und grinste. „Das ist eine große Aufgabe, Ms. Labadie. Ich schlage vor, Sie machen sich besser an die Arbeit.“

Kapitel 4

Sergei hatten den Großteil seines Lebens in den Vereinigten Staaten verbracht. Lange genug, um einen Abschluss in Englisch und Wirtschaft zu machen und danach noch einen Master in Business zu absolvieren, aber seine Zeit in New Orleans hatte er mit Abstand am meisten genossen. Russland war ein schönes Land, doch New Orleans war voller Leben.

Üppig und extravagant.

Der Halbmond schien von einem wolkenlosen Himmel auf sie hinunter. Er, Kir und Roman saßen um den Terrassentisch verteilt mit Blick auf den Pool. Er konnte nicht umhin, mit seiner Entscheidung, seine *Familie* hier zu gründen, zufrieden zu sein.

Zigarrenrauch stieg auf und mischte sich mit dem Mondlicht. Um fast zweiundzwanzig Uhr erreichten die Temperaturen noch knapp sechsundzwanzig Grad.

Am ersten Oktober.

Er lächelte in sich hinein. Wäre er jetzt in St. Petersburg, wären es gerade mal um die zwölf Grad. Im Vergleich zum Winter, wenn die Temperaturen meist weit unter den Gefrierpunkt sanken, war das noch wahrhaft angenehm.

In der zweiten Etage des Kutscherhauses leuchteten die Lichter. Die Fenster auf dieser Seite des Hauses waren eher dazu eingebaut worden, um Tageslicht hineinzulassen, statt Einblicke zu gewähren – was auch gut war. Den Morgen mit Evette zu verbringen und zu wissen, dass sie nur einen kurzen Fußmarsch von seinem Büro entfernt war, war eine echte Herausforderung für ihn gewesen. Mehr als er gedacht hatte. Besonders, wenn sie ihn mit diesen großen, unschuldigen Augen ansah.

Er wollte die Stille nicht unterbrechen. Noch zögerlicher war er, das Thema anzusprechen, das schon den ganzen Tag viel zu viel Raum in seinem Kopf eingenommen hatte. Aber er musste es wissen, musste schnell wieder sein Gleichgewicht finden, wenn er jemals die Hoffnung hegen wollte, sich in Zukunft im Griff haben zu wollen. „Wie lief der Umzug?"

Roman unterbrach sein nachdenkliches Studieren des Nachthimmels und wechselte Blicke mit Kir.

Kir schmunzelte ihn an. Eine unausgesprochene Konversation, die Sergei nur allzu gut kannte und die ihm sagte, dass sie heute viel über ihn gesprochen hatten. Oder besser gesagt, darüber, dass er Evette und Emerson in die *Familie* gebracht hatte.

Kirs Blick verlagerte sich auf Sergei. „Es ist gut, dass du in Aktion getreten bist. Eine Frau wie sie sollte nicht in einer solchen Bude leben."

„Ihr Umzug war einfach", fügte Roman hinzu. „Wenig Besitz."

Ein unwillkommenes Jucken breitete sich unter Sergeis Haut aus. „Erklär das."

„Gerade genug Geschirr für die beiden. Ein kleines Sofa. Zwei Einzelbetten. Ein paar Kleidungsstücke." Roman zuckte mit den Achseln. „Wir mussten nur einmal fahren und haben nicht mal den halben LKW voll gehabt."

„Sie hat Geschmack", sagte Kir. „Sie mag nicht viel besitzen, aber die Wohnung war sauber. Gemütlich."

Das überraschte ihn nicht. Nichts, was sie jemals angehabt hatte, wenn sie Emerson vom Diner abgeholt hatte, war übertrieben, hatte ihr jedoch stets eine stilvolle Ausstrahlung verliehen. Es lag nahe, dass sich ihre Liebe zu Mode und Zweckmäßigkeit auch auf ein von ihr gewohntes Haus erstrecken würde. „Irgendwelche Beobachter?"

Kirs Mund verzog sich zu einem verschmitzten Grinsen. „*Da.* Der Umzug war einfach, aber wir haben uns trotzdem Zeit gelassen. Haben einen großen Umzugswagen genommen und eine Show daraus gemacht."

Hervorragend. Das bedeutete, dass sich diese Neuigkeit schneller verbreiten würde. „Und die Schule?"

„Der Platz des Jungen ist gesichert", bestätigte Roman. „Dem Verwalter war es unangenehm, Ms. Labadie nicht sagen zu dürfen, dass du das Stipendium in voller Höhe finanziert hast. Aber wir haben dieses Hindernis überwunden. Emerson beginnt nächste Woche."

„Ich gehe wohl zu Recht davon aus, dass das Hindernis durch eine zusätzliche Zahlung überwunden wurde?"

„Eine wohltätige Spende für die Turnhalle, die sie bauen", sagte Roman.

Sergei nickte und war kein bisschen überrascht, dass es dem Verwalter gelungen war, zusätzliche finanzielle Mittel aus dem Deal zu quetschen. Wenn sie sich dadurch besser fühlten, was das Arrangement mit ihm betraf, war es ihm nur recht. Er würde es später auch zu seinem Vorteil nutzen.

Romans Augen richteten sich auf das Kutscherhaus und seine Stimme fiel in eine noch tiefere Tonlage. „Der Junge ist ruhig. Ein Beobachter." Er sah wieder zu Sergei. „Er ist wie wir."

Das war ihm auch aufgefallen. Er hatte diese Intensität und Weisheit in den Augen des Jungen brennen sehen. Er war zwar erst sieben Jahre alt, aber er besaß eine alte Seele, die schon zu viel gesehen hatte. Vielleicht würde er, sobald er verstanden hätte, dass nun andere Erwachsene da waren, die sich um seine Mutter kümmerten, dahin zurückkehren, wieder ein Kind zu werden. „Schirmt ihn trotzdem ab. Wenn er älter ist, wird er seine Entscheidung treffen, aber für den Moment bleibt er unberührt.“

Er klopfte die Asche von der Spitze seiner Zigarre ab und konzentrierte sich auf Kir. Während Roman für die körperlichen Aufgaben und Ausführung ihrer Pläne zuständig war, sorgte Kir für Sicherheit und Informationen, einschließlich der Technologie. „Was hast du über ihren alten Job herausgefunden?“

„Ihre Behauptung war gerechtfertigt. Ihr Ausweis wurde tatsächlich benutzt, um das Gebäude nach Geschäftsschluss zu betreten. Wenn sie es nicht war, dann hat jemand anderer Zugriff auf ihren Ausweis.“

„Derjenige muss ihr nah genug sein, um ihn ihr am nächsten Morgen zurückzugeben“, fügte Roman hinzu.

„Jemand in ihrem Wohnkomplex?“, fragte Sergei. „Freunde?“

Kir machte eine kreisförmige Bewegung mit seiner Zigarre, ehe er einen tiefen Zug davon zu sich nahm und den Rauch in den Himmel schickte. „Jeder ist ein Freund für Ms. Labadie. Jeder Mieter. Jede Person auf der Straße. Niemand ist ein Fremder.“

Eine gute Sache für sein Vorhaben, das Vertrauen der Einheimischen zu gewinnen, indem er sie zu sich holte. Allerdings wurde es zur Stecknadel im Heuhaufen, wenn es sich darum drehte, denjenigen zu finden, der Zugang zu ihrem Zuhause gehabt haben könnte. Wie dem auch sei, nun war sie sicher. Und in Zukunft würde niemand mehr an sie herankommen, ohne dass er oder seine Männer davon wüssten. „Ich will, dass sie bewacht werden. Keiner von ihnen verlässt das Gelände ohne einen der Männer. Nichts Übertriebenes, aber genug, um sie zu schützen und eine unmissverständliche Botschaft zu senden."

Kir und Roman tauschten für eine längere Zeit Blicke aus, eine nonverbale Konversation, in die Sergei nicht eingeweiht worden war. Es war Roman, der die Stille zuerst durchbrach und zu Sergei blickte. „Was für eine Botschaft senden wir aus, *moy brat?*"

Ein respektvoll ausgeführter Hieb gegen Sergeis Beweggründe, aber dennoch ein Schlag. Sosehr er es auch hasste, es zugeben zu müssen, seine Brüder hatten gute Gründe, besorgt zu sein. Wenn es ihm wirklich nur darum gegangen wäre, die Gunst der Nachbarschaft zu gewinnen, indem er Evette eine Auszeit gönnte, hätte er dies mit weitaus mehr Abstand tun können.

Aber er wollte keine Distanz. Er wollte, dass die Sonne auf sein dunkles Leben schien, wollte sie sehen und spüren, auch wenn sie nie direkt auf ihn strahlen würde. „Ich folge meinen Instinkten, und die besagen, dass sie und Emerson hierher gehören."

Es war so nah an der Wahrheit, wie es ihm möglich war. Zumindest so nah, wie er bereit war, es laut auszusprechen.

„Keiner deiner anderen Angestellten hat Wachen." Wie Roman bemühte sich auch Kir, seine Worte sorgfältig zu wählen, aber es steckte noch immer eine unverwüstliche Eisenfaust dahinter. „Wenn du diesen Weg einschlägst, markierst du sie beide. Du stellst damit deinen Anspruch auf sie klar, ob du es willst oder nicht. In unserer Welt ist das gefährlich. Es schafft Risiken für sie und Verbindlichkeiten für uns."

Das wusste er. Und doch konnte er sich nicht dazu entschließen, seinen Kurs zu ändern. Sergei starrte auf die Fenster des Kutscherhauses und spürte die gleiche Gewissheit, die er an dem Tag empfunden hatte, als Yefim ihm seinem Mentor und seine Vaterfigur, Anton, vorgestellt hatte. „Sie stehen unter unserem Schutz. Sie gehören zur *Familie*." Er blickte zu Kir, dann zu Roman. „Und wenn jemand es wagt, sie anzufassen, stirbt er."

Kapitel 5

Evette drehte den schicken Wasserhahn aus Edelstahl an der Spüle ab, starrte ihn an und wartete.

Er tropfte nicht.

Ebenso war keiner der Badewannenstöpsel undicht, eine Tatsache, an die sie sich selbst nach einer Woche in Sergeis Kutscherhaus kaum gewöhnen konnte. Genauso genial war der Fakt, dass Emerson und sie jeweils ein eigenes Badezimmer zur Verfügung hatten. In ihrem Bad stand eine dieser riesigen Badewannen mit Düsen, die nach einem langen Arbeitstag einfach der Himmel auf Erden waren und in denen das Wasser warm gehalten wurde.

Es waren zwei kleine zusätzliche Vergünstigungen zu all dem anderen Luxus, der eigentlich nicht so viel bedeuten sollte, wie er es tat, sich aber dennoch wie ein Lottogewinn anfühlte. Und von heute an würde Emerson nicht mehr durch gefährliche Gegenden laufen müssen, wenn er zu Schule ging. Die Frage, die sich ihr stellte, war, ob der Preis für so viel Segen es wert war. Sicher, die Unterkunft war jenseits von allem, was sie bisher gehabt hatte, aber mit ihr kamen auch Wachen. Viele von ihnen. Einige waren um das Anwesen herum positioniert, und mindestens ein oder zwei davon folgten Emerson und ihr, wenn sie irgendwohin gingen. Und das, obwohl Evie versucht hatte, sie vom Gegenteil zu überzeugen. Sie hielten sich stets im Hintergrund, aber sie waren eine ständige Präsenz und erinnerten Evette an die Welt, in der sie sich nun bewegte.

Die Aussicht vom Küchenfenster aus war nicht überwältigend. Nur ein kleiner Hinterhof, der von italienischen Zypressen eingerahmt wurde, mit gepflegten Hibiskusbüschen dazwischen, die ohne Zweifel im Spätfrühling und Sommer wunderschön waren. Doch es war verdammt schön, in den angenehmen Nächten rausgehen und sich in einen der gemütlichen Liegestühle setzen zu können. Einen solchen Luxus hatte sie noch nie in ihrem Leben gehabt. Und da die frühe Morgensonne sich gerade am Himmel zeigte, war es verlockend, sich ein wenig Ruhe für sich selbst zu gönnen. Allerdings war es Emersons erster Tag an der neuen Schule, und sie wollte nicht riskieren, dass sie zu spät kamen.

Sie trocknete sich die Hände mit einem der Küchenhandtücher ab, die einen Tag nach ihrem Einzug zusammen mit anderen Küchenutensilien und -geräten geliefert worden waren, und rief die Treppe hinauf: „Emerson, bist du wach?"

„Ja."

Oh je. Nur ein Wort, aber der Tonfall zeigte, dass er immer noch schlechte Laune hatte. Nachdem Emerson von ihrer neuen Arbeit und den damit verbundenen Wohnräumen erfahren hatte, war er neugierig – und sogar ein wenig hoffnungsvoll – gewesen. Doch in der Sekunde, als er mitbekommen hatte, dass er auf eine andere Schule gehen würde, hatte er dichtgemacht wie eine von Liebeskummer geplagte Frau, die ihren Schwarm an die beste Freundin verloren hatte.

Vielleicht könnte sie ihn mit Essen bestechen, um ihn in gute Laune zu versetzen. „Möchtest du etwas Besonderes für deinen großen Tag?"

„Ja. Wie wäre es, wenn ich wieder an meine alte Schule gehen könnte?"

„Das wird nicht passieren, Großer. Die Lehrer

waren sich alle einig, dass diese Schule perfekt für dich ist.“

Er kam in Sichtweite. Die für alle männlichen Schüler vorgeschriebenen braunen Hosen und rotbraunen Hemden ließen ihn noch mehr wie einen Erwachsenen gefangen in einem Kinderkörper wirken. Emerson warf sich den Rucksack über eine Schulter und stampfte die Treppe hinunter. „Die haben leicht reden. Die sind ja auch nicht diejenigen, die wieder von vorne anfangen und neue Freunde finden müssen.“

Allerdings hatte Emerson gar keine Freunde. Er hatte nie über jemanden erzählt, war nie zu jemandem nach Hause gegangen oder hatte jemanden eingeladen. Das war eine weitere Sache, die seinen Lehrern aufgefallen war. Normalerweise neigte er eher dazu, sich mit den Lehrern zu unterhalten.

„Wenn jemand neu anfangen und es richtig machen kann, dann du.“ Sie wartete, bis er das Ende der Treppe erreicht hatte, legte den Arm um ihn und zog ihn in einer dieser unbeholfenen Umarmungen an sich, die der Junge zu hassen schien. „Man weiß nie, Kleiner. Dies könnte der Beginn von etwas richtig Großem für dich sein.“

Emersons Blick glitt zu dem Fenster, das zur Haupteinfahrt zeigte, und sein Gesichtsausdruck veränderte sich. Neugier und Wachsamkeit lagen darin, und das passte besser zur Mimik eines Siebenjährigen. „Vielleicht für uns beide.“

Hmm.

Interessant.

Ein mürrischer Emerson, daran war sie gewöhnt. Den schlecht gelaunten Emerson konnte sie tolerieren. Aber ein verschmitzter Emerson wäre die reinste

Freude.

Sie öffnete die Tür der Speisekammer, die ebenfalls einen Tag nach ihrem Einzug unaufgefordert aufgefüllt worden war, und begutachtete den Inhalt. „Wonach ist dir?"

Emerson richtete seine Aufmerksamkeit auf sie und sein unergründlicher Gesichtsausdruck war wieder zurückgekehrt. „Nach gar nichts."

Lüge.

Sie senkte ihr Kinn und sah ihn mit diesem typischen „Mach-jetzt-keine-Faxen"-Blick an, den ihre Momma früher stets bei ihr eingesetzt hatte. „Du weißt, dass es eine eingebaute Lügendetektorfunktion bei jeder Frau gibt, die in der Minute, in der sie entbindet, ausgelöst wird. Egal, wie sehr das Kind versucht, sie zu überlisten, wir wissen immer die Wahrheit."

Emersons Augenwinkel kräuselten sich. Mutter Gottes, war das etwa ein Lächeln? Nicht breit genug, dass dabei Zähne zu sehen wären, aber eindeutig ein Heben der Lippen mit einer gewissen Frechheit.

Sie packte den Griff der Speisekammer fester, sog den Moment in sich auf und ließ sich darauf ein. „Also, bist du jetzt damit fertig, mich auf den Arm zu nehmen? Wir müssen nämlich noch frühstücken, bevor wir zur Schule aufbrechen."

„Ich bin fertig." Er senkte den Kopf und tat so, als ob er etwas in seinem Rucksack suchen würde, aber das Grinsen war nach wie vor da.

„Gut. Was möchtest du denn jetzt haben? *Lucky Charms*, *Pop-Tarts* oder *Froot Loops*?"

„Mom, du weißt doch, dass die Unmengen von Zucker enthalten."

Gott steh ihr bei. Wie viele Mütter mussten ihre

Kids dazu überreden, Junkfood zu essen? „Natürlich weiß ich das. Ebenso weiß ich auch, dass du, wenn du es jetzt nicht genießt, puren Zucker zu essen, absolut etwas verpasst. Also? Was darf es nun sein?“

Emerson zuckte mit den Schultern. „Vermutlich *Lucky Charms*.“

Evette schnappte sich die XL-Packung und fing an, eine Schüssel zu füllen. „Gute Wahl. Schließlich sind sie auf magische Weise köstlich.“

Das Glucksen, das vom Landhaustisch ertönte, brachte sie fast dazu, die Milch über der gesamten Arbeitsplatte zu verschütten.

Ein Lächeln und ein Lachen?

Beides nicht übertrieben ausgelassen, aber ein Schritt in die richtige Richtung.

Und die Antwort auf die Frage, die sie in der letzten Woche jede Nacht zu lang wachgehalten hatte. Das Glücksspiel mit Sergei Petrovyh lohnte sich absolut. Vor allem, wenn es bedeutete, ihren Jungen aus dem dunklen Loch herauszuholen, in dem er gesessen hatte.

Das Frühstück war erledigt und das Geschirr in die Spülmaschine geräumt – ein Gerät, das nicht nur neuwertig war, sondern auch erstaunlich leise lief. Evette schnappte sich ihre Handtasche und zog sich einen leichten Pullover über, weil es morgens inzwischen recht frisch draußen war. „Komm schon, Champ. Lass uns dieses neue Abenteuer beginnen.“

Er schaute finster drein und murmelte etwas vor sich hin. Sie wusste, dass es sie verärgern würde, wenn sie nachhaken würde, was er gesagt hatte, also ignorierte sie es und wartete an der Haustür auf ihn.

Die drei Männer, die Emerson und sie in der letzten Woche abwechselnd überall hin begleitet hatten, standen etwa drei Meter entfernt von ihrer Tür. Sie würde sich wohl daran gewöhnen müssen, dass ihr immer jemand auf Schritt und Tritt folgte, aber angesichts der Tatsache, für wen sie arbeitete, hatte sie es akzeptiert und die Sicherheitsvorkehrungen sogar zu schätzen gelernt. Was sie allerdings nicht erwartet hatte, war, dass Sergei neben seinem hammergeilen BMW stand und sich mit Kir und Roman unterhielt. Er sah genauso gut aus wie immer. Heute trug er zu seinem grauen Anzug ein weißes Hemd und hatte sein langes Haar zu einem Pferdeschwanz gebunden. Er wirkte damit halb wie ein Biker, halb wie ein Geschäftsmann, alles mit der Ausstrahlung eines mörderischen Mafiabosses.

Sie spürte, wie Emerson neben ihr stehen blieb. „Dir ist schon klar, dass er es merkt, wenn du ihn beobachtest?"

Für sein Alter war er viel zu scharfsinnig. Es wäre klüger, das nicht zu vergessen und ihre gaffenden Blicke besser für sich zu behalten. „Man kann keiner Frau einen Vorwurf machen, wenn sie den Anblick eines gut aussehenden Mannes zu schätzen weiß. Eines Tages, wenn du erwachsen bist und voller Selbstbewusstsein umherstolzierst, wird dich eine Frau ebenso bewundern, und du wirst mir zustimmen."

„Pffff."

„Pffff", machte sie ihn nach und öffnete die Tür. „Lass uns gehen."

Während sie Sergei gänzlich ignorierte, schwebte sie förmlich an ihren Wachen vorbei. „Heute ist nur der erste Tag an einer neuen Schule, Jungs. Alles friedlich zwischen hier und dem Schulkomplex. Also kein Grund zur Sorge."

Nachdem die Männer ihr in der letzten Woche wiederholt die gleichen Argumente entgegengebracht hatten, hatte sie wenigstens eine kleine Diskussion erwartet, doch die Wachen blieben stumm und standen einfach nur da.

„Wir sehen uns, Tony. Tschüss, Reggie. Tschüss, Mikey", rief Emerson ihnen zu.

Beim Klang seines vertrauten, nahezu gut gelaunt klingenden Abschieds wäre Evette fast gestolpert, als sie zu ihrem Sohn zurückblickte.

Emerson schob seinen Rucksack höher auf die Schulter. „Was denn?"

Sie schüttelte den Kopf, drehte sich um, um zu sehen, wohin sie lief, und blieb einen Schritt weiter stehen, kurz bevor sie mit Sergei zusammenstieß. „Oh, hey." Sie sah zu Kir und Roman, die etwas versetzt hinter ihm standen. „Wir sind gerade auf dem Weg zur Schule."

„In der Tat." Sergei bewegte sich auf die Hintertür des BMW zu. „Aber ihr werdet nicht zu Fuß gehen."

Schweigsam wie immer bewegte sich Mikey hinter ihr und öffnete die Autotür für sie.

Evette hatte zwar viele Gelegenheiten gehabt, das Äußere der teuren Limousine zu bewundern – Emerson hatte sich bemüht, ihr zu erklären, dass es sich dabei um einen Alpina und damit um die prestigeträchtigste BMW-Linie handelte –, aber sie hatte sie nie von innen gesehen, und das war genauso beeindruckend. Hellbraunes Leder, das über weich gepolsterte Sitze gespannt war und durch glänzendes dunkles Holz hervorgehoben wurde. In den beiden Rückenlehnen der Frontsitze waren Bildschirme eingebaut und jeder Zentimeter des Innenlebens war ausstellungsreif.

Sie hörte auf, den Wagen zu bewundern, und drehte sich zu Sergei um. „Wir müssen nicht fahren. Es ist eine gute Gegend und es ist schönes Wetter. Wir können laufen.“

„Sie werden fahren.“

„Mr. Petrovyh, das ist nicht notwendig.“

Sergei hob eine Augenbraue.

„Sergei“, korrigierte Evette sich selbst. „Wir können wirklich zu Fuß gehen. Das ist gesund.“

„Vielleicht an einem anderen Tag.“ Er kam näher und senkte seine Stimme. „Mein Gebiet, Ms. Labadie. Meine Regeln.“

Am liebsten hätte sie ihm ihre Meinung über eigenmächtiges Handeln gegeigt, aber die Vernunft riet ihr, ihre Kämpfe besser auszuwählen. Es würde in Gegenwart von Emerson nicht gut aussehen. Also gab sie nach und bedeutete Emerson, auf dem Rücksitz Platz zunehmen. Kaum war ihr Sohn in den Wagen geklettert, flüsterte sie über ihre Schulter zu Sergei: „Warum muss ich Sie beim Vornamen nennen, wenn Sie mich immer noch mit meinem Nachnamen ansprechen?“

Evette rechnete nicht wirklich mit einer Antwort darauf und hatte nur etwas entgegnen wollen, ehe sie ihrem Sohn in den Wagen folgte. Sie hätte definitiv nicht damit gerechnet, dass Sergei einen Arm um ihre Taille legen, sie an seinen starken, massiven Körper ziehen würde und, bevor sie einsteigen konnte, mit seiner Stimme und diesem Akzent in ihr Ohr flüstern würde: „Weil ich, *malen'kaya feya*, den Klang meines Namens auf deinen Lippen mag.“

Seine Berührung war so schnell verschwunden, wie sie passiert war, aber sein hoch aufragender Körper blieb eine stete Präsenz hinter ihr. Und die Wirkung seiner Aktion sowie die geflüsterte Nachricht rasten noch immer durch jede Faser ihres Körpers.

Mit einer Hand stützte sie sich auf dem Autodach ab, unsicher, ob sie ihn ansehen und herausfinden sollte, ob sie sich das gerade nur eingebildet hatte oder ob es besser wäre, sich im Wagen zu verstecken.

Es grenzte schon fast an Masochismus, dass sie es nicht sein lassen konnte, ihren Kopf wenigstens so zu drehen, dass sie sein Gesicht sehen konnte.

Nein. Das hatte sie sich nicht eingebildet. Dieses Grinsen war viel zu auffällig, und er hatte den Gesichtsausdruck eines Mannes, der nicht nur mit seiner Handlung, sondern auch mit der Reaktion, die er damit provoziert hatte, mehr als zufrieden wirkte.

Hitze schoss ihr in die Wangen. Sie duckte sich, um in den Wagen zu steigen, und ihre eigentlich fließenden Bewegungen dabei waren so zittrig, dass sie fast mit dem Kopf an das Autodach prallte. Evette strich sich mit den Händen über die jeansbedeckten Oberschenkel und stieß einen bebenden Atemzug aus.

Er veräppelt dich nur. Es gibt nichts, was man da hineininterpretieren sollte. Lass es hinter dir und mach einfach mit deinem Tag weiter.

Ohne Vorwarnung schob sich Sergei neben sie auf den breiten Rücksitz und zwang sie dazu, in die Mitte zu rutschen.

Die Tür schlug zu und die zwei vorderen öffneten sich. Mikey setzte sich hinter das Lenkrad und Roman nahm auf dem Beifahrersitz Platz, wobei keiner der beiden Männer einen Blick nach hinten riskierte.

„Was machen Sie da?", schnappte Evette ein wenig zu scharf.

Ungerührt wie immer schlug er ein Bein so über

das andere, wie es nur der Rücksitz einer Luxuslimousine erlaubte. „Ich würde wohl annehmen, dass das recht offensichtlich ist, Ms. Labadie. Ich begleite Sie."

„Ich brauche keine Hilfe dabei, meinen Sohn zur Schule zu bringen."

„Natürlich nicht. Aber Sie haben erwähnt, dass es sich um eine außergewöhnliche Schule handelt, und ich bin ein großer Befürworter von Bildung. Ebenso ist sie auch ein Teil des Viertels, in dem ich lebe, also möchte ich mich gern selbst dort umsehen."

Der Wagen verließ die Einfahrt. „Sie sind ein Befürworter von Bildung?"

Seine Lippen zuckten und doch behielt er seinen Blick zur Frontscheibe gerichtet. „Ich habe Englisch und Wirtschaft im Hauptfach studiert. Ebenso habe ich einen Master in Business. Also ja, ich bin ein absoluter Anhänger von Wissenschaften."

Rechts neben ihr lachte Emerson.

Zweimal Gelächter, ein Lächeln und freches Benehmen ihres Sohnes und etwas, was sie nur als ernsthafte sexuelle Anspielung ihres todbringenden Bosses verstehen konnte – das alles vor acht Uhr morgens. Bei dem Tempo würde sie vor Mittag Wein und ein Nickerchen brauchen.

Emerson beugte sich weit genug vor, um Sergei ansehen zu können. „Wieso Englisch als Hauptfach?"

„Weil ich Literatur mag."

„Hmm, das macht Sinn." Mit einem Nicken lehnte sich ihr Sohn wieder zurück. „Mom mag sie auch. Ganz besonders das Zitat: *Die meisten Menschen führen ein Leben in stiller Verzweiflung und sterben mit dem gleichen Lied in ihrem Herzen.* Deswegen hat sie mir den Namen Emerson gegeben.“

Sergei hob den Blick, bis er auf die Rückenlehne des Sitzes vor Emerson sah. „Dieses Zitat stammt von Henry David Thoreau.“

„Das stimmt, aber sie sagte, Henry und David wären zu schlicht und Thoreau wäre als Vorname scheußlich, also hat sie den Namen von Thoreaus Mentor Emerson genommen.“

Ein Ausdruck, den sie nie zuvor gesehen hatte, zeigte sich auf Sergeis Gesicht. „Sie sind eine faszinierende Frau, Ms. Labadie.“

„Dorothy sagt immer, sie sei anstrengend“, entgegnete Emerson.

Nun verwandelte sich ihr Sohn auch noch in eine wahre Plaudertasche.

Mit Sergei Petrovyh.

Was zum Geier war hier los?

Sergeis Lippen bewegten sich nicht, aber wie er sie musterte, bevor er seinen Blick wieder zur Windschutzscheibe richtete, zeigte Evie deutlich, dass er innerlich lachte. „Daran zweifle ich keinen Moment.“

Die restliche Fahrt verging in Stille, bis auf das kaum wahrnehmbare Dröhnen der Autoreifen auf der Fahrbahn und das Rattern der vorbeifahrenden Saint-Charles-Straßenbahn.

Es war seltsam, in diesem Teil der Stadt zu leben. Während in den Vierteln, in denen sie aufgewachsen war, immer irgendeine Art von Lärm oder Aktivität herrschte, wirkten die Reihen von Villen aus dem 19. Jahrhundert mit ihren schmiedeeisernen Zäunen und den riesigen Bäumen, die dichte Schatten auf die Straßen warfen, stets friedlich und ruhig. Als würde die Pracht der ehemaligen Plantagen, die sich einst über das gesamte Gebiet erstreckt hatten, die Menschen, die nun auf diesem Grund und Boden lebten, wie in einem sanften Bann halten.

Die prestigeträchtige Fassade von Emersons neuer Schule kam in Sichtweite. Der große Vorhof war von einem drei Meter hohen Eisenzaun umgeben und die davorstehende Reihe Eichen wirkten, als würde sie die Schule vor dem Rest der Welt beschützen. Das breite Flügeltor stand offen und Mikey fuhr in den Kreisverkehr mit seinen perfekt gestutzten Hecken.

Die Architektur war wunderschön, eine Mischung aus altenglischem Charme und Südstaatenflair. Das Erdgeschoss war u-förmig und besaß überdachte Terrassen mit weißen Säulen. Die beiden darüberliegenden Stockwerke waren aus hellen Ziegelsteinen und mit rotbraunen Fensterläden versehen. Sogar Emerson, der an dem Tag, an dem sie ihn eingeschrieben hatte, jedes Details in sich aufgesaugt hatte, schien abermals wie gebannt davon zu sein. Sein Blick klebte förmlich an der Engelsstatue, die mit weit geöffneten Armen einladend über dem Haupteingang thronte.

Bevor Evette etwas sagen konnte, um ihren Sohn aus seiner Faszination für den Engel zu holen, war Roman bereits ausgestiegen und öffnete die Hintertür.

Emersons Blick glitt zu den Schülern, die sich langsam auf den Weg in das Gebäude machten, wobei die große Mehrheit davon eifrig den offensichtlichen Neuankömmling in der ausgefallenen Karre musterten. Bevor Emerson aus seinem Sitz rutschte und zwei Schritte von der Tür weggegangen war, war Sergei bereits ausgestiegen und bot Evie hilfreich seine Hand an.

Evette legte ihre Stirn in Falten und sah ihn an. „Was haben Sie vor?"

Er neigte seinen Kopf leicht zur Seite und tat ganz unschuldig. „Ich fahre meine Angestellte und ihren Sohn an seinem ersten Tag zur Schule und zeige Interesse an meinem Viertel. Was sollte ich sonst tun?"

Sie zeigte ihm ihre eigene Version von einer arrogant hochgezogenen Augenbraue, ignorierte seine ausgestreckte Hand und bahnte sich den Weg aus der Limousine. „Das kaufe ich Ihnen nicht ab." Sie richtete sich auf und marschierte zu Emerson, der mit Roman am Rand der Einfahrt stand. „Ein Mann wie sie tut nichts, ohne mehr als einen Grund zu haben. Ich habe nur noch nicht alle davon herausgefunden."

Sie hatte es eigentlich leise sagen wollen, doch ihre Worte mussten wohl so deutlich gewesen sein, dass sowohl Roman als auch Emerson ihre Gesichter abwandten.

Allerdings erst, nachdem sie deren Grinsen gesehen hatte.

Zu viel Testosteron. Daran musste es wohl liegen. *Notiz an mich: Stell mehr Frauen ein.*

Schließlich hatte Sergei gesagt, dass sie jetzt das Sagen hätte. Sie könnte genauso gut den Vorteil nutzen und nur noch weibliches Personal einstellen, um das hormonelle Gleichgewicht herzustellen.

Der Rest der Schule war ebenso fabelhaft wie das Äußere. Marmorböden, gewölbte Kathedralen-Decken in der Kapelle mit außergewöhnlich detaillierten Formen sowie Statuen, die geschmackvoll inmitten einer sorgfältigen Gartengestaltung platziert worden waren. Kurz gesagt – viel Geschichte und ein Haufen alter Reichtum.

Mit Emerson an ihrer Seite ging sie auf den Empfang zu. Während sie versuchte, so zu tun, als ob Sergei und seine Männer gar nicht anwesend wären, musste sie sich eingestehen, dass deren undurchdringliche Anwesenheit ihren Nerven einen Extraschub Mut verlieh. „Hallo, ich bin Evette Labadie und das ist mein Sohn Emerson.“

Eine Frau in einem dunkelblauen klassischen Anzug kam aus ihrem Eckbüro. „Ms. Labadie, wie schön, Sie zu sehen.“

Interessant. Evie hatte diese Frau noch nie zuvor gesehen; sie hätte auf keinen Fall jemanden mit so beneidenswertem erdbeerblondem Haar vergessen. Hätte ihr Haar diese Farbe, hätte sie mit Sicherheit mehr damit gemacht, als es einfach nur hochzustecken. Ja, es wirkte edel, aber die Frisur war eher etwas für Abendkleider und Cocktailpartys.

Evie streckte ihre Hand aus. „Ich glaube, wir sind uns noch nicht vorgestellt worden.“

Die Frau schüttelte sie – nicht zu lasch und auch nicht zu männlich. Was angenehm war, weil Evie beides hasste. „Ich bin Dekanin Benedict, aber Sie können mich gerne Caroline nennen. Wir sind so froh, dass Emerson unsere Schule besucht.“ Sie blickte auf die Bürotür hinter ihr und ihr Lächeln wurde breiter. „Und das ist Emersons Klassenlehrerin, Maddie Smith.“

In einem Wirbel aus Händeschütteln und Begrüßungen wurden sie und Emerson durch die Tür in Richtung seines Klassenzimmers geschoben. Sergei und seine Männer folgten ihnen nicht, und seltsamerweise war sie davon ein wenig enttäuscht.

Ms. Smith erwies sich als eine kluge, energische Frau, die offensichtlich gern mit Kindern arbeitete.

Emerson war höflich, aber zurückhaltend, und all

der lässige Humor, den er auf der Fahrt hierher gezeigt hatte, war nun wieder unter der Maske verborgen, die er in den letzten zwei Jahren aufgehabt hatte.

Mit einem kurzen Winken, von dem sie hoffte, dass es ihn nicht zu sehr in Verlegenheit brachte, verabschiedete sich Evie von der Lehrerin und betrat erneut den ruhig gewordenen Flur. Ihre hellblauen Sneaker quietschten auf dem Marmorboden, als sie zurück zu den Büros ging, und zum ersten Mal, seit Sergei ihr an diesem Morgen über den Weg gelaufen war, beruhigte sich der Rhythmus ihres Herzschlages etwas.

Einstand geschafft.

Wenn sie es jetzt noch hinkriegen würde, ihre Sorgen um ihn auf ein Minimum zu reduzieren, bis sie ihn am Nachmittag wieder abholen würde …

Der Gedanke brach ab, als sie durch die breiten Fenster, die das Hauptbüro umgaben, Sergei erblickte. Die Dekanin, die beiden Damen, die den Empfang besetzten, und ein Mann in Sicherheitsuniform bildeten einen losen Kreis um ihn herum. Die Ladys warfen ihm, was nicht wirklich überraschend war, hingerissene Blicke zu, die typisch für liebestolle Frauen überall waren. Der Mann hingegen hatte seine Daumen in seinen Zubehörgürtel gehakt und die Schultern zurückgenommen.

Er ist nicht an der Schule interessiert. Er ist hier, um einen Standpunkt klarzumachen. Einen sehr starken und unmissverständlichen.

Deswegen war die Dekanin da, um sie zu begrüßen. Das war also der Grund dafür, warum Emersons Unterlagen sofort bearbeitet worden waren und warum seine Lehrerin persönlich gekommen war, um ihn in sein neues Klassenzimmer zu begleiten.

Sie stand verblüfft vor dem Fenster und konnte sich nicht entscheiden, ob sie sich nun über diese beschützende Geste freuen oder eher wütend über den Ärger sein sollte, den es für ihren Sohn bedeuten könnte, wenn die anderen Kinder davon Wind bekämen.

Vielleicht beides.

Sergei drehte sich um und ihre Blicke kreuzten sich.

Um herauszufinden, weshalb sie seine Aufmerksamkeit verloren hatte, sah Dekanin Benedict in Sergeis Blickrichtung, strahlte Evette mit einem entzückten Lächeln an und eilte schnell auf sie zu.

Die Verabschiedung war kurz und im Wesentlichen eine Wiederholung der Begrüßung, die sie erhalten hatte.

Wir freuen uns, Sie und Ihren Sohn bei uns zu haben.

Wir sind immer für Sie da, wenn Sie etwas brauchen.

Sollten Sie Hilfe benötigen, rufen Sie uns jederzeit an oder kommen Sie vorbei.

Diese Gesprächsfetzen mischten sich mit kräftigem Händeschütteln und einer persönlichen Eskorte zurück zum Kreisel und zu Sergeis wartenden Wagen.

Evette bekam von all dem kaum etwas mit. Sergeis Präsenz in ihrem Rücken war ihr zu sehr bewusst. Ganz besonders, als er besitzergreifend den Arm um Evies Schulter legte und der Dekanin die Hand schüttelte. „Es scheint so, als ob Sie eine sehr gute Schule leiten würden, Ms. Benedict." Sein scharfsinniger Blick richtete sich auf den Sicherheitsmann, der mit ihnen nach draußen gegangen war, und kehrte dann zur Dekanin zurück. „Es ist gut, zu wissen, dass Emerson an einem Ort ist, an dem Sicherheit und Bildung im Fokus stehen.“

Dekanin Benedict bemerkte Sergeis Arm um Evies Schulter, und das bereits megawattstarke Lächeln auf ihrem Gesicht strahlte noch heller. „Oh ja. Ein sicheres Umfeld ist entscheidend für eine qualitativ hochwertige Bildung. Ich garantiere Ihnen, dass unsere Schüler hier jederzeit sicher sind.“

„Gut.“ Sergeis Hand glitt an Evies Wirbelsäule hinab, ruhte nun an ihrem unteren Rücken und zerstreute das, was von ihrem Verstand noch übrig geblieben war. „Jetzt lassen wir Sie wieder an Ihre Arbeit gehen. Danke, dass Sie uns heute persönlich hier willkommen geheißen haben.“

„Natürlich, es war uns eine Freude.“

Das Einsteigen in den Wagen geschah wie in Trance. Sergeis verweilende Berührung sickerte bis zum letzten Augenblick so massiv wie ein Opiat in ihren Blutkreislauf ein. Als er auf den Rücksitz neben sie rutschte, war er immer noch so nah bei ihr. So nah, dass ihr Körper regelrecht darum bettelte, ihren Schenkel die wenigen Zentimeter zu seinem überbrücken zu lassen, um Kontakt herzustellen.

Es brauchte ein paar Straßen und einige ruhige Atemzüge, um wieder zu sich zu kommen und ihre Stimme wiederzufinden. „Was ist hier los?“

Ein langes Schweigen herrschte zwischen ihnen, bevor er redete. „Das sagte ich Ihnen bereits, Ms. Labadie. Diejenigen, die sich in meiner Umgebung aufhalten, sind unantastbar. Ich halte es für besser, meine Erwartungen frühzeitig und klar zu kommunizieren, sodass es keine falschen Annahmen oder Möglichkeiten für Fehlinterpretationen geben kann.“

Sie hatte also richtig gelegen. Er hatte eine Botschaft geschickt. Nur wusste sie nicht genau, welche Art von Botschaft es war. „Als ich den Antrag ausgefüllt habe, habe ich der Dekanin mitgeteilt, dass ich für Sie arbeite.“

„Und sie weiß, dass es wahr ist, weil ich es heute bestätigt habe.“ Er hielt lange genug inne, um sie wieder anzusehen. „Ich habe damit aber auch klargestellt, dass ich Sie und Emerson als Familie betrachte und Sie als solche unter meinem Schutz stehen.“

Familie.

Das war es, was die Berührung und das Getue bedeutet hatten. Eine persönliche Darbietung, die für ihre und Emersons Sicherheit sorgen sollte. Nicht mehr und nicht weniger.

Und doch, dieses Wort allein schlug eine mächtige Saite in ihr an. Ein Lied, das mit mehr Nachhall gefüllt war, als sie seit Langem gespürt hatte. Abgesehen von den Gesprächen mit Dorothy und den paar wenigen unerwünschten Besuchen ihres Onkels gab es nur noch Emerson und sie. Zuvor waren es einzig sie und ihre Mutter gewesen, die den Unfalltod ihres Vaters betrauert hatten, als Evie fünfzehn Jahre alt gewesen war.

Sie erwiderte seinen festen Blick. Die Tiefe seiner blauen Iriden war ebenso geheimnisvoll und dekadent wie ein mondheller Mitternachtshimmel. Ja, er war ein Raubtier. Ein Wolf, der kaum von der menschlichen Haut verborgen blieb. Aber sie spürte auch noch etwas anderes darunter.

Eine verlorene Seele.

Eine, die ebenso verletzlich war, wie die jedes anderen.

Das Vibrieren ihres Handys in ihrer Gesäßtasche

riss sie aus ihren Gedanken. Sie zuckte mit den Achseln, senkte ihren Blick und gab ihren Pin ein.

Onkel Carl: Wo steckst du? Ich war gerade bei deiner Wohnung und dein Vermieter hat gesagt, ihr seid weggezogen. Du kannst nicht einfach umziehen und deiner Familie nicht sagen, wo du bist.

Ähm, ja, und ob sie das konnte. Und wenn es nach ihr ginge, würde sie die Zeit vor einem Besuch von Onkel Carl hinauszögern, so lange es möglich war. Sie hatte sich in seiner Nähe nie wohlgefühlt. Obwohl Emerson nichts davon gesagt hatte, war sie sich sicher, dass er genauso empfand. Aber ein Zusammentreffen, bei dem Onkel Carl Sergei begegnen könnte?

Sie schauderte und tippte eine Antwort.

Yep. Hatte nur keine Zeit, zu texten. Kann nicht reden. Bin auf der Arbeit. Sende später Informationen.

Das war nicht gerade eine langfristige Lösung, aber sie dachte, sie könnte für ein oder zwei Tage *vergessen*, nähere Informationen zu schicken. Jedenfalls würde es ihr genug Zeit geben, einen besseren Grund zu finden, um ihn auf Distanz zu halten.

Sie steckte ihr Handy zurück in die Gesäßtasche, sah auf und bemerkte Sergeis missmutigen Blick.

„Alles in Ordnung, *feya*?"

Nun, es wäre besser, wenn er nicht so nah bei ihr wäre, dass sie ihn hätte berühren können. Wirklich, der Mann hatte echt keine Ahnung wie sich eine raue, tiefe Stimme auf eine Frau auswirken konnte. „Mir geht es gut." Sie tat ganz gleichgültig, so, als ob sie die vorbeiziehende Szenerie in sich aufnähme. „Bloß Familienkram."

Zwar konnte sie ihn während ihrer vorgetäuschten Beobachtung der Nachbarschaft nicht direkt sehen, aber sie spürte seinen Blick.

„Ms. Labadie." Er sagte nichts weiter, was bedeutete, dass er darauf wartete, dass sie seinen Blick erwiderte, bevor er fortfahren würde.

Sie atmete tief ein, hob ihr Kinn und gab ihm, was er wollte, sah ihn mit erhobenen Augenbrauen an.

„Erinnern Sie sich, was ich Ihnen sagte!", begann er. „Diejenigen, die für mich arbeiten, sind unantastbar. Sollte Ihnen also jemand Sorgen bereiten, erwarte ich, dass Sie diese Sorge sofort mit mir teilen."

Oh, oh. Es wäre definitiv keine gute Idee, Onkel Carl in nächster Zeit auf Sergei treffen zulassen. Wenn es ihr sogar schwerfiel, zu verbergen, wie unangenehm allein Nachrichten von Onkel Carl waren, wäre es unmöglich, dies zu überspielen, wenn er leibhaftig vor ihr stünde. Und sie wurde das Gefühl nicht los, dass Sergei alles mitbekam, was sich in seiner Umgebung abspielte.

Sie kreuzte die Arme mit so viel Frechheit, wie sie aufbringen konnte – und das war eine Menge – und starrte entschlossen aus dem Fenster. „Glasklar, Mr. Petrovyh. In der Tat, glasklar."

Kapitel 6

E r sollte arbeiten, sollte auf der Straße präsent sein und die Geschäfte, die er am Laufen hatte, mit allen Mitteln durchziehen. Und das würde er auch tun.

Irgendwann.

Aber im Moment war die Videoüberwachung der Küche, die gerade auf Sergeis Monitor zu sehen war, einfach zu unterhaltsam, um sich davon abzuwenden. Er drehte die Lautstärke an seinem Computer ein wenig höher.

„Echt jetzt?" Evette blickte von der Einkaufsliste auf, die Olga ihr nur ein paar Sekunden zuvor hingeschoben hatte, und sah verblüfft zu der stämmigen Köchin. „Sie erwarten allen Ernstes von mir, dass ich in das teuerste Lebensmittelgeschäft der Stadt gehe, um Sachen zu besorgen, die ich woanders billiger einkaufen könnte?"

Olga wirkte nicht im Geringsten eingeschüchtert. Sie sah nicht mal vom Herd auf, während sie weiter im Topf herumrührte. Und angesichts des Mangels an Leidenschaft in ihrem schweren russischen Akzent war sie nicht annähernd gewillt, Evettes Argumentation zu folgen. „Es ist da, wo die besten Zutaten zu finden sind, also ist es da, wo ich sie herhaben will."

„Allerdings ist es Geldverschwendung."

Olga hob die Schultern. „Es ist nicht mein Geld, aber es ist mein Essen."

Evette richtete sich zu ihrer vollen Körpergröße von eins fünfzig auf und stemmte die Hände in die Hüften. „Nein, es ist Sergeis Geld, und es ist meine Aufgabe, dafür zu sorgen, dass sein Haushalt effizient geführt wird. Dazu gehört auch, wie sein Geld ausgegeben wird."

Olga erstarrte und wartete einen Herzschlag lang, bevor sie den Löffel am Rand des Kochtopfes abklopfte und ihn sanft beiseitelegte. Sie drehte sich langsam zu Evette um und eine unerschütterliche Entschlossenheit lag auf ihren harten faltigen Gesichtszügen. Da sie fast ein Meter zweiundachtzig groß und ihr Körper so stämmig wie ein Fass Scotch war, hätten die Bewegungen und ihr Gesichtsausdruck so manchen Mann dazu gebracht, einen vorsichtigen Schritt zurückzuweichen.

Doch nicht Evette.

Sie stand einfach da, entschlossen wie immer, und zeigte dieselbe finstere Mimik wie die Köchin.

„Mein *pakhan* wird kein billiges Essen essen", sagte Olga.

„Und das werde ich auch nicht von ihm verlangen. Das alles bekommt man auf dem Bauernmarkt am Donnerstag für fast die Hälfte des Preises."

„Ich brauche die Zutaten nicht am Donnerstag. Ich brauche sie heute."

„Dann ändern Sie Ihr Menü."

„Nein." Olga gab ein missbilligendes Geräusch von sich und wandte sich wieder dem Herd zu. „Sie besorgen die Zutaten oder Sie reden mit dem *pakhan*. Ich werde es nicht tun."

Gut gekontert, alte Freundin. Mit diesem einen Satz hatte sich die listige Frau durchgesetzt, denn wenn die letzten Wochen ein Indiz waren, würde eher die Hölle zufrieren, als dass Evette ihn freiwillig aufsuchen würde.

Er wusste allerdings nicht, ob er erleichtert oder irritiert darüber sein sollte, dass nicht nur ihm aufgefallen war, dass sie ihm auswich.

Offensichtlich war Evette mit dem Ergebnis ihrer Auseinandersetzung mit Olga nicht zufrieden, weil sie ihre Hände an den Hüften zu Fäusten ballte, bevor sie aus der Küche marschierte.

Lachend drehte Sergei die Lautstärke wieder herunter und lehnte sich in seinem Bürosessel zurück, um entspannt ihren Weg durch das Haus über die Kameras zu verfolgen. Von allen Menschen, die auf seinem Anwesen arbeiteten, seine Soldaten eingeschlossen, war Olga die Einzige, die nicht nach Evettes Pfeife tanzte. Anderseits war er der Einzige, der nicht ihre Aufmerksamkeit gewinnen konnte.

Vielleicht hatte er sie an Emersons erstem Schultag zu weit getrieben, hatte sie mit seiner Berührung erschreckt. Schließlich war sie ein Engel und er war der Teufel. Die zwei Seiten eines Spektrums waren dazu bestimmt, sich nie zu begegnen.

Aber ein Mann kann träumen.

Beladen mit einer Kiste voller Reinigungsutensilien knallte Evette die Tür zum Lagerraum neben der Küche etwas fester zu als normal, eilte den Hauptflur entlang und die Haupttreppe hinauf, hielt sich dann rechts, um direkt auf das Büro zuzusteuern.

Er hatte kaum Zeit, sich von seiner entspannten Beobachtung aufzurichten und die Tastatur in die Hände zu bekommen, bevor sie in seine Sichtweite stürmte.

Sie blieb auf der Stelle stehen und taumelte dann zwei Schritte rückwärts. „Oh. Entschuldigung. Ich dachte, Sie wären mit Ihren Jungs unterwegs. Ich komme später wieder."

Sein Puls stieg und klopfte kräftiger in seiner Kehle. Eine irritierende Reaktion, die ihn beinahe dazu brachte, sein Schweigen zu bewahren. Stattdessen schlüpfte ihm eine herausfordernde Bemerkung über die Lippen. „Und warum sollten Sie das tun?“

Ah, das war es wieder. Seine hartnäckige *feya* blieb stur und nahm sich zusammen, um sich selbst zu beweisen. Diese Frau hatte wirklich einen unbezähmbaren Geist. Das zog ihn an, forderte ihn geradezu heraus, sie noch ein wenig mehr zu drängen.

„Ich bin hier. Sie sind hier.“ Er zeigte in dem weiten Raum umher, wo Ledersofas und Stühle zu einer bequemen Sitzmöglichkeit angeordnet waren. „Es gibt nichts, was Sie davon abhält. Oder doch?“

Eine Sekunde. Ein wertvolles Stückchen Zeit, das er verpasst hätte, wenn er geblinzelt hätte.

Aber das hatte er nicht getan. Und in diesem kleinen Moment erhaschte er einen Blick auf das Unerwartete.

Hunger.

Vielleicht nicht die rohe, animalische Art von Hunger, die ihn mehr als einmal abends hinaus auf die Terrasse gelockt hatte, von wo aus er auf die Fenster des Kutscherhauses gestarrt hatte. Wo er sich an das Gefühl ihres Körpers an seinem erinnert hatte, als er sie an sich gezogen hatte. An den Duft von exotischen Blumen auf ihrer Haut, als er ihr ins Ohr geflüstert hatte, und wie sie deswegen erschaudert war.

Aber da war etwas.

Vielleicht war sie nicht ängstlich.

Vielleicht wollte sein Engel mit dem Teufel tanzen.

Sein Puls beschleunigte sich noch mehr, mit der gleichen entschlossenen Erwartung, die einer Konfrontation vorausging. „Ms. Labadie?“

Sie räusperte sich, ging zu einem der Regale voller klassischer Bücher, die bis zur Decke reichten, und stellte ihre Kiste mit Putzutensilien auf dem Boden neben dem Couchtisch ab. „Ich wollte Sie nicht stören, aber wenn es Ihnen recht ist, dass ich hier bin, dann werde ich mich meiner Aufgabe widmen."

Es war gut, dass sie zu sehr darauf bedacht war, ihre Gleichgültigkeit zu demonstrieren, indem sie die Regale abstaubte, sonst hätte sie womöglich sein Lächeln bemerkt.

Noch bevor er sie jemals zu Gesicht bekommen hatte, hatte Dorothy sie bereits eine Rakete genannt. Im vergangenen Jahr hatte er sich persönlich davon überzeugen können, als er sie im Diner beim Rein- und Rausgehen beobachtet hatte, doch in den letzten drei Wochen, seit sie angefangen hatte, für ihn zu arbeiten, hatte er eine Menge von diesem Temperament mitbekommen.

Er zwang sich dazu, sich wieder auf den Bildschirm zu konzentrieren. Es gelang ihm sogar, die ersten Zeilen eines Geschäftsvertrages zu lesen. Und dann schweifte sein Blick erneut über den Rand des Monitors hinweg.

Evette stand noch immer mit dem Rücken zu ihm. Ihre Jeans war schlicht – ohne auffällige Applikationen, so wie einige Frauen sie gern trugen, aber der Saum war an den Knöcheln etwas emporgerollt. Der Schnitt betonte ihren Hintern und ihre Hüften besonders gut. Das blassrosa Tanktop unterstrich die leichte Bräune auf ihren Armen, die körperliche Arbeit gewohnt waren. Ihre kurzen Haare offenbarten einen freien Blick auf ihren Nacken, eine köstliche Körperpartie. Er hatte geträumt, daran zu naschen.

Sie hielt inne, nahm das Handy aus ihrer Gesäßtasche und blickte auf den kleinen Bildschirm. Sergei konzentrierte sich wieder auf den Monitor vor ihm, ertappte sie jedoch dabei, wie sie ihm einen kurzen Blick zuwarf.

Sie schrieb eine SMS, schob das Handy zurück in die Tasche und fuhr mit ihrer Arbeit fort.

Einige Minuten später wiederholte sich dieser Vorgang. Und dann erneut. Und jedes Mal, bevor sie eine weitere Nachricht tippte, prüfte sie zuerst kurz, was er tat.

Es wäre clever gewesen, es einfach zu ignorieren und der Versuchung gänzlich auszuweichen. Allerdings mochte er es, sich mit Evette anzulegen. Sogar mehr, als er sich selbst eingestehen wollte. „Stimmt etwas nicht, Ms. Labadie?“

Sie sah vom Sofatisch auf, den sie gerade mit einer nach Zitrusfrüchten duftenden Lösung eingesprüht hatte. „Wie bitte?“

„Ihr Handy. Sie haben es jetzt dreimal überprüft. Gibt es etwas, um das Sie sich kümmern müssen?“

Ein zurückhaltender Ausdruck breitete sich auf ihrem Gesicht aus, bevor sie ihren Blick schnell von ihm abwandte und begann, die Oberfläche abzuwischen. „Es ist nichts.“

Bullshit. Wäre nichts gewesen, hätte sie die Textnachrichten vollkommen ignoriert und garantiert nicht so schnell weggeguckt, als er nachgefragt hatte. Sie schien zwar nicht annähernd so besorgt zu sein wie vor zwei Wochen, als sie die SMS im Wagen erhalten hatte, sie wirkte allerdings immer noch beunruhigt. Und obwohl er keine Ahnung hatte, wer ihr an diesem Tag die Nachricht geschickt hatte, hatte er flüchtig, aber deutlich genug den Satz ‚Wo steckst du?‘ lesen können. Wenn seine *feya* einen Grund hatte, warum sie nicht gefunden werden wollte, dann musste er das wissen. „Ich habe bei zwei Gelegenheiten klargestellt, dass ich es nicht mag, wenn diejenigen, die unter meinem Schutz stehen, Sorgen irgendwelcher Art haben. Sind Sie sicher, dass es nichts gibt, was Sie mir mitteilen möchten?“

Sie warf den Lappen auf den Tisch, stemmte die Hände in die Hüften, genauso wie sie es zuvor bei Olga in der Küche getan hatte. „Nein, Mr. Petrovyh. Das möchte ich nicht. Nur wenn Sie planen, mein Kind oder die Lehrer wegen der Hausaufgaben zu terrorisieren.“

Normalerweise schockte ihn nichts, aber das überraschende Thema traf ihn völlig unvorbereitet, und er war sicher, dass sich das auch in seinem Gesicht widerspiegelte. „Hausaufgaben?“

„Ja, sie wissen schon. Dieses lästige Zeug, von dem jeder Mensch glaubt, er hätte es hinter sich gelassen, als er die Schule abgeschlossen hat, nur um dann festzustellen, dass er den ganzen Kram noch einmal durchmachen muss, sobald er Kinder hat.“ Sie runzelte die Stirn, griff nach dem Spray, das sie bereits zuvor benutzt hatte, und begann damit, die Beistelltische neben der schönen gepolsterten Flügelrückenlehne einzustäuben. „Diese Schule mag ja die beste Erfindung seit geschnitten Brot sein, aber bei den Hausaufgaben wird echt nicht gespart.“

So verführerisch es auch war, über den Anblick ihres Hinterns zu schmunzeln, riss er sich zusammen und konzentrierte sich wieder auf seinen Computer. „Nein. Ich kann mir vorstellen, dass sie das nicht machen.“

Stille legte sich über den Raum, die nur durch Evettes zügige Reinigung und sein sporadisches Tippen auf der Tastatur unterbrochen wurde. Ihr Handy blieb in ihrer Hosentasche, doch angesichts ihrer finsteren Mimik hätte er wetten können, dass Emerson mit seinen SMS-Nachrichten nicht langsamer geworden war.

Es ergab eigentlich Sinn. Der Junge mochte für sein Alter recht reif sein, aber bei einem Siebenjährigen war Geduld nicht gerade die Norm.

Sergei schloss das Dokument, loggte sich aus dem Computer aus und erhob sich. „Ich muss mich um etwas kümmern."

Evette nickte nur, statt zu antworten, wich seinem Blick aus und machte weiter.

Er lief die Treppe hinunter, durch den Flur und die Küche, nahm den direkten Weg über das hintere Grundstück und war schließlich dort, wo er sein musste. Sergei klopfte an die Eingangstür des Kutscherhauses.

Nur zehn Sekunden später öffnete sie sich, und nach der Überraschung auf Emersons Gesicht zu urteilen, war Sergei wohl der letzte Mensch, mit dem er gerechnet hatte.

„Hey", sagte Emerson, schüttelte sich dann und richtete sich zu seiner vollen Größe auf. „Ich meine, hallo, Mr. Petrovyh."

„Du machst Hausaufgaben?"

Emersons Augenbrauen schossen in die Höhe und formten auf seiner Stirn ein V. „Ja, Sir."

„Was für welche?"

„Mathe."

„Und das fällt dir schwer?"

Der Junge verzog seine Lippen, als hätte er etwas Ungenießbares probiert. „Die Lehrer sagen, dass meine Klasse wahrscheinlich ein oder zwei Stufen weiter ist als die an meiner alten Schule. Ich habe einiges nachzuholen.“

Kein Beschweren. Kein Jammern. Nur eine simple Feststellung von Tatsachen. Sergei trat einen Schritt zurück und winkte Emerson ins Haupthaus. „Komm mit. Du wirst mir zeigen, woran du gerade arbeitest, und ich werde dir helfen, bis deine Mutter mit ihren Aufgaben fertig ist.“

Emersons Augen, die genau die gleiche Farbe wie die seiner Mutter hatten, verengten sich und eine gewisse Vorsicht tanzte darin. „Wirklich?“

Sergei nickte. Und wartete.

Der Junge sah zu dem Küchentisch, auf dem sein Buch aufgeschlagen neben seinem Ordner lag, und wieder zurück zum Haupthaus. „Haben Sie Kekse?“

„Olga hat immer Teegebäck da.“

„Teegebäck?“

„Ein russischer Favorit und besser als Kekse. Viel Zucker und Walnüsse.“

Emerson sah aus, als würde er es ihm nicht abkaufen, doch er nahm sich wenigstens die Zeit, seine Optionen abzuwägen. „Mom hat mich bisher nicht mit zum großen Haus genommen. Sie sagt, es sei der Ort, an dem sie arbeitet, und keiner, um sich umzuschauen.“

„Ja, aber das *große Haus* gehört mir, und wenn ich dich einlade, bist du mein Gast.“

Es dauerte nur wenige Sekunden, bis Emerson die Schultern hob, seine Bücher einsammelte und die Haustür hinter sich zuzog. „Okay, los geht’s.“

Sergei hatte gedacht, dass es unangenehm sein könnte, mit einem Kind zu arbeiten, doch mit Emerson zusammen zu sein, war ebenso einfach, wie sich auf ihn einzulassen. Vor allem, als Olga ihn zu Gesicht bekam und anfing, ihn mit russischen Süßigkeiten zu überhäufen.

Die Hausaufgaben waren in unter fünfundvierzig Minuten erledigt.

„Also“, sagte Sergei und wischte sich den Puderzucker von seinen Fingern. „Wie läuft es in der Schule?“

„Gut“, antwortete Emerson, der gerade einen Bissen vom Teegebäck genommen hatte. „Habe bisher noch nicht wirklich Freunde gefunden. Bis auf einen Jungen. Er geht in meine Klasse. Ziemlich schüchtern und ruhig, aber nett. Ansonsten bin ich nur damit beschäftigt, mitzukommen.“

„Das wird sich ändern.“ Jedenfalls hoffte Sergei darauf. Als er so jung gewesen, war, hatte er selbst nicht gerade viele Freunde gehabt. Die meisten der Jungs um ihn herum hatten ihn entweder geärgert oder ihm vorgeworfen, dass er wegen Anton bevorzugt behandelt würde. Andere hatte ihm wegen seiner Beziehung zu Anton eine Freundschaft vorgetäuscht. Nur wenige hatte er als echte Verbündete angesehen. „Mit der Zeit wirst du dich eingewöhnen und neue Leute kennenlernen.“

Schnelle Schritte von weichen Sohlen auf dem Parkettboden waren zu hören, kurz bevor Evette in die Küche schneite. Ihr Kopf war gesenkt, die Kiste mit Putzutensilien hing an ihrem Unterarm und ihre Daumen schienen im Dauerfeuermodus eine Textnachricht zu schreiben. So vertieft, bemerkte sie zuerst nicht, dass sie nicht allein in der Küche war.

Ihr Kopf schnellte empor.

Ein Blick auf Emerson und sie blieb wie versteinert stehen. „Baby, du hast nicht auf meine Textnachrichten geantwortet.“ Sie runzelte die Stirn und sah von Sergei zu Olga. „Und wieso bist du überhaupt hier? Hatte ich dir nicht gesagt, dass dies hier das Haus von Mr. Petrovyh ist?"

„Er hat mich eingeladen."

Ihr Kopf flog zurück, als hätte man sie gerade geohrfeigt, und sie blinzelte wie jemand, der nach Tagen in der Dunkelheit zum ersten Mal wieder das Tageslicht sehen konnte. „Hat er das?"

„Hmm, hmm."

Sie sah Sergei an. „Das haben Sie?"

„In der Tat."

„Warum?"

„Er hat mir mit den Hausaufgaben geholfen." Emerson schob seinen Ordner auf die leere Stelle neben ihm auf dem Tisch. „Schau es dir an. Der Russe kennt sich in Mathe aus."

Olga kicherte und murmelte auf Russisch: *„Der Russe. Ich mag das. Der Junge hat Eier, genau wie seine Mutter."*

Sergei hielt sein Lächeln zurück, allerdings nur knapp. Er hatte schon die Vermutung gehabt, dass Olgas Sturheit Evette gegenüber eher Show als tatsächlich ein territoriales Verhalten gewesen war, und mit dieser kleinen Bemerkung hatte sie ihn darin bestätigt.

Evette ging zu dem Hochtisch und prüfte die Aufgaben ihres Jungen. Sobald sie zufrieden war, schloss sie die Mappe und begegnete Sergeis Blick. „Danke."

„Das habe ich gerne gemacht."

Sie nahm den Ordner auf und wollte ihn gerade an Emerson zurückgeben, als sie ein gefaltetes goldenes Blatt Papier zwischen den Seiten entdeckte. Sie zupfte es hervor und öffnete es. „Was ist das?"

Emerson schnappte es ihr weg. „Es ist nichts."

„Es ist nicht nichts, wenn ich es nicht lesen kann." Evette nahm es wieder zurück, faltete es auseinander und überflog die Zeilen, die darauf standen. Eine Sekunde später wurde ihr Gesichtsausdruck ganz weich und sie hob ihren Blick zu Emerson. „Ein Vater- und Freunde-Frühstück?"

„Die sind doof." Emerson zog das Papier aus Evettes lockeren Fingern und legte es beiseite. „Es geht sowieso kaum jemand da hin. Ist keine große Sache."

Aber es war eine große Sache. Und nach Evettes Gesichtsausdruck zu urteilen, war es das auch schon bei vielen anderen Gelegenheiten gewesen. „Du könntest deinen Onkel Carl bitten, mitzugehen."

„Nein." Emerson stapelte sein Lehrbuch auf seinen Ordner und hüpfte vom Hochstuhl. „Das letzte Mal, als wir das versucht haben, konnte ich für Wochen keinem mehr ins Gesicht sehen."

„Wer ist Onkel Carl?", frage Sergei.

„Der Bruder meines Vaters", antwortete Evette mit einem verzweifelten Seufzen. Sie folgte Emerson, der bereits zur Hintertür gegangen war. Die Tür führte zum Hinterhof und zum Kutscherhaus dahinter. „Emerson, achte auf deine Manieren und sag Mr. Petrovyh Gute Nacht."

Emerson blieb an der Hintertür stehen und sah Sergei mit einem Stirnrunzeln an, das seine Züge noch mehr trübte. „Vielen Dank für Ihre Hilfe. Und für die Kekse. Beziehungsweise das Teegebäck. Oder wie auch immer die genannt werden. Tut mir leid, dass ich übellaunig geworden bin."

„Mathe kann das bei Menschen bewirken", sagte Sergei. Er nickte ihm zum Abschied zu und konzentrierte sich dann auf Evette. „Das nächste Mal, wenn Ihr Sohn Hilfe braucht, kann mein Haus warten.“

Es war das erste offene Lächeln, das sie ihm schenkte, seit – nun ja, vielleicht seit dem Tag, an dem sie sich an seinen Tisch bei *Dorothy's* gesetzt hatte. „Danke schön.“ Sie schubste Emerson nach draußen und winkte Olga zum Abschied. „Ich sehe Sie beide dann morgen früh.“

Und mit diesen Worten waren die zwei verschwunden und hinterließen eine unangenehme Stille in der Küche.

Olga legte ihre gefaltete Schütze auf der Kücheninsel ab und schlenderte zur Tür, die zu ihren Privaträumen führte. *„Ich ruhe mich aus. Das Abendessen wird in einer Stunde fertig sein.“*

Sie wartete nicht auf eine Antwort, sondern ließ Sergei einfach mit seinen Gedanken und der nachklingenden Energie des Jungen und seiner Feenmutter allein.

Fast mittig auf dem Tisch lag das zusammengefaltete goldene Blatt Papier.

Sergei hob es auf und las es.

Väter- und Freunde-Frühstück

8:00 Uhr, 26. Oktober

Aus irgendeinem unerklärlichen Grund holte ihn erneut die Erinnerung ein an Evettes offenes Lächeln, bevor sie durch die Hintertür verschwunden war, gefolgt von der schieren Verwunderung auf ihrem Gesicht, als sie erfahren hatte, dass er Emerson bei den Matheaufgaben geholfen hatte.

Endlich hatte auch er einen Vorgeschmack, allerdings nur einen kleinen, auf die Leichtigkeit und Zärtlichkeit bekommen, die sich alle anderen in seinem Haushalt bis auf Olga verdient hatten.

Er mochte es.

Sehr sogar.

Er faltete das Papier einmal der Länge nach, steckte es in die Brusttasche seiner Anzugjacke und schlenderte zurück zu seinem Büro. Auf die eine oder andere Weise würde er einen Weg finden, noch mehr als dieses Lächeln zu verdienen.

Kapitel 7

15:28 Uhr.

Evettes Uhr war nichts Besonderes – nur ein zartrosa Kunstlederarmband mit schlichtem Ziffernblatt und vergoldeter Zierleiste. Sie hatte sie vor ein paar Jahren im Ausverkauf bei *Penney's* gekauft. Dennoch lief sie absolut zuverlässig. Es wurde Zeit, einen Gang zuzulegen, wenn sie mit der geplanten Überraschung vor Emersons Schule warten wollte.

Die Schritte ihrer Aufpasser wurden ebenso wie ihre eigenen schneller. Ihre Wächter bedrängten sie nie, hinderten sie auch nicht, dahin zu gehen, wohin sie wollte. Außerhalb des Anwesens jedoch waren sie immer präsent.

Zum Großteil hatte Evette sich daran gewöhnt, hatte ihre Anwesenheit sogar ein- oder zweimal ausgenutzt, wenn sie Besorgungen für den Haushalt gemacht und die Jungs gebeten hatte, die Taschen zu tragen.

Dennoch wünschte sie sich hin und wieder, sie könnte ein wenig länger über den Bauernmarkt schlendern oder unterwegs mal einen Abstecher in das ein oder andere Geschäft machen, um zu sehen, welche neuen Trends derzeit Mode waren und ob es Schnäppchen gab, die sie vielleicht ausnutzen könnte. Das war natürlich nicht gerade ideal während der Arbeitszeit, ganz besonders nicht, wenn die Augen und Ohren des Bosses ständig auf einen gerichtet waren.

Die schicke Glocke im Kirchenstil über dem Hauptgebäude der Schule ertönte und zeigte das Ende des Schultages an, als Evette gerade über die Straße lief und durch das Haupttor ging.

Etwa drei Sekunden später kamen die Kinder aus den Türen der drei Gebäude. Sie beim Betreten und Verlassen der Schule zu beobachten, ließ Evie stets lächeln. Nicht nur, weil es erfrischend war, ihren Enthusiasmus zu sehen, sondern auch, weil sie kreative Möglichkeiten fanden, um die Schuluniformen einzigartig zu gestalten. Egal, was die Erwachsenen taten, um diese Kinder zu zügeln, sie würden immer einen Weg finden, ihre Flügel zu spreizen.

Sie liebte es.

Liebte ihre Ausdruckskraft. Ihre Energie. Ihren Optimismus.

Ihre Lungen arbeiteten etwas schwerer, als sie es vielleicht sollten, und Evie setzte sich auf die Bank neben dem Kreisverkehr, wo sie immer auf Emerson wartete.

Unter lautem Kichern lief eine Gruppe Kinder durch die Vordertür und direkt hinter ihnen kam Emerson in Sichtweite.

Und siehe da, er hatte ein riesiges Lächeln auf seinem Gesicht.

Es war wunderschön. Es war diese Art von Lächeln, die das gesamte Gesicht des Jungen zum Leuchten brachte und sogar in seinen Augen tanzte. Er lachte so laut auf, dass sie ihn selbst aus der Entfernung hören konnte, dann blickte er auf und sah über seine Schulter – zu Sergei.

Jeder Muskel in ihrem Körper erstarrte, und es kam ihr vor, als stünde sie augenblicklich unter so viel Strom, dass man wahrscheinlich die gesamte Schule mit Elektrizität hätte versorgen können.

Was in Gottes Namen machte er hier?

Mit ihrem Jungen?

Eine gefährliche Welle von begründeter Entrüstung und Wut brachte ihre Beine in Bewegung, und ihre Lungen pumpten dieses Mal aus einem ganz anderen Grund heftiger.

Bleib ruhig.

Bloß nicht überreagieren.

Stell zuerst Fragen.

Reiß diesem anmaßenden Russen später den Arsch auf.

Okay. Guter Plan. Vorausgesetzt, sie könnte sich daran halten. Evie blieb vor den beiden stehen und wusste, das Lächeln auf ihren Lippen wirkte absolut falsch. Sie richtete ihre Aufmerksamkeit zuerst auf Emerson und drückte ihre Handtasche an sich. „Hey, ihr zwei." Sie sah zu Sergei auf. „Irgendwie überraschend, euch zusammen zu sehen."

„Sergei ist für mich zum *Väter- und Freunde-Treffen* gekommen", sagte Emerson und lenkte damit ihre Aufmerksamkeit wieder auf sich. „Ist das nicht cool?"

Anmaßend war wohl ein besseres Wort dafür. *Arrogant* und *überheblich* waren zwei weitere Favoriten.

„Es war sehr umsichtig." Als sie zurück zu Sergei sah, spürte sie, dass ihr Lächeln verblasste. „Wahrscheinlich wäre es für seine Momma gut gewesen, das im Voraus zu wissen, aber es war umsichtig."

Er wusste, dass sie wütend war. Dieses Wissen steckte in jeder Mimikfalte seines selbstgefälligen Gesichtsausdruckes. Er lächelte sie an und wagte es auch noch, seine sündhaft sexy Stimme an sie zu richten. „Sie haben recht. Das war impulsiv von mir. Eine Idee, die mir zwar im letzten Moment gekommen ist, die ich aber dennoch mit Ihnen hätte besprechen müssen." Er verbeugte sich. Keine richtige

Verbeugung, nur eine höfliche Andeutung mit einer Hand auf dem Bauch. Bei jedem anderen hätte das womöglich lächerlich ausgesehen. Bei ihm, in seinem marineblauen Anzug, der perfekt zu seinen verführerischen Augen passte, war es einfach verflucht heiß.

Oder wäre es gewesen, wenn sie nicht so wütend und bereit gewesen wäre, ihm den Kopf abzureißen. „Richtig. Nun, dann …“ So viel dazu, den Tiefschlag abmildern zu wollen, dass wieder keine männliche Bezugsperson zu einem Klassenfest anwesend sein würde. Sie sah zu Emerson. „Ich schätze, dass bedeutet, dass meine Überraschung nach der Schule nur das Sahnehäubchen auf der Torte an einem bereits fantastischen Nachmittag sein wird.“

„Was für eine Überraschung?“

Sie zog die Eintrittskarten, die sie zuvor besorgt hatte, aus ihrer Handtasche und hielt sie hoch. „Zwei Kinokarten für den neuen Superhero-Film, den du schon lange sehen wolltest. Reservierte Plätze inklusive.“

„Wow.“ Emerson schnappte ihr die Karten aus der Hand und studierte sie genau, als würde er ihr kein Wort glauben. „Das ist klasse. Und sogar in einem richtig guten Kino.“

In der Tat, wow. Ihr Sohn war nicht nur einfach glücklich. Er war in einer absoluten Kindereuphorie. „Ja, keine Billigplätze. Nicht heute.“

Emerson strahlte Sergei mit seinem Megawattlächeln an. „Wollen Sie mitkommen? Der ist das, was man einen Antihelden nennt. Sie würden ihn *lieben*.“

Evie war von Emersons Reaktion so verblüfft, dass sie einen Moment lang brauchte, bis die Realität einsetzte und ihr bewusst wurde, dass ihr Sohn gerade den Mann eingeladen hatte, dem sie in den Arsch treten wollte.

Emerson warf ihr seinen berüchtigten Welpenblick zu. „Er kann doch mitkommen, oder Mom?"

Shit.

Shit. Shit. Shit.

Sie räusperte sich und kräuselte die Nase in Richtung Sergei. „Ich würde mich freuen, wenn Sie uns begleiten könnten, aber es sind reservierte Plätze. Ich bin mir nicht sicher, ob Sie noch einen Platz neben uns bekommen würden, wir könnten es allerdings versuchen."

Bitte, sag Nein.

Bitte, sag Nein.

Bitte, sag Nein.

Sergeis Mund zuckte. Wie sie diesen gerissenen Bastard kannte, hatte er womöglich einen Weg gefunden, ihr Gehirn zu verwanzen, und ihre Gedanken laut und deutlich gehört.

Er wandte sich Emerson zu. „Obwohl ich mir sicher bin, dass ich diesen Antihelden wirklich faszinierend finden würden, habe ich heute Nachmittag bereits andere Pläne." Sein Blick glitt zu Evette und dieses Mal hoben sich seine Lippen zu einem Schmunzeln. „Vielleicht können wir alle ein anderes Mal ins Kino gehen. Ich glaube, mit euch beiden würde es Spaß machen, Filme zu schauen." Als Evette über ihre Schulter blickte, wurde sein Gesicht wieder ausdruckslos. Er trat einen höflichen Schritt von Emerson zurück. „Vielen Dank, dass ich den Tag mit dir verbringen durfte."

„Dankeschön fürs Mitkommen. Das war toll."

Sein blauer BMW fuhr vor. Der Mann auf dem Beifahrersitz sprang aus dem Wagen, der gerade zum Stehen kam, und öffnete für Sergei die Hintertür.

Sergei steig ein und das Auto bewegte sich fort.

Ein lässiger Abgang, das stand fest, aber Evette war froh, dass er das so arrangiert hatte, denn sie war von dem ganzen Debakel auf eine Art und Weise erschüttert, die sie nicht recht verstand.

Sie schüttelte das eigenartige Gefühl von sich und stellte Emerson alle möglichen Fragen, während sie sich gemeinsam auf dem Weg machten. Dieses Mal nahmen sie jedoch die Straßenbahn, um durch den Garden District zum Kino zu fahren. Vielleicht bildete sie sich das nur ein, aber sie hätte schwören können, dass ihre Aufpasser heute einen größeren Abstand hielten als sonst. Und einmal, als Emerson und sie gerade aus der Straßenbahn gestiegen waren und kurz vor ihrem Ziel darauf warteten, die Straße überqueren zu können, glaubte sie, Sergeis Wagen gesehen zu haben.

Reine Sturheit und noch immer schwelender Ärger brachten sie dazu, sich konsequent auf das Kino am Ende der Straße zu fokussieren. Wenn Sergei den Tag damit verbringen wollte, ihnen hinterherzuschleichen, dann war das seine Sache. Das hier war nur für sie und Emerson und für niemanden sonst.

Am Ende dieses Gedankens flüsterte ihr Gewissen: *Niemand sonst? Klingt ein bisschen so, als hätte das grünäugige Monster seine Zähne in dich geschlagen.*

Sie wollte es abschütteln, wollte die damit verbundenen Auswirkungen ignorieren, doch das war schwer, wenn jeder vernünftige Gedanke in ihrem Kopf mit der Stimme ihrer Mutter erklang.

In der Lobby besorgten sie Popcorn und ein paar andere Süßigkeiten und schlängelten sich an der Menge vorbei zu ihrem Film. Emersons Fröhlichkeit hatte sich auf der langen Fahrt hierher etwas abgeschwächt, aber der unbekümmerte Klang in seiner Stimme war geblieben. Er erzählte sogar so lebhaft von einem Streit zwischen einem Jungen und einem Mädchen in seiner Klasse, dass es ihr schwerfiel, an ihrer Wut auf Sergei festzuhalten.

Die Lichter im Raum wurden gedimmt.

Emerson tauchte seine Hand in die übergroße Popcorntüte und wühlte darin herum. „Er hat sich nur wie ein Freund verhalten, Mom. Er hat nicht so getan, als wäre er mein Dad."

Evie erstarrte mit einer Handvoll Popcorn auf halbem Weg zum Mund. Sie überspielte es, riss sich zusammen und kaute zwei Sekunden später auf dem Popcorn rum.

„Es war schön", sagte Emerson und nahm seine Augen immer noch nicht von der Leinwand. „Einen Mann da zu haben, meine ich. Und es ist nicht nur Sergei, sondern auch der Rest von den Jungs. Olga und ebenso die anderen Mitarbeiter im Haus. Als ob wir endlich eine Familie hätten. Eine ziemlich seltsame, aber eine Familie."

Und da war es. Sergei neben Emerson aus der Schule kommen zu sehen, hatte einen Nerv getroffen. Als jedoch dieses Mal dieser Familienknopf gedrückt wurde, fühlte es sich eher bedrohlich als wärmend an.

Wie ich schon sagte – grünäugiges Monster.

Sie schnappte sich ihren gemeinsamen Colabecher und spülte das Popcorn in ihrem plötzlich sehr trocken gewordenen Mund hinunter. Ihr Kind hatte endlich einen Mann in seinem Leben, auf den er stolz sein konnte, zu einer Klassenveranstaltung mitnehmen können, und sie hatte sein Hochgefühl verdorben. Sie hatte ihm diesen enorm wichtigen Tag vermasselt, weil sie territorial geworden war, anstatt Sergeis Handlung als das zu sehen, was sie tatsächlich gewesen war – gute alte Familienunterstützung.

Und Emerson hatte recht. Nicht nur Sergei hatte sie unterstützt. Es waren alle seine Männer. Alle Personen, die auf dem Anwesen arbeiteten. Sogar Olga, auf ihre herrische und rechthaberische Weise. Es war schön gewesen. Seit sie sich erinnern konnte, war es der längste Zeitraum, in dem Menschen nicht nur auf sie und ihren Jungen aufpassten, sondern als eine geschlossene Einheit zusammenarbeiteten. Emerson hatte das schon lange vor ihr begriffen, hatte es erkannt, willkommen geheißen und versucht, sich dafür zu bedanken, indem er Sergei eingeladen hatte, sich ihnen anzuschließen.

Evette stellte das Getränk zurück in den Becherhalter, griff nach Emersons Hand und drückte sie, um seine Aufmerksamkeit auf sich zu lenken. Sie wartete, bis er sie ansah. „Du hast recht, Kleiner. Es ist eine seltsame Familie, aber eine gute.“

Der Film war großartig. All die Effekte, der ironische Humor und die Einstellung des Helden, die Emerson am meisten an diesem Film mochte. Evette hatte es auch genossen, doch es war ihr schwergefallen, die Ernsthaftigkeit des Gespräches zwischen ihnen wieder abzuschütteln. Es war richtig von ihm gewesen, dass er etwas gesagt hatte, sie mit der Sache konfrontiert und Tacheles mit ihr geredet hatte. Als sie nach Hause gekommen waren und sie ihn ins Bett gebracht hatte, war ihre eigene Wahrheit längst klar.

Sie war seit fast einem Monat hier, hatte die Großzügigkeit und Freundlichkeit aller angenommen und ihnen im Gegenzug Höflichkeit entgegengebracht. Aber sie hatte sich nicht wirklich geöffnet.

Vor allem nicht Sergei gegenüber. Und wenn ihr Junge schon klug genug war, zu sehen, wie sehr sie sie einbezogen, und das zu würdigen wusste, dann könnte sie das auch.

Unten wartete sie dreißig Minuten und schaute sich die Zehn-Uhr-Nachrichten an, ohne wirklich etwas davon mitzubekommen, während sie innerlich auf und ab lief und sich fragte, wie sie sich am besten für ihr Verhalten entschuldigen sollte. Letztlich war es ihr unmöglich, weiterhin still sitzen zu bleiben. Sie stand vom bequemen Polstersofa auf und schlenderte zur Eingangstür auf das hintere Grundstück des Anwesens hinaus.

Die Lichter am Pool waren wie immer eingeschaltet, und mit der subtilen Landschaftsbeleuchtung, die überall verteilt war, wirkte er wie eine nächtliche Oase. Der perfekte Ort, um nachzudenken.

Sie umrundete die erste Hecke, die das hintere Grundstück säumte, und hielt mitten auf dem Weg inne.

Sergei saß allein auf der Terrasse. Seine Pose wirkte lässig, den Knöchel des einen Beins hatte er auf das Knie des anderen gelegt und ein Ellbogen stützte sich leger auf die Lehne seines Stuhls. Seine Anzugjacke, die er den ganzen Tag über getragen hatte, war verschwunden und die Ärmel seines perfekt sitzenden Hemdes waren an den Unterarmen hochgekrempelt. Der Rauch einer Zigarre, die zwischen zwei seiner Finger steckte, stieg in einem trägen Kringel nach oben, bevor er im Nachthimmel verschwand.

Evie wünschte sich in dem Moment, wie diese rauchigen Gebilde sein zu können. Einfach in der Nacht verschwinden, damit sie mehr Zeit hätte, über ihre nächsten Schritte nachzudenken.

Aber seine Augen waren auf sie gerichtet.

Nun, du wolltest dich doch entschuldigen. Einen besseren Zeitpunkt als jetzt gibt es nicht.

Das war richtig, sie hätte allerdings zumindest gern einen Plan gehabt, irgendeinen vordefinierten Rahmen, der ihr als Leitfaden dienen konnte, wenn sein teuflisches Grinsen ihre Gedanken unweigerlich vollkommen durcheinanderbrächte.

Sie zwang sich dazu, sich wieder in Bewegung zu setzen, bahnte sich ihren Weg auf dem geschlungenen Pfad und gab vor, die Schönheit um sich herum zu genießen, wobei sie sich in Wirklichkeit seiner Aufmerksamkeit bei jedem Schritt absolut bewusst war. An den zwei breiten Sandsteintreppen, die zu der Veranda hinaufführten, erwiderte sie seinen Blick und bemühte sich, zu lächeln, was ihr nicht ganz gelang. „Hey.“

Er nickte und dunkle Neugier tanzte in seinen Augen.

Sie verschlang die Finger vor sich und blickte in den Garten zurück. „Kommen Sie oft hierher?“

Er hob den Kopf leicht an, als wäre ihre Frage das letzte, was er erwartet hätte.

Äh, hallo? Das letzte Mal, als du ihn gesehen hast, hast du wahrscheinlich ausgesehen, als wolltest du ihn gleich abstechen.

Sie räusperte sich und fuhr fort, bevor er überhaupt antworten konnte. „Ich meine, bei so einen Ort wie diesem ergibt es natürlich Sinn. Ich habe mir Sie nur nicht als jemanden vorgestellt, der abends draußen sitzt und die Natur genießt.“

Oh, prima. Jetzt gräbst du dir ein noch tieferes Loch.

„Ich meine nicht, dass Sie das nicht zu schätzen wissen“, sagte sie schnell. „Ich stelle Sie mir nur als jemanden vor, der immer eine Million Dinge zu tun und keine Zeit hat, sich zurückzulehnen und in Ruhe eine Zigarre zu genießen.“

Dabei hoben sich seine Lippen zu einem schiefen Grinsen. „Was bringt Sie so spät noch nach draußen, Ms. Labadie?“

So glatt. Direkt und auf den Punkt gebracht, und das mit dieser tiefen Stimme, die alle anderen Hintergrundgeräusche aus ihrem Kopf verbannte. Außerdem hatte er die Dinge recht nett für sie eingefädelt. Sie brauchte nur den Russen bei den Hörnern zu packen und sich darauf einzulassen. „Nun, können wir eventuell darüber reden, wie förmlich Sie zu mir sind? Vielleicht könnten wir diesbezüglich verhandeln, dass Sie mich Evie nennen, wie alle anderen es auch tun?“

Eine Emotion, die sie nicht ganz greifen konnte, glitt über sein Gesicht und verschwand so schnell, dass sie es für eine Wolke gehalten hätte, die im Mondlicht Schatten warf, wenn es nicht eine klare Nacht gewesen wäre. Die Intensität, mit der er sie musterte, war elektrisierend, wie eine fühlbare Verbindung, obwohl er fast einen Meter entfernt saß und kaum einen Muskel bewegt hatte. „Evette.“

„Die meisten nennen mich Evie. Außer meiner Momma, Gott hab sie selig. Sie hat mich immer Evette genannt, wenn ich in Schwierigkeiten steckte.“

„Ah, aber ich glaube, wir haben doch bereits festgestellt: Ich bin nicht wie die meisten Menschen.“ Er klopfte das Ende der Zigarre ab und ein großes Stück Asche landete auf dem Sandsteinboden der Terrasse. „Ich werde Sie Evette nennen.“

Richtig. Es war wahrscheinlich eine gute Idee, einfach zu nehmen, was sie kriegen konnte, und es als

Sieg zu betrachten, ganz besonders jetzt, wo die Herausforderung in seinen Augen regelrecht brannte. „Okay, in Ordnung.“

Das Zirpen der Grillen durchbrach die unbehagliche Stille.

„Gibt es noch etwas, worüber Sie reden wollten?“ Er hielt nur lange genug inne, um sicherzustellen, dass sein nächstes Wort herausstach. „Evette?“

Sie legte die Stirn in Falten und zeigte auf den Aschehaufen am Boden. „Wären Sie offen dafür, wenn ich Ihnen einen Aschenbecher für hier draußen besorge? Das könnte das Aufräumen am Morgen wesentlich einfacher machen.“ Nicht, dass sie jemals Beweise für andere nächtliche Zigarrenaktivitäten gefunden hätte.

„Ich habe Ihnen die vollständige Kontrolle über die Pflege und Instandhaltung meines Anwesens gegeben“, sagte er. „Wenn Sie der Meinung sind, dass ein Aschenbecher in meinem Garten angebracht ist, dann, bei allem was recht ist, besorgen Sie einen.“ Die Zigarre brauchte es nicht, aber er klopfte dennoch das Ende erneut ab und hob sie anschließend für einen lässigen Zug davon an. Er stieß den Rauch zum Himmel aus. „Sie scheinen gerade in Fahrt zu sein. Gibt es noch etwas anderes, worüber Sie heute Abend verhandeln möchten?“

Ob es nun an seinem lockeren Verhalten lag oder daran, dass zu viel Adrenalin sie ermüdet hatte, es platzte plötzlich aus ihr heraus: „Ich muss Sie um Verzeihung bitten.“

Sein Kopf zuckte zurück und seine Augenbrauen hoben sich, während seine Hand mit der Zigarre auf halbem Weg zum Mund innehielt. Einen Herzschlag später senkte er sie wieder und änderte seinen Gesichtsausdruck. „Und warum ist das so?“

„Für den Anfang, weil Sie meinem Sohn einen Gefallen getan haben. Dass Sie heute bei seiner Klassenveranstaltung aufgetaucht sind, war wirklich schön für ihn. Es war das erste Mal, dass er jemanden hatte, der da war und für den er sich nicht schämen musste.“ Sie hielt lange genug inne, um die richtigen Worte zu finden. „Ich hätte Ihnen danken sollen, aber ich war wütend.“

„Beschützend“, sagte er. „Wie eine Mutter sein sollte. Ein Mann ohne Blutsverwandtschaft hat sich irgendwo selbst eingeladen, ohne diese Einladung vorher mit Ihnen zu besprechen. Das war falsch von mir. Man könnte sagen, dass ich mich bei Ihnen entschuldigen sollte.“

„Aber das haben Sie nicht getan.“ Es sprang ihr über die Lippen, bevor sie es filtern konnte.

Angesichts seines verschlagenen Grinsens war das auch nicht nötig gewesen. „Weil es mir nicht leidtut. Wenn ich es noch einmal machen müsste, würde ich es tun.“

Nun, zumindest war er ehrlich. Unverschämt, wofür sie ihn manchmal schon aus Prinzip treten wollte, aber ehrlich.

Sie nickte und kreuzte die Arme. „Wenn Sie das noch einmal tun, wüsste ich das gerne im Voraus.“

Er ahmte ihr Nicken nach. „Ordnungsgemäß notiert.“ Er nahm einen Zug von seiner Zigarre und musterte sie mit zusammengekniffenen Augen. „Sie sagten, für den Anfang. Was bringt Sie heute Abend noch hier raus?“

Er war wirklich ein unglaublich attraktiver Mann. Dieser beneidenswert gut gepflegte Bart, das gewellte dichte Haar und diese goldbraune Haut, die sich über

diesen wohlproportionierten Körper spannte. Aber
es waren seine Augen, die die Menschen anzogen.
Das geheimnisvolle Dunkelblau, gepaart mit männlicher Wildheit.

„Evette?"

Verdammt. Genau das war der Grund, warum sie
einen Plan oder ein Skript brauchte. Mist, sogar ein
paar Notizzettel wären jetzt hilfreich gewesen. Sie
leckte über ihre Unterlippe. „Ich war nicht so …
offen … wie ich hätte sein sollen. Sie und Ihre …
Familie … waren wundervoll zu Emerson und mir.
Er hat sich schnell daran gewöhnt und es viel eher
erkannt als ich. Ich wollte Sie nur wissen lassen, dass
ich es jetzt auch so sehe. Und ich weiß es sehr zu
schätzen. Mehr, als Sie ahnen."

Mit ihrem ersten Eingeständnis hatte sie ihn überrascht, doch diesmal schien sie ihn völlig überrumpelt
zu haben, denn sein Mund stand offen, als fehlten
ihm die Worte.

Eine Idee schoss ihr durch den Kopf. Eine, die
entweder göttlich inspiriert oder ein direkter Weg in
Schwierigkeiten war. So oder so, sie war schon so
weit gegangen, dass sie das jetzt auch noch tun konnte. „Ich dachte mir, da Sie und Ihre Familie sich mir
und Emerson gegenüber geöffnet haben, wäre es
schön, wenn wir unsere Familie ebenfalls für die Ihre
öffnen würden."

Er hob eine Augenbraue. „Meines Wissens nach
haben Sie einen Onkel, und weder Sie noch Emerson
schienen ihn zu mögen."

Evie winkte abweisend in die Luft. „Nein, nicht
Onkel Carl. Ich rede von der Nachbarschaft, in der
ich aufgewachsen bin. Dorothy gibt morgen eine
Straßenparty. Um diese Jahreszeit tut sie das immer."

Sie hob die Schultern und steckte die Fingerspitzen in ihre Gesäßtaschen. „Ich dachte, Sie und einige Ihrer Jungs würden gern mitkommen."

Kaum hatte sie es ausgesprochen, wäre sie am liebsten zu einem kleinen Ball zusammengeschrumpft und zurück ins Kutscherhaus gerollt. Welcher Idiot würde russische Bösewichte, auch bekannt als Mafia, zu einer Nachbarschaftsparty einladen? Das wäre dasselbe, wie wenn man einen Hai zu einem Blutbad mitnehmen würde.

Überraschenderweise erhob sich Sergei und ging auf sie zu. „Das ist ein sehr freundliches Angebot, Evette." Er blieb direkt vor ihr stehen und lächelte. Es war das Lächeln eines hungrigen Wolfes. „Ich akzeptiere."

Kapitel 8

Zeit seines Lebens war Sergei dafür bekannt gewesen, dass er Tage, Wochen, Monate, sogar Jahre darauf wartete, dass kalkulierte Ereignisse eintraten, und nicht ein einziges Mal war er ungeduldig geworden. Und doch, hier war er nun. Weniger als vierundzwanzig Stunden, nachdem Evette ihre Einladung ausgesprochen hatte, war er angezogen und bereit, zu gehen, und starrte auf seinen Computermonitor in der halbherzigen Bemühung, zu arbeiten, während er wartete.

Es war lächerlich.

Ein Verhalten, das ihm so unangenehm war, wie eine Bombe zu zünden, ohne die Verkabelung zu kennen.

Vor seinem Bürofenster, das zum Garten hinaus ging, war die Sonne bereits untergegangen. Ein tiefblauer Streifen erstreckte sich über den Himmel, und es war nur ein Hauch des tiefen Rotes geblieben, das den Sonnenuntergang begleitet hatte.

Er hatte zugesehen und über sein Verhalten gegrübelt, über die Reaktionen, die Evettes Anwesenheit um ihn herum auslöste, und über die interessanten Entscheidungen, die er aufgrund dessen getroffen hatte. Er brauchte einen Zugang zu den Ortsansässigen. Evette und Emerson waren erst seit einem Monat bei ihm, aber die Unterstützung des Mutter-und-Sohn-Teams hatte bereits viel dazu beigetragen, seine Ziele zu erreichen. Heute Abend würde er als geladener Gast bei einer beliebten Veranstaltung in der Gemeinde gesehen werden. Es war alles, was er sich vorgenommen hatte.

Allerdings war das nicht sein wirklicher Antrieb.

Er konnte um die Wahrheit herumtänzeln, solange er wollte, aber nur ein Narr verleugnete seine wahren Motive, und er war kein Narr.

Er wollte sie.

Seit dem ersten Tag, als sie ins *Diner* geplatzt war und Emersons Haar zerzaust hatte, war er fasziniert von ihr gewesen. Kir und Roman hatten recht. Das Leben der *bratva* war nichts für Beziehungen. Beziehungen brachten Verpflichtungen. Sie waren ein Druckmittel, das von Feinden benutzt werden konnte.

Und doch war er dreißig Minuten früher umgezogen und bereit, loszugehen, und hatte nicht die geringste Absicht, die Gelegenheit, die sie ihm geboten hatte, verstreichen zu lassen – ob es Evette und Emerson nun markierte oder nicht.

Die Küchentür im Erdgeschoss schloss sich mit einem gedämpften Knall, und Evettes fröhliche Stimme drang durch den Raum. Aus dieser Entfernung war das Gespräch nicht verständlich, aber ihre Aufregung war nicht zu überhören. Er hatte sie lange genug beobachtet, um zu wissen, dass alles, was sie sagte, auch durch wilde Gesten mit den Händen und ihr ausdrucksstarkes Gesicht untermalt wurde.

Vollkommen lebendig.

Strahlend.

Furchtlos und leidenschaftlich.

Emersons nüchterne Jungenstimme erwiderte etwas und Evettes Lachen folgte.

Nein. Er würde seine Meinung garantiert nicht ändern. Wenn nötig, würde er mehr Wachen auf sie ansetzen und seinen Teil dazu beitragen, indem er seine Hände bei sich behalten würde. Doch Evette und Emerson würden bleiben.

Von den dumpfen, aber schnellen Geräuschen auf den mit Teppich belegten Stufen zu urteilen, schoss Emerson seiner Mutter voraus und lief direkt auf Sergeis Büro zu. Und tatsächlich umrundete er die geöffnete Tür nur wenig später, in Jeans und ein Venom-T-Shirt gekleidet, schwer atmend und mit gerötetem Gesicht. „Hey, Sergei."

„Mr. Petrovyh", korrigierte ihn Evette, als sie hinter ihm den Raum betrat. Wie ihr Sohn hatte auch sie sich an Jeans und T-Shirt gehalten, aber ihre Jeans saß wie eine zweite Haut um ihre Kurven und endete an ihren Knöcheln. Das Shirt hatte eine lebhafte Korallenfarbe, die er eher in einem tropischen Resort erwarten würde, und besaß einen V-Ausschnitt, der die Augen der Männer zu leicht auf ihre Brüste lenken würde.

Sie schenkte Sergei ein entschuldigendes Lächeln und griff dann nach Emersons Schulter und zog ihn zurück zur Tür. „Und du solltest ihm eventuell ein paar Sekunden geben, bevor du einfach in sein Büro platzt. Was wäre, wenn er telefoniert oder mit jemandem gesprochen hätte?"

„Ups." Bei jedem anderen Jungen seines Alters hätte das vielleicht unaufrichtig geklungen, aber Emerson meinte es eindeutig ehrlich. „Wenn Sie beschäftigt sind, können wir in der Küche warten."

„*Nyet.*" Sergei loggte sich aus seinem Computer aus und erhob sich. „Wenn meine Tür offen steht, bist du willkommen."

Sobald er hinter seinem Schreibtisch hervortrat, scannte Evette ihn von Kopf bis Fuß.

Emerson tat dasselbe.

Überrascht von der offenen Musterung überprüfte Sergei seine Jeans und sein schwarzes Hemd.

„Stimmt etwas nicht?"

„Sie tragen Jeans", sagte Emerson. Es war eine sachliche Feststellung, doch es lag ein Hauch von Unglauben in seiner Stimme. „Sie tragen sonst nie Jeans."

„Nein, aber das sollten Sie." Wo Evettes Stimme zuvor noch leicht und verspielt geklungen hatte, war sie nun tiefer, abgelenkt. Offensichtlich war ihr das selbst aufgefallen, denn sie zuckte zusammen und blinzelte, als ob sie wachgerüttelt worden wäre. „Ich meine, äh, lässig steht Ihnen gut." Ihr Blick wanderte ein weiteres Mal über ihn, und in ihren Augen regte sich etwas, das er nicht ganz zu deuten wusste. „Es macht sie ... zugänglicher."

Aus irgendeinem Grund glaubte er, dass *zugänglich* wohl nicht das Wort war, das sie eigentlich hatte verwenden wollen, aber er nahm es hin. Insbesondere, wenn es bedeutete, dass sie ihre großen bewundernden Augen auf ihn richtete. „Anzüge sind fürs Geschäft, nicht wahr? Und falls ich das Ziel des heutigen Abends richtig verstehe, stehen Geschäfte nicht auf der Tagesordnung."

Der Teufel in ihm schnurrte zustimmend, aber er unterdrückte ihn und winkte die beiden wieder in den Flur. „Seid ihr bereit, zu gehen?"

„Ja", rief Emerson über seine Schulter und sprang mit einer Begeisterung den Flur hinunter, die Sergei noch nie zuvor bei ihm gesehen hatte. „Dorothys Straßenpartys sind die besten. Sie macht eine Tonne Jambalaya und rote Bohnen und Reis, aber viele andere Leute tragen auch was dazu bei. Sogar die Damen vom Altersheim am Ende der Straße. Sie bringen hausgemachte Krapfen, Kuchen und *Bananas Foster* mit." Am Fuß der Treppe warf er einen Blick zurück, verzog das Gesicht und bewegte sich vorwärts. „Ich mag keine flambierten Bananen, aber das Eis dazu ist gut."

Sergei folgte den beiden durch die Küche und die Hintertür zur Einfahrt. Währenddessen plauderte Emerson weiter und erzählte ihm alles, was er für den Abend erwarten sollte, wer anwesend sein würde und welches Unterhaltungsprogramm geplant war. Seine Aufregung war förmlich greifbar und reichte sogar, um seinem eigenen Adrenalinpegel, der schon ewig nicht mehr gezündet worden war, eine Starthilfe zu geben.

Viel mehr Spaß, als Emersons Erzählungen zuzuhören, machte es ihm jedoch, Evette dabei zu beobachten, wie sie ihren Sohn beäugte. So sehr, wie ihre Augen geweitet waren und ihr der Mund offen stand, hätte man annehmen können, ihrem Sohn wären drei Köpfe gewachsen und er würde in einer unbekannten Sprache reden. Sobald sie den Wagen erreichten, neben dem Kir und Roman warteten, schien sie fast wie in Trance zu sein.

Der Zustand brach ab, als Roman vortrat und die Hintertür des BMWs öffnete.

„Oh nein." Sie hielt die Hand hoch und stellte sich Sergei gegenüber. „Wir können nicht in einem Wagen, der über hunderttausend Dollar kostet, zu einer Straßenparty fahren."

Sergei neigte den Kopf zur Seite. „Sie kennen sich mit Autos aus?"

„Nein, aber mein Sohn, und er fühlte sich dazu verpflichtet, mir alle Merkmale dieses Wagens inklusive des unglaublichen Preises zu erklären." Sie hielt lange genug inne, um ihr Gesicht zu verziehen. „Wir gehen zu Fuß."

„Das ist über eine Stunde Fußmarsch", sagte er und zwang Ruhe und Vernunft in seine Stimme. Es war eine Sache, ihr zu erlauben, zur Schule und zum Markt zu laufen, was beides nur eine kurze Strecke entfernt war, aber den ganzen Weg zur Stadtmitte zu laufen, kam nicht infrage. „Sicherlich wollen Sie keine Zeit verschwenden, die sie mit Ihren Freunden verbringen könnten, wenn wir problemlos auch dorthin fahren könnten."

„Es ist schneller, wenn wir die Straßenbahn nehmen."

„Allerhöchstens fünfzehn Minuten." Er richtete sich auf und legte die Hände vor sich aneinander. „Vielleicht erzielen wir einen Kompromiss."

Sie hob eine Augenbraue.

„Wir fahren bis zur Tulane-Universität und von da aus laufen wir", schlug er vor.

Sie spitzte ihre Lippen und nahm einen tiefen Atemzug. „Und Ihre Männer folgen uns nicht. Sie können sich dem Spaß anschließen. Keine Bewachung. Nicht heute Abend."

Es würde immer Wachen geben. Ob sie es wusste oder nicht, aber eher würde die Hölle zufrieren, bevor er Emerson und sie schutzlos ließe. Er verbeugte sich knapp vor ihr und blickte dann zu Kir und Roman. „Heute Abend hat jeder Spaß." Auf Russisch fügte er hinzu: *„Ich will Schatten. Mindestens drei zu jeder Zeit."*

Die beiden Männer nickten gleichzeitig.

Evette runzelte die Stirn, überlegte, nickte zustimmend und bewegte sich auf die Autotür zu. „Emerson, du sitzt in der Mitte."

Emerson warf Sergei einen Blick von der Seite zu, während er dem Befehl gehorchte. Offensichtlich hatte er den raffinierten Schachzug seiner Mutter durchschaut, mit dem Evette sich etwas Abstand verschaffen wollte.

Sie schafften es in einer Viertelstunde bis zur Uni, wobei Romans gedämpfte Anweisungen an seine Männer per Telefon auf Russisch meist von Emersons Geplapper übertönt wurden. Der Spaziergang zu *Dorothys* war angenehm, die klassischen R&B-Sounds von *Mustang Sally,* von einer Live-Band gespielt, drangen die Straße entlang.

Es war der perfekte Abend für eine Straßenparty. Die abendlichen Temperaturen hatte sich in den letzten Wochen bei etwa sechsundzwanzig Grad eingependelt, wodurch die Luftfeuchtigkeit erträglicher war als in den Sommermonaten. Der seit Tagen ausbleibende Regen hielt die unangenehmen Gerüche, die manchmal aus dem French Quarter herüberwehten, in Schach. Minilaternen waren von Dorothys Diner im Zickzack zur gegenüberliegenden Straßenseite gezogen worden, und ein umfangreiches Büfett säumte den Bürgersteig. Die Straßen waren im gesamten Viertel abgesperrt worden, sodass die Leute an einem Ende der Straße umherschlendern und auf der anderen Seite, wo die Band spielte, tanzen konnten.

Emerson hob sein Kinn an, schnupperte in die Luft und drehte den Kopf zu Sergei, ohne dabei zu stolpern. „Sehen Sie? Ich habe doch gesagt, dass Dorothy Jambalaya gemacht hat. Denken Sie bloß dran, zuerst was davon zu essen, bevor es weg ist."

Gerade als Emersons Worte verstummten, schien ihr Auftauchen von den meisten Leuten, die sich am Büfett eingereiht und auf der anderen Seite der Straße standen, bemerkt zu werden. Während die Band einfach weiterspielte und diejenigen, die vor der Bühne tanzten, nichts davon mitbekamen, wich der Rest ein wenig zurück, so als ob ein Rudel Wölfe vor ihnen aufgetaucht wäre.

Sergei war daran gewöhnt, ebenso wie Kir und Roman, doch Emerson und Evette reagierten darauf. Evette, indem sie ihr Kinn anhob, breit lächelte und sich ins Geschehen stürzte, und Emerson, indem er auf Sergeis Seite wechselte und nach seiner Hand griff.

„Komm schon", drängte er und zerrte Sergei mit sich. „Wenn wir Glück haben, ist Mrs. Arnolds Käseauflauf noch nicht weg. Ich könnte alles essen, aber Mama sagt, ich darf nur ein oder zwei Löffel davon haben."

Und das war alles, was es brauchte. Eine mutige Trotzaktion des Nachbarschaftslieblings und der physische Stempel der Zuneigung des Sohnes und die Leute kümmerten sich wieder um ihre eigenen Angelegenheiten.

Sergei wechselte einen Blick mit Kir und Roman.

Kir schmunzelte und schlenderte zu einer Gruppe von Frauen im Alter von Ende zwanzig bis Anfang dreißig, die sich am Rand versammelt hatte. Roman, der schon in Russland kein großer Fan von geselligen Veranstaltungen gewesen war – und noch weniger in den USA –, schüttelte den Kopf und folgte seinem Freund.

Am Ende erwies sich der Abend als höchst unterhaltsam. Die Band war ausgezeichnet. Das Essen war, wie Emerson versprochen hatte, sogar noch besser. Kir und Roman bemühten sich, sich anzupassen, obwohl sie sich wie Raubtiere unter Lämmern bewegten.

Und die ganze Zeit war Sergei umzingelt. Wenn nicht von neugierigen Nachbarn, die mutig genug waren, sich vorzustellen und sich mit ihm zu unterhalten, dann von Evette oder Emerson, sobald jemand ihm einen vorsichtigen oder unfreundlichen Blick schickte.

Er war bereits bei seiner zweiten Portion flambierter Bananen, die Emerson geschickt an ihn weitergegeben hatte, nachdem eine wohlmeinende ältere Frau ihm den Teller gereicht hatte, als Evette sich neben ihm auf den niedrigen Fenstersims von *Dorothy's Diner* setzte. Sie warf einen Blick auf Sergeis fast leeren Teller und grinste. „Er hat es Ihnen vermacht, oder?"

Also hatte sie es doch gesehen. Und er hatte schon gedacht, sie wäre völlig in ihre Unterhaltung mit der Frau verwickelt gewesen, die Kir anscheinend aufgegabelt hatte. „In der Tat."

Er schaufelte einen der letzten verbliebenen Bissen in sich hinein.

Evette kicherte. Ein tiefes, kehliges Geräusch, das sich gefährlich sexy anhörte, wenn sie so nah bei ihm saß. „Wann werden Sie ihm sagen, dass Sie auch keine Bananen mögen?"

Er legte die Gabel auf den Teller, nahm langsam die Serviette von seinem Schoß und wischte sich den Mund ab. „Wie kommen Sie darauf, dass ich sie nicht mag?"

„Weil Sie alles andere fast so schnell gegessen haben wie Emerson, nur das Dessert sehr langsam." Sie biss sich auf die Unterlippe, um zu verhindern, dass ihr selbstgefälliges Lächeln noch breiter wurde, sie scheiterte allerdings kläglich. „Sie tragen vielleicht außergewöhnliche maßgeschneiderte Anzüge und besitzen tadellose Manieren, aber Sie essen trotzdem wie jeder andere Mann." Sie blickte auf den Teller hinunter. „Es sei denn, Sie mögen es nicht."

Kluge Frau. Sie versäumte es nie, ihn zu überraschen. Er legte die Serviette über das, was vom Dessert übrig war, und stellte den Teller neben sich auf den Boden. „Ich stimme Emerson zu. Bananen gehören nicht in einen Nachtisch."

Die Band beendete ihren Song, und diejenigen, die sich zum Tanzen vor ihr versammelt hatten, spendeten anständig Applaus.

„Also, erzählen Sie mir etwas mehr über sich." Sie hatte es so zaghaft und leise gesagt, dass er es fast überhört hätte.

Was ihm nicht entging, war die Reaktion, die ihr Interesse in ihm hervorrief. Eine Aufregung tief in der Grube seines teuflischen Magens, die für keinen von ihnen gut war. Trotzdem antwortete er: „Was möchten Sie wissen?"

Den Blick auf die Tänzer gerichtet, zuckte sie gleichgültig mit den Achseln. Aber da war etwas in ihrer Haltung ... eine Intensität oder eine Erkenntnis, die ihn glauben ließ, sie wäre interessierter, als sie zeigen wollte. „Wie wäre es damit: Was hat einen gebildeten Mann aus Russland nach New Orleans gebracht?"

Er beobachtete die Tänzer, hörte eine Weile zu, als die Band einen neuen Song anstimmte. Er konnte ihr die Wahrheit sagen oder sie mit etwas Oberflächlicherem besänftigen.

Wahrheit.

Die Richtung, die ihm sein Instinkt vorgab, war kristallklar. Aber wenn er ihr diese Wahrheit offenbaren würde, gäbe es kein Zurück und auch kein Vortäuschen mehr, dass er nur ein mächtiger Geschäftsmann mit einem gefährlichen Image war.

Eine Ruhe, so beständig und sicher wie an dem Tag, an dem er Yefim zum ersten Mal begegnet war, breitete sich in ihm aus. „Ich habe meine *Familie* in Russland verlassen, um eine eigene *Familie* zu gründen. Ich wollte mich irgendwo niederlassen, wo es warm ist. An einem Ort mit viel Leben, Farbe und Geschichte. Ich habe mich für New Orleans entschieden."

Sie nickte, lehnte sich nach vorn, stützte die Ellbogen auf ihre Schenkel und faltete die Hände vor sich. „Familie heißt so viel wie: Menschen, mit denen Sie aufgewachsen sind?"

Er wartete, lauschte auf jeglichen Hinweis, den sein Instinkt ihm gab, die Richtung zu wechseln.

Nichts kam.

„Nein, Evette. Familie wie in *bratva*. Eine Bruderschaft. Oder wie Sie es wohl nennen würden, Mafia."

Ihre Hände spannten sich an, sodass ihre Knöchel weiß wurden, aber sie atmete langsam und ruhig weiter, drehte ihren Kopf in seine Richtung und erwiderte seinen Blick. „Ist etwas vorgefallen, weshalb Sie Ihre Familie verlassen haben?"

„*Nyet*. Es war eine Belohnung."

„Eine Belohnung?" Die Frage schien ehrlich zu sein, interessiert und engagiert.

Aus irgendeinem Grund stieß sie die Tür zu seiner Vergangenheit ein Stück weiter auf. „Ich bin unruhig geworden, was die Politik der *Familien* in Russland betraf. Ich habe lange geglaubt, dass die Grundlagen dessen, was es einst bedeutete, *bratva* zu sein, verloren gegangen wären. Ich wollte zu diesen Grundlagen zurückkehren. Mein *pakhan* wusste das. Es gab etwas, was er brauchte. Was viele *Familien* brauchten. Ich erfüllte dieses Bedürfnis, und im Gegenzug erhielt ich die Erlaubnis, hier meine eigene *Familie* zu gründen."

Ihr Gesichtsausdruck wurde nüchtern. „Will ich wissen, was dieses Bedürfnis war?"

So süß. Ein Engel, der in die Dunkelheit starrte. Er schüttelte den Kopf. „Nein, *malen'kaya feya*. Das möchten Sie nicht."

Sie betrachtete ihn einen Moment lang, ihr Blick glitt dabei über sein Gesicht. „Wie sind Sie dazu gekommen …" Sie legte ihre Stirn in Falten, war entweder sprachlos oder es war ihr unangenehm, den Bildern, die sich in ihrem Kopf geformt hatten, Worte zu verleihen. „… das zu tun, was sie tun?"

Unter seinen hellen italienischen Schuhen war der Bürgersteig zwar kaputt, aber sauber. Das war eins der Dinge, die er an den Geschäftsinhabern in diesem Stadtteil am meisten schätzte. Ihre Kundschaft mochte vielleicht nicht zur Spitze gehören, und ihre Gewinnspannen waren dürftig, doch sie hatten Stolz, Entschlossenheit und Charakter. Es erinnerte ihn an die Straßen, in denen er aufgewachsen war, an das Leben, das er geführt hatte, bevor sich alles verändert hatte.

Er wollte nicht an seine Vergangenheit denken, schon gar nicht darüber reden. Aber Evette musste es erfahren, musste verstehen, wie lange er Teil dieses Lebens war und wie tief es sich in seine Seele eingebrannt hatte.

„Mein Vater arbeitete auf einer Werft. Seine Fähigkeiten waren begrenzt, und er lehnte das Angebot meiner Mutter ab, ebenfalls zu arbeiten. Also war unser Einkommen minimal. Als ich fünf Jahre alt war, erkrankte meiner Mutter an einer Lungenentzündung." Die Kälte jenes Winters war noch heute in seinen Knochen präsent, genau wie vor all den Jahren. „Sie starb.“

Neben ihm saß Evette ganz still da. Wie gefesselt und gleichgültig gegenüber der Menschenmenge um sie herum.

Sergei war es nicht gleichgültig. Im Gegenteil, er brauchte die Gegenwart von Menschen und die Wärme der Nacht, um sich angesichts dieser Erinnerungen zu erden. „Nach ihrem Tod war mein Vater nutzlos. Er trank viel und arbeitete nur noch so, dass er für das, was er trank, bezahlen konnte. Ich benötigte Geld für Essen, also lernte ich, zu stehlen. Eines Tages nahm ich einen wohlhabenden Mann ins Visier, der ein Gebäude im Geschäftsviertel verließ. Dieser Mann war Yefim Mishim, und obwohl ich recht gut im Taschendiebstahl war, war er besser darin, seine Taschen zu schützen.“

Er spürte ein Lächeln auf seinen Lippen. Er erinnerte sich immer wieder an den Schrecken, als er in das strenge Gesicht von Yefim – mit all seinen Wächtern um ihn herum – geblickt und das Schlimmste erwartet hatte. „Er hielt mich an meinem Handgelenk fest und starrte mich eine lange Zeit an. Bis zum heutigen Tag weiß ich nicht, was er gesucht hatte, aber am Ende verpasste er mir einen Klaps auf den Hinterkopf, zog mich in seine Limousine und behielt mich bei sich, während er von einem Meeting zum nächsten fuhr.“

„Er hat dich nicht bei der Polizei angezeigt?“

Auf ihre Frage hin konnte Sergei nicht anders, als die Vergangenheit loszulassen und sich auf sie zu konzentrieren. „Jungs wie ich wurden von Männern wie Yefim nicht der Polizei übergeben. Sie wurden entweder komplett ignoriert oder ihnen wurde eine

Lektion erteilt."

Sie schluckte. „Was hast du bekommen?"

„Nichts davon."

Auf der anderen Straßenseite stand Emerson vor zwei älteren Damen, und während ihrer Unterhaltung war sein Gesichtsausdruck so düster und konzentriert wie der eines erwachsenen Mannes.

Sergei verstand das. Obwohl er keinen Zweifel daran hatte, dass Evette ihr Bestes getan hatte, um ihren Sohn so gut wie möglich vor allem zu schützen, ließ nichts einen Jungen so schnell erwachsen werden wie die harte Realität. „Am Ende des Tages verlangte Yefim meine Adresse. Ich dachte, er würde mich dort absetzen und vielleicht von meinem Vater irgendeine Bestrafung für mich fordern. Stattdessen ging er direkt hinein. Mein Vater lag ohnmächtig auf dem Sofa. Die Küche war leer und das Haus ein einziges Chaos, ich hatte es aber trotzdem geschafft, meinen eigenen Raum sauber zu halten. Yefim stand mitten in meinem Zimmer und sagte mir, ich solle meine Sachen packen."

„Was hast du gemacht?"

„Gepackt. Ich nahm einiges an Kleidung mit, ein Bild meiner Mutter und ging hinter ihm aus der Tür. Ich blieb zwei Wochen lang bei ihm und folgte ihm überall hin. Danach brachte er mich zu einem Mann namens Anton Federov, dem *pakhan* – oder Boss – einer der reichsten Familien Russlands. Yefim sagte zu mir: ‚Er wird jetzt dein Vater sein. Er wird dir eine Chance geben. Was du mit dieser Chance anstellst, liegt allein bei dir.'"

„Ich nehme an, Sie haben diese Chance genutzt."

„Mit allem, was ich in mir hatte, und ohne Reue. Anton behandelte mich wie sein eigenes Kind. Er hat mich in seiner Organisation ganz unten starten lassen und mir alles gegeben. Als Gegenleistung diente ich ihm als *kryshas*.“

„Was ist ein *kryshas*?“

Er zögerte, hasste zum ersten Mal in seinem Leben die Wahrheit. Aber er zwang sich dazu, ihr in die Augen zu sehen. „Es bedeutet, *feya*, dass mein *pakhan* mich schickte, um den Job zu erledigen, wenn er etwas durchsetzen oder … vollständig lösen musste …“

Verstehen funkelte in ihren wunderschönen Augen, während sich die Goldflecken darin verdunkelten. „Ich verstehe.“

„Ja. Ich glaube, das tun Sie wirklich.“ Er nahm einen tiefen Atemzug und saugte die Wärme um ihn herum ein, ebenso wie das Lachen und die Musik, die die Luft erfüllten. „Jetzt bin ich der *pakhan*. Mein Schicksal gehört mir.“

„Und Sie wollen etwas … Altmodischeres?“

Sobald sie es gesagt hatte, schossen ihr Verständnis und Inspiration ins Gesicht. „Wie in den Rückblenden in *Der Pate 2*? Die Szenen mit Robert de Niro als junger Vito Corleone, der der Nachbarschaft half?“

Das Lachen rutschte raus, bevor er es verhindern konnte. Evette schaffte es immer wieder, einen Weg zu finden, ihre Unterhaltungen auf leichteres Terrain zu führen, indem sie klassische Mafia-Filme zur Sprache brachte. „So etwas in der Art.“

Ihr strahlendes Lächeln war die Erlösung in physischer Form. Absolution ohne Forderung. Eine Sekunde später wurde dieses Lächeln weicher und ihre Stimme senkte sich fast zu einem Flüstern. „Es tut mir leid, dass Sie Ihre Mutter verloren haben. Ich weiß, wie schwer das ist. Ich war fünfzehn, als ich meinen Vater verloren habe, und zwanzig, als meine Mutter gestorben ist. Und beides hätte mich beinahe umgebracht. Ich kann mir nicht vorstellen, wie es gewesen wäre, wenn ich sie im Alter von fünf verloren hätte.“

Er hatte gewusst, dass beide nicht mehr da waren und dass Evettes Mutter vor ihrem unerwarteten Tod eine von Dorothys liebsten Freundinnen gewesen war. Er hatte jedoch keine Ahnung, wie der Vater verstorben war. „Was ist mit Ihrem Vater geschehen?“

Sie verzog ihren Mund, bevor sie ihren Kopf senkte und auf ihre Sneaker starrte. „Ein Unfall mit seinem LKW.“ Sie hob ihr Gesicht. „Er hat für einen Lieferdienst gearbeitet und war im Winter auf einer Fahrt spät unterwegs. Selbst im Winter ist es hier sehr selten, dass die Straßenverhältnisse schlecht sind, aber wenn es doch so ist, erwischt es die Menschen unvorbereitet. Dads Lastwagen kam auf einer vereisten Brücke von der Fahrbahn ab. Den LKW haben sie recht schnell gefunden, es hat jedoch ungefähr eine Woche gedauert, bis man die Leiche meines Vaters flussabwärts entdeckt hat.“

„Und Ihre Mutter?“

Dieses Mal wurde ihr Gesichtsausdruck düsterer.

Die Haare in seinem Nacken sträubten sich, und die Wachsamkeit, die ihn bei mehr Gelegenheiten, als er zählen konnte, vor dem Tod bewahrt hatte, tanzte über seine Schultern.

„Sie wissen es nicht wirklich. Allem Anschein nach sah es wohl so aus, als wäre sie einfach eines Nachts eingeschlafen und nie wieder aufgewacht. Es gab keine Anzeichen von Gewalteinwirkung und sie hasste Alkohol und Drogen, sodass es wegen ihres Alters als natürliche Todesursache eingestuft wurde."

Aber Evette kaufte es ihnen nicht ab. Egal, wie sehr sie sich bemühte, so zu tun, als ob sie es doch täte, ihre Stimme troff vor Unglauben.

Und Schmerz.

Viel davon.

Sie starrte zur Menschenmenge und rümpfte die Nase. „Ich bin irgendwie durchgedreht, nachdem Mom gestorben war. Ich steckte mitten in der zweiten Hälfte meines Studiengangs und bin einfach nicht mehr zu den Kursen gegangen." Sie schnaufte und ließ den Kopf hängen. „Um ehrlich zu sein, streichen Sie das. Ich war zu verkatert, um zum Unterricht zu erscheinen." Sie drehte sich wieder zu Sergei. „Ich habe mich bei jeder Gelegenheit besoffen, habe meinen Teilzeitjob verloren … alles." Sie zuckte mit den Achseln und entdeckte Emerson in der Menge. Ein Lächeln zeichnete sich auf ihrem Gesicht ab. „Ihn habe ich einem der Mitsäufer zu verdanken. Sosehr ich mich schäme, es zugeben zu müssen, aber ich hätte seinen Daddy nicht einmal bei einer Gegenüberstellung rauspicken können. Doch als ich erfuhr, dass ich schwanger war, wurde ich nüchtern. Und es hat mich wieder in die Spur gebracht." Sie lächelte ihn an. „Und hier bin ich nun."

„Noch mehr Gründe, Ihren Sohn zu mögen."

Die Freude auf ihrem Gesicht war wie purer Sonnenschein. „Flirten Sie etwa mit mir?"

Er war sich nicht ganz sicher, was er soeben getan hatte. In Wahrheit bebte der Schock, dass er so etwas auch nur im Entferntesten zu ihr gesagt hatte, noch immer unter seiner Haut. „Ich habe Ihnen gerade die Art meiner Arbeit so ausführlich dargelegt, dass die meisten Menschen Angst bekommen. Ich versichere Ihnen, ich bin kein Mann, der flirtet."

„Mmm." Sogar mit zusammengekniffenen Lippen, um ein Lachen zurückzuhalten, funkelten ihre Augen voller Unfug.

Die Band beendete einen Song und ging gleich zum nächsten über, einem Zydeco-Stück, das großen Jubel in der Menge erzeugte und noch mehr Leute auf die behelfsmäßige Tanzfläche lockte.

Evette sprang auf die Füße und klatschte in die Hände. „Das ist gut. Jetzt kommt Stimmung auf." Sie drehte sich zu ihm um und streckte eine Hand aus. „Kommen Sie schon, großer Mann. Sie können nicht auf ein Straßenfest gehen und sich die Chancen auf einen kleinen Cajun-Two-Step entgehen lassen."

Und ob er sich das entgehen lassen könnte. Unter normalen Umständen würde er sich nie in einer Situation befinden, in der *Sergei* und *Tanzen* in ein und demselben Gedanken vorkommen würden. Aber da Evette praktisch vor ihm hüpfte und ihre ausgestreckte Hand nur darauf wartete, dass er sie nahm, kam ein Nein nicht infrage.

Er ergriff ihre Hand und erhob sich. „Ihnen ist klar, dass es womöglich der schnellste Weg ist, diese Party zum Stillstand zu bringen, wenn Sie mich zum Tanzen überreden?"

„Oder der schnellste Weg, um es in den Geschichtsbüchern zu vermerken." Mit diesen Worten schleppte sie ihn in die weiterwachsende Menge und schwang sich mit verspielt dramatischen Gesten um ihn herum.

Er hatte sie vielleicht nicht damit überrascht, dass er ihre Einladung angenommen hatte, aber mit der Tatsache, dass er sie an der Schulter packte, sie an sich zog und sie geradewegs in den Strom der Two-Step-tanzenden Paare lenkte, wohl schon.

„Sie können tanzen!"

„Ich habe fast zehn Jahre damit verbracht, meine Ausbildung in Amerika zu absolvieren", erwiderte er gerade laut genug, dass sie es hören konnte. „Ich versichere Ihnen, dass ich mehr als nur Literatur und Wirtschaft gelernt habe."

Evette warf ihren Kopf zurück und lachte gen Himmel, wobei sie neugierige, aber auch glückliche Blicke um sie herum auf sich zog. Selbst nachdem das kehlige Geräusch verklungen war, verschwand ihr Lächeln nicht.

Und für jeden sichtbar, richtete sich ihre gesamte Aufmerksamkeit auf ihn. Ihre Freude war ansteckend, ihr Körper so nah.

Es machte süchtig.

Eine unschuldige Verführung, die ihn dazu verlockte, Jahre voller Disziplin beiseitezuschieben und sich diese Frau einfach, ohne nachzudenken, zu nehmen. Ohne Angabe von Gründen, ohne das Risiko einzuschätzen, das es mit sich brachte.

Das Lied endete viel zu früh. Die Frustration darüber verstärkte sich noch dadurch, dass sich die Band entschied, auf diesem Höhepunkt eine Pause zu machen – aber nur bis zu dem Moment, als Evette ihren Applaus beendete, zu ihm zurückschwang und ihre Arme eng um seine Taille legte.

Es war nicht sexuell. Eher wie eine freundschaftliche Umarmung. In der Art, wie Darya – und ausschließlich Darya – sie ihm zu schenken wagen würde. Doch er konnte wegen der Wildheit dahinter kaum atmen.

Wegen der echten Akzeptanz und Verbundenheit,

die sich hinter dieser einfachen Handlung verbarg.

Er schloss seine Arme um sie, sanft, als ob zu viel die Illusion zerstören und ihn in die Realität zurückfallen lassen könnte.

Mein.

Die Logik sagte ihm, er solle es ignorieren. Solle sie vorsichtig vor ihm absetzen und sich selbst wertvolle Distanz verschaffen. Gerade jetzt könnten Feinde zusehen und sie und, durch ihre Verbindung, auch Emerson ins Visier nehmen.

Mein. Der Gedanke war dieses Mal lauter und seine Arme schlossen sich fester um sie.

Sie hob ihren Kopf und eine Neugier brannte in ihren Augen, die ihm sagte, dass sie irgendwie den Aufruhr in seinem Innern spürte.

Selten in seinem Leben hatte er unüberlegt gehandelt. Ohne eine gut ausgetüftelte Strategie mit Notfall- und Sicherungsplänen. Doch in dieser Sekunde, als das Echo seiner besitzergreifenden Gedanken noch immer in seinem Kopf erklang, ergriff er ihre Hand und zog sie neben sich auf den Bürgersteig.

Kir und Roman standen nur etwa sechs Meter entfernt und schauten beide zu. Passiv in ihrer Haltung und im Ausdruck, aber ihre geschärften Blicke nahmen jedes Detail auf.

Sie hatten es gewusst.

Sie hatten ihn gewarnt.

Aber sie würden ihn nicht aufhalten. Er war der *pakhan*. Seine Entscheidungen würden unterstützt werden, koste es, was es wolle.

Roman senkte seinen Kopf zu einem kaum wahrnehmbaren Nicken.

Kir grinste und rieb mit dem Handrücken sein Kinn entlang.

„Sergei, wohin gehen wir?“ Evette beschleunigte ihre Schritte, um mit ihm mithalten zu können. „Ich muss ein Auge auf Emerson haben.“

„Ich habe ein Auge auf Emerson.“ Damit erreichten sie die dunkle Gasse, die zwischen *Dorothy's Diner* und dem Pub nebenan lag. Er drehte sie mit weit mehr Kraft um, als er ihr auf der Tanzfläche gezeigt hatte, drückte sie mit dem Rücken gegen die Ziegelmauer und presste sich fest an sie, wobei er seine Hände rechts und links von ihrem Kopf abstützte.

Von dem Tempo, in dem er sie hierhergebracht hatte, hob und senkte sich ihr Brustkorb in einem heftigen Rhythmus, doch die Atemlosigkeit in ihrer Stimme hatte nichts mit Angst zu tun. „Ich glaube nicht, dass man ihn von hier aus sehen kann.“

Er sah genug. „Ich sehe alles, *feya*. Ich sehe Emerson aufwachen. Ich sehe, wie du Abstand hältst und mich trotzdem beobachtest, wenn du denkst, ich bemerke es nicht. Ich sehe deine Neugier und dein Licht.“

So lange hatte er sich gefragt, wie es sein würde, sie zu berühren. Wie ihr Körper sich an seinem anfühlen würde. Ob ihre Lippen so weich wären, wie sie voll waren. Er gab der Versuchung nach und strich mit dem Daumen ihren Mund entlang.

Ihre Lippen öffneten sich bei der kühnen Berührung, ihre Atmung flüsterte gegen seine Haut und ihre Pupillen weiteten sich so sehr, dass ihre Augen fast komplett schwarz wirkten, als sie ihn anstarrten.

„Ich sehe Sehnsucht. Erkenntnis und Verlangen.“ Er schob seine Hand in ihren Nacken und senkte seinen Kopf. „Ich werde diese Bedürfnisse stillen, ob es uns beiden schadet oder nicht.“

Er eroberte ihren Mund, schluckte ihren erschrockenen Atemzug und nahm sich, was er wollte. Was er brauchte.

Und fuck, sie schmeckte göttlich. Besser als jedes süße Konfekt, das je über seine Lippen gekommen war. Und ihr Körper – er war alles, wonach sich ein Mann sehnte. Hatte üppige Kurven. War weich und geschmeidig. Und so verdammt zierlich im Vergleich zu ihm, dass der Teufel in ihm in dem Verlangen, sie beschützen zu wollen, praktisch aufbrüllte. Er wollte sich um sie winden, sie einwickeln und dort verstecken, wo niemand sonst sie finden konnte. Wo niemand es wagen würde, sie anzuschauen oder zu berühren. Zumindest wollte er sie weiter in die Gasse zerren, um sich an ihr zu sättigen, bis sie nur noch ihn kennen würde. Und er das Einzige wäre, woran sie denken konnte.

Auf dem Bürgersteig hörte man Schritte; das Kratzen von Schmutz auf Beton warnte ihn, dass ein Passant stehen geblieben war.

Sergei verlagerte sich aus Instinkt heraus und stellte sich zwischen den Zuschauer und Evette, obwohl er alle Willenskraft aufbringen musste, den Kuss zu unterbrechen.

Aber Evette ließ nicht ab. Mit einem gebrochenen Geräusch zwischen Stöhnen und Wimmern erhob sie sich auf die Zehenspitzen, glitt mit ihren Händen über seine Brustmuskeln hinauf zu seinem Nacken und vertiefte den Kuss.

Oder tat es, bis eine männliche Stimme, die er noch nie zuvor gehört hatte, hinter ihnen sprach. „Evette, bist du das?"

Kapitel 9

Das war nicht gut. Gar nicht gut. Das war die schlimmste aller schlimmen Situationen.

Evette drückte langsam, aber bestimmt gegen die festen Muskeln von Sergeis Brust und zwang sich, die Augen zu öffnen.

Sergei starrte zu ihr hinunter, immer noch gänzlich das Raubtier, von dem er nur Minuten zuvor bewiesen hatte, es zu sein. Offensichtlich war er unglücklich darüber, dass ein weniger wertvolles Wesen es gewagt hatte, sie zu unterbrechen.

„Evie?"

Beim Klang von Onkel Carls Stimme zuckte Evette zusammen und schloss die Augen. Definitiv ein beschissenes Timing. Ihren Boss zu küssen war schon schlimm genug. Dass Onkel Carl jedoch ausgerechnet in dem Moment auftauchen musste, während sie sich quasi an Sergeis Körper rieb und ihn mit allem küsste, was sie in sich hatte … das war so ziemlich die Mutter aller miesesten Kombinationen, die sie sich vorstellen konnte.

„Ich weiß, dass du das bist, Mädchen", sagte Carl. „Du musst dich nicht vor mir verstecken. Warum hast du nicht auf meine Nachrichten geantwortet?"

Sergeis Gesichtsausdruck wechselte von irritiert zu wutschnaubend.

Shit. Shit. Shit.

Er hatte die Textnachrichten gesehen und sie direkt gefragt, ob sie ein Problem habe. Was natürlich nicht der Fall gewesen war – und auch nie geworden wäre –, wenn sie einen besseren Plan ausgeheckt hätte, um dafür zu sorgen, dass ihr nervtötender Onkel niemals die Wege ihres tödlichen Arbeitgebers kreuzen würde.

Sie versuchte es mit einem verspielten Lächeln, von dem sie jedoch wusste, dass es unsicher wirkte. „Tut mir leid", flüsterte sie und lehnte sich seitlich, so gut es ging, hinter Sergei vor, der sie noch immer fest bei den Hüften gepackt hielt. „Hey, Onkel Carl."

„Nix da *hey, Onkel Carl.*" Er trottete näher, und obwohl er sich ereiferte, stoppte er zwei Armlängen weiter weg, sobald Sergei sich zu ihm umdrehte und ihn mit einem tödlichen Blick musterte. Während Sergeis Starren dazu beitrug, Carls verärgerten Tonfall etwas abzumildern, klang seine Wortwahl weiterhin aggressiv. „Warum hast du meine SMS nicht beantwortet? Ich mache mir seit Wochen Sorgen um dich."

Von wegen Sorgen, eher hatte er keinen Platz, wohin er gehen konnte, um zu lachen und ein Publikum zu finden, das sich die Erzählungen von seinen großen Abenteuern anhörte. Und mit großen Abenteuern war gemeint, dass er damit prahlte, wie er seinen letzten Verdienst verpulvert hatte und mit welcher wilden Idee er als Nächstes große Kasse machen wollte.

Bevor sie ihre Frustration abschütteln und etwas erwidern konnte, drehte sich Sergei zu ihm um und stand teilweise vor ihr. „Wenn sie gewollt hätte, dass Sie es erfahren, hätte sie es Ihnen bestimmt erzählt."

„Wer zur Hölle sind Sie?"

„Ihr Boss."

Okay, sie hatte falschgelegen. *Jetzt* war es die schlimmste Situation aller Zeiten. Sie drängelte sich an Sergei vorbei und sah ihn mit der wortlosen Bitte in den Augen an, er solle sich raushalten. Dann griff sie nach dem Unterarm ihres Onkels. „Ich kümmere mich um sein Anwesen." Sie bewegte sich weiter und manövrierte das lästige Familienmitglied auf die Hauptstraße. Evie spürte Sergeis Anwesenheit hinter ihr. „Er hat mich vor einem Monat eingestellt."

„Vor einem Monat?" Carl blieb stehen und wich dann einige Schritte vor ihr zurück. „Aber das war doch eine gute Stelle, die du bei dieser Reinigungsfirma hattest. Gute Beziehungen."

Nur Carl konnte einen Putzjob bei einer gewerblichen Reinigungsfirma *gut* nennen und es so klingen lassen, als wäre sie die Geschäftsführerin. „Ja, sie war gut, glaube ich. Bis ich gefeuert wurde."

Ein seltsamer Ausdruck huschte über Carls Gesicht, der jedoch sofort wieder verschwunden war. Er schien nicht überrascht zu sein – wie sie es erwartet hätte. Er sah eher nach Panik aus. „Was soll das heißen, du bist gefeuert worden?"

„Das heißt, sie haben mich an einem Freitagnachmittag beiseitegenommen und mir mitgeteilt, dass meine Zugangskarte in Berichten aufgetaucht sei, die besagten, dass ich in einer der Anwaltskanzleien war, in der ich nicht hätte sein sollen."

Sergei wartete in respektvollem Abstand hinter Carl, sah dabei jedoch aus, als wäre er bereit, sofort einzugreifen. Kir und Roman kamen hinzu und flankierten ihn. Beide wirkten wie zwei gelangweilte russische Bösewichte, allerdings zeigte ihre Körpersprache, dass sie nicht lange passiv bleiben würden.

„Ich brauchte einen Job, und Sergei hat mir schneller geholfen als jeder andere. Außerdem hat er mir einen guten Deal angeboten."

„Sergei?"

Sie nickte zu dem tödlichen Trio hinter Carl. „Mein Boss."

Plötzlich zeigte Onkel Carl ein völlig anderes Verhalten. Eines, dass nur bedeuten konnte, dass neue und höchst peinliche Ideen in seinem Kopf entstanden. Er sah Evette an. „Sergei Petrovyh?“

„Du kennst ihn?“

Carl lachte. Es klang auf eine Art tief und böse, dass es ihr eine Gänsehaut verschaffte. „*Cher*, jeder in New Orleans kennt ihn. Der Mann hat Geld und Beziehungen. Sehr viel von beidem. Er könnte eine große Hilfe für deinen Onkel Carl sein. Du solltest uns einander vorstellen.“

„Keine Chance. Er mag keine Fremden auf seinem Anwesen. Wenn du also Emerson und mich sehen willst, musst du dich mit uns zum Mittag- oder Abendessen bei *Dorothy's* oder irgend woanders verabreden.“

Carls Augen weiteten sich. „Du lebst mit ihm?“

Also gut, es gab wohl doch noch Luft nach oben, wenn es darum ging, dass die Dinge schlimmer werden könnten. „Nicht direkt mit ihm, nicht im eigentlichen Sinne. Es gibt ein Apartment auf dem Anwesen, und das ist um Längen besser als das, in dem ich vorher gelebt habe. Und es ist Teil meiner Bezahlung.“ Evie pausierte, um ihre Stimme zu senken und den Rest ihrer Mitteilung ernst zu verpacken, damit Onkel Carl seine Fragen einstellte. „Das ist eine gute Chance für Emerson und mich. Eine großartige Chance. Sie verschafft mir ausreichend Geld, damit ich Emerson auf die Schule schicken kann, die seine Lehrer empfohlen haben, und um selbst mein Studium zu beenden. Und nicht nur das, es gibt mir Zeit, um überhaupt zu meinen Kursen gehen zu können. Ich will mir das nicht versauen.“

Ihr Onkel bewegte sich nicht. Er starrte sie bloß

mit diesem Ausdruck an, der für Menschen reserviert war, die an etwas völlig anderes dachten, während sie vorgaben, sich für die Unterhaltung zu interessieren, die gerade stattfand.

„Onkel Carl?"

Er schüttelte die gedanklichen Dummheiten ab, blickte zu Sergei, der nun seine Arme kreuzte und Carl anstarrte, sah dann zurück zu ihr und räusperte sich. „Weißt du … wenn du mich fragst … angesichts der eindeutigen Position, in der ich euch beide gefunden habe … würde ich sagen, du könntest die Regeln biegen, wie du willst."

Evette zuckte zusammen, als hätte er sie gerade geohrfeigt. „Was? So ist das gar nicht."

„Oh …", sagte Carl mit einem dreckigen Lachen. „Ich würde sagen, es ist sehr wohl genau *so*." Er tätschelte ihre Schulter. „Es ist nichts, wofür du dich schämen musst, Schätzchen. Ein Mädchen sollte seine Vorzüge nutzen."

Ihre Hand setzte sich ohne bewussten Gedanken in Bewegung, und das Stechen in ihrer Handfläche, nachdem sie ihren einzig noch lebenden Verwandten ins Gesicht geschlagen hatte, kroch in einer schmerzvollen Vibration ihren Unterarm empor. „Wage es *nie wieder*, mich derart respektlos zu behandeln."

Die Menge um sie herum wurde still, und das Fehlen der Musik von der Band machte die Stille umso greifbarer.

Carl berührte vorsichtig die Stelle, an der sie ihn getroffen hatte, und starrte sie überrascht an.

Evie wagte es nicht, über die Schulter ihres Onkels zu Sergei zu sehen. Ein Blick zu ihm und Carl würde zweifellos noch viel Schlimmeres bevorstehen. Es war ratsamer für sie, die Oberhand zu behalten und dieses Debakel zu beenden, solange sie es konnte. Sie könnte sich in Dorothys Küche verstecken. Oder besser noch, sie könnte sich Emerson schnappen und die Straßenbahn zurück nach Hause in Kutscherhaus nehmen, bevor Sergei und seine Männer sie erwischen würden.

Sie bedachte die Menschen um sich herum, die noch immer eifrig glotzten, mit einem Blick, der eindeutig klarstellte, dass sie sich wieder um ihre eigenen Angelegenheiten kümmern sollten. Sie baute sich vor Carl auf. „Wenn du bereit bist, dich bei mir zu entschuldigen, dann lass es mich wissen. Bis dahin hältst du gefälligst Abstand." Mit diesen Worten drehte sie sich auf dem Absatz um und machte sich auf den Weg zu *Dorothy's*.

Kapitel 10

Sergeis Puls pochte in seinen Ohren und seine Muskeln spannten sich an. Er war kurz davor, Evettes Onkel zu töten. Oder wenigstens wollte er diesen Arsch so verprügeln, dass dieser sich wünschte, er wäre tot. Für ihn spielte es keine Rolle, ob er die Details ihres Gesprächs kannte. Seine *feya* hatte das Strafmaß ihres Onkels bereits besiegelt, als sie ihn geohrfeigt hatte.

Carl stand noch immer mitten auf der Straße, vollkommen perplex, und starrte Evette hinterher. Er war normal groß, doch sein Bauchumfang bewies, dass er entweder eine Liebe für Essen oder Alkohol oder beides besaß. Carl hatte das gleiche dunkelblonde Haar wie Emerson, allerdings erinnerte sein Schnitt eher an die 1980er-Jahre, und es sah so aus, als hätte er es weder gekämmt noch gewaschen, seit er das letzte Mal geschlafen hatte. Und so faltig, wie sein weißes Leinenhemd und die helle Hose waren, hatte er wohl damit im Bett gelegen.

Ein Taugenichts. Ein Menschenbenutzer. Ein Blutegel.

Kurz gesagt, der Mann bedeutete Ärger.

Sergeis Instinkt hatte ihm das bereits verraten, bevor Evette diesen Widerling geohrfeigt hatte. Ebenso hatte er es aus Carls jammernder Stimme und seiner arroganten Forderung rausgehört.

Carl schüttelte die Verblüffung ab, realisierte, dass Sergei und seine Männer ihn beobachteten, und bemerkte dann die Menge, die noch immer dastand, um zu sehen, wie er reagieren würde. Er brauchte nur zwei Sekunden, um jemanden zu finden, den er kannte, hob seine Hand zu einem freundschaftlichen Gruß und schlenderte in dessen Richtung, als wäre nie etwas geschehen. „Hey, McKensie. Wo hast du denn in der letzten Zeit gesteckt?“

Keine deutliche Reue.

Keine Sorge um seine Nichte.

Noch mehr Gründe, ihm Schmerzen zuzufügen.

„*Kennst du ihn?*“, fragte Kir auf Russisch. So angespannt, wie Sergeis Kiefer war, wurde es zu einer echten Herausforderung, zu antworten. „*Ihr Onkel. Carl. Meine Vermutung: von der väterlichen Seite der Familie.*“

„*Sie hat ihn nie erwähnt*“, merkte Roman an.

Das hatte sie tatsächlich nicht. Obwohl er annahm, dass ihr Onkel derjenige gewesen war, der sie mit Textnachrichten verärgert hatte. Und was Evette ärgerte, machte ihn wütend.

Sergei nickte in Richtung *Diner*. „Ich gehe zu Evette. Ihr sucht Emerson. Wir kehren nach Hause zurück.“ Bevor er sich jedoch in Bewegung setzte, warf er jedem von ihnen einen Blick zu, den die beiden nur allzu gut kannten und zu interpretieren wussten. „*Und dann findet ihr alles heraus, was es über diesen Onkel zu wissen gibt.*“

Kapitel 11

Ein Mädchen sollte seine Vorzüge nutzen.

Jedes Mal, wenn ihr die Worte ihres Onkels durch den Kopf schossen, war Evie versucht, diesen Arsch erneut aufzusuchen, um ihm immer wieder eine runterzuhauen. Es war ein Wunder, dass sie es bisher nicht durchgezogen hatte, wenn sie bedachte, wie oft sich dieses Gedankenkarussell von Sonntag und bis heute Morgen gedreht hatte. Ganz besonders, weil sie die letzten beiden Nächte kaum ein Auge zugemacht hatte, während sie ständig darüber gegrübelt hatte, was geschehen war.

Sie war auf dem Weg zurück, nachdem sie Emerson zur Schule gebracht hatte. Der Himmel war genauso grau wie ihre Stimmung. Eigentlich sollte sie erleichtert sein. Sie musste sich keine Gedanken mehr darüber machen, wie sie alles vor Onkel Carl geheim halten konnte, aber nicht nur das. Er hatte sie höchstwahrscheinlich vor der einen Sache bewahrt, die ihr die Chance, die ihr geschenkt worden war, tatsächlich hätte versauen können: mit ihrem Boss zu schlafen. Ja, ihr einziger noch lebender Verwandter hatte bewiesen, was für ein sexistisches Schwein er sein konnte, was allerdings nicht lebensverändernd war. Mit Sergei auf Tuchfühlung zu gehen?

Total lebensverändernd.

Sie war sich nicht sicher, wie es ihr Leben verändern würde, aber seit Samstagnacht hatte sie genug Zeit gehabt, darüber nachzudenken, und nicht ein Mal war ein Regenbogen-mit-Herzen-Ergebnis dabei herausgekommen.

Sie eilte vom Bürgersteig und die Einfahrt empor. Anstatt ihr ins Haus zu folgen, wie es ihre Wächter normalerweise taten, spazierte Reggie schweigend zur Vorderseite des Hauses, joggte die Stufen zur Veranda hinauf, wo einer seiner Kollegen stationiert war, und winkte ihr zu.

Seltsam. Eigentlich versammelten sich die Männer in Sergeis Büro, wenn sie von der Schule nach Hause kam.

Sie zuckte mit den Achseln und machte sich auf den Weg in Richtung Garten und Hintereingang zur Küche. Auch hier auf der Terrasse fand sie zwei Männer postiert.

Ehrlich gesagt, war sie ein wenig schockiert darüber, wie ruhig die Dinge seit Samstagabend waren. Wie sachlich. Zehn Minuten nachdem sie ihren Onkel geohrfeigt hatte, hatte Sergei sie im Diner gefunden. Er hatte geduldig verkündet, dass es Zeit wäre, zu gehen, und dann die gesamte Gruppe zurück nach Hause geschafft. In der Stimmung, in der sie gewesen war, hatte sie nicht dagegen protestiert, aber ein Teil von ihr hatte geglaubt – oder vielleicht gehofft –, er wäre zumindest daran interessiert, sie erneut zu küssen. Oder würde ihr wenigstens körperliche Aufmerksamkeit schenken. Er war nett, höflich, hatte ihr sogar beim Ein- und Aussteigen geholfen.

Ansonsten keinerlei Berührungen. Keine Gespräche. Sie hatte nicht einmal mehr einen flüchtigen Blick auf ihn werfen können, seit sie die Einfahrt emporgefahren waren und er sie und Emerson zur Tür ihres Hauses begleitet hatte.

Definitiv keine atemberaubenden, Körper in Brand steckenden Küsse mehr.

Und Gott erbarme dich, dieser Mann konnte küssen. Nur daran zu denken, ließ ihre Wangen erröten und befeuerte jegliche Neugier in ihr. Es gab keinen

Zweifel, dass er ein absolut fordernder und anspruchsvoller Liebhaber wäre. Die Art Lover, die eine Frau noch Tage danach spüren konnte und sich dennoch mehr davon für viel, viel längere Zeit ersehnte.

Ein Mädchen sollte seine Vorzüge nutzen.

Und da war er wieder. Der Schlag in die Magengrube, mit dem der Teufelskreis erneut begann. Vielleicht hatte Sergei deswegen nichts über den Kuss gesagt oder etwas getan. Möglicherweise dachte er genauso über sie. Immerhin war sie eine alleinerziehende Mutter und hatte nie ein Geheimnis daraus gemacht, dass kein Vater involviert war.

Sie schloss die Küchentür ein wenig fester als gewollt hinter sich und schlenderte zur riesigen Granitkücheninsel. „Olga?"

Normalerweise war die rechthaberische Köchin in ihrer Schürze am Herd oder zauberte ein paar ihrer gebackenen Leckereien, die einem das Wasser im Mund zusammenlaufen ließ. Sie mochte streitlustig sein und mit Zähnen und Klauen ihre Meinung verteidigen, aber sie war eine verflucht gute Köchin.

Stille umgab sie. Keine Fernsehgeräusche. Keinen Laut von den Gartengestaltern draußen. Keine Stimmen aus dem Obergeschoss oder dem Wohnbereich hinter der Küche.

Sie schlendert in Richtung Olgas Zimmer. Wie immer, wenn die Köchin in der Küche war oder Besorgungen machte, stand die Tür offen. „Olga, bist du da? Du musst mir noch die Einkaufsliste für diese Woche geben."

Nichts.

Hmm.

Die Arbeitsflächen waren sauber. Keine Notizen.

Kein abgedeckter Brotteig, der gehen musste. Nur eine wie für eine Kochshow vorbereitete Traumküche, allerdings ohne Koch.

„Okay, also schön. Ich erledige die Einkäufe später." Sie marschierte in die Putzkammer, und sammelte alles zusammen, was sie brauchte, um in der Küche zu wischen, während Olga draußen war. Mit dem Korb in der Hand schaltete sie das Licht aus und ging rückwärts aus der Kammer – und schrie so laut auf, dass die Nachbarn sie sicherlich gehört hatten, weil Sergei ihr direkt im Weg stand.

Sie legte ihre freie Hand auf ihre Brust, als könnte diese Geste ihren zu schnellen Herzschlag beruhigen. „Meine Güte. Du hast mich fast zu Tode erschreckt."

„Du hast vor dich hin gesummt und mich nicht gehört."

Sie hatte gesummt? Sieh an. Sie neigte dazu, sich verrückte Melodien auszudenken, die vollkommen ohne Sinn und Verstand waren, wenn sie abgelenkt war.

Evie trat einen Schritt zurück, um ein wenig Abstand zu gewinnen, stieß aber mit dem Rücken gegen die Türzarge. Die Distanz half nur, das, was er trug, in den Fokus zu stellen – er war erneut in Jeans, und die Ärmel seines Hemdes waren an den Unterarmen emporgerollt. Dieses Mal war es hellblau, was das Marineblau seiner Augen um so dunkler wirken ließ. Ihn so lässig zu sehen, ließ seine Tattoos auf den Handgelenken und den Rückseiten seiner Finger irgendwie noch düsterer wirken. Als ob seine gewöhnliche Kleidung nur ein Mittel wäre, um den tödlichen Mann darunter zu verstecken.

„Wo sind denn alle?", fragte sie.

„Weg."

Ein einziges Wort, aber es schüttelte sie durch wie der Klang des größten Gongs der Welt.

Oh nein, das wirst du nicht tun, Mädel. Du bist schon das letzte Mal nur knapp der Gefahr entkommen. Denk nicht mal dran, dich jetzt wieder drankuscheln zu wollen.

Sie gab vor, unbeschwert zu sein, wich ihm aus, ging um ihn herum und stellte den Korb auf der Arbeitsfläche ab. Dann packte sie ihre Utensilien aus, während sie ihm den Rücken zuwandte. „Warum sind denn alle weg? Gibt es einen Feiertag, von dem ich nichts weiß?"

„Sie sind weg, weil ich eine Angelegenheit klären muss." Er stellte sich direkt hinter sie, stützte eine Hand auf der Arbeitsfläche ab, und mit der anderen umschloss er ihre, die gerade die Flasche mit Granitpflegemittel aus dem Korb geholt hatte. „Weil *wir* eine Angelegenheit zu klären haben."

Ein Beben durchdrang ihren Körper. Eines, dass so heftig war, dass er es sogar an der eigenen Brust spüren musste. Sie blieb vollkommen still, schloss die Augen und versuchte, die massiven und direkten Reaktionen ihres Leibes zu ignorieren. „Ich hatte keine Ahnung, dass wir ungeklärte Angelegenheiten miteinander haben."

Gott, war das etwa ihre Stimme? So dunkel und rau?

„Ja, *malen'kaya feya.* Wir haben ungeklärte Angelegenheiten." Sergei nahm einen tiefen, geradezu schmerzhaften Atemzug und presste seine Hand auf ihre. Einen Herzschlag später löste er seinen Griff und trat einen Schritt von ihr zurück. „Wir beginnen damit, dass du mir erklärst, was dein Onkel am Samstagabend zu dir gesagt hat."

Der Verlust seiner Hitze an ihrem Rücken und des

Drucks seines Körpers gegen ihren hätte sie fast zum Wimmern gebracht. Stattdessen leckte sie sich über die Lippen, hielt sich mit beiden Händen an der Arbeitsplatte fest und blieb mit dem Rücken zu ihm stehen. „Was meinst du?"

„Spiel nicht die Unwissende, Evette. Etwas hat dich so provoziert, dass du ihn geschlagen hast. Ich habe dir Abstand und Zeit gegeben, um zu verarbeiten, was immer es war. Jetzt ist der Augenblick gekommen, um mir zu erzählen, was passiert ist."

„Nein, ist es nicht." Sie drehte sich zu ihm um und rüstete sich, allen Fragen auszuweichen, die Sergei vorbereitet hatte. Onkel Carl hatte bewiesen, was für ein Arsch er war, aber er war neben Emerson immer noch das einzige Familienmitglied, das sie hatte. Ihrem Boss zu erzählen, was Carl zu ihr gesagt hatte, würde diese Familie um die Hälfte minimieren. „Es war eine Familienangelegenheit. Nichts, worüber du dir Sorgen machen müsstest."

„Du erinnerst dich daran, was ich dir über meine Einstellung dazu gesagt habe, sollte jemand zu Schaden kommen, der unter meinen Schutz steht, Ms. Labadie?"

„Das tue ich. Und falls du dich erinnerst, war ich diejenige, die Schaden angerichtet hat, nicht andersherum."

Seine Lippen zuckten. „Er hat dich provoziert."

„Ja."

„Wie?"

„Darüber will ich nicht reden. Es war nur wieder Onkel Carl, der typisch Onkel Carl war. Ich kümmere mich darum. Ende der Geschichte."

„Und warum wolltest du ihm nicht erzählen, wo du wohnst?"

„Weil ich eben nicht wollte.“

„Verletzt er dich?“

„NEIN.“ Das kam ein wenig zu nachdrücklich heraus. Jedenfalls nachdrücklich genug, dass Sergei versucht sein könnte, zu handeln, wenn sie keine Details hinzufügen würde. Sie zwang ihre Stimme, weicher zu klingen, und bemühte sich, ihre Schultern zu entspannen. „Er ist schlichtweg ein Idiot, okay? Das war schon immer so.“ Sie presste ihre Lippen zusammen, weil die Wahrheit auf ihrer Zunge brannte. „Er taucht einfach unangekündigt auf, frisst sich durch meinen Kühlschrank und plappert andauernd davon, was er alles getrieben hat. Und wenn er nicht zu Hause aufschlägt, dann kommt er im *Diner* vorbei, prahlt damit rum, wie viel Kohle er verdient hat, oder versucht, irgendwelche Leute für seinen neuesten Plan zu begeistern. Es ist einfach nur peinlich.“

„Und du wolltest ihn nicht hier haben.“

„Ich wollte ihn schon in meiner letzten Wohnung nicht haben, und auch nicht in der davor.“ Sie wedelte abwehrend mit ihrer Hand in der Luft herum. „Ernsthaft, es ist keine große Sache. Das macht er seit Jahren so. Das weiß jeder. Er hat meine Mom fast verrückt gemacht. Nachdem Dad gestorben war, tauchte er ständig bei uns auf und hat es sich sofort gemütlich gemacht, als wäre es sein Zuhause.“

Sergei neigte seinen Kopf ein wenig zur Seite und musterte sie. Seine Augen verengten sich.

Es war nervenaufreibend. Eine Einschätzung, die sie fast dazu verleitet hätte, sich zu winden oder fluchtartig zum Kutscherhaus zu laufen. „Hör auf, mich so anzusehen“, wies sie ihn stattdessen an. „Wie ich schon sagte, es ist keine große Sache. Das bin nur ich, die sich mit einem nervtötenden Verwandten rumschlagen muss."

Sergei bewegte sich noch immer nicht.

Sie stützte ihre Hände in die Hüften und versuchte es mit dem Mumm, den sie bei Olga stets benutzte. „Sind wir jetzt fertig? Denn wenn heute alle unterwegs sind, dann will ich das Beste daraus machen und eine gründliche Reinigung vornehmen."

„Nein."

„Nein, ich soll nicht putzen?"

„Nein, wir sind noch nicht fertig."

Evie warf ihre Hände hoch. Das Adrenalin und die Hormone, die bereits am Limit gewesen waren, als er sich gegen sie gepresst hatte, trieben sie nun in die Verzweiflung. „Okay, können wir dann damit weitermachen, was sonst noch auf deiner Agenda steht? Weil ich Dinge zu erledigen habe."

„Ja." Er pirschte vorwärts. „Wir können weitermachen."

Mit weniger als zwei Schritten befand er sich in ihrem persönlichen Raum; die köstlichen Brustmuskeln, die sie in der Gasse so glücklich erkundet hatte, direkt und so nah, dass ihre Hände reflexartig dorthin glitten. „Was machst du da?"

Seine Hände legten sich an ihre Hüften, und seine Stimme wurde zu einem tiefen Knurren, das ihrem logischen Denken verdammt gefährlich wurde.

„Ich mache mit meiner Agenda weiter und beende das, was wir am Samstagabend begonnen haben."

Abbruch!
Abbruch!
Abbruch!
Schritt zurück.
Schaff etwas Abstand.
GEH NACH HAUSE!

Ihr Körper – die verräterischere Schlampe, die er war – ignorierte jedes Wort davon und blieb genau da, wo er war. Sogar ihr Mund und ihre Lungen schienen sich dieser Rebellion anzuschließen, weil das bisschen Logik, das sie noch aussprechen konnte, unaufrichtig war. „Das ist eine schlechte Idee."

Seine Finger gruben sich fester in ihre Hüften und zogen sie näher zu ihm.

„Im Ernst." Sie wollte ihn wegschieben, aber stattdessen fuhren ihre Hände bewundernd über die angespannten Muskeln seiner Brust, während er sie an Ort und Stelle hielt. „Wir können das nicht noch mal machen. Ich brauche diesen Job. Ich muss mein Leben wieder auf die Reihe kriegen. Das kann ich nicht, wenn wir etwas miteinander anfangen."

Gott, er roch so gut. Erdig, sinnlich und vollkommen männlich. Sie zwang sich, emporzublicken und in seine tiefen und verführerischen blauen Augen zu sehen.

Entschlossenheit.

Erbarmungslosigkeit.

Ein Jäger, der nicht von der Spur abzubringen war.

„Wir müssen aufhören", schnurrte sie mit fehlender Überzeugung in der Stimme. „So tun, als ob das nie passiert wäre, und einfach weitermachen wie bisher."

Seine Hände glitten zu ihrem Rücken, eine davon wanderte ihre Wirbelsäule empor zwischen ihre Schulterblätter, während die andere sich auf ihren Hintern presste. „Ah, aber es ist passiert." Er zog sie noch enger an sich und ließ sie unverhohlen die Erektion in seiner Jeans spüren. „Und jetzt, wo ich einen Vorgeschmack bekommen habe, habe ich nicht die Absicht, darauf zu verzichten." Die Hand zwischen ihren Schulterblättern glitt höher und umschloss ihren Nacken. „Und du, *feya* ..." Er senkte seinen Kopf und seine Lippen bewegten sich neckend über die ihren, ohne direkte Berührung, doch sie konnte es dennoch bis in die Zehenspitzen spüren. „Und du wirst auch nicht darauf verzichten müssen."

Er besiegelte seine Worte mit seinem Mund, hielt sie fest und küsste sie mit einer Skrupellosigkeit, wie er sie bereits am Samstagabend bewiesen hatte. Das kühne Spiel mit der Zunge. Der geschickte, leidenschaftliche Druck seiner Lippen. Die unnachgiebige Art, wie er sie festhielt. Die Kraft in seinen Armen um sie herum und das Pressen seines Körpers.

Sekunden später war sie verloren. Sie betrank sich an seinem Geschmack und gab sich der Sinnlichkeit und dem Verlangen hin, die sein Körper in ihrem auslöste. Selbst ihr gesunder Menschenverstand stimmte zu und machte den Weg frei für den Ansturm, der die Erde wie nach einem Vulkanausbruch veränderte. Die Natur kämpfte nicht gegen das, was war. Sie floss dahin und akzeptierte die Realität, in welcher Form auch immer. Auf die gleiche Art und Weise reagierte Evies Körper auf Sergeis. Aktion und Reaktion. Feuer und Wiedergeburt.

Ja, sie hatte Leidenschaft schon einmal erlebt, aber nicht wie hier. Niemals so ursprünglich. Wo jede Berührung ... jeder geteilte Atemzug und diese knisternde, unsichtbare Verbindung zwischen ihnen alles überschattete.

Es war furchteinflößend. Spannend und erschreckend zugleich. Sie schlang ihre Arme um seinen Nacken, krallte ihre Finger in sein dichtes Haar und stöhnte an seinen Lippen. Sie genoss den Druck seines Brustkorbs gegen ihre Brüste und das unversöhnliche Pressen seines Schwanzes gegen ihren Bauch.

Er packte ihr ins Haar, zog ihren Kopf zurück, und die Mischung aus dieser aggressiven Handlung mit seinem kehligen Knurren entlockte ihr ein aufgeschrecktes Keuchen. Seine Augen waren so dunkel, dass sie mehr schwarz als blau wirkten, und die Härte seiner Gesichtszüge ließen ihn mehr wie ein Tier als wie ein Mensch erscheinen. „Du wirst das akzeptieren.“

Akzeptieren?

Wovon redete er? Und hatte er ihr das gesagt oder hatte er sie gefragt? Denn ihre Fähigkeit, zu rationalisieren und Entscheidungen zu treffen, hatte sich schon halbiert, als er hinter ihr aufgetaucht war, und nachdem sein Mund auf ihre Lippen getroffen war, waren sie vollkommen ausgeschaltet worden. „Worüber reden wir?“

„Du wirst mich nehmen. Willig. Alles von mir.“

Oh.

Heilige.

Hölle.

Sex.

Mit Sergei Petrovyh.

Ihr Magen machte einen schwindelerregenden Looping und ein Minigasmus, der ihre Knie zum Beben brachte, breitete sich zwischen ihren Schenkeln aus. Und verdammt, ihr Gehirn zauberte hochaufgelöste Bilder davon herbei, was *alles von mir* bedeuten könnte. „Ja.“

Es war wahrscheinlich das Dümmste, dem sie in ihrem Leben je zugestimmt hatte. Definitiv das Gefährlichste. Aber sie hatte nur eine Sekunde, um ihre

Antwort zu hinterfragen, bevor die Welt sich auf einmal drehte und sie sich plötzlich auf seinen Armen wiederfand. Seine langen Beine überbrückten die Distanz in kürzester Zeit. Raus aus der Küche. Durch das Wohnzimmer. Die Treppe hinauf – zwei Stufen auf einmal, als hätte er nichts mit sich herumzuschleppen. Den Flur entlang.

Seine schweren Schritte erklangen kraftvoll auf dem Teppichboden, und ihr Herz schlug im selben Takt. So fest, wie er sie hielt, hätte sie sich nicht herauswinden können, selbst wenn sie gewollt hätte.

Ein bisschen zu spät dafür, oder, Fräulein?

Ihr gesunder Menschenverstand sprudelte auf, gerade in dem Moment, als er über die Schwelle seines Zimmers trat. Er setzte sie in diesem massiven Raum auf ihren Füßen ab, schloss die antike Tür und schob den Riegel vor.

Das Klacken des großen Schlosses drang wie ein Echo durch das Zimmer, das zeigte, wie viel Energie er in diese Aktion gelegt hatte, denn die Stoffe, Möbel und Teppiche in seiner Domäne waren üppig.

Ob es an ihrer Nervosität oder an ihrem Instinkt lag, sie trat einen Schritt zurück. Dann noch einen. „Ähm …“

Komisch. Sie hatte sich stets Mühe gegeben, seinen Privatraum zu reinigen, wenn er nicht zu Hause war. Ebenso hatte sie viel Zeit damit verbracht, sich vorzustellen, wie er hier drin aussehen würde. Wie er zu dem eleganten und zugleich maskulinen Dekor passte, das reich an Akzenten in dunklem Schokoladenbraun, Gold und Scharlachrot war. Ein Dekorateur würde wohl beeindruckt nicken angesichts der edlen Epochen, die es widerspiegelte, und weil es prestigeträchtig genug für einen König war. Aber ihn jetzt hier zu sehen – schleichend wie ein Raubtier, das seine Beute umkreiste – ließ sie erkennen, dass ihr Manöver wahrscheinlich ein instinktiver Schritt zur Selbsterhaltung gewesen war. Genauso wie ein Mensch nicht im Käfig eines Löwen herumtanzte.

„Du läufst in die falsche Richtung, *feya*.“

Verflucht.

Sie blieb stehen und sah zu dem Kingsize-Bett mit seiner prächtigen bunten Tagesdecke und den dicken Bettpfosten. Wenn das Ding mit den geschnitzten Efeuverzierungen in den Pfosten nicht so ein Kunstwerk gewesen wäre, hätte sie schon längst den Kampf gegen den Staub aufgegeben, der sich in jedes Detail legte. „Meinst du nicht, wir sollten reden?“

„Worüber?“

„Ich weiß nicht.“ Vielleicht darüber, dass das hier eine schlechte Idee war? Oder was für Auswirkungen es auf ihren Job hätte? Verdammt noch mal, sie konnte sich nicht mehr an den eigentlichen Akt bei ihrem letzten Sex erinnern und hatte nur einen Monat später auf den Teststreifen eines Schwangerschaftstests gepinkelt.

„Verhütung.“ Sie hatte es geschafft, sich inspirieren zu lassen, um etwa zu sagen.

Sergei blieb eine Armlänge von ihr entfernt stehen und verengte die Augen. „Verhütung?“

Okay, vielleicht war das nicht gerade ein sexy Thema, aber es war praktisch gedacht. Und notwendig. „Ich mache so etwas nicht. Ich bin nicht vorbereitet.“

Sergei neigte den Kopf, als würde er kein Wort verstehen.

„Ich bin eine Mutter. Alleinerziehende Mütter haben kaum Zeit, ein Schaumbad zu nehmen. Ganz zu schweigen davon, auf genügend Dates zu gehen, um gewisse Aktionen zu rechtfertigen." Weil er sie nur anstarrte und offensichtlich sprachlos war, platzte es aus ihr heraus: „Ich nehme die Pille nicht, also sind Kondome ein Muss."

Ein gefährlicher Ausdruck breitete sich auf seinem Gesicht aus. So ursprünglich und besitzergreifend, dass sie hin- und hergerissen war, ob sie sich wie eine Katze schnurrend an ihm reiben oder durch die beiden französischen Türen vom Balkon springen sollte. „Wie lange?"

Jetzt war sie diejenige, die verwirrt war. „Was meinst du mit *wie lange*?"

„Wie lange ist es her, seit du mit einem Mann zusammen gewesen bist?"

Wow, Junge. Die Hitze hinter seinen Worten allein würde ausreichen, um die schmiedeeisernen Zäune, die sein Anwesen umfassten, einzuschmelzen. Sie würde auf keinen Fall das Testosteron in der Luft noch anreichern. Sie stemmte ihre Hände in die Hüften, genauso wie sie es tat, wenn sie mit Emerson diskutierte. „Darum geht es nicht. Der Punkt ist, Safer Sex ist wichtig."

„Safer Sex.", murmelte er und überbrückte die Distanz zwischen ihnen.

„Ja."

„Mmm. Eine praktisch veranlagte Frau." Langsam umschloss er eins ihrer Handgelenke und nahm sie mit. Statt sie an sich zu ziehen, drehte er sich um und führte er sie auf eine Seite des Bettes. „Mal sehen, ob wir deinen Anforderungen gerecht werden können."

Am Nachttisch blieb er ihr gegenüber stehen, neigte sich zur Seite und öffnete die obere Schublade, ohne den Blickkontakt mit ihr zu unterbrechen.

„Wird das deinen Bedürfnissen entsprechen?“

Sie sah auf den Inhalt des Schubfaches, in dem sich ein Dutzend oder mehr goldfarbene Kondomverpackungen befanden, bereit für den Einsatz. „Ähm.“ Sie lehnte sich etwas nach vorn, um einen besseren Blickwinkel zu bekommen. Nein. Nicht nur ein Dutzend. Mehr als das. Was bedeutete, dass heute entweder die Post abgehen würde, oder dass in diesem Haus mehr vonstattenging, als sie in dem Monat, seit sie hier eingezogen war, bemerkt hatte.

Sie richtete sich wieder auf, konnte jedoch seinen Blick nicht erwidern. Nicht wenn ihre Wangen so brannten wie der Asphalt auf der Bourbon Street im August. „Das ist wahrscheinlich etwas übertrieben.“

„Du unterschätzt die Kraft deines Kusses, *feya*.“ Er trat auf sie zu, schlang einen Arm um ihre Taille und legte die andere Hand an ihren Hinterkopf. Als er seinen Mund zu ihr senkte, war seine Stimme dunkel und wundervoll und alles, wovor Mütter ihre Töchter warnten. „Und meine Entschlossenheit, herauszufinden, wie der Rest von dir schmeckt.“

Wow.

Es war schon schlimm genug, dass sein Kuss ihren Verstand ausschaltete. Dass sein Geschmack sie berauschte und die gebieterische Art, mit der er sie hielt, all diese Vorstellungen von einem weißen Ritter aus ihrer Jugend regelrecht zum Leben erweckte. Aber dann auch noch Worte? Bei dem Tempo würde sie wohl in den nächsten Monaten völlig high und breit grinsend in seinem Bett liegen.

Und wenn das hier totaler Mist war, den sie baute – na und? Es wäre nicht ihr erstes und garantiert nicht das letzte Mal, doch es fühlte sich so gut an, berührt zu werden und Kontakt mit einem Mann zu haben. Einem Mann, der nicht nur zu wissen schien, was er tat, sondern alle Schaltkreise in ihrem System durchbrennen ließ, obwohl sie ihn bloß ansah.

Er hob seinen Kopf und der Verlust seines Kusses nahm ihr den Atem. In dem Monat, in dem sie für ihn gearbeitet hatte, hatte sie einen Blick hinter die Maske, die er der restlichen Welt zeigte, erhascht, doch jetzt kam das Tier in ihm zum Vorschein. Ein Wolf, berauscht von seiner Beute und immer noch hungrig nach mehr.

Evie entspannte ihre Hände in seinem Nacken und streichelte seine Schultern entlang. „Warum hörst du auf?"

„Ich höre nicht auf." Sergei zog ihr das T-Shirt aus dem Bund ihrer Jeans. „Ich bewundere." Ohne zu zögern, schob er das Shirt hoch, über ihren Kopf und ließ es zu Boden fallen.

Das war der Moment, als die Erkenntnis durch ihren Geist flüsterte, ebenso seidig wie die kühle Luft des Zimmers, die auf ihrer Haut tanzte, die er grade entblößt hatte:

Das hier würde nicht nur eine schnelle Nummer werden.

Kein Herumgefummel in der Dunkelheit.

Kein morgendliches Hinausschleichen, bevor es peinlich werden würde.

Es würde hier und jetzt passieren. Eine Verwicklung, vor der sie sich nie wieder verstecken könnte. Selbst wenn nach dem heutigen Tag nichts mehr zwischen ihnen laufen würde – und es durfte wirklich nichts mehr passieren –, würde er einen Eindruck hinterlassen. Er würde eine Erinnerung bei ihr zurücklassen, die garantiert schwer übertrumpft werden könnte.

Die Rückseiten seiner Knöchel berührten die Haut über ihrem Hosenbund und bescherten ihr eine Gänsehaut. „Du denkst zu viel."

„Man könnte auch sagen, ich denke nicht genug."

Darüber lächelte Sergei, und sie bezweifelte, dass es viele Menschen gab, die das bei ihm je erlebten. „Der Engel hegt Zweifel, mit dem Teufel zu tanzen?"

Ihre Antwort wurde von einem lauten Lachen begleitet. „Ich? Ein Engel?"

Sein Lächeln verschwand. Seine Fingerspitzen kletterten ihre Wirbelsäule empor, öffneten den Verschluss ihres BHs und schoben die Träger so sanft von ihren Schultern, dass es keinen Zweifel daran gab, wie erfahren er in dieser Art von Situation war. Sein Blick fiel auf ihre nackten Brüste und ein unverkennbarer Hunger glühte in seinen dunklen Augen. „Verglichen mit mir, ja."

In seinen Worten lag so viel Verachtung, Selbsthass und Spott. Der Drang, ihn an sich zu ziehen, ihn zu umarmen und festzuhalten, kribbelte in ihren Handflächen, doch sie hatte genug Erfahrung mit männlichem Stolz, dass sie wusste, es wäre die falsche Geste. Sie streichelte seine Arme hinab und nahm sich Zeit, die Muskeln unter ihren Fingerspitzen zu genießen. „Du bist auch nicht der Teufel. Du warst so gut zu Emerson und mir. Beschützend und fürsorglich."

Sein Gesichtsausdruck wurde hart, und die scharfen Züge des Tieres, das sie in ihm sehen konnte, drangen an die Oberfläche. Trotz seiner Zärtlichkeit lagen unverkennbar Kraft und Hunger in seiner Stimme. „Täusch dich nicht, Evette. Da ist Dunkelheit in mir." Er öffnete ihre Jeans und schlüpfte an ihren Hüften mit beiden Händen unter den Denim. „Schlimm genug, dass ich dein Licht nehme und deswegen keinerlei Gewissensbisse haben."

Dieses Geständnis hätte sie eigentlich innehalten lassen sollen. Oder zumindest hätte es sie dazu bringen müssen, Genaueres erfahren zu wollen. Doch die Rauheit seiner Stimme, gepaart mit der Tatsache, wie er sie am Hintern hochhob, auf der Seite des Bettes ablegte und ihre Jeans mitsamt ihrem Slip in einem auszog, schickte ihre Denkfähigkeit auf einen Umweg, der im Nirwana verschwand. Besonders, als er seine Augen direkt auf ihre entblößte Mitte konzentrierte, sie bei den Knien packte, diese hochhob und auseinanderschob. Dabei knurrte er eine Reihe von russischen Worten, die irgendwie obszön klangen.

„Was bedeutet das?"

Das schmutzige Grinsen auf seinen Lippen ließ ihn dem Teufel, der er zu sein behauptete, immer ähnlicher werden. Er packte ihren Po, senkte den Kopf und hielt den Blickkontakt mit ihr, während sein warmer Atem über ihre Scham tanzte. „Es bedeutet, dass ich deine süße Pussy verschlingen werde, bis du auf meiner Zunge kommst."

Ihr Geschlecht zog sich zusammen, die Kombination seiner Worte mit der nassen Hitze seines Mundes, der sich über ihrer Klit schloss, schickte sie direkt in Tiefen voller Empfindungen. Es gab kein schüchternes Herantasten. Kein langsames Vorspiel oder die Rückversicherung des Einverständnisses, das sie bereits gegeben hatte.

Er nahm einfach.

Vernaschte sie, als hätte er jahrelang gehungert. Er erkundete jeden Zentimeter von ihr mit einer unverschämten Gründlichkeit. Sein verruchter Mund. Seine flinke Zunge. Er benutzte beides sehr geschickt, reagierte auf jedes Wimmern und Heben ihrer Hüften, um ihr mehr von dem zu geben, wonach sie sich sehnte. Er baute dieses aufwühlende Verlangen in ihr auf, bis sie nur noch auf der lustvollen Welle reiten und die Erlösung akzeptieren konnte, die auf sie zukam.

Er drückte seine Hand auf ihren Bauch, um ihre Hüftbewegungen zu unterbinden, als er mit einem Finger in sie eindrang.

Heilige Hölle.

Reflexartig grub sie ihre Finger in sein Haar und hielt ihn fest, während sie in den Vibrationen schwelgte, die seine hungrigen Zungenschläge gegen ihre geschwollene Klit verursachten.

Es war so lange her.

Viel zu lange.

Er fügte einen weiteren Finger hinzu, und sie hieß die Fülle willkommen, die jedoch nicht annähernd genug war. Es war ein schlechter Ersatz für das, wonach sie sich tatsächlich verzehrte. „Sergei."

Sie versuchte, ihre Hüften zu heben; begierig nach mehr tanzte sie bereits nah an der Klippe. Ihre Pussy zuckte um seine Finger. Die Erlösung war so greifbar, dass es fast schmerzte. „Bitte, Sergei."

Ein wildes Geräusch drang aus seiner Kehle. Er veränderte die Position seiner Finger, tastete und streichelte ihren G-Punkt entlang, während er an ihrer Klit saugte.

Und da war es um sie geschehen.

Ihr Geschlecht begann, um seine Finger zu pulsieren. Das Blut rauschte ihr in den Ohren. Jeder Zentimeter ihres Körpers bebte unter den ersten Wellen ihres Höhepunktes. So etwas hatte sie noch nie zuvor erlebt. Es war pure Empfindung, so warm und hell wie die Sommersonne und so kraftvoll wie ein Hurrikan. In diesem Moment fühlte sie sich unbesiegbar, vollkommen frei von Vergangenheit und Zukunft. Es gab bloß das Hier und Jetzt. Und diese dekadenten Emotionen, die durch sie hindurchflossen.

Wie lange sie in diesem Schwebezustand verweilte, wusste sie nicht. Aber zum ersten Mal in ihrem Leben war es ihr auch egal. Sie wusste nur, dass Sergeis Finger noch immer in sie hinein- und aus ihr herausglitten, langsamer als zuvor, während seine Daumenkuppe auf ihre Klit presste, und so die Nachbeben ihres Höhepunktes hinauszögerten.

Er war definitiv ein Mann mit einer Menge Erfahrung.

Und Geduld.

Und außergewöhnlichen oralen Fähigkeiten.

Sie drehte ihren Kopf auf die Seite, öffnete ihre schweren Augenlider und erspähte einen ernsthaft selbstzufriedenen Russen, der sie anstarrte.

Als hätte er alle Zeit der Welt und nicht die Neigung, sein Vorhaben zu beenden, hielt er den Blickkontakt zu ihr und leckte ein letztes Mal gründlich über ihre Scham.

„Du siehst sehr selbstzufrieden aus", sagte sie und die Heiserkeit in ihrer Stimme war unverkennbar den Nachwirkungen ihres Höhepunktes geschuldet.

Er stützte sich auf einer Hand ab, ließ die andere sanft über ihre Hüfte und über ihren Bauch streicheln. „Deine Schreie waren laut, *feya*." Mit dem Daumen strich er durch die kleinen Löckchen ihrer Scham, die sie stets kurz getrimmt hielt. „Das Haus ist leer, aber das Anwesen nicht."

Fuck.

Die Männer vor dem Haus.

Sie hatte sie völlig vergessen. Im Grunde hatte sie alles vergessen. Was erstaunlich war, denn eigentlich war Evie nicht der Typ dafür, loslassen zu können. Sie rutschte mit dem Hintern näher zu den Kissen und mittig auf das Bett. „So laut war ich nicht." Sie hielt inne und versuchte, sich zu erinnern. „Oder doch?"

Grinsend stieß sich Sergei vom Bett ab, richtete sich auf und begann, sein Hemd aufzuknöpfen, während er aus seinen Schuhen schlüpfte. „Wenn du gedacht hast, dass sie vorher schon beschützend waren, fürchte ich, dass du sie jetzt unerträglich finden wirst."

Das ergab gar keinen Sinn. Deswegen aufgezogen zu werden, das verstand sie. Oder dass sie sich in ihrer Gegenwart seltsam verhalten würden, ihr einige Tage nicht mehr in die Augen sehen könnten. Aber noch beschützender? Das ergab überhaupt keinen Sinn.

Sie öffnete ihren Mund, um ihn zu fragen, was er damit meinte, schloss ihn jedoch gleich wieder, als sie seine entblößte Brust sah.

Evie hatte gewusst, dass er durchtrainiert war. Sie hatte das Gefühl seiner Arme und seines Oberkörpers genossen, indem sie sich während einem seiner verheerenden Küsse daran festgeklammert hatte, als würde ihr Leben davon abhängen. Sie hatte sogar erwartet, noch mehr Tattoos zu sehen wie die, die auf seinen Handgelenken und Fingern waren, aber das …

Sergei war ein Kunstwerk.

Buchstäblich.

Dunkle Haut dehnte sich über definierten Muskeln, und ein Teil davon war mit aufwendigen Tattoos in Schwarz und Rot versehen. Es handelte sich dabei auch nicht um ein einziges riesiges Meisterwerk, sondern eher um eine Collage von Inspirationen, bei der Stück für Stück hinzugefügt worden war. Es war so gut gestochen, dass es perfekt zusammenpasste. Schulterklappen auf beiden Schultern, fünfzackige Sterne mit komplizierten Schattierungen auf beiden Seiten seiner Brust, ein Dolch, der in seine Haut eingedrungen zu sein schien und ein geflügeltes Wesen, halb Fledermaus, halb Drache. Die Bilder waren faszinierend, und es juckte ihr in den Fingern, sie zu erkunden.

Das Geräusch des Reißverschlusses seiner Jeans riss sie aus ihrer Schwärmerei und er schob sich die Hose über die Hüften. Entweder hatte er seine Unterhose mit runtergezogen oder er trug überhaupt keine, denn nachdem er sich wieder aufgerichtet hatte, stand er nackt und bereit vor ihr.

„Oh." Ein schwacher Impuls ihres Verstandes ließ sie bemerken, dass sie diese kleine atemlose Silbe tatsächlich laut ausgesprochen hatte, aber es war ihr in dem Moment scheißegal. Sie war viel zu fasziniert, zu verblüfft und zu sprachlos, um aus Stolz irgendeine Erklärung abzugeben. Ja, er hatte noch mehr Tätowierungen enthüllt. Sehr detaillierte Kombinationen von Drachenschuppen, Waffen und Rüstungen, die sich um seine Hüften wickelten und auf den Oberschenkeln fortsetzten. Aber der eigentliche Fokus – die Sache, die ihr Kinn fast auf den Boden fallen und ihren Verstand vollkommen aussetzen ließ – richtete sich auf die mächtige Erektion, die zwischen seinen Beinen emporragte.

„Oh?" Er ging zum Rand des Bettes und das erfreute Glitzern in seinen Augen stand im Kontrast zu seinen Worten. „Ich glaube nicht, dass ich dich jemals so sprachlos erlebt habe." Er stützte ein Knie auf die Matratze und kroch langsam auf Evette zu, wie ein Panther, der sich näherte, um dann zuzuschlagen. „Bedeutet das, dass du enttäuscht bist, *feya*?"

Er kam immer näher, lehnte sich vor, bis die Schwerkraft und sein Kuss ihren Kopf tief in die weichen Kissen presste.

Sie seufzte in seinen Mund. Der heiße Kontakt seiner Haut auf ihrer, sein köstliches Gewicht, das sie aufs Bett drückte, bescherte ihr die schönste und greifbarste Erfahrung ihres Lebens. Der feine Geschmack ihres Höhepunktes lag noch auf seinen Lippen, und mit derselben meisterhaften Geschicklichkeit, die er zuvor an ihrer Pussy bewiesen hatte, streichelte nun seine Zunge über ihre.

Und seine Hände erst. Grundgütiger, seine Berührung war göttlich. Zielgerichtet. Leidenschaftlich. Ehrfürchtig, auch wenn sie eine Erwiderung verlangte. Seine rauen Handflächen auf ihrer sensiblen Haut schickten ein Kribbeln in alle Richtungen und erweckten einen Teil in ihr, von dem sie gedacht hatte, dass er schon vor vielen Jahren für immer begraben worden wäre.

Nie in ihrem Leben hatte sie auch nur im Entferntesten etwas so Erotisches gespürt. Es fühlte sich überwältigend und zugleich friedlich an. Sie schwebte auf einer sinnlichen Wolke, getrieben durch seinen süchtig machenden Kuss, seine hypnotischen Berührungen und seinen sündigen Geschmack.

Er bewegte sich, wanderte mit verführerischen Küssen an ihrem Kiefer hinab zu ihrem Hals, während er ein Knie zwischen ihre Beine drängte und es hochschob. „Du hast meine Frage nie beantwortet, *feya*.“

Frage?

Waren da irgendwelche Fragen gewesen?

Sie wimmerte, drücktten ihren Rücken durch, um ihn dazu zu ermutigen, die Wanderung seiner Lippen auf dem Weg zu ihren Brüsten zu beschleunigen. „Hör auf zu reden.“

Sein tiefes Lachen war reine, entzückte Sündhaftigkeit. Das warme Kitzeln seines Atemzugs hinterließ ein fast schmerzhaftes Ziehen in ihrer bereits erregten Brustwarze. Er streifte den erhobenen Nippel mit seinen Zähnen. „Wie lange ist es her, *feya*?“

Mit einer Hand in seinem Haar versuchte sie, seinen Mund dorthin zu lenken, wo sie ihn haben wollte. Als ihre Antwort über ihre Lippen kam, klang sie überraschend rau. „Das spielt keine Rolle.“

In quälender Zeitlupe leckte er über die Spitze, raubte ihr damit den Atem und ließ ihr Herz schneller schlagen. „Oh, aber das tut es.“ Er bewegte sich erneut, drängte nun auch das andere Knie zwischen ihre Beine und schob dann ihre Schenkel weit auseinander. Mit sanftem Druck seiner Hüften glitt sein Schaft gegen ihre Klit.

„Nein, tut es nicht.“ Sie rollte mit den Hüften, um noch mehr von dieser köstlichen Reibung zu bekommen. „Glaub mir, das tut es nicht.“

Seine Finger gruben sich in ihre Haut. „Sieh mich an.“

Sie riss die Augen auf. Die Forderung nach mehr brannte bereits auf ihrer Zunge.

Sie verglühte im nächsten Moment, denn die schiere Pracht des Mannes über ihr befahl ihr, zu schweigen.

Ein dunkler Ritter.

Einer, der bereit war, seine Schuld einzufordern.

Seine Stimme war wie die Mitternacht. Düster, satt und endlos. „Wie lang ist es her?"

Sie konnte sich nicht vorstellen, warum das so wichtig für ihn war. Herrgott noch mal, sie hatte ein Kind auf die Welt gebracht. Es würde auf keinen Fall wehtun. Doch die Vehemenz in seinem Tonfall entlockte ihr die Wahrheit. „Seit Emerson."

Etwas bewegte sich in seinen mysteriösen Augen. Etwas so Rohes und Primitives, dass es ihr eine Gänsehaut bescherte.

„Nachttischschublade, Evette. Sofort."

Oh Junge.

Sie streckte eine Hand aus und fummelte nach einem der Kondome. Es war nicht einfach, weil sie durch das Adrenalin so zitterte und er sich weigerte, sie loszulassen. Bei der Übergabe hatte sie es fast fallen gelassen. „Beeil dich."

Mit einer Hand an ihrer Hüfte sah er sie an und öffnete die Folie mit seinen Zähnen. „*Nyet!*"

Nicht nur einfach ein Nein, sondern ein hartes NEIN.

„Du warst seit sieben Jahre ohne." Er rollte sich das Kondom über, legte die Hand an ihren Oberschenkel und lehnte sich nach vorn. Die andere Hand stützte er neben ihrem Kopf ab. „Diesmal wird es keine Eile geben." Er zog sich so weit zurück, dass die Eichel seines Schwanzes gegen ihren Eingang drückte. „Du wirst dich daran erinnern." Er schob seine Hüften vor, doch nur seine Spitze drang langsam in sie ein. „An jeden Stoß." Tiefer. Ausfüllender. Jeden Zentimeter mehr verdient, während er Blickkontakt mit ihr hielt. „An jedes Geräusch. Jede Empfindung. Du wirst dich daran erinnern, wer es dir geschenkt hat.“

Heiliges verdammtes *Wow*, sie hatte völlig vergessen, wie großartig es sich anfühlte, mit einem Mann verbunden zu sein. Wie es war, wenn ihr Körper sich an die köstliche Dehnung gewöhnte, und sie war überwältig, wie perfekt sie zusammenpassten. Die Art, wie er sie ansah, um jede Reaktion zu studieren – als ob seine Bewegungen von ihrer Erwiderung abhängig wäre –, war unglaublich intim.

Ihre Worte kamen abgerissen und atemlos heraus. „Ich könnte darauf wetten, dass ich es nicht vergessen werde, egal was für ein Tempo du vorlegst.“ Sie drückte ihren Fuß gegen die Rückseite seines Oberschenkels, um ihn tiefer, bis zum Anschlag zu drängen. Als seine Hüften gegen ihre stießen und sie das Gewicht seiner Hoden spüren konnte, keuchte sie. „Und ich verspreche dir, ich werde nicht kaputt gehen.“

Der Wolf, den sie zuvor schon erblickt hatte, kehrte zurück und lächelte sie an. „Du hast mich missverstanden, *malen'kaya feya*. Ich sagte, ich habe keine Eile.“ Er senkte seinen Kopf und murmelte an ihren Lippen: „Ich habe nicht davon gesprochen, dass ich dich nicht hart rannehmen würde.“

Das schmutzige Versprechen war ein bloßer Vorgeschmack auf das, was er tatsächlich abliefern würde, und es schickte ein Flattern durch ihr Geschlecht. Es gab keine Planung. Keine Verführung. Kein Abarbeiten einer Schritt-für-Schritt-Anleitung aus *Men's Health* oder *Penthouse*. Es war animalisch. Glorreich in seiner unbeschriebenen Schönheit und ausschließlich auf physische Empfindungen konzentriert. Und in jeder Sekunde lag sein Fokus nur auf ihr, auf ihren Reaktionen, die er ihr mit seinen Berührungen entlockte. Jedem Stöhnen. Jedem Seufzer. Das Feedback kam in jeder Position, durch die er sie führte. Es war, als ob sein Vergnügen von ihrem abhinge.

Es war befreiend, bestärkend und machte sie im gleichen Atemzug demütig.

Mit einer geschmeidigen Bewegung entzog er sich ihr, drehte sie auf den Bauch und drang erneut in sie ein. Sein heißer Atem floss über ihren Hals und seine Stimme war so grollend wie ein Donner um Mitternacht. „Du wirst für mich kommen." Sein Becken klatschte gegen ihre Pobacken und seine Eier prallten bei jedem Stoß gegen ihre Schamlippen. „Du wirst mir deinen Höhepunkt schenken und meinen Namen schreien, wenn du es tust."

In jeder anderen Situation hätte sie gelacht. Es war so typisch für ihn, so etwas zu befehlen. So radikal und ignorant bezüglich jeglicher Hindernisse, die ihm im Weg standen.

Aber mit seinem Gewicht, das auf ihr lastete … seinem Duft um sie herum und das Gleiten seines Schwanzes in ihrem Geschlecht … alles, was ihr übrig blieb, war zu stöhnen und es zu akzeptieren. Ein tief sitzendes Ziehen in ihrem Unterleib machte sich bemerkbar und sie konnte sich nur noch dem rasch herannahenden Höhepunkt ergeben.

Er griff nach ihren Handgelenken. Seine Finger wirkten wie Fesseln, die sie auf dem Bett fixierten. Aber seine Worte waren reiner Samt, wie eine verführerische Bestie, die sie in eine dunkle Höhle locken wollte. „Ich habe es gespürt. Ich weiß, wie eng sich deine Pussy zusammenzieht, wenn du kommst. Jetzt will ich fühlen, wie mein süßer Engel meinen

Schwanz melkt."

„Oh mein Gott." Die Lust schoss direkt in ihr Innerstes, und ihre Hüften hoben sich instinktiv höher. Seine Eichel glitt über ihren G-Punkt. Einmal. Zweimal.

Und das war alles, was es brauchte.

Sie schwebte, ritt auf unerforschten Höhen. Sie genoss jedes Zucken ihrer inneren Muskeln um seinen dicken Schaft und bäumte sich seinen zunehmend härter werdenden Stößen entgegen.

Er stöhnte an ihrem Hals, murmelte ein paar Worte, die sie nicht verstand.

Und dann biss er sie.

Ihre Pussy zog sich erneut zusammen, als er sich ein letztes Mal bis zum Anschlag in ihr versenkte und sein Schwanz zu zucken begann.

So perfekt.

Das war gefährlich.

Es war ein hedonistischer Moment, der so mächtig war, dass selbst der frommste Mensch jedes Gelübde dafür abgeben würde, um sich an dieser Lust zu erfreuen. Und sie war nur eine normale Frau. Eine Mutter, die zu viele Jahre ohne Berührung oder Intimität gelebt hatte.

Eine Süchtige im Anfangsstadium.

Er leckte die sensible Stelle an ihrem Nacken, wo er sie gebissen hatte, und küsste sie dann. Unruhig wölbte er seine Hüften gegen die ihren und erkundete mit zärtlichen und liebevollen Küssen ihren Hals bis hinab zu ihrer Schulter.

So sanft. Mit einer Ehrfurcht, die im völligen Kontrast zu dem unversöhnlichen und leidenschaftslosen Verhalten stand, das er dem Rest der Welt zeigte. Seine Hand strich über die Kurve ihrer Hüfte.

„Alles in Ordnung, *malen'kaya feya?*“

„Mir geht's prima“, seufzte sie und genoss die Hitze seines Körpers, während sich die kühle Luft des Zimmers auf ihrer schweißbedeckten Haut ausbreitete. Ihr Bett im Kutscherhaus war gemütlich – so alt wie die Hügel, aber weich und vertraut. Im Vergleich dazu war Sergeis wahrscheinlich eines, wie sie es im Himmel vorrätig hatten. „Kuschelig wie ein Käfer in einem Kissen.“

Er schmunzelte an ihrem Ohr. Das Lächeln in seiner Stimme und die Nachwirkungen ihres Höhepunktes vermischten sich und schufen einen friedlichen und ruhigen Kokon. „Ich mag dich satt und anschmiegsam.“ Erneut küsste er die Stelle, in die er eben gebissen hatte, und verweilte dort. „Noch mehr mag ich es, wie ich dich dorthin gebracht habe.“

Irgendwo in ihrem Verstand meldete sich ein gewisses Drängen, sie sollte diese Aussage zur Kenntnis nehmen und sicherstellen, dass er keine Erwartungen hinsichtlich zukünftiger derartiger Zusammenkünfte hegte.

Doch seine Wärme war zu verlockend. Das sanfte Kratzen seines Bartes auf ihrer Haut, als er sich mit ihr auf die Seite drehte und die dicke Decke über sie beide zog, war einfach zu angenehm, um weiter darüber nachzudenken. Sie überließ sich lieber diesem herrlichen schwerfälligen Frieden, der sich über sie legte.

Sie murmelte etwas. Oder sie nahm an, dass sie es getan hatte, weil er erneut auflachte und sich ganz eng an sie schmiegte, während ihr Kopf auf seinem Arm ruhte. „Schlaf jetzt, Evette. Ich habe dich.“

So schön.

So warm.

Sie konnte sich nicht mehr erinnern, wann sie sich das letzte Mal so gewärmt gefühlt hatte, so beschützt und umgeben von der Stärke eines fähigen und intelligenten Mannes.

Der Wunsch nach Schlaf zog sie immer tiefer.

Lullte sie ein, damit sie losließ und vertraute.

Sie könnte dagegen ankämpfen.

Wahrscheinlich sollte sie das auch.

Aber darüber würde sie später nachdenken.

Jetzt, in diesem Moment, fühlte sie sich sicher.

Und glücklich.

Nur dieses eine Mal würde sie es genießen.

Kapitel 12

*N*acht und Tag.

Für Sergei war dieser Vergleich eigentlich zu gewöhnlich, wenn es um die Frau ging, die sich in seinem Bett an seiner Seite zusammengerollt hatte und tief und fest schlief, aber für den Augenblick passte er. Er war nur ein Schatten, voller Geheimnisse und Tod.

Sie hingegen war alles Helle, Positive und Hoffnungsvolle auf dieser Welt.

Der pure Sonnenschein.

Und sie gehörte ihm.

Sie hatte ihn akzeptiert und hatte ihm gezeigt, wie es sich anfühlte, den Himmel zu berühren, ihn zu schmecken und festzuhalten. Er wusste, wohin das mit ihnen führen würde. Es war ihm bewusst geworden, als er sie und Emerson am Samstagabend zum Kutscherhaus gebracht und ihr am Sonntag Abstand gegeben hatte. Allerdings hatte er nicht mit der Veränderung gerechnet, die ihre körperliche Verbindung mit sich bringen würde. Mit der rücksichtslosen Besitzgier, die folgte und mit der Geschwindigkeit, mit der er voranzuschreiten geneigt war.

Er hatte die Sonne berührt, sie zu seinem Besitz gemacht.

Und er würde sie nie wieder hergeben.

Sergei saß in seinem weich gepolsterten Hochlehnersessel und bewegte sich gerade so weit, dass er sein Handy aus der Gesäßtasche ziehen konnte, um nachzuprüfen, ob er es tatsächlich stumm geschaltet hatte.

15:37 Uhr.

Er lächelte vor sich hin, schob das Handy zurück

in seine Hosentasche und erhob sich. Noch nie hatte er jemanden so fest schlafen sehen. Sicherlich hatte er es selbst nie erlebt. Evie war vollkommen ruhig, ihre Gesichtszüge entspannt und ihre Lippen leicht geöffnet. Das Letzte, was er tun wollte, war, sie zu wecken, aber sie würde wütend werden, wenn er damit noch länger warten würde.

Er verharrte an der Seite des Bettes.

Vor einer Stunde, nachdem sie eingeschlafen war, war er aus dem Bett geschlüpft. Die Decke, die er über sie gezogen hatte, bedeckte nun kaum mehr ihre Brüste. Ihre Haut war bemerkenswert. Ein Genuss, dem er sich gern hingegeben hatte.

Vielleicht wäre eine wütende Evette gar nicht so schlecht. Er hatte bereits einen Vorgeschmack auf ihre Einstellung erhalten, aber ihre Wut auf höchst sexuelle Weise zu bändigen, wäre eine würdige Herausforderung. Eine, bei der er sicherstellen würde, dass sie beide noch sehr lange daran denken würden.

Er setzte ein Knie auf dem Bett auf und streckte sich neben ihr aus. Anstatt von der Bewegung der Matratze aufzuwachen, seufzte sie und rollte sich etwas näher.

Es war verlockend, es auszunutzen, seine Sachen erneut auszuziehen, neben sie unter die Decke zu schlüpfen und seinen Anspruch noch einmal klarzustellen. Allerdings wäre die Schule bald aus und Emerson würde auf sie warten. Ebenso bräuchte sie ein wenig Zeit, um sich wieder herzurichten. Er legte seine Handfläche an ihre Wange. „Es ist Zeit, aufzuwachen, *solnyshka*."

Sie fing an, ihre Augen zu öffnen, und starrte ihn direkt an. Fast genauso schnell entspannte sie sich wieder und schenkte ihm ein zittriges Lächeln.

„Wow, ich war vollkommen weg." Einen Moment lang sah sie ihn an, und es war offensichtlich, dass sie einerseits unsicher war, wie sie mit der derzeitigen Situation umgehen sollte, und anderseits froh, hier zu sein. Sie schüttelte den Augenblick ab und tastete über die Bettdecke. „Wo ist mein Handy?"

Er nickte zu den Klamotten, die er gefaltet auf die Kommode an der Wand gelegt hatte. „Dort."

Die Kommode stand einige Schritte entfernt, und Evette müsste die Distanz nackt überbrücken. Die zusammengezogenen Augenbrauen und ihr verspielter Schmollmund zeigten deutlich, dass sie intuitiv seine Gedanken diesbezüglich erkannt hatte. Doch getreu ihrer temperamentvollen Art schlug sie die Decke beiseite und glitt anmutig aus dem Bett. „Wie spät ist es?"

„Gleich 15:45 Uhr."

Sie hielt mitten in der Bewegung inne. „Was?"

Da war es wieder. In einem einzigen Augenblick kam ihre Wut zum Vorschein.

Bevor er sie mit den Vorbereitungen, die er für sie bereits in die Wege geleitet hatte, beruhigen konnte, eilte Evette zur Kommode. „Emerson hatte schon um drei Schulschluss."

„Das ist richtig, und meine Männer waren dort, um ihn abzuholen."

Sie richtete sich auf, während sie ihr Höschen anzog, und griff dann nach ihrem BH. „Was? Warum hast du mich nicht geweckt?"

Obwohl die Show auf eine gewisse Weise unterhaltsam war, ließ ihn der besitzergreifende Drang, den er bereits den ganzen Nachmittag verspürte, nicht mehr länger still sitzen. Er stand auf und schlenderte in ihre Richtung. „Du hast so friedlich ausgesehen. Dich zu wecken, während ich mich an deiner Stelle um deine Verpflichtungen gekümmert habe, ergab keinen Sinn." Er ergriff ihre Hand, mit der sie gerade ihr T-Shirt nehmen wollte. „Entspann dich, *solnyshka*. Er sitzt in der Küche und lernt für einen Test in amerikanischer Geschichte. Er wird mir eine Nachricht schicken, wenn er bereit ist, abgefragt zu werden."

Sie befreite ihre Hand aus seinem Griff und zog sich das Shirt über. In ihrer Stimme lag echte Neugier, allerdings auch anhaltende Panik. „Du hilfst ihm jetzt ebenfalls noch bei amerikanischer Geschichte?"

„Ich komme aus Russland, aber ich habe viele Jahre in Amerika studiert. Ich kenne die Geschichte der USA sogar besser als viele, die hier leben."

Sie zog die Stirn in Falten und warf einen Blick über die Schulter zum Fenster und auf den strahlenden Nachmittagshimmel. „Er weiß nicht, wo ich bin, oder?"

Sergei zuckte bei dieser Frage zwar nicht äußerlich zusammen, aber innerlich spürte er einen Stich. „Er denkt, du machst ein paar Besorgungen für mich."

„Gut." Die Art, wie sie ausatmete, konnte nichts anderes sein als Erleichterung. Sie schüttelte die Jeans aus und zog sie an.

Er sollte die Sache auf sich beruhen lassen. Sie sollte sich selbst davon überzeugen, dass man sich so um ihren Sohn kümmerte, wie es sein sollte. So, wie er es immer tun würde. Doch zum ersten Mal, seit er sich erinnern konnte, lenkte Impulsivität seine Worte. „Stört es dich, dass er denken könnte, du hättest Zeit mit mir verbracht?"

„Nein, es beunruhigt mich mehr, dass mein Sohn denken könnte, ich hätte vergessen, ihn von der

Schule abzuholen, weil ich im Bett eines Mannes geschlafen habe.“

Emerson.

Er war zwar ein leicht beeinflussbarer Junge, aber er war auch weise. Weiser, als sie ihm zutraute. Und obwohl er ihre Argumentation verstand, rechtfertigte diese nicht die Angst, die von ihr ausging. „Da stimmt noch etwas nicht.“

Sie schloss ihre Jeans und presste die Lippen fest aufeinander.

„Du wirst mir sagen, was es ist.“

Für eine Sekunde warf sie ihm einen Blick zu, bevor sie zu ihren Schuhen ging, die am Bett standen. „Sergei, wir dürfen das nicht noch einmal tun.“ Sie schob ihren Fuß in einen der Sneaker und schob ihre Finger hinten hinein, um ihn anzuziehen. „Es hat sich nichts geändert. Ich arbeite für dich. Das ist unprofessionell. Ich kann nicht …“

Sie wiederholte den Vorgang mit dem anderen Schuh, richtete sich auf, und der Ausdruck in ihrem Gesicht machte das Tier in ihm wütend. „Die Leute werden alle möglichen schrecklichen Schlussfolgerungen ziehen, und das wird auf mich zurückfallen. Auf meinen Sohn.“

„Schreckliche Schlussfolgerungen?“

„Dass ich für Geld, für einen Job und für einen Platz zum Schlafen mit dir ins Bett gehe.“

Seine Wut verwandelte sich in glühenden Zorn. Während er redete, war seine Stimme so leise, dass er sich selbst kaum hörte. „Du glaubst, man wird dich eine Hure nennen.“

„Ja.“

„Habe ich dir jemals das Gefühl vermittelt?“

„Nein! Niemals! Aber du musst verstehen, dass

Vorstellungskraft Realität ist, und Menschen können grausam sein. Besonders Kinder. Wer weiß, was sie ihm in der Schule sagen werden."

„Du kannst nicht wissen, dass die Leute so denken werden."

Sie stieß ein wildes Lachen aus und warf ihre Hände voller Verzweiflung in die Luft. „Oh doch, das weiß ich. Mein eigener Onkel dachte es am Samstagabend."

Die Ohrfeige.

Darum hatte sich also die ganze Auseinandersetzung mit ihrem Onkel gedreht.

Eine glühende Hitze kroch in Sergeis Nacken empor und seine Hand juckte, sehnte sich nach seiner Glock. „Er hat dich eine Hure genannt?"

„Nein, er hat mich beim Rummachen mit einem Mann erwischt, von dem er kurze Zeit später herausgefunden hat, dass er mein Boss ist, und er hat mich prompt ermuntert, all meine Vorzüge einzusetzen." Sie stieß einen Atemzug aus und kämpfte sichtlich darum, ihre Emotionen im Zaum zu halten, bevor sie auf ihn zuging. „Du musst verstehen, ich habe den Tag heute wirklich genossen … sehr sogar. Mehr als … na ja, jemals." Sie blieb vor ihm stehen, legte ihre winzigen Hände auf seine Oberarme und senkte ihre Stimme. „Aber ich muss an Emerson denken. Ich kann es mir nicht leisten, dass die Grenze zwischen uns erneut verwischt."

Sie hatte nicht verstanden.

Weder, was der heutige Tag für ihn bedeutete, noch, wohin er sie führen wollte.

Ja, sie hatte sich ihm freiwillig hingegeben, allerdings hatte sie bisher nicht begriffen, was er wollte, was er brauchte.

Doch das würde sie noch.

Sie und jeder andere. „Die Grenzen werden nicht verwischt, *solnyshka*. Sie werden kristallklar sein, das verspreche ich dir."

Sie zog die Stirn kraus, trat einen Schritt zurück und kreuzte die Arme. „Warum habe ich das Gefühl, dass wir von zwei verschiedenen Dingen reden? Und was bedeutet dieses Wort überhaupt? Das ist neu."

Sein Handy summte in seiner Hosentasche. Er nahm es raus, bemerkte, dass es die Nachricht war, auf die er gewartet hatte, und nutzte ihre Neugier auf die russische Sprache aus, um weiteren Fragen auszuweichen. „Es ist ein Kosename." Er steckte das Handy wieder weg und zog sie an sich, drückte sanft ihre Schultern, als sie versuchte, sich von ihm wegzuschieben. „Die wörtliche Übersetzung lautet *kleine Sonne*, aber ihr Äquivalent ist *Sonnenschein*."

Sie unterließ ihre Fluchtversuche und hob den Kopf. Irgendetwas jenseits aller Neugier funkelte in ihren haselnussbraunen Augen.

Bevor sie die Fragen stellen konnte, die durch ihren Geist wanderten, lenkte er sie mit dem besten ihm zur Verfügung stehenden Mittel ab. Eines, das sie die ganze Nacht beschäftigen und ihm genügend Zeit verschaffen würde, seine Pläne in die Tat umzusetzen. „Dein Sohn hat mir gerade mitgeteilt, dass er bereit ist, sich von jemandem abfragen zu lassen. Möchtest du die Ehre haben, oder soll ich?"

Kapitel 13

„Baby, beeil dich, wir kommen zu spät." Evette fuhr sich mit den Fingerspitzen durch den Pixie-Haarschnitt und überprüfte im eleganten Spiegel über dem noch schickeren Waschbecken ihr Aussehen. Sie lauschte währenddessen, ob Emerson zur Treppe kam. Normalerweise war er es immer, der sie zur Eile aufforderte, aber sie hatte in der letzten Nacht schlecht geschlafen, weil ihr ständig das höllisch heiße Intermezzo mit Sergei durch den Kopf gegangen war. Gegen sechs Uhr am Morgen, nach langem Hin- und Herwälzen im Bett, hatte sie es schlussendlich aufgegeben und beschlossen, den Tag früh zu beginnen. Hinzu kam, dass ihr Junge beim Aufwachen müder war als sonst und auch keinerlei Anzeichen zeigte, die Dinge schneller zu erledigen. „Bist du lange aufgeblieben, oder was?"

Endlich hörte sie seine Schritte auf dem Teppichboden der Galerie, die zwischen ihren Zimmern im oberen Stockwerk verlief. So schwer, wie sich seine Schritte anhörten, hätte man meinen können, er wäre auf dem Weg zur Guillotine statt zur Schule. Sie kam gerade aus dem Badezimmer, als sie ihn auf der Treppe sah. Er zuckte mit den Schultern und schlich die Stufen hinunter. „Ich habe online mit einem Freund gechattet. Ich hätte früher ins Bett gehen sollen, aber ich wollte nicht unhöflich sein."

Wie durch ein Wunder gelang es Evette, die Überraschung darüber aus ihrer Stimme zu halten und nicht die Treppe hinunterzustolpern. „Ach ja? Welcher Freund war das?"

Das war doch total lässig, oder? Und klang nicht nach: Du hast einen Freund? Was sie eigentlich hatte fragen wollen.

Als Emerson das Erdgeschoss erreicht hatte, nahm er sich eine Banane vom Tisch und schnappte sich seinen Rucksack, den er auf einem der Stühle liegen gelassen hatte. „Eins der Kinder von der Schule. Eine Stufe über mir." Er blieb an der Haustür stehen und warf Evette einen ungeduldigen Blick über die Schulter zu. „Ich dachte, du hast gesagt, wir wären spät dran."

Okay, irgendwas war da definitiv im Gange. Lang aufbleiben, nur langsam in den Tag starten und schnippisch zu seiner Momma sein. Und was hatte es bitte mit dem lose über der Hose getragenen Poloshirt auf sich? Auf dem Weg zu ihm ergriff sie ihre Handtasche. „Ich dachte, ihr seid dazu angehalten, das Shirt in die Hose zu stecken?"

„Das sollen wir, aber nicht alle Jungs machen das."

„Hmm." Evette war in Gedanken so abgelenkt von der Veränderung ihres Jungen, dass sie die beiden Männer von Sergei, die vor der Tür warteten, fast umgerannt hätte. Sie hielt die Hände hoch und trat einen Schritt zurück. „Oh, hey."

Zwei weitere Männer, die sie noch nie zuvor gesehen hatte, standen etwa drei Meter entfernt, umgeben von Kisten und Werkzeugkästen.

Sie konzentrierte sich auf die zwei bekannteren Männer. Keiner der beiden gehörte zu den üblichen Begleitern, die ihnen normalerweise zur Schule oder in die Stadt folgten, allerdings waren Emerson und sie ihnen bereits ein paarmal auf dem Anwesen begegnet. „Was geht hier vor?"

„Der Boss will, dass ein paar Verbesserungen in Sachen Security vorgenommen werden", sagte der größere der beiden. Obwohl sie Sergei nie danach gefragt hatte, ging Evette davon aus, dass die meisten seiner Mitarbeiter aus der Gegend rekrutiert worden waren, da Sergei, Kir und Roman als Einzige mit einem russischen Akzent sprachen. Der Cajun-Einschlag dieses Kerls bewies deutlich, dass er ein Einheimischer aus der gleichen Umgebung von Louisiana war wie sie selbst. „Es wird nicht allzu lange dauern. Vielleicht ein paar Stunden. Ist es für Sie in Ordnung, dass wir die Sache erledigen, während Sie Emerson zu Schule bringen und im Haus arbeiten?“

„Er will Verbesserungen?“ Sie warf einen Blick auf das Haupthaus, sah dann zu der Wache, die auf halbem Weg die Einfahrt hinunter wartete, und wieder zurück zu dem Mann, der gesprochen hatte. „Das Anwesen ist doch schon ziemlich abgeriegelt.“

„Hey, ich frage nicht. Ich tue es einfach.“

Natürlich. Mafiabosse verschwendeten nicht gerade viel Energie darauf, ihr Handeln zu erklären. „Das verstehe ich.“ Sie winkte die Männer ins Haus. „Tuen Sie, was immer Sie tun sollen. Ich habe genug im Haupthaus zu tun, wenn ich zurück bin.“

Der Weg zur Schule verlief stiller als sonst. Zugegeben, Emerson war nie ein großer Redner gewesen, doch an diesem Morgen wirkte er abgelenkt, ratlos und nachdenklich.

Nicht, dass sein Schweigen sie gestört hätte, schließlich hatte Evette mit ihren eigenen Problemen zu kämpfen. Zum Beispiel, wie sie die Dinge mit ihrem Boss platonisch halten sollte, während sich ihr Geist permanent an seine Berührungen, den Klang seiner Stimme, wenn er etwas in seiner Muttersprache sagte, die sie nicht verstand, und an den verheerenden Kuss zu erinnern schien. Ganz zu schweigen von dem Sex. Ehe sie sich versah, hatte sie Emerson bei der Schule abgeliefert, und wanderte nun die Einfahrt des Anwesens hinauf. Sie war nur Augenblicke davon entfernt, ihre professionelle Maske wieder aufzusetzen.

Ein Kinderspiel. Sei einfach höflich, freundlich und tu so, als wäre das gestern nie passiert.

Die Küche war wie immer ein Bienenstock voller Aktivitäten. Kir und Roman saßen am runden Tisch. Jeder von ihnen bemannte einen Computer und hatte eine große Tasse Kaffee neben sich stehen. Ein paar Männer, die sie zwar schon gesehen hatte, aber nicht näher kannte, lungerten um die Kücheninsel herum und sprachen über etwas, was sie jedoch nicht ganz verstehen konnte. Olga stand mit ihren Händen an den Hüften dem spezialisierten Metzger gegenüber, der nach Evettes Meinung viel zu überteuert war.

Olga nahm Evies Ankunft zur Kenntnis, ließ die Hände sinken und rief laut aus: „Sie hatten recht. Der Mann ist ein Dieb. Nennen Sie mir noch mal den Namen von Ihrem Lieferanten.“

Evette blieb schlagartig an der Arbeitsfläche stehen.

Kir und Roman hörten auf zu reden.

Die Männer an der Kücheninsel ebenso.

Das Gesicht des Metzgers bekam eine beängstigende rote Farbe und er warf Evette einen tödlichen Blick zu. „Sie haben mich einen Dieb genannt?“

Wahrscheinlich hätte sie zu diesem Zeitpunkt in den Modus der Beruhigung wechseln sollen, doch Evette war so geschockt von Olgas Ausbruch, dass ihr das nicht gelang. Sie konzentrierte sich auf die temperamentvolle Köchin, mit der sie sich nun über einen Monat lang fast die Köpfe eingeschlagen hatte.

„Haben Sie gerade gesagt, dass ich recht hatte?"

„Er bringt mir zweitklassige Rippchen, verlangt aber einen Spitzenpreis dafür."

„Es ist erstklassige Ware", sagte der Metzger. „Also zahlen Sie auch den Spitzenpreis."

Olga packte das riesige Stück Fleisch wieder ein und legte es dem Mann in die Hände. Ihr Akzent war so stark, dass es nicht einfach war, die Worte zu verstehen, doch es war absolut klar, was sie meinte. „Das werde ich nicht."

Einer der Männer, der an der Mr. Labadiecheninsel näher beim Metzger stand, sprach ihn an. „Kommen Sie. Ich bringe Sie nach draußen."

Einen ganzen Herzschlag lang wirkte der Metzger , als ob er sich weiter streiten wollte. Dann wägte er seine Situation jedoch ab, drückte das säuglingsgroße Päckchen an seine Brust und stampfte mit einem missbilligenden Geräusch auf die Tür zu.

Evette wartete, bis der Mann fort war, und versuchte es erneut. „Sie lieben die Produkte dieses Typen. Was ist passiert?"

Vielleicht lag es an der Art, wie die Sonne durch das hintere Küchenfenster schien, aber Evette hätte schwören können, dass Olga errötet war. „Es ist nichts passiert. Wir werden seine Dienste nur nicht mehr benötigen." Sie glättete ihre Schürze und räusperte sich. „Möchten Sie einen Kaffee?"

Wow. Eine Übereinstimmung und das Angebot eines Kaffees? Vielleicht hatte sie sich vor dem Schlafengehen den Kopf gestoßen und war in einem alternativen Universum wach geworden. „Ähm … klar."

Die Küchentür öffnete sich und der Gärtner kam herein, mit einem seiner Helfer dicht auf den Fersen. „Ms. Labadie, ich muss wissen, welche Blumen Sie in den vorderen Beeten gepflanzt haben möchten."

„Wie bitte?"

„Die vorderen Blumenbeete … Welche Blumen möchten Sie haben? Stiefmütterchen sind zwar nett, aber ich glaube, eine Mischung aus Primeln und Winterjasmin würde besser zum Haus passen."

Für so etwas war es viel zu früh am Morgen. Zu früh und viel zu seltsam. Evette betrachtete die Leute in der Küche.

Der Mann an der Arbeitsfläche sah immer noch weg.

Olga eilte mit einer Tasse frischem Kaffee zu ihr.

Kir und Roman beobachteten sie mit wissendem Lächeln auf dem Gesicht.

„Warum in aller Welt fragen Sie mich?" Evette wandte sich wieder dem Gärtner zu. „Ich kümmere mich nur um die Zeitpläne und Bezahlung am Freitag."

„Mr. Petrovyh sagte, dass Sie in Zukunft diese Entscheidungen treffen."

Olga überreichte ihr den Kaffeebecher und das Lächeln auf ihrem erröteten Gesicht wirkte schockierend angenehm. „Mit Milch und Zucker."

Es war ein echtes Wunder, dass Evette die Tasse nicht fallen ließ. „Woher wissen Sie, dass ich Milch und Zucker im Kaffee mag?"

„Von Sergei natürlich." Die Köchin schlenderte zurück zum Herd, als ob es selbstverständlich wäre, dass der Boss alles wusste.

Evette kostete den Kaffee und zu ihrer Überraschung hatte Olga die perfekte Mischung tatsächlich hinbekommen. „Also soll ich Ihnen jetzt sagen, was Sie pflanzen sollen?", fragte sie den Gärtner.

„Ja, Ma'am. Was immer Sie denken, was am besten aussieht."

„Ähm …" Ihr die Verantwortung für die Bepflanzung zu übertragen, war fast so, als würde man ihr die Wartung der Autos anvertrauen. „Okay, Primeln und Jasmin klingt schön." Ebenso schön wäre eine Wiederholung dieses Morgens, denn momentan war sie sich absolut sicher, in der *Twilight Zone* aufgewacht zu sein.

Der Gärtner nickte und eilte zurück nach draußen.

Wahrscheinlich hätte sie noch minutenlang da gestanden, ihren Kaffee getrunken und dem Gärtner hinterhergestarrt, wenn Kir sich nicht geräuspert und einen großen Umschlag über den Tisch geschoben hätte. „Sergei hat das für Sie dagelassen."

Oh, prima. Bei der Geschwindigkeit, mit der sich ihr Morgen gerade entwickelte, war es wohl jetzt an ihr, die Steuererklärung oder einen anderen buchhalterischen Albtraum zu erledigen. Sie stellte ihre Kaffeetasse auf dem Tisch ab, öffnete den Umschlag und fand darin einige Broschüren.

Parson School of Design.
Savannah College of Art and Design.
Rhode Island School of Design.
Pratt Institute.

Sie sah zu Kir und Roman. „Was ist das alles?"

Die Türklingel meldete sich, und Kir starrte wieder auf seinen Computer, während Roman wenigstens ein Schulterzucken zustande brachte. „Geht mich nichts an."

Hm. Von wegen, es ging ihn nichts an.

Aus dem Foyer ertönten Schritte. Evette drehte sich zu Olga um. „Olga, wissen Sie, wofür die sein sollen?"

„*Nyet*", antwortete sie und sah dabei nicht einmal

von dem Kochtopf auf dem Herd auf. „Er hat sie am frühen Morgen für Sie dagelassen."

Der Mann, der den Metzger zuvor hinausbegleitet hatte, kehrte nun mit einem Dreierteam zurück in die Küche. „Hier ist sie." Er hielt inne, konzentrierte sich auf Evette und zeigte mit der Hand auf die Neuankömmlinge. „Ms. Labadie, diese Leute sind hier, um Sie zu sehen."

Ach, wirklich? Sie nahm Blickkontakt zu der Frau auf, die an der Spitze der Truppe stand. „Und Sie sind?"

„Mary Thompson." Sie streckte Evie eine Visitenkarte entgegen. „Mr. Petrovyh hat sich mit unserer Firma in Verbindung gesetzt und gesagt, Sie würden uns darüber informieren, was zu erledigen ist."

Der simple fett gedruckte Text auf der einfachen weißen Karte hätte sie fast umgehauen.

Magic Rags Cleaning Service.

Was? Zur? Hölle?

Die seltsame Stimmung dieses Morgens konzentrierte sich nun auf einen Punkt, der ihren Herzschlag durcheinanderbrachte. „Sie arbeiten für eine Reinigungsfirma?"

„Ich besitze sie", sagte Mary, schob ihre Schultern zurück und schenkte ihr ein stolzes Lächeln. „Dies ist unser viertes Geschäftsjahr und wir haben sehr gute Referenzen."

Natürlich hatten sie die. Sergei würde niemanden einstellen, der das nicht hätte. Außer sie. Sie hatte er aus einer Laune heraus engagiert. Welche Rolle sie nun einnehmen sollte, davon hatte sie keine Ahnung.

Aber das würde sie herausfinden. Sie gab Mary die Visitenkarte zurück. „Wenn Sie mich kurz entschuldigen würden."

„Oh, ja, natürlich."

Evie warf Kir und Roman einen strengen Blick zu. „Wo ist er?"

„Wer?" Das Grinsen auf Kirs Gesicht bewies eindeutig, dass er verdammt genau wusste, wen sie meinte.

„Leg dich nicht mit mir an, Kir. Ich hatte einen seltsamen Morgen."

Roman lachte darüber und hatte wohl Mitleid mit ihr. „Er ist in seinem Büro."

Sie nickte und versuchte das Unmögliche bei Olga. „Olga, besteht die Möglichkeit, dass Sie den Leuten Kaffee servieren, während ich herausfinde, was mit dem Boss los ist?"

Olga mochte zwar so getan haben, als wäre sie mit dem Kochen beschäftigt, aber sie drehte sich schnell um und kam der Anfrage umgehend nach, was deutlich zeigte, dass auch sie ganz genau wusste, was hier vor sich ging. „Ja, natürlich."

Die Räume zogen wie Blitze an ihr vorbei und das Dröhnen des normalen Treibens verstummte unter der Triade, die sich in ihrem Kopf abspielte. Er hatte den Verstand verloren. Vollkommen und absolut den Verstand verloren. Oder er hatte sich ihre Worte von gestern zu Herzen genommen und Ersatz für sie gefunden.

Nein, das ergab keinen Sinn. Warum sollte er sie ersetzen und dann den Gärtner zu ihr schicken, um Entscheidungen zu treffen? Total verrückt!

Die Tür zu seinem Büro stand offen, also stampfte sie sofort hinein. „Was ist hier los?"

Sergei sah von seinem Computer auf, ließ sich dabei allerdings Zeit. Für einen Mann, dessen Domäne gerade von einer Frau infiltriert wurde, die kurz vor einem Wutausbruch stand, wirkte er erschreckend ruhig. Sogar mehr noch, er wirkte entspannt. „Da musst du schon genauer werden, was du meinst."

„Es sind Leute hier, die das Haus reinigen wollen."

„Ja."

„Das ist mein Job."

„Nicht mehr."

Ihr Magen verkrampfte sich, als hätte jemand eine Falltür unter ihren Füßen geöffnet. Ihre Kehle wurde so eng, dass ihr das Atmen schwerfiel. „Was meinst du damit: nicht mehr? Ich habe einen Vertrag, in dem steht, dass ich für die Pflege dieses Anwesens verantwortlich bin."

„Richtig." Er lehnte sich in seinem Stuhl zurück, stützte die Ellbogen auf die glatten Lederarmlehnen und presste die Finger vor sich gegeneinander. Mit jeder Faser war er die absolute Führungskraft mit einer tödlichen Präsenz. „Diese Leute sind hier, um die Arbeit zu erledigen. Du bist hier, um sie anzuleiten."

„Aber warum? Das ist nicht nötig. Ganz zu schweigen davon, dass es eine Verschwendung von Zeit und Geld ist."

„Es ist keine Zeitverschwendung. Du hast andere Dinge zu tun."

Ach ja? „Zum Beispiel?"

Seine Aufmerksamkeit richtete sich auf ihre Hände.

Die Broschüren!

Sie hatte sie vollkommen vergessen.

Sie hob sie empor und wedelte damit herum. „Das ist die andere Sache. Was hat es damit auf sich?"

„Deine Ausbildung."

„Du hast nichts mit meiner Ausbildung zu tun. Ich arbeite daran, wenn ich Zeit dafür habe.“

„Jetzt hast du mehr davon.“

Sie ging zum Schreibtisch und knallte die schicken Broschüren darauf, wobei einige davon durch die Luft segelten. „Hör auf, um den heißen Brei herumzureden.“

Er grinste. Er grinste tatsächlich, verdammt noch mal. „Ich rede nicht um den heißen Brei herum, *solnyshka*. Das tust eher du.“

Oh nein.

Das wagte er nicht.

Ihre Wangen brannten genauso wie die Spitzen ihrer Ohren unter dem heiligen Feuer der Weiblichkeit. Er wollte also herausfinden, wer von ihnen sturer war? Das konnte er gern haben. „Okay, du willst es direkt? Dann gebe ich dir direkt. Es schwirren vier Männer im Kutscherhaus herum, die Sicherheitsvorkehrungen treffen, um Fort Knox Konkurrenz zu machen. Olga hat nicht nur beschlossen, mit mir wegen des Metzgers plötzlich einer Meinung zu sein, nein, sie hat mir sogar einen Kaffee eingeschenkt. Mit Milch und Zucker. Mein Arbeitgeber hegt auf einmal ein reges Interesse an meiner Karriere im Modegeschäft. Der Gärtner will wissen, welche Blumen ich in den vorderen Beeten haben möchte, und es ist eine unnötige Armee von Leuten hier, die das Haus putzen wollen, was meine Aufgabe ist. Und jetzt will ich wissen, was hier los ist!“

Seine Lippen zuckten, als würde er sich ein Grinsen verkneifen, um sie ernst zu nehmen, aber er nickte und erhob sich, schob dabei sanft den Bürosessel zurück. „Also gut. Ich lasse die Sicherheit im Kutscherhaus auf den neusten Stand bringen, weil ich damit nicht zufrieden bin, wie es jetzt ist. Und sie muss unüberwindbar sein, bis wir an dem Punkt angelangt sind, an dem Emerson sich mit den Veränderungen zwischen dir und mir anfreunden kann." Er umrundete den Schreibtisch und bewegte sich mit der Grazie eines Panthers, die sie gleichermaßen faszinierte wie erschreckte. „Olga hat so gehandelt, weil sie mir gegenüber loyal ist, und damit auch dir gegenüber. Der Gärtner hat dich um Anweisungen gefragt, weil du mit dem Anwesen machen kannst, was du willst. Und was die Designerschulen betrifft, ist es unakzeptabel für dich, auf die Karriere warten zu müssen, die du dir wünschst, und deshalb ist die Reinigungstruppe hier."

Er blieb stehen, berührte sanft ihren Ellbogen, ließ seine Hände langsam empor zu ihren Schultern gleiten und versuchte, sie an sich zu ziehen.

Sie presste ihre Finger gegen seinen Brustkorb und hielt ihn damit auf. „Was hat sich zwischen dir und mir geändert?"

Seine Augen funkelten. Nicht auf die süße, unschuldige Art, die für Ritter in glänzenden Rüstungen und Engel gedacht war, sondern auf die böse Weise, die dem Teufel gehörte. „Du hattest recht gestern, *solnyshka*. Wenn wir so weitermachen würden wie bisher, könnten die Leute deine Stellung falsch interpretieren. Ab heute machen wir allen und jedem klar, den es interessiert, was dein Platz wirklich ist."

„Nun, würde es dir etwas ausmachen, es auch mir zu sagen? Weil die Dinge aus meiner Sicht gerade ein wenig verschwommen sind."

Sein Verhalten veränderte sich von der einen auf die nächste Sekunde; die Belustigung und die Geduld, die er zuvor gezeigt hatte, verschwanden innerhalb eines Atemzuges. Er umfasste ihren Kopf und zog sie eng an sich. „*Mein.*"

Er küsste sie.

Verzehrte und forderte sie, ebenso andächtig wie sein einzelnes besitzergreifendes Wort, das noch immer durch ihren Verstand schnurrte. Die ganze Nacht lang hatte sie sich daran erinnert und war erstaunt darüber gewesen, wie natürlich es sich angefühlt hatte, sich mit ihm gehen zu lassen. Sich ihm hinzugeben und zuzulassen, dass er diese Empfindungen in ihr aufbauen konnte, bis sie nur noch imstande gewesen war, zu fühlen und zu genießen.

Aber das war gestern gewesen. Und obwohl sie schon einige Fehler begangen hatte, war es nicht klug, sie zu wiederholen, egal wie gut es sich angefühlt hatte.

Sie presste ihre Hände gegen ihn, bemüht, die Wärme seines Körpers und diesen beruhigenden erdigen Duft, der ihm anhaftete, zu ignorieren. Da seine Arme unerbittlich um sie geschlungen waren, schaffte sie gerade so viel Distanz zwischen ihnen, um „Sergei" zu flüstern, was eine Herausforderung war.

Wegen ihrer gebrochenen Stimme gab er ihr nur so viel Platz, dass er auf sie hinabblicken konnte.

„Was du getan hast, ist wirklich süß." Sie rieb ihre Handflächen auf seinem Brustkorb auf und ab. „Ich verstehe, was du zu tun versuchst, aber das wird nicht funktionieren. Die Menschen werden die Dinge immer noch falsch interpretieren, egal wie viel Kontrolle du mir gibst."

Er sah sie so lange an, sein Blick starr und unergründlich, dass sie sich nicht einmal sicher war, ob er sie gehört hatte. Als er sich endlich bewegte, hielt er sie immer noch nah bei sich und griff nach etwas, das auf seinem Schreibtisch lag. „Sie könnten einige Dinge falsch interpretieren, *solnyshka*. Aber das hier können sich nicht missverstehen."

Er hielt eine kleine Schachtel empor.

Eine kleine blaue aus Samt. Eine in der Farbe seiner Augen.

Ein Ringkästchen.

„Was ist das?" Angesichts der Art von Kästchen, die er emporhielt, war ihre Frage wirklich lächerlich. Es war eher so, als würde sie eine Schlange betrachten, die sich direkt vor ihr zusammenrollte und dasselbe fragte.

Er löste sich von ihr und öffnete die Box.

Heilige Kacke.

Nicht nur eine Schlange, sondern eine verflucht riesige Schlange.

Oder ein Ring.

Was im Grunde dasselbe war.

Die Sonne, die durch die französischen Türen zum Balkon hereinströmte, verfing sich in den Facetten und ließ den Diamanten im Cushion-Cut und die ihn umgebenen kleineren Diamanten noch brillanter erscheinen. „Das ist ein Ring."

„Ja, ist es.", stimmte Sergei zu.

Sie trat einen Schritt zurück und das Pochen ihres Pulses in ihren Ohren übertönte alles andere. „Ein großer Ring."

„Drei Karat", sagte er und kam auf sie zu, um die Distanz, die sie geschaffen hatte, wieder zu verkleinern. Er zupfte den Ring aus seinem Samtbett. „Perfekt für meine Braut, und eine unmissverständliche Botschaft an diejenigen, die deinen Platz in meinem Leben infrage stellen könnten." Er griff nach ihrem

Handgelenk und hob es an. „Sogar für dich."

Nein.

Nein. Nein. Nein. Nein.

Panik überflutete ihr System, huschte wie eine Meute wilder Ratten unter ihrer Haut umher und brachte ihre Füße in Bewegung. Raus aus seinem Büro. Die Treppe hinunter und durch den Hauptflur.

Sie brauchte Luft. Ganz viel davon.

Und Sonne.

Einen Platz – irgendeinen Platz – ohne Wände.

Sie öffnete die Haustür und ging quer über die Veranda.

Hinter ihr ertönten männliche Stimmen, auch Schritte, doch sie blendete sie aus, lief weiter, zwang sich dazu, trotz der Enge in ihrer Kehle zu atmen. Die Luft an diesem Tag Ende Oktober flüsterte über ihre Haut. Schweiß bildete sich in ihrem Nacken und bescherte ihr einen Schüttelfrost.

Er war nicht bei Verstand. Man heiratete doch nicht, um einen Standpunkt klarzumachen. Landete nicht an einem Tag miteinander im Bett und entschied sich am nächsten schon für ein gemeinsames Leben. Das war verrückt. Impulsiv und dumm.

Aber das ist es nicht, was dich wirklich daran stört, nicht wahr, Kleines?

Der Gedanke in der Stimme ihrer Mutter ließ sie langsamer werden, als sie nur noch einen Block entfernt von der Saint-Charles-Straßenbahn war. Sie wollte nicht an ihre Mutter denken, wollte nicht wieder diesen Schmerz fühlen, den sie nach ihrem Tod empfunden hatte, und wollte auch nicht darüber nachdenken, was sie danach getan hatte.

Das einfache Lachen, das sie stets von ihrer Mutter wegen ihrer verrückten Possen geerntet hatte, schallte ihr durch den Kopf. *Du warst damals schon sehr impulsiv. Das war immer so. So sind wir Labadie-Frauen eben. Wir leben. Wir lieben.*

Sie liebte nicht. Niemanden außer Emerson. Und vielleicht Dorothy. Es tat viel zu weh, wenn man diejenigen verlor, die man liebte. Als würden einem Stücke aus der Seele geschnitten; es hinterließ nur Narben und Scherben.

Die Straßenbahn kam an der Haltestelle zum Stehen.

Evette stieg ein und rutschte auf eine der Plastikbänke im hinteren Teil. Die einzigen anderen Passagiere an Bord waren ihre Bewacher, die es gerade noch rechtzeitig geschafft hatten, einzusteigen, und eine Familie, die sich vorn aufhielt. Der Vater wies seine Tochter auf eines der majestätischen Häuser hin, während die Mutter sich mit einem dösenden Kleinkind auf dem Schoß ausruhte.

Das hatte sie auch einmal gehabt. Eine Familie. Die Wärme des Schutzes ihres Vaters und die Liebe ihrer Mutter. Dann hatte sie beide verloren und in ihrer Trauer ihre Träume weggeworfen.

Sie kannte Sergei kaum.

Okay, ja, er hatte dafür gesorgt, dass sie sich zum ersten Mal seit Ewigkeiten wieder lebendig fühlte. Er hatte ihr eine körperliche Verbindung gegeben, die über alles hinausging, was sie jemals erlebt hatte. Er hatte ihr Trost geschenkt und sich um ihre Bedürfnisse gekümmert zu einer Zeit, in der sie nicht gewusst hatte, wie es weitergehen sollte. Aber das waren alles keine Gründe, um zu heiraten. Schon gar nicht einen überheblichen, anmaßenden Mann, der, wie er selbst zugegeben hatte, eine kriminelle Familie gegründet hatte und obendrein ihr Boss war. Sie wäre doch verrückt, wenn sie mit so etwas einverstanden wäre.

Mmm-hmm. Fast so verrückt, wie überhaupt erst für ihn zu arbeiten, aber die Chance hast du ergriffen, nicht wahr?

Die Straßen zogen an ihr vorbei. Häuser. Unternehmen. Einheimische und Touristen, die sich auf den Bürgersteigen durch die Gegend schlängelten. Ehe sie sich versah, stand sie vor *Dorothy's* und sah durch das große Fenster auf die leeren Barhocker an der vorderen Theke. Solange sie denken konnte, war es ein zweites Zuhause gewesen. Eine ganze Welle von Erinnerungen an ihre Mutter zusammen mit Dorothy brach über sie herein; viele von ihnen hatte sie von demselben Hocker aus erlebt, auf dem Emerson heute gerne saß.

Die winzige Glocke, die über der Eingangstür hing, klingelte, als sie eintrat, und der reichhaltige Duft von gebratenem Speck und Kaffee, den die morgendlichen Gäste zu sich nahmen, umgab sie im Nu. Einige Besucher befanden sich weiter hinten im Diner und die beiden Kellnerinnen drehten sich um und winkten ihr höflich zu.

Aber es war Dorothys Stimme aus der Küche, der sie folgte, der vertrauten Wärme ihres Cajun-Tonfalls, der sie genauso anzog wie der ihrer Mutter, als sie klein gewesen war. Sie umrundete die Wand, die das Diner von der Küche trennte, in der die meiste Arbeit erledigt wurde.

Der neue Koch, den Dorothy vor einigen Monaten eingestellt hatte, stand am Ende der Kücheninsel. Er hatte beide Hände in die Hüften gestützt und die pure Bestürzung lag in seinem Gesicht. Er starrte Dorothy an, während diese über den Tresen gelehnt war und sich über etwas ausließ, was, wie Evie vermutete, wohl das Menü für die kommende Woche oder die neuste Bestellliste war.

Dorothy sah auf, beäugte Evette weniger als zwei Sekunden und richtete sich dann auf. „Es wird nicht so funktionieren, wie Sie es machen." Sie schob das Papier vor den Koch zurück, ohne dabei jedoch Evie aus den Augen zu lassen. „Ändern Sie die Samstags- und Sonntagsspezialitäten, damit wir nicht die doppelte Fleischmenge bestellen. Ich komme nachher, sobald ich mit Evette fertig bin."

„Aber ich muss mittags wohin."

Dorothy sah nicht zurück, sondern starrte nur wissend auf Evette, packte sie bei den Schultern, sobald sie in Reichweite war, und lenkte sie in Richtung ihres Büros. „Wenn Sie mittags gehen wollen, tüfteln Sie es aus und bringen Sie es mir schnell. So, wie mein Mädchen aussieht, habe ich mich um andere Dinge zu kümmern."

Sie schloss die Tür hinter ihnen und zeigte auf den alten Dinerstuhl, der neben ihrem überladenen Schreibtisch stand. „Setz dich."

„Ich kann warten, bis du fertig bist."

„Du brauchst nicht zu warten. Der Junge muss diesmal seinen Kopf selbst aus dem Arsch ziehen. Ich habe ihn lange genug eingearbeitet." Sie setzte sich auf ihren eigenen Stuhl und nickte in Richtung des noch leeren Platzes neben ihrem Schreibtisch. „Bring eine alte Frau nicht dazu, ihren Hals verrenken zu müssen, Kind. Setz dich und sag mir, was los ist."

Evette rutschte ebenso leicht in den alten Stuhl, wie sie es getan hatte, als sie noch klein gewesen war und Dorothys Rat eingeholt hatte, wie sie mit einem Trio von Tyrannen in der vierten Klasse umgehen sollte. „Wie kommst du darauf, dass irgendwas nicht stimmt?“

„Du lächelst nur dann nicht, wenn etwas nicht stimmt, und du lächelst nicht.“

Das zarte Buttergelb der Schwanenhalslampe, die sich auf Dorothys Schreibtisch befand, was das einzige Licht, wodurch der überdimensionale Stauraum, den Dorothy vor Jahren für sich beansprucht hatte, eher einem geheimen Versteck als einem Büro glich. Zwei Aktenschränke standen hinter Dorothy an der Wand, und ein Regal voller Kochbücher und Lieferantenkataloge befand sich zu ihrer Rechten.

Die Details zu betrachten – die Geschichte und Erinnerungen, die damit einhergingen – war einfacher, als Dorothy in die Augen zu sehen. Als sie sich dem Blick der Frau nicht mehr entziehen konnte, starrte sie auf die Rechnungen, die den Schreibtisch füllten. „Ich habe mit Sergei geschlafen.“

Dorothy gab ein Grunzen von sich. Eins dieser „Erzähl mir etwas, das ich noch nicht weiß“-Geräusche, das Müttern und Großmüttern vorbehalten war, die nicht nur alles gehört, sondern das meiste davon selbst getan hatten.

Evette faltete ihre Hände in ihrem Schoß und senkte den Kopf. „Ich habe Mist gebaut.“

„Ich bin mir nicht sicher, ob irgendeine andere Frau, die diesen Mann gesehen hat, es als *Mistbauen* bezeichnen würde, sich mit ihm in den Laken zu wälzen. Zum Teufel, die meisten von ihnen würden damit prahlen, anstatt wie ein schuldbeladener Teenager auf ihren Schoß zu starren.“

Der Seitenhieb bewirkte genau das, was Dorothy damit bezweckt hatte, und Evette hob ihren Kopf. „Er will mich heiraten.“

Es gab nicht viel, was Dorothy überraschte. Tatsächlich hatte in all den Jahren, in denen Evette sie kannte, nur der Tod ihres Ehemannes ihr ausgeglichenes Verhalten wirklich beeinträchtigt. Doch jetzt weiteten sich ihre Augen für eine Sekunde. Einen Moment später nickte sie, lehnte sich gegen ihre Rückenlehne, als wäre die Last der Welt schließlich zu schwer geworden, um dagegen zu kämpfen, und seufzte. „Überrascht mich nicht."

Nun war es an Evie, geschockt zu sein. „Was meinst du damit, das überrascht dich nicht? Das ist verrückt. Er kennt mich doch kaum."

Dorothy sah sie an, studierte sie, wie es eine Mutter täte, während sie darüber nachdachte, ob sie den Schleier von einer hässlichen Wahrheit herunterreißen oder sie einfach in Unkenntnis einer harten Realität weiterleben lassen sollte. Mit einem schweren Atemzug blickte sie auf den Schreibtisch. „Ich habe ihn gesehen, Kind. Ich habe gesehen, wie er dich angeschaut hat und dachte, niemand bekäme es mit." Ein trauriges Lächeln legte sich auf ihre Lippen. „Als ob ein Engel auf Zehenspitzen in die Hölle gekommen wäre, mit einem Sonnenstrahl nur für ihn. Ein kleiner Funke in der Dunkelheit."

Sie verlagerte ihre Aufmerksamkeit wieder auf Evette. „Ein Mann wie Sergei – Gutes hat es schwer, da durchzudringen. Er denkt, dass er es nicht wert ist. Ich kann mir vorstellen, dass er, wenn das Gute jemals doch durchdringen würde, wohl die ganze verdammte Welt bekämpfen würde, nur um es zu behalten."

Die bereits gedämpften Geräusche aus der Küche und von den Gästen aus dem Dinerbereich verhallten zu nichts. Sogar Evies Herz schien stillzustehen, und ihre Ohren strengten sich an, als ob das die Worte, die ihre lebenslange Freundin geäußert hatte, klarer machen könnte. „Was willst du damit sagen?“

„Ich will damit sagen, dass du in die Arena gestampft bist und mit einem großen, alten roten Umhang rumgewedelt hast, und das im vollen Bewusstsein, dass du mit dem Schlimmsten der Schlimmen im Ring stehst.“ Sie zögerte nur einen Herzschlag lang, ehe sie fortfuhr. „Bevor du deine Klinge in sein Fell stößt, solltest du vielleicht erst einmal innehalten und dich vergewissern, ob der Stier dich angreift oder ob er versucht, die Hindernisse in deinem Leben wegzuräumen.“

„Du denkst, ich soll ihn heiraten?“

„Fragst du nach meiner Meinung?“

„Ja.“

Dorothy nahm einen kräftigen Atemzug und stieß ihn dann hart wieder aus. Als ob sie damit tief vergrabene Gedanken freisetzen würde. „Ich denke, als dein Vater gestorben ist, hast du angefangen eine Mauer um dich zu bauen. Ich denke, als deine Mutter gestorben ist, hast du den Bau abgeschlossen. Und ich denke, nach all der wilden Rebellion, die nach dem Tod deiner Mutter kam, hat ein Teil von dir nach Emerson gesucht, um einen Weg zu finden, eine Familie wieder so aufzubauen, dass man sie dir nicht weggenehmen kann. Jedenfalls nicht so leicht.“ Sie hob eine Augenbraue auf eine Weise, wie sie es vor vielen Jahren bei ihren eigenen Kindern getan hatte. „Wenn du mich fragst, hast du anscheinend eine ganz neue Familie, ob sie dir nun gefällt oder nicht. Du hattest schon verdammt lange niemanden mehr in deiner Ecke, und für eine Frau, die sich selbst genug ist, ist das eine große Veränderung.“

Heilige Kacke. „Du stimmst ihm zu.“

Dorothy zuckte mit den Schultern, erhob sich und schlurfte auf die geschlossene Tür zu. Ihre Bewegungen waren langsam und deuteten auf Schmerzen hin, die daraus resultierten, dass sie jahrelang zum Frühstück, Mittag- und Abendessen auf den Beinen war. „Du hast mich gefragt, was ich denke. Nun, ich denke, Sergei ist stark genug, um jede Bedrohung, die auf dich zukommt, auszumerzen und deine Träume wieder aus dem Müll zu fischen.“

Das hatte er getan.

Er hatte sich ihre Sorgen darüber angehört, was die Menschen denken könnten, und hatte Maßnahmen ergriffen. Er hatte über ihre Zukunft und ihre Karriere nachgedacht. Sergei hatte sogar mit eingeplant, wie Emerson die Situation empfinden könnte, und wann er sich eventuell anpassen müsste.

Sie drehte sich zu Dorothy. „Was soll ich jetzt machen?“

„Ich weiß es nicht, Kind.“ Sie öffnete die Tür, ging einen Schritt hindurch und hielt mit der Hand am Rahmen lange genug inne, um Evies starrem Blick zu begegnen. „Was ich weiß, ist, dass Wegrennen nicht dein Stil ist. Und wenn es auf diesem Planeten jemanden gibt, der ein Herz hat, das groß genug ist, um den Teufel persönlich zu lieben, dann bist du das.“

Mit diesen Worten verschwand sie und ließ Evette allein und mit nichts als ihren Gedanken im schattigen Raum zurück.

Kapitel 14

Es war nicht einmal vierundzwanzig Stunden her, seit Evette aus seinem Büro gestürmt war, und Sergei war versucht, sein sich selbst auferlegtes Gelübde, seiner *feya* Zeit zum Nachdenken zu geben, zu brechen. Evette war nicht dumm. Nachdem sich der Schock gelegt hatte, den er ihr gestern verpasst hatte, und sie begonnen hatte, über all die Konsequenzen, die die Bindung zu einem Mann wie ihm mit sich brachte, hatte sie sich schnell auf die negativen Dinge konzentriert.

Aber sie war auch ein instinktives Geschöpf. Eins, das flink genug war, um einen schlauen Jungen mit sehr wenig Hilfe und einem klugen Köpfchen großzuziehen. Es war seine Hoffnung, dass sie die Vor- und Nachteile eines Lebens mit ihm abwägen würde, wenn er ihr ausreichend Zeit und Abstand gäbe. Dass sie ihm eine Chance zubilligte, um die explosive Leidenschaft zwischen ihnen zu erforschen und die Sicherheit und Bequemlichkeit, die er ihr bieten konnte, anzunehmen.

Das Beste, was er bis dahin tun konnte, war, jede Gelegenheit zu vermeiden, sein Gelübde zu brechen. Das bedeutete, sich tief in seine Geschäfte zu stürzen und zu beten, dass das Schicksal ihn nicht in Versuchung führte, bevor Evette wenigstens genug Zeit gehabt hätte, sich wieder zu beruhigen.

Er starrte vom Rücksitz seines BMW aus dem Seitenfenster. Die getönten Scheiben ließen die Farben draußen nur ein wenig verblassen. Jede Stadt hinterließ ein besonderes Gefühl, eine Einzigartigkeit, die von den Menschen stammte, die dort lebten. New Orleans stand für ihn für Leben und Selbstentfaltung.

Es war eine Stadt, die gewillt war, diverse Stile zu vereinen und die Geschichte dahinter zu schätzen.

Die Südküste des Lake Pontchartrain war da keine Ausnahme. Palmen, Bürgersteige aus rotem Backstein, elektrische blaue Straßenlaternen mit zeitgenössischem Flair säumten die Straßen und verliehen ihnen einen Hauch von tropischen Einflüssen, die man sonst nur in Florida oder einem Ort am Meer vermuten würde. Und das alles, ohne den typischen Cajun-Flair vermissen zu lassen.

Als Roman auf einen der vielen Parkplätze mit Aussicht auf das unstete Wasser des Lake Pontchartrain fuhr, sah er in den Rückspiegel und begegnete Sergeis Blick. „Bist du sicher, dass du ins Gaststättengewerbe einsteigen willst?"

Sergei wollte in alle möglichen Arten von Unternehmen investieren. Bauwesen, Glückspiel und Bars waren die ersten Bereiche gewesen, an die er sich herangewagt hatte. Allerdings wollte er mehr Vielfalt, mehr Möglichkeiten, um sich in der Heimat, die er gewählt hatte, fest zu verankern.

Sergeis Aufmerksamkeit richtete sich auf das große verwitterte Schild mit der efeugrünen Schrift, auf dem nur *André's* stand. Das Gebäude dahinter war noch weniger beeindruckend – ein einstöckiges Haus aus rotem Backstein mit einer einfachen schwarzen Tür und Fensterläden in derselben Farbe zu beiden Seiten der breiten Fenster. „Menschen sind unser Geschäft. Je vielfältiger unsere Geschäfte sind, desto umfangreicher werden unsere Beziehungen sein und desto mehr Einfluss werden wir gewinnen."

Kir lachte auf dem Beifahrersitz. „Und ich dachte, es liegt nur daran, dass du die italienische Küche magst."

Beide Männer öffneten ihre Türen und stiegen aus.

Kir machte sich auf den Weg zum Eingang des Restaurants, während Roman die Autotür für Sergei aufmachte.

Die Vorfreude, die mit jedem neuen Geschäftsvorhaben einherging, befeuerte Sergei. Er war fokussiert wie ein Jäger, der sich auf die Jagd vorbereitete und durch den Wald schlich. Bei Sergeis Jagd drehte sich allerdings alles um Akquise. Eine finanzielle Verfolgung, bei der Deckung, Gerüche und Tarnung durch Anzüge, Geld und Sicherheiten ersetzt wurden.

Im Inneren des Gebäudes war der schummrige Essbereich mit seinem Siebzigerjahredekor in Karmesinrot und Schwarz leer. Das Rauchen in Restaurants war zwar schon vor Jahren verboten worden, aber man konnte sich gut vorstellen, wie die Stammgäste, die in der Anfangszeit hergekommen waren, mit einer Zigarette und einem Kaffee oder Cocktail an den Tischen verweilt hatten. Frauen in Kleidern und Pumps und Männer in Anzügen.

Es war einfach diese Art von Ort. Er verlieh ein Gefühl der Rückkehr in eine längst vergangene Zeit.

Sergei liebte es.

Er konnte es kaum erwarten, einen eigenen Ort wie diesen zu schaffen, der allerdings mit einer modernen Küche ausgestattet wäre und dessen Fokus auf der jüngeren Generation läge.

Mit Kir und Roman vor ihm machte er sich auf den Weg zum Büro auf der Rückseite des Gebäudes. Aus der Küche ertönten Geräusche, ein Wasserstrahl und das Klirren einer Pfanne auf etwas Scharfem.

Die Bürotür war offen und hinter dem verkratzten Schreibtisch saß Henri Trahan. Der Schreibtisch stand sicherlich schon hier, seit dessen Vater André vor dreiundvierzig Jahren dieses Restaurant eröffnet hatte. Die Tatsache, dass eine traditionelle Cajun-Familie ein erfolgreiches italienisches Restaurant nicht nur gegründet, sondern auch ein halbes Jahrhundert lang geführt hatte, amüsierte Sergei noch immer sehr.

Henri sah hoch, offensichtlich erschrocken. Normalerweise hätte er Sergei wohl in Anzughose und Hemd begrüßt, doch heute trug er Jeans und ein T-Shirt der *New Orleans Saints*. Seinem schwarzen, zerzausten Haar und seinem müden Gesichtsausdruck nach zu urteilen, war er entweder auf einer höllischen Sauftour gewesen oder hatte eine Krise am Hals. „Mr. Petrovyh." Er schoss auf die Füße, sah Kir und Roman an und wischte sich die Hände an seiner Jeans ab. „Tut mir leid, ich habe total das Zeitgefühl verloren."

Nicht gut.

Gar nicht gut.

In all den Jahren, seit er angefangen hatte, für Anton zu arbeiten, hatte Sergei gelernt, mit vielen Charaktereigenschaften und Persönlichkeiten umzugehen, aber ein Mangel an Konzentration war ihm unerträglich. Die einzige Eigenschaft, die er als K.o.-Kriterium sah, war Unehrlichkeit. „Zeitgefühl verloren oder doch vergessen?"

Henri schluckte schwer. „Ich habe es nicht vergessen. Ich habe nur …" Er legte die Hände an seine Hüften und ließ den Kopf hängen. Als er ihn wieder hob, war pure Entschlossenheit in seinem Blick. „Ich habe ein Problem und habe mich etwas verzettelt, während ich nach einem Ausweg gesucht habe."

Wahrheit.

Mit Ehrlichkeit konnte Sergei umgehen. Allerdings würde er dem, was seinen angedachten zukünftigen Geschäftspartner beunruhigte, wahrscheinlich schneller auf den Grund gehen, ohne dass Kir und Roman dem Mann Gottesfurcht einflößen würden.

„Geht", sagte Sergei zu Kir und Roman. „Ich werde mit unserem Partner unter vier Augen sprechen."

Beide zögerten, nickten einander zu und drehten sich dann leise um und verschwanden im Flur.

Henri atmete erleichtert aus und entspannte seine Schultern. „Danke."

„Es gibt nichts, wofür Sie sich bedanken müssen. Jedenfalls noch nicht." Sergei setzte sich auf einen der Stühle im amerikanischen Stil der Fünfzigerjahre gegenüber von Henris Schreibtisch und schlug lässig ein Bein über das andere. „Ich nehme an, die Schwierigkeiten, auf die Sie gestoßen sind, haben etwas mit unserer Vereinbarung zu tun?" Dabei handelte es sich um die Renovierung von *André's* und den beiden geplanten Filialen unter demselben Namen, eine im French Quarter und die andere in Baton Rouge.

Henri studierte Sergeis entspannte Haltung und setzte sich dann auf seinen Bürostuhl. Er tat das mit der Vorsicht eines Mannes, der sich an eine Schlange schmiegte. Erst als er sicher und überzeugt davon war, dass sein Nachmittag nicht in einem Blutbad oder mit Schmerzen enden würde, legte er die Unterarme auf den Schreibtisch, faltete seine Hände und räusperte sich. „Sie wissen, dass ich eine Tochter habe."

Sergei nickte. Ebenso wusste er, dass Henri einen Sohn hatte, der nach seinem Großvater benannt worden war, und dass beide Kinder das dicke Bankkonto ihrer Eltern gewöhnt waren. Geld, das zum Großteil aus dem langjährigen Erfolg des *André's* stammte.

Henri presste seine Hände, die er vor sich gefaltet hatte, fester zusammen. „Nun, Amys erstes Jahr an der Highschool war hart.“

„Sie beziehen sich auf die Situation, die dazu geführt hat, dass sie wegen Diebstahls sanktioniert wurde und bis zum Ende des Schuljahres auf Bewährung ist.“

Henris Augen weiteten sich. „Woher wissen Sie davon? Ihre Akte wurde versiegelt.“

„Wir haben darüber diskutiert und uns geeinigt, ein gemeinsames Unternehmen zu gründen, Mr. Trahan. Ich lege Wert darauf, alles über jemanden zu wissen, was es zu wissen gibt, bevor ich weitermache.“

Henri blieb stumm.

„Ich weiß auch, dass Ihr Sohn vor einigen Monaten ein paar Probleme mit einem Mädchen aus der Oberstufe hatte“, sagte Sergei sachlich. „Was zu einem heimlich durchgeführten medizinischen Eingriff und einer beträchtlichen Zahlung an ihre Familie führte. Die Vorfälle haben für erhebliche Aufregung gesorgt, insbesondere weil Ihre Frau in diversen Wohltätigkeitsorganisationen engagiert ist und Sie beide sich dadurch etwas entfremdet haben.“

Henris Nacken und Gesicht wurden rot.

Sergei machte weiter. „Angesichts Ihres heutigen Verhaltens würde ich annehmen, dass alle oder ein Teil dieser Details anderen Personen bekannt geworden sind und Ihnen nun Probleme bereiten.“

„Wenn ich unsere Pläne weiterverfolge, wird alles öffentlich gemacht“, sagte Henri eilig. Die Betonung der Worte ließ die Panik dahinter erahnen. „Meine Kinder wären am Boden zerstört und meine Ehe würde das Gemetzel nicht überleben.“

Sergei hatte Henris Kinder noch nicht kennengelernt. Er hatte nur Bilder gesehen und die Einzelheiten von Kir erfahren, nachdem er und seine Crew ihre Nachforschungen abgeschlossen hatten. Er persönlich war Fan von Konsequenzen, die sich aus den Entscheidungen eines Menschen ergaben, aber jedem das Seine.

Er nahm sich Zeit, Henri über den Schreibtisch hinweg zu betrachten. Dass er etwas unternehmen musste, um mit den derzeitigen Schwierigkeiten seines Geschäftspartners fertig zu werden, war sicher. Sergei hatte allerdings schon vor etlicher Zeit gelernt, dass es ganz gut war, einen Mann einige Minuten länger in seinen Problemen schwimmen zu lassen, damit sich die Lösung langfristig angenehmer anfühlte.

„Wer ist es?“, fragte er schließlich.

„Entschuldigung?“

„Die Person, die Sie mit diesen Informationen erpresst. Wer ist es und warum ergreift er diese Maßnahme?“

Henris Blick richtete sich auf den Schreibtisch. „Bitte, fragen Sie mich das nicht.“ Seine Fäuste öffneten und schlossen sich zweimal hintereinander, bevor ihm bewusst wurde, was er da tat. Dann schob er sich ganz auf den Stuhl zurück. „Ich befinde mich bereits in einer Situation, die gefährlich genug ist.“

„Ich verstehe.“ Wahrscheinlich mehr, als es Henri klar war. „Hatten Sie … schon früher mit dieser Person zu tun?“

„Nein.“ Die Antwort wurde so schnell ausgesprochen, dass die Ehrlichkeit dahinter außer Frage stand. „Ich habe keine Ahnung, warum sie mich ausgesucht haben. Ich habe noch nie mit ihnen gesprochen."

„Aber sie wollen nicht, dass Sie mit mir Geschäfte machen, und sie wollen unser Vorhaben so vehement verhindern, dass sie sogar bereit sind, die hässlichen Geheimnisse Ihrer Familie an die Öffentlichkeit zu zerren."

Es dauerte noch einige Sekunden, bis Henri schließlich antwortete. „Steven Alfonsi."

Natürlich. Von all den Konkurrenten, mit denen Sergei zu tun hatte, seit er in New Orleans Wurzeln schlug, hatte es sich der Mann, der sich unter den Einheimischen als klassische Cosa Nostra darstellte, zur persönlichen Aufgabe gemacht, Sergei zu untergraben, wo immer er konnte.

Sergei seufzte, mehr irritiert als verärgert darüber, dass er sich mit einem schlecht gekleideten Schläger auseinandersetzen musste. „Und wenn diese … Bedrohung … verschwinden würde, würde das Geschäft wie geplant wieder aufgenommen werden?"

„Ja", sagte Henri. „Ich will diesen Deal. Ich wollte schon immer expandieren. Außerdem haben Sie mir bei der Refinanzierung geholfen, als es keiner sonst tun wollte. Ich weiß das zu schätzen. Und das möchte ich zurückgeben, allerdings nicht auf Kosten meiner Frau und meiner Kinder."

„Das freut mich zu hören." Sergei stand auf. Während die Begegnung mit Henri ursprünglich als angenehme Ablenkung vom Wartespiel „Verführung der Braut in spe" hatte dienen sollen, wollte er nun unbedingt nach Hause, wo er Platz zum Auf- und Abgehen hatte.

Er richtete seine Anzugjacke und zog die Ärmel

seines Hemdes herunter. „Sie werden zu niemandem mehr etwas sagen. Nichts über unsere Vereinbarung. Und keine Treffen mit Alfonsi. Wir werden uns in einer Woche wiedersehen. Zu diesem Zeitpunkt werden Sie bereit sein, das Geschäft wie geplant abzuschließen.“

„Aber meine Familie …“

„Wird nicht leiden. Um das Problem wird sich gekümmert, und Sie und Ihre Familie werden dabei nicht involviert sein.“ Er drehte sich zur Tür, blieb jedoch an der Schwelle stehen und sah erneut zu Henri. „Ein Rat für die Zukunft. Sollte sich erneut jemand in geschäftliche Angelegenheiten zwischen Ihnen und mir einmischen wollen, kommen Sie sofort zu mir. Ich kümmere mich um die Hindernisse. Sie werden liefern. Verstanden?“

Henri schüttelte sich schließlich aus der Benommenheit, die ihn gepackt hatte, und erhob sich. „Ja. Auf jeden Fall.“

Sergei senkte den Kopf als Zeichen, dass er es zur Kenntnis genommen hatte, und machte sich wieder auf den Weg, während er eine kurze Erinnerung aussprach. „Eine Woche.“

Kir und Roman standen in der Mitte des Gebäudes, die Rücken an eine u-förmige Bar gelehnt. In der Hauptessenszeit – besonders an den Wochenenden – war die Bar immer voll, vor allem mit Paaren, die auf ihre Tische warteten und die klassischen Cocktails genossen, für die *André's* neben den außergewöhnlichen Speisen bekannt war. Sergei hatte zwar nicht vor, das zu ändern, was offensichtlich viele Jahre lang funktioniert hatte, aber er beabsichtigte, dass die neuen Restaurants eine größere Bar mit mehr Möglichkeiten für die wartenden Gäste haben sollten, um mehr Geld in die Kasse zu spülen.

Sergei ging weiter und die beiden Männer schlossen sich ihm an.

„Du siehst nicht wie ein Mann aus, der gerade ins Gaststättengewerbe eingestiegen ist“, murmelte Kir.

„Wir haben eine kleine Verzögerung, die behoben werden muss.“

Roman drückte die Eingangstür auf und die kräftige Nachmittagssonne schnitt durch die Schatten. „Eine zweckmäßige Verzögerung oder eine taktische?“

„Eine taktische.“ Sergei scannte den Parkplatz nach Hinweisen, ob sie von jemandem beobachtet würden, und nahm dann auf dem Rücksitz Platz, sobald Roman die Wagentür geöffnet hatte. Erst nachdem auch seine beiden *avtoritets* im Auto saßen, der Motor ansprang und sie sich in Bewegung setzten, fuhr er fort. „Es scheint, als würde sich unser Freund Steven Alfonsi nicht mehr nur auf das Sammeln von Informationen über meine Interessen beschränken, sondern er ist aktiv geworden.“

Kir drehte sich in seinem Sitz, um Blickkontakt mit Sergei aufzunehmen. „Ein konkurrierendes Angebot an Trahan?“

„*Nyet*. Er versucht, das Abkommen vollständig zu blockieren. Sein Druckmittel sind die Informationen, die du über die Kinder gefunden hast.“

Roman blickte im Rückspiegel zu Sergei. „Geheimnisse sind sein Handwerk.“

Sergei nickte, wohlwissend um die Neigung seines Konkurrenten, Menschen mithilfe von allen schmutzigen Details, die er finden konnte, seinem Willen zu unterwerfen. Das war einer der Gründe, warum die Leute in der Stadtmitte und im siebten Bezirk so bereit waren, Sergei in ihrer Mitte zu begrüßen. Geschäftsdeals, die auf Wahl statt auf Zwang basierten, waren für die meisten nicht nur schmackhafter, sondern brachten auch langfristig Loyalität. Ein Konzept, das Steven Alfonsi nicht zu begreifen schien.

Sergei konzentrierte sich auf das unstete Wasser des Lake Pontchartrain. Bislang hatte er einen direkten Konflikt vermieden. Seine Stärke und Entschlossenheit hatte er einfach durch die solide Positionierung in der Gemeinde und gezielte strategische Geschäfte bewiesen. Der Zeitpunkt für eine Eskalation war nicht ideal, besonders nicht jetzt, wo Evette und Emerson ins Bild gekommen waren, aber es war nicht tolerierbar, sich nicht mit der direkten Konfrontation auseinanderzusetzen. „Es ist an der Zeit, eine Botschaft zu senden. Dem *kozel* zu zeigen, dass wir uns Bedrohungen nicht beugen, und wie weit unser Einfluss reicht."

„Und Henri?", fragte Kir.

„Kümmere dich um alle Beweise gegen die Kinder. Stelle sicher, dass diejenigen, die irgendwelche Indizienbehauptungen unterstützen könnten, dies nicht tun werden."

Kir zuckte mit den Achseln und schaute nach vorn. Er wirkte wie ein Mann, der etwas enttäuscht war, dass er keine sinnvollere oder kompliziertere Aufgabe erhalten hatte. „Schon erledigt."

Im Innern des Wagens wurde es ruhig, die Stille wurde nur durch das stark gedämpfte Schnurren des Hochleistungsmotors gestört. Geschäfte rasten zu beiden Seiten der Straße vorbei, die unscheinbaren Details durchbrochen von mäßigem Verkehr und Menschen, die die Bürgersteige entlanggingen. Das alles schuf einen fast meditativen Raum, in dem sich sein Geist entspannen konnte.

Bis sie an einer großen Kreuzung eine Ampel zum Stehenbleiben zwang und seine Aufmerksamkeit auf eine öffentliche Schule auf seiner Seite der Straße lenkte. Die Architektur des Gebäudes schien aus den 1920er-Jahren zu stammen. Der tiefrote Backstein und sein romanisches Revival-Design verliehen ihm einen repräsentativen Charakter inmitten all der anderen moderneren Gebäude in der Umgebung. Nur wenige Schüler verließen und betraten das Haupthaus, aber der Parkplatz war voller Autos. „Emersons Fahrt zur Schule heute Morgen verlief ereignislos?“

Kir und Roman tauschten Seitenblicke aus.

Kir grinste und hielt dabei ein Lachen zurück. Von Romans Gesicht konnte Sergei nur die Augenpartie im Rückspiegel sehen, dieser Anblick reichte jedoch aus, um zu wissen, dass auch er grinste. „Keine Probleme. Mikey hat sie gebracht.“

„Und Evette?“

„Kam für eine Stunde zurück ins Haus, hat eine weitere Stunde lang versucht, mit der Reinigungsmannschaft zusammen zu arbeiten, gab dann auf und ging ins Einkaufszentrum.“

„Ins Einkaufszentrum?“

Dieses Mal lachte Kir tatsächlich. „Ins Einkaufszentrum. Und nach dem, was Mikey erzählt hat, ist sie die einzige Frau auf dieser Welt, die einen solchen Trip aussehen lassen kann wie pure Folter.“

Interessant. Von dem Mann, der ihr gestern nach ihrer Flucht gefolgt war, wusste er bereits, dass sie ein langes Gespräch mit Dorothy geführt hatte. Danach hatte sie sich viel Zeit gelassen, nach Hause zu kommen, und hatte das Kutscherhaus nicht mehr verlassen, bis es soweit war, Emerson von der Schule abzuholen. Die Männer hatten ihr Verhalten als nachdenklich bezeichnet. Nachdenklich und abwägend. „Hat sie etwas gekauft?“

„Nein“, sagte Kir. „Mikey hat erzählt, es hätte einoder zweimal so ausgesehen, als ob sie etwas kaufen wollte, doch es schien wohl so, als hätte sie sich die Auswahl selbst ausgeredet.“

Ein vernünftiges Verhalten für eine Frau, die ihr ganzes Leben lang mit begrenzten Mitteln aufgekommen war. Irgendwann würde er sie davon abbringen, aber bis dahin würde er Hoffnung daraus schöpfen, dass sie noch nicht abgehauen war und sich vielleicht sogar damit abfinden würde, zu akzeptieren, dass sie nicht mehr im Haus arbeiten würde.

„Emerson scheint Freundschaften zu schließen“, warf Roman ein. „Mikey hat erwähnt, dass eine Gruppe von Jungen bei ihm war, als Evette ihn gestern abgeholt hat, und sie haben heute Morgen auf ihn gewartet.“

Freunde waren gut. Auch ohne Evettes Einblicke war klar, dass der Junge viel zu viel Zeit allein verbracht hatte. Allerdings müsste er seine Männer ebenfalls anweisen, auf diejenigen zu achten, mit denen Emerson in Zukunft Freundschaften schloss. Sergei wusste nur zu gut, wie opportunistisch sich Menschen gegenüber Leuten mit Macht verhielten. Sobald seine Verlobung mit Evette öffentlich werden würde, würde Emerson definitiv zur Zielscheibe werden. „Finde mehr über sie heraus. Wer sie sind. Ihre Eltern … alles, was Anlass zur Sorge geben könnte.“

„Wir werden uns die Sache ansehen“, sagte Roman, „Aber Emerson hat herausragende Instinkte.

Wenn sie nicht würdig sind, wird er sich darum kümmern. Genauso, wie du es getan hast, als du in seinem Alter warst." Sein Blick hob sich noch einmal zu Sergeis im Rückspiegel. „Er wird ein guter Erbe sein."

Kir lachte leise und warf Roman ein Grinsen zu. „Am besten behältst du diese Meinung in Evettes Gegenwart für dich, sonst bekommt Sergei sie niemals zum Altar."

Eine scharfsinnige Beobachtung, und die Erkenntnis, dass er diesen Fakt klugerweise so lange von Evette fernhalten sollte, bis er sie davon überzeugen hätte, dass sie und Emerson zu ihm gehörten. Zu ihnen allen. „Wir haben noch viele Jahre Zeit, bevor dies zu einer Überlegung wird. Und er wird sich uns nur dann als Bruder anschließen, wenn es sein Wunsch ist." Sergei nahm Kir ins Visier. „Was hast du über den Onkel?"

„Auf dem Papier ist er ein Berater für Offshore-Bohrfirmen. In den letzten zehn Jahren hat er zwischen vierzig- und fünfzigtausend bei der Steuer angegeben. Die Leute in seiner Nachbarschaft sagen, dass er für Wochen oder Monate verschwindet und dann mit beeindruckenden Bargeldsummen wiederauftaucht."

„Mehr, als er angibt?"

Kir nickte. „Er ist bekannt dafür, mit seinem Einkommen zu prahlen, wenn er hier ist. Geschichten über Investitionsprogramme und Glücksspiel, aber niemals über Bohrungen. Die Bankkonten und Kreditkarten auf seinen Namen weisen nur begrenzte Aktivitäten auf."

„Er bleibt bei Bargeld?"

„So sieht es aus." Kir drehte sich um, damit er

Sergei ansehen konnte. „Wir haben eine Aussage, dass er mit Alfonsi gesehen wurde.“

Eine Aussage reichte völlig. Vor allem, wenn der fragliche Mann in der Vergangenheit mit Bargeld geprahlt und weitgehend ohne monetären Fußabdruck gelebt hatte. „Bleib dran. Fang an, dich auch in Alfonsis Konten zu hacken, und sieh nach, ob wir dort eine Verbindung finden können.“

„Es heißt, Alfonsis technische Quellen sind nicht so ausgereift wie die von Kir, aber wenn sie uns erwischen, wie wir in ihren Berichten rumwühlen, wird die Sache eskalieren. Und zwar schnell.“

Ein sehr guter Punkt. Zum Glück hatte er eine externe Quelle, die Alfonsi nur schwer zu fassen bekommen würde. Er nahm sein Smartphone zur Hand und scrollte durch seine Kontakte.

Knox Torren.

Ein Hacker im wahrsten Sinne des Wortes. Ein Genie in der Cyberwelt und ein Mann, der wusste, was es bedeutete, die Familie um jeden Preis zu schützen. Es waren Knox, seine Ehefrau Darya und der Rest derer, die die beiden als Familie betrachteten, die Sergei geholfen hatten, sich das Recht auf den Aufbau seines neuen Lebens in der Stadt seiner Wahl zu verdienen.

Die zwei würden ihm sofort helfen.

Er zögerte mit dem Daumen über der Nummer von Knox.

Wie schon den ganzen Tag wog der Ring, der sich noch immer in seiner Schachtel befand, schwer in seiner Jackentasche. Eine ständige Erinnerung an all die vor ihm liegenden Hürden, die es zu überwinden galt.

Ja, Knox war brillant, aber warum nur ein Problem in Angriff nehmen, wenn er zwei gleichzeitig lösen konnte?

Er wechselte zu Daryas Nummer, drückte auf *Verbinden* und wartete, bis das Freizeichen ertönte. Darya war eine geborene Russin. Sie war nicht bloß charmant und modebewusst, sondern auch an die Lebensweise der *bratva* gewöhnt. Welchen besseren Weg gab es, den Heiratsantrag an Evette zu unterstützen, als Verstärkung zu rufen, die helfen könnte, die Karten zu seinem Vorteil zu mischen?

Daryas melodische Stimme meldete sich nach dem dritten Klingeln. „Sergei! Wird aber auch Zeit, dass du mal anrufst. Wie geht es meinem liebsten überheblichen großen Bruder?“

Es war eine ehrenhafte Bezeichnung. Eine, die er sich vor Jahren verdient hatte, nachdem sie einem *vor* aufgefallen und mithilfe von Sergei und Anton aus dem Land geflohen war.

Aber er schätzte diesen Titel, wie er nur wenige andere schätzte. „Ich fürchte, ich benötige deine Unterstützung.“

Sie kicherte darüber, ein helles, glückliches Geräusch, das ihn immer wieder zum Lächeln brachte. „Meine? Oder die meines Ehemannes?“

„Eigentlich von euch beiden.“ In der Ferne landete ein großes Flugzeug auf dem Internationalen Flughafen von New Orleans. „Was würdest du davon halten, wenn ihr zu einem spontanen Besuch kommen würdet? Es gibt da jemanden, den ich dir gerne vorstellen möchte.“

Kapitel 15

Gott, sie hoffte, sie hatte genug Süßigkeiten. Als Evette an diesem Nachmittag die großen Tüten mit Naschereien in den Wagen geworfen hatte, war sie sich noch sicher gewesen, dass es für eine Nacht voller Trick-or-Treat-Kindern reichen würde. Jetzt, nachdem sie den Inhalt in die große Schüssel geschüttet hatte, die Olga bereitgestellt hatte, kamen ihr jedoch Bedenken. Besonders deswegen, weil es eine perfekte Herbstnacht im Garden District war.

Die Küchentür öffnete und schloss sich hinter ihr. Emersons Stimme folgte. „Sind sie schon da?"

Wenn irgendein Thema sie von ihren Sorgen ablenken konnte, dann war es, dass Emerson zum ersten Mal ohne sie zum Trick-or-Treat-Rundgang ging. Dass er mit einer Gruppe Jungs unterwegs sein würde, die alle fünf Jahre älter waren als Emerson, versetzte ihr zusätzlich zu dem Schock einen extra Kick. „Nein. Noch nicht. Aber sollten sie dich nicht beim Kutscherhaus treffen? Das hier ist Sergeis Haus, und wir wollen nicht, dass die Leute denken, es wäre unseres."

„Ja, das habe ich ihnen gesagt, allerdings sie waren noch nie hier, also war ich mir nicht sicher, wo sie zuerst hingehen würden."

Plötzlich fiel ihr auf, was ihr Sohn anhatte. „Wo ist dein Kostüm?"

Emerson streckte seine Arme aus. Statt dem Plastikkorb in Form eines Kürbisses mit lustigem Gesicht, den er sonst jedes Jahr benutzte, baumelte ein leerer Kissenbezug in seiner Faust. Das schwarze *New-Orleans-Saints*-Shirt mit der goldenen Neun in der

Mitte ging ihm fast bis zu denen Knien, darunter trug er Jeans. „Das ist mein Kostüm.“

„Nein, dein Kostüm war ein grüner Plastiksoldat. Ich weiß es, weil ich die grüne Plastikjacke drei Monate lang von Hand nähen musste.“

Ein beschämter Ausdruck breitete sich auf dem Gesicht ihres Sohnes aus und seine Wangen bekamen rote Flecken. „Ich habe meine Meinung geändert.“

„Hast du deine Meinung geändert, oder versuchst du nur, deinen neuen Kumpels zu gefallen?“

Emerson hob die Schultern, was in der Sprache des angehenden Mannes so viel wie widerwillige Zustimmung bedeutete.

„Baby, sie sind zwölf und dreizehn Jahre alt. Bist du dir sicher, dass du dich wohl dabei fühlst, mit so einer Gruppe abzuhängen?“

„Nur Jeb ist dreizehn. Todd und Remmie sind elf und zwölf. Und du sagst immer, ich sei reif für mein Alter.“

Das hatte sie tatsächlich oft gesagt. Nun hätte sie am liebsten jede einzelne Silbe wieder zurückgenommen. „Okay. Und was bist du jetzt? Ein Footballspieler?“

Er drehte sich herum und deutete mit dem Daumen auf den Namen oben auf der Rückseite des Trikots. „Ich bin Drew Brees. Siehst du?“

„Und wo hast du das her?“

„Jeb hat es mir geliehen.“ Er stand ihr noch immer gegenüber und grinste so breit, dass Evette das Herz wehtat. „Er hat gesagt, er hat auch eins von Cam Jordan und Michael Thomas, also hatte er nichts dagegen, dass ich mir das hier ausgeliehen habe.“

„Mmm.“ Na ja, Mädchen tauschten ihre Handtaschen und Schuhe. Vielleicht war der Tausch von Trikots zwischen Jungs für Halloween in Ordnung. „Weiß seine Mama, dass du es hast?"

„Ich vermute mal." Emerson zuckte erneut mit den Achseln und warf seinen leeren Kissenbezug auf den Tisch. „Wo ist Sergei? Ich will ihm mein Kostüm zeigen und sehen, was er denkt, bevor die Jungs kommen."

Sergeis tiefe, akzentschwere Stimme erklang vom Haupteingang der Küche. „Er ist genau hier."

Evette und Emerson drehten sich zu ihm um.

In der breiten Öffnung stehend und mit Jeans und einem schwarzen Shirt bekleidet, milderte ein leichtes Lächeln, das zur Belustigung in seiner Stimme passte, seine Gesichtszüge. Sergeis ganze Aufmerksamkeit richtete sich auf Emerson. „Nicht so kreativ wie ein grüner Plastiksoldat, aber trotzdem noch viele Süßigkeiten würdig." Sein Blick wandte sich Evette zu, die hinter Emerson stand. „Und mein Zuhause ist auch eures. Seine Freunde können ihn treffen, wo immer er möchte."

Hinterhältiger Bastard. Sie hätte wissen müssen, dass der Abstand, den er ihr in den letzten vierundzwanzig Stunden gewährt hatte, nur dazu diente, seinen Plan zu untermauern, statt sich vollständig zurückzuziehen.

„Sie werden daraus ihre Schlüsse ziehen, und das weißt du. Es ist besser, Freunde zu haben, die dich mögen, so wie du bist, und nicht, weil sie dich ausnutzen können."

Sergeis Ausdruck veränderte sich, ein undefinierbares Gefühl schlich sich in seine dunklen Züge. Als ob sie über eine längst vergessene und verschüttete Erinnerung gestolpert wäre, die besser nicht unangetastet wurde. Er fokussierte sich wieder auf Emerson und schritt mit der Zuversicht eines Königs auf sie beide zu. „Dieses Haus gehört dir. Ich vertraue deinem Urteilsvermögen." Er blieb vor ihnen stehen. „Aber deine Mutter hat recht. Es gibt viele auf dieser Welt, die versuchen werden, Nutzen daraus zu ziehen, wer du bist."

Emerson starrte zu Sergei empor. Eine Mischung aus Staunen und Verwirrung lag auf seinem Gesicht. „Ich bin nichts Besonderes. Und ich habe nichts, was man ausnutzen könnte."

Sergei hockte sich vor Emerson hin und studierte dessen Gesicht. Als er sprach, klang seine Stimme leise, dennoch sehr ernst. „Du bist Emerson Labadie. Du bist der Sohn deiner Mutter. Das allein reicht schon aus, um ein Begehren zu wecken." Seine Stimme senkte sich noch ein wenig mehr und er hob seine riesige schwielige Hand mit der Innenfläche nach oben. „Aber du bist auch meine Familie."

Oh shit. „Sergei …"

Sie griff nach Emersons Schulter. Ein Teil von ihr wollte ihn von Sergei wegziehen, ihn den ganzen Weg zurück in ihre alte Wohnung schleifen und so tun, als ob der gesamte letzte Monat nicht passiert wäre.

Doch die Art, wie Emerson auf die ausgestreckte Hand von Sergei starrte, ließ sie innehalten. Evie erinnerte sich daran, wie sehr ihr Sohn aus sich herausgegangen war, seit sie hergezogen waren. Wie tüchtig er gelernt hatte. Wie er gelächelt und gelacht hatte und wieder mehr ein Kind war, anstatt ein Erwachsener, der im Körper eines Kindes gefangen war.

Ihr Sohn war nicht dumm. Selbst wenn er nicht

von Sergei Petrovyh und seinem Ruf in der Nachbarschaft gehört hätte – kein anderer der Jungen brauchte Bewacher, um zur Schule zu gehen. Kein anderer brauchte Hochsicherheitssysteme oder Männer, die auf dem Gelände, auf dem er wohnte, vierundzwanzig Stunden am Tag patrouillierten. Dennoch hob Emerson seine kleine Hand und legte sie fest in Sergeis. „Familie.“

Sergeis Finger schlossen sich um Emersons, und die Ehrerbietung in dieser Geste war so ergreifend, dass Evette eine Gänsehaut bekam, während sie es beobachtete.

Eine Sekunde später erhob Sergei sich wieder. „Jetzt sollten wir vielleicht auf die Wünsche deiner Mutter hören und im Kutscherhaus auf deine Freunde warten.“

„Du wirst keine Süßigkeiten verteilen?“

„Nachher.“ Sergei ging zur Hintertür. Ihr Sohn folgte ihm fröhlich und schnappte sich im Vorbeigehen seinen Kissenbezug vom Tisch. „Ich helfe deiner Mutter, wenn wir dich und deine Freunde verabschiedet haben.“

Die Behauptung lenkte ihre Aufmerksamkeit von Sergei fort, der noch immer die Hand ihres Sohnes umschlossen hatte. „Eigentlich kann Olga die Süßigkeiten verteilen.“ Sie eilten den beiden hinterher. „Du und ich werden reden.“

„Ist das so?“ Er hielt die Tür auf.

Emerson schlüpfte durch. Entweder war er völlig ahnungslos, dass sich eine Spannung zwischen seiner Mutter und Sergei zusammenbraute, oder er war vollkommen auf der Seite ihres manipulativen Bosses.

„Ich habe kein Problem damit, mit dir allein Zeit

zu verbringen, *solnyshka*. Du bist es, die mir aus dem Weg geht.“ Sergei grinste und nickte Richtung Kutscherhaus. „Nach dir.“

„*Solnyshka* mich nicht“, flüsterte sie in einem knurrenden Tonfall, als sie über die Schwelle stürmte. „Das hat ihm etwas bedeutet.“

Er erwischte sie an der Taille, bevor sie an ihm vorbeigehen konnte, und zog sie dicht an sich. Seine Stimme knurrte ihr ins Ohr: „Es bedeutet mir auch etwas.“ Seine Hand spreizte sich weit über ihren Bauch, gerade so tief, dass sich alles in ihrem Innern drehte, und doch hoch genug, dass es nicht vollkommen unpassend erschien, wenn Emerson zurückblicken und sie sehen würde. „Und ich mache niemals Versprechen, die ich nicht halten kann.“

Er entließ sie, bevor sie einen Atemzug tun konnte, nahm jedoch ihre Hand in seine und führte sie auf dem geschwungenen Pfad zum Kutscherhaus.

Sie versuchte, ihre Hand freizubekommen, doch obwohl sein Griff nicht schmerzhaft war, gab es dennoch kein Entkommen. „Sergei, hör auf damit. Emerson mag dich wirklich. Es ist eine Sache, dass ihr Freunde seid, aber ich will ihm keine Hoffnung machen, was uns beide betrifft.“

„Erstens wird er kein Freund sein. Er wird mein Sohn sein.“

Eine einfache Aussage, allerdings mit solch einer Gewissheit ausgesprochen, dass sie ihr wie ein elektrischer Schock durch und durch ging. Sie blieb stehen und brachte Sergei ebenfalls zum Stoppen. „Dein Sohn?“

„Sobald ihr beiden zustimmt, mir dieses Privileg zu geben, ja. Mein Sohn mit allen Vorteilen, die damit einhergehen.“ Er wartete nur so lange, bis das

Gewicht seiner Worte gesackt war, ging dann weiter und zog sie mit sich.

Ein ganzes Stück vor ihnen war Emerson bereits am Kutscherhaus angekommen, hatte die Tür geöffnet und war hineingegangen.

„Zweitens“, sagte Sergei, „ist es offensichtlich, dass du beunruhigt bist. Meine Männer sagen mir, dass du abgelenkt wirkst, seit du Emerson von der Schule abgeholt hast.“ Sein Blick senkte sich auf ihre miteinander verbundenen Hände, und seine Daumenkuppe streichelte über den Puls an ihrem Handgelenk. „Meine Berührung soll dich daran erinnern, dass du nicht mehr allein bist.“

Es war das Letzte, was sie erwartet hatte. Die Art, wie er es gesagt hatte, klang ebenso überheblich und anmaßend wie alles, was aus seinem Mund kam, aber dahinter lag auch eine rohe Verletzlichkeit. Ein Versprechen ohne Täuschung.

Es war seltsam angenehm und berührte sanft etwas tief in ihr. Ihre Hand entspannte sich in seinem Griff und sie ging langsam weiter, bis sie erneut gestoppt wurde und seine harten Gesichtszüge anstarrte.

Für die Welt außerhalb dieses Anwesens trug er eine Maske.

Aber hier lächelte er. Er öffnete für diejenigen, denen er vertraute, sein Heim und schenkte ihnen bedingungslose Loyalität und Ehrlichkeit ohne Verpflichtungen.

Ihr hatte er noch mehr gegeben. Er hatte in wenigen Tagen ihr gesamtes Leben auf den Kopf gestellt und bot ihr nun an, ihr die Welt zu Füßen zu legen.

Ein Mann wie Sergei – Gutes hat es schwer, da durchzudringen. Er denkt, dass er es nicht wert ist. Ich kann mir vorstellen, dass er, wenn das Gute jemals doch durchdringen würde, die ganze verdammte Welt bekämpfen würde, nur um es zu behalten.

Er war ein gefährlicher Mann. Ein Killer. Dorothys Worte hatten sie die ganze Nacht über wachgehalten und waren ihr den gesamten Tag durch den Kopf gegangen. Jetzt – wo sie ihn hörte und diese Aufrichtigkeit in seinen dunkelblauen Augen sah –, machten Dorothys Worte Sinn. „Du willst das wirklich, nicht wahr?"

Seine Lippen verzogen sich zu einem Grinsen. Zum ironischen Grinsen eines Mannes, der sich nicht nur in einer misslichen Lage befand, sondern sich voll und ganz damit abgefunden hatte, sie anzunehmen. Mit der freien Hand umfasste er ihre Wange. Während die Sonne gerade am Horizont unterging, war seine Stimme Mitternacht pur. „*Moy solnyshka …* du und ich, das war unvermeidbar."

Das Geschwätz jugendlicher männlicher Stimmen wurde durch die sich abkühlende Abendluft getragen. Glückliche Stimmen. Ausgelassen und voller Lachen. Ein Geräusch, das nicht zu der seismischen Zerrissenheit in ihr passte. Als hätte der Rest der Welt keine Ahnung von den massiven Veränderungen, die ihr Leben in einem einzigen Moment neu formten.

Dorothy hatte recht.

Sie war diejenige gewesen, die den ersten Dominostein angestoßen hatte. Sie war diejenige gewesen, die die gegenwärtige Entwicklung in Gang gebracht hatte, indem sie sich an Sergeis Tisch gesetzt hatte. Aber sie hatte sich immer schon zu ihm hingezogen gefühlt. Und nach dem, was Dorothy erzählt hatte, ging es ihm genauso. Vielleicht hätte ein anderer Umstand sie früher oder später sowieso zusammengeführt.

Vielleicht war die Sache zwischen ihnen tatsächlich unvermeidbar gewesen.

Und warum sollte das etwas Schlechtes sein? Sie wusste, was er war und welches Leben er zu führen gewählt hatte. Aber konnte es das zunichtemachen, was sie waren oder zusammen sein könnten?

Er kam näher. Die Hitze seines Körpers war wie eine intime und willkommene Liebkosung, ein Wohlgefühl, das sie an alles erinnerte, was er getan hatte, nicht nur für sie, sondern auch für ihren Sohn. „Sag mir, was dich beunruhigt, Evette. Lass mich dir helfen.“

Die Stimmen wurden lauter und vermischten sich mit den Schritten von Turnschuhen, die die Einfahrt emporkamen. Es lenkte ihre Aufmerksamkeit von Sergei auf das Trio der Jungen.

Jeb war der größte und älteste, und während sein rotes Haar und die Sommersprossen ihm ein unschuldiges Aussehen verliehen, erinnerten seine scharfen haselnussbraunen Augen sie an all die Mobber, unter denen sie in der Highschool gelitten hatte. Todd und Remmie waren das absolute Gegenteil von ihm – beide durchschnittlich groß mit dunklen Haaren und harmlosen Gesichtern. Die Art allerdings, wie sie zu Jeb aufschauten, zeigte, dass keiner der beiden als Stimme der Vernunft dienen würde.

Die drei sahen zu Evette und Sergei, und die gleiche Kälte, die sie gestern Nachmittag schon an der Schule verspürt hatte, kroch nun erneut ihre Wirbelsäule entlang. „Die.“ Sie schob sich von Sergei weg, zwang sich dazu, ruhig und höflich zu wirken, und ging weiter zum Kutscherhaus. „Die machen mir Sorgen.“

Die Jungs waren zuerst am Haus und Emerson öffnete ihnen die Tür. Als Sergei und sie um die Ecken kamen, waren schon einige High-Fives zwischen den Jungs im Gange und ein Maß an Grobheit voll angestautem Testosteron, von dem sie völlig vergessen hatte, dass es möglich war.

Es war Sergei, der etwas Ruhe in die Truppe brachte, einfach nur, indem er hereinkam und Emerson bat, ihm seine Freunde vorzustellen. Danach erklärte er ihnen seine Erwartungen, wann Emerson zurück sein musste und wie sich alle Jungen während ihres Ausgangs betragen sollten. Er tat es mit der gleichen routinemäßigen Autorität, die er seinen Männern gegenüber zeigte.

Und es funktionierte wie ein Zauberspruch.

In weniger als zwei Minuten nickten alle vier Jungen pflichtbewusst mit dem Kopf und bewegten sich auf den Ausgang zu, während Sergei wie eine stete Präsenz hinter ihnen blieb.

Es war nicht überraschend, dass Emerson am Ende der Gruppe war.

Sergei nutzte den Moment, in dem die drei Besucher durch die Tür gingen, um Emerson mit der Hand an der Schulter zurückzuhalten. „Mikey und Daniel werden bei dir sein. Sie werden nicht stören, aber ihre Anwesenheit ist nicht verhandelbar."

Ein stummer Blickkontakt fand zwischen den beiden statt.

Emerson nickte und Sergei ließ ihn gehen. Die Interaktion zwischen ihnen war so schnell passiert, dass keiner der anderen Jungen sie mitbekommen hatte.

Evette ging nach draußen, um sich ihnen anzuschließen und zuzusehen, wie ihr kleiner Junge mit den nicht so kleinen Jungen loszog. Jeb zeigte auf das

Haupthaus und blickte zu Emerson. „Willst du uns nicht erst das große Haus zeigen?“

„Nein.“ Evettes schnelle und kalte Antwort würde ihr wahrscheinlich nicht gerade die Auszeichnung *Mutter des Jahres* einbringen, aber ihre Instinkte waren in vollem Gange, und sie würde den Teufel tun, sie zu ignorieren. Sie ging auf die Kinder zu und kreuzte die Arme auf eine Weise, die hartnäckigen Müttern vorbehalten war. „Nicht heute Abend. Es ist Sergeis Haus und er hat schon genug zu tun. Wir werden dem nicht noch mehr hinzufügen. Vielleicht ein anderes Mal, wenn er seine Erlaubnis gibt.“

Sie erwartete fast, dass Sergei ihr widersprechen würde – oder zumindest eine Alternative anbieten würde, um die Jungs zu besänftigen und Emerson dabei zu helfen, sein Gesicht zu wahren.

Stattdessen blieb er hinter ihr stehen, legte den Arm um ihre Taille, als wären sie schon seit Jahren ein Paar, und erklärte einfach: „Spätestens um zehn Uhr, Jungs.“ Er sah Emerson an. „Das Handy, das ich dir gegeben habe, bleibt immer eingeschaltet.“

Der Kommentar erwischte sie eiskalt. Sie zuckte in seiner Umarmung zusammen und drehte den Kopf, um seinem Blick zu begegnen. „Was soll das heißen, du hast ihm ein Handy gegeben? Was hat denn mit dem nicht gestimmt, das er hatte?“

Seine Augen funkelten vor Lachen und seine Lippen wurden weicher, aber seine Reaktion war sachlich und leise genug, dass die Jungen ihn nicht hören konnten, als sie sich auf den Weg machten. „Sein altes Handy hatte veraltete Sicherheits- und Trackingfunktionen. Seit zwei Tagen hat er das Neue – mit begrenzter Nutzerfunktion, erheblicher Elternkontrolle und einer aktualisierten Sicherheit.“ Er drehte sie um und zog sie an sich. „Und bevor du mich dafür tadelst, dass ich das ohne Rücksprache mit dir getan habe, will ich dich daran erinnern, dass du Abstand zum Nachdenken brauchtest und ich das zu seiner Sicherheit gemacht habe, um jederzeit seinen Aufenthaltsort aufspüren zu können."

„Ich habe es nicht einmal gesehen."

„Dann benutzt er es auch für nichts anderes als Notfälle, wie ich es angewiesen habe."

„Oder er versteckt es vor mir."

Dieses Mal gelang es ihm nicht so gut, sein Amüsement vor ihr zu verbergen. „Das auch."

„Ugh." Sie stieß mit den Händen gegen ihn, auch wenn seine Nähe ihr gutgetan hatte. „Du sammelst keine Pluspunkte, wenn du mich umgehst."

Im Nu war der unbeschwerte Glanz in seinen Augen verschwunden und wurde ersetzt durch die gleiche Intensität, die sie bereits an ihm gesehen hatte, als er ihr den Ring präsentiert hatte. „Lass mich rein, dann gibt es keinen Grund mehr, dich zu umgehen."

Der Rest ihrer Argumente verflog und das beunruhigende Flattern in ihrem Bauch begann von vorn. „Wie kommt es, dass du immer Sachen sagst, die mich eigentlich verärgern sollten, mich aber stattdessen dazu bringen, dich küssen zu wollen?"

Verdammt.

Hatte sie das tatsächlich ausgesprochen?

Laut und deutlich?

„Wenn du willst, dass ich dich küsse, *solnyshka*, bin ich gerne bereit dazu." Anstatt seinen Worten Taten folgen zu lassen, löste er sich von ihr und schob sie mit der Hand an ihrem unteren Rücken ins Kutscherhaus. „Aber zuerst wirst du mir sagen, was dich an diesem Jungen so beunruhigt."

Drinnen war alles ruhig. Die Geräusche aus der Nachbarschaft wurden durch die dicken Mauern vollkommen gedämpft. Die Stille war das Erste, was sie bemerkt hatte, als sie eingezogen war. Wie isoliert und beruhigend der sichere Raum war, den er ihr gegeben hatte, im Gegensatz zu den papierdünnen Wänden, die sie ihr ganzes Leben lang gekannt hatte.

Er führte sie zum Sofa.

Anstatt sich neben sie zu setzen, nahm er auf dem Wohnzimmertisch im Landhausstil vor ihr Platz, legte die Ellbogen auf seine Knie und wiegte ihre Hände in seinen. „Sag es mir." Seine Worte waren einfach und klar und ebenso anspruchsvoll und erwartungsvoll wie die, die er bei den Jungen verwendet hatte. Aber es schwang auch Besorgnis darin und ein aufrichtiges Interesse daran, was sie zu sagen hatte.

„Sie sind älter als Emerson."

Er nickte.

„Viel älter."

Er erwiderte ihren Blick und hörte weiter zu.

„Jeb ist dreizehn. Die anderen elf und zwölf. Findest du das nicht seltsam? Oder wenigstens verdächtig?"

Der Griff seiner Hände wurde straffer und seine Daumen streichelten über ihre Haut, was sich ebenso beruhigend anfühlte wie seine tiefe Stimme. „Denkst du nicht, dass er genug Erfahrung und Reife hat, um zu erkennen, ob er diesen Jungen besser aus dem Weg gehen sollte?"

„Er ist sieben. Wie gut kann das Urteilsvermögen in seinem Alter wohl sein?"

Ein trauriges Lächeln zeichnete sich auf seinen Lippen ab. „Erinnerst du dich an die Geschichte, die ich dir erzählt habe? Von dem Tag, an dem ich Yefim begegnet bin? Und später Anton?"

Die Temperatur im Raum war angenehm und die Wärme seiner Hände beruhigend, aber bei dem melancholischen Klang seiner Stimme machte sich Kälte unter ihrer Haut breit.

„Ich war damals sieben", sagte er. „Mit diesen Jungen umzugehen und ihren Wert in seinem Leben zu bemessen, ist nur die erste von vielen Situationen, denen Emerson gegenüberstehen wird, aber er wird nicht vor ihnen davonlaufen. Er ist fähig, intelligent und klug. Und er wird sich diesen Entscheidungen nicht alleine stellen müssen."

Sieben Jahre alt.

Und mit harten und lebensverändernden Entscheidungen konfrontiert in einem Alter, in dem sie noch mit Barbie gespielt und ihre Momma dazu überredet hatte, ihr Taschengeld für einen Kinderbackofen ausgeben zu dürfen.

Ein Mann wie Sergei — Gutes hat es schwer, da durchzudringen. Er denkt, dass er es nicht wert ist.

„Er wird sicher sein, *solnyshka*. Meine Männer werden nie weit weg von ihm sein und du und ich werden über seine Taten und Entscheidungen wachen. Wenn es sein muss, werden wir eingreifen. Aber ich vertraue darauf, dass er sehen wird, was gesehen werden muss."

„Wir." Es war kaum mehr als ein Flüstern. Ein einziges Wort, das sie nicht laut aussprechen wollte und das gesagt noch fremder klang als in ihrem Kopf.

Er rückte näher. Sein erdiger Duft und die Wärme seines Körpers vermischten sich mit seiner bereits mächtigen Präsenz. „Es ist unvermeidbar."

Ein Teil von ihr wollte sich anlehnen und die Zufriedenheit akzeptieren, die seine Nähe mit sich brachte. Doch mehr als das, wollte sie verzweifelt verstehen. „Du kennst mich gar nicht. Nicht wirklich. Ich könnte Angewohnheiten haben, die dich am Ende nerven."

Leichtigkeit kroch in seinen dunklen Blick und ein schiefes Lächeln zeichnete sich auf seinen Lippen ab. „Zum Beispiel?"

„Ich weiß es nicht. Vielleicht schnarche ich."

„Ich habe dich beobachtet, als du in meinem Bett geschlafen hast. Du schnarchst nicht."

„Nun, vielleicht habe ich eine kurze Zündschnur."

„Die hast du. Es ist entzückend und ich bin nicht leicht aus der Ruhe zu bringen."

Damit hatte er recht, und unter normalen Umständen fachte seine Geduld ihren Zorn nur noch mehr an. Aber heute war er wie ein Fels, ein Anker, während sie emotional gegen all die Turbulenzen in ihrem Leben treten wollte. „Das ist zu viel. Das alles. Der Job. Emersons Schulwechsel. Du. Ich. Und das, was du willst."

„Das, was sein wird." Er umfasste sanft ihr Gesicht, und mit dieser einen Berührung beruhigte er ihr aufgebrachtes Gemüt und ihre Atmung. „Aber es hat keine Eile. Keine Hektik. Nur eine Absicht, die klar formuliert wurde." Er folgte mit den Fingerspitzen ihrer Kinnlinie entlang und berührte mit dem Daumen ihre Lippen. „Wir werden uns Zeit nehmen, einander kennenzulernen. Um die Macken des jeweils anderen aufzudecken. Ebenso wie Vorlieben und Abneigungen."

„Normalerweise machen die Leute das, indem sie miteinander ausgehen, und nicht, während sie bereits verlobt sind.“

„Ah, aber du hast gesagt, dass die Leute reden würden. Und du hattest recht. Eine Verlobung ist konkreter und zeigt, wohin es uns führen wird.“ Er lächelte auf eine liebenswerte Weise, eine, von der sie sicher war, dass nur wenige sie jemals gesehen hatten. „Lass es zu, dass ich mich um dich kümmere, *solnyshka*. Lass mich dir zeigen, was es bedeutet, meine Braut zu sein.“

Der Wirbel in ihrem Bauch kehrte zurück, und das mit einer Heftigkeit, dass ihr Herz in unregelmäßigem Rhythmus schlug. „Das ist nicht hilfreich.“

„Na gut. Dann sag mir, was du normalerweise tust, um dich zu entspannen.“

Sie runzelte die Stirn und war verblüfft über den Themenwechsel. „Ich weiß es nicht. Womöglich würde ich eine sehr lange Zeit in der Wanne verbringen und mir eine Überdosis Eis verpassen.“

Er nickte. „Was für eine Sorte Eis?“

Okay, sie waren nun definitiv vollkommen vom Thema abgekommen. Und egal wie sehr sie sich bemühte, sie kam einfach nicht dahinter, worauf er mit seinen Fragen abzielte. „Das böse Zeug. Mit Sahne. Vielen Kalorien. Keksteig. Schokoladensirup und Karamell. Aber ich sehe nicht, was das jetzt damit zu tun hat.“

Er stand auf und zog sie mit sich auf die Füße. „Es hat damit zu tun, weil du dich nun entspannen wirst. Du wirst darauf vertrauen, dass Emerson ein gutes Urteilsvermögen besitzt, und du weißt, dass meine Männer bei ihm sind. Sollte er eine falsche Entscheidung treffen, würden sie ihn mit ihrem Leben beschützen.“ Er lenkte sie zur Treppe und schob sie hinauf, und sobald sie die erste Stufe erreicht hatte, verpasste er ihr einen verspielten Klaps auf den Hintern. „Geh.“

„Gehen wohin?“ Sie bewegte sich keinen Zentimeter.

Sergei hingegen war bereits auf dem Weg in Richtung Haustür, und da lag eine gewisse Arroganz in seinem Gang, die noch mehr in ihrem Innern verursachte. „Du wirst ein langes heißes Bad nehmen.“

„Und was wirst du tun?“

„Meine Braut sagte, sie braucht Eiscreme. Also werde ich sie für sie besorgen.“ Er blieb auf der Schwelle stehen, die Hand am Türknauf, und warf ihr ein Wolfslächeln zu. „Und dann werde ich ihr einige andere viel effektivere Methoden der Entspannung beibringen.“

Kapitel 16

Sergei liebte viele Dinge am modernen Leben, ganz besonders am modernen *amerikanischen* Lebensstil. Nachdem er jedoch bereits geschlagene fünfzehn Minuten in der Tiefkühlabteilung des nächstgelegenen Supermarktes gestanden und Kir seine Meinung zu der auszuwählenden Eissorte zum Besten gegeben hatte, entschied Sergei, dass *Ben & Jerry's* es etwas zu weit getrieben hatte.

Das Grollen des BMW-Motors, als Sergei schneller, als es klug war, die Einfahrt hinauffuhr, passte zu seiner unausgesprochenen Frustration.

Wenn Kir ein Problem mit seiner aggressiven Fahrweise hatte, ließ er es sich nicht anmerken. Er löste ganz leger seinen Sicherheitsgurt, bevor Sergei den Wagen geparkt hatte, und meinte trocken: „Ich bin immer noch der Meinung, du hättest besser *Cherry Garcia* nehmen sollen.“

„Sie hat nichts über Obst gesagt. Sie sagte Keksteig, Schokoladensirup und Karamell.“

Kir grunzte, als sie beide aus dem Wagen stiegen. „Aber es hat Karamell drin.“

„Nicht genug.“ Sergei umrundete die Vorderseite des BMW und bog Richtung Kutscherhaus ab. In seiner Hand baumelte eine Plastiktüte mit drei verschiedenen Literboxen Eiscreme. „Ich will regelmäßige Check-ins von Mikey und Daniel. Evette fühlt sich unwohl, was die Jungs betrifft, die mit Emerson unterwegs sind. Solange sie nicht das Gegenteil beweisen, ist ihnen nicht zu trauen.“

„Wohin gehst du?“ An der Richtung, aus der Kirs Stimme kam, war zu hören, dass er noch immer auf der Beifahrerseite des Wagens saß.

„Ich habe Eiscreme und eine Frau, die sich in einem heißen Bad entspannt." Sergei blickte über seine Schulter. „Was glaubst du, wo ich hingehe?"

Kir lachte und schüttelte den Kopf. „Du stehst unterm Pantoffel."

Vielleicht. Gott wusste, dass er keine Geduld hatte, wenn es Evette betraf. Das war nur dieser Hunger, der seit jener Nacht in der Seitenstraße stetig gewachsen und außer Kontrolle geraten war. Es war, als ob jede ihrer Berührungen – ihre Küsse und ihr Duft – eine unstillbare Lust in ihm entfacht hätten. Ein Verlangen, das den Rest der Welt in langweiligen Schwarz-, Weiß- und Grautönen zurückließ, wenn sie nicht bei ihm war. Er blieb an der Haustür stehen und nahm erneut Blickkontakt zu Kir auf. „Pass auf Emerson auf."

Jeglicher Humor verschwand aus dem Gesicht seines Freundes. Kir hatte das Blutvergießen mit eigenen Augen gesehen, zu dem Sergei fähig war, wenn es jemand wagte, ihm in die Quere zu kommen. Seine beiden *avtoritets* wussten, was Evette und Emerson ihm bedeuteten und welchen Zorn es heraufbeschwören würde, wenn einem der beiden etwas zustoßen würde.

Kir nickte. „Er wird sicher sein."

Diese Rückversicherung war alles, was Sergei brauchte. Ein paar Schritte später stand er in Evettes Küche und räumte seine Einkäufe in die Tiefkühltruhe.

Oben war alles ruhig. So still, dass Sergei sich fragte, ob sie sich vielleicht hinausgeschlichen hatte, während er im Laden gewesen war. Aber wenn Evette das getan hätte, hätten seine Männer ihn darüber informiert.

Er zog die Anzugjacke aus, warf sie auf den Küchentisch und stieg die Treppe hinauf. Das Hauptschlafzimmer war leer, doch die Kleidung, die Evette zuvor getragen hatte, lag ordentlich gefaltet auf dem Stuhl mit Flanellbezug in der Ecke. Die Tür des Badezimmers war geschlossen. Obwohl das breite Fenster an der hinteren Wand hoch genug war, damit niemand hineinsehen konnte, waren die Jalousien runtergelassen worden. Die Lamellen waren jedoch geöffnet, sodass das Sonnenlicht den Raum tagsüber dennoch fluten konnte. Mit Einbruch der Dunkelheit war nun das einzige Licht im Zimmer das weiche Weiß des Mondes, das durch die Jalousien leuchtete. Er ging zum Fenster, schloss die Lamellen gänzlich und schaltete die kleine Lampe auf dem Nachttisch ein.

Ein warmer buttergelber Schein erhellte den Raum. Was einst ein schlichtes Zimmer in weichen Grautönen mit schwarzen und weißen Möbeln gewesen war, war nun dekoriert mit diversen Teelichtern, gelben Kissen und allerhand Schnickschnack, die dem ganzen einen unkonventionellen Flair gaben.

Es passte zu Evette. Und während er das raffinierte Dekor und die satten Farben seines eigenen Hauses genoss, konnte er jetzt nicht anders, als seine Auswahl noch einmal neu zu überdenken. Vielleicht, wenn Evette und Emerson erst ins Haupthaus gezogen wären, würde sie sich dieses zu eigen machen und ihm das heimelige und einladende Gefühl geben, das sie in ihrem privaten Rückzugsort geschaffen hatte.

Das sanfte Geräusch von Wassertropfen ertönte durch die geschlossene Tür, gefolgt von einem wohligen Seufzen.

Sie badet noch.

Auf der Fahrt zum Laden und zurück hatte er sich vorgestellt, wie sie im warmen Wasser verweilte. Während die Diskussion mit Kir seine Geduld enorm auf die Probe gestellt hatte, hatte dieses Bild in seinem Kopf es geschafft, dass er angespannt und abgelenkt war. Inzwischen fokussierte sich das Ganze zu einem Ausmaß, das für ihn gefährlich werden könnte, wenn er seine Reaktion auf Evette nicht bald in den Griff bekäme.

Er schlüpfte aus seinen italienischen Schuhen und befreite sich von seinen Socken. Der plüschige Teppich unter seinen Füßen fühlte sich weich und zart an. Perfekt für die Frau, die jeden Tag darauf ging.

Der glatte Knauf aus gebürstetem Stahl drehte sich leicht. Schweigend.

Kerzenschein tanzte an den Wänden im Badezimmer. Entlang des gekachelten Simses, der sich direkt über der Wanne befand, waren Teelichter aufgestellt. Wie in ihrem Zimmer gaben die olivgrünen und scharlachroten Gläser dem Schwarz und Weiß im Raum die dringend benötigte Wärme.

Das Auffälligste in diesem Zimmer war jedoch Evette. Da die Wanne sehr tief war, war alles, was er von seiner Position aus sehen konnte, dass sie ihre Arme rechts und links auf den Wannenrand gelegt hatte. Ihr Kopf ruhte auf einem tiefroten Handtuch, das sie im Nacken zusammengerollt hatte, und ein schlankes, sanft gebräuntes Bein war ausgestreckt und der Fuß lag auf dem Wasserhahn. Jeder Zentimeter ihrer Haut leuchtete im weichen Licht.

Er liebte ihre Haut, liebte, wie dieser einzigartige Teint die vielen verschiedenen Facetten ihrer Herkunft vereinte. Dieser Anblick verstärkte nur das mysteriöse Märchenbild von ihr. Als ob ihre Hautfarbe ein Spiegelbild dessen wäre, dass diese Frau weder einer Rasse noch einer Rolle zugeordnet werden konnte.

Die Luft, die durch die geöffnete Tür kam, brachte die Flammen zum Flackern.

Evette öffnete langsam die Augen. Sie bemerkte die Bewegung der Kerzenlichter, drehte ihren Kopf zur Tür und keuchte. „Sergei." Ob es nun Instinkt, Angst oder Schamhaftigkeit war, sie bedeckte ihre Brüste und sank tiefer ins Wasser. „Ich dachte, du besorgst Eiscreme?"

„Habe ich." Er knöpfte seine Hemdsärmel auf und rollte sie bis zu den Ellbogen empor. „Drei verschiedene Sorten von *Ben & Jerry's*."

Anstatt zu verlangen, dass er ginge, womit er eigentlich gerechnet hatte, verengten sich ihre Augen. „Welche?"

„*Half Baked*, *The Tonight Dough* und *Chocolate Fudge Brownie*."

„Gott sei Dank. Ich hatte schon befürchtet, dass du *Cherry Garcia* mitbringen würdest."

Sie entspannte sich ein wenig, behielt ihren misstrauischen Blick jedoch auf ihn gerichtet und ihre Arme blieben verschränkt vor ihren Brüsten.

„Wirklich? Aus guter Quelle habe ich erfahren, dass *Cherry Garcia* von den meisten Frauen bevorzugt wird."

„Welche Quelle?"

„Kir." Er zog seine Uhr aus und legte sie auf dem Waschbecken ab.

„Pfff." Evette schüttelte den Kopf. „Nicht von dieser Frau. Obst gehört nicht ins Eis."

„Verstehe." Für einen Moment überlegte er, sich

auf den Wannenrand zu setzen, doch er wollte vollen Zugang zu ihr, wollte sich an ihr sattsehen und ihr zeigen, was sie von ihm zu erwarten hatte. Also hockte er sich neben die Wanne und ging auf die Knie. Schaumblasen trieben über der Wasseroberfläche, eine dünne Schicht, die sich während seiner Abwesenheit langsam aufgelöst hatte und nun den schwachen Umriss ihrer Kurven durchscheinen ließ. Mit den Fingerknöcheln streichelte er von ihrem Ellbogen bis zu ihrem Handgelenk hinab, schloss die Finger darum und legte es zurück auf den Wannenrand. „Warum versteckst du dich vor mir, *solnyshka*? Es gibt keinen Part von dir, den ich noch nicht gesehen habe." Er wiederholte die Geste mit ihrem anderen Arm. „Keinen Teil von dir, den ich noch nicht berührt habe."

Ein bebender Atemzug glitt über ihre geöffneten Lippen, und ein Schauder drang durch sie hindurch, der leichte Wellen über ihren Oberkörper schickte. Ihre Brüste waren nicht übermäßig groß, aber voll genug, um vom Wasser getragen zu werden, sodass ihre dunkleren Nippel zu sehen waren. Es war verlockend, sie zu berühren und sie zu kosten.

„Es gibt keine Frau, die sich nicht bedecken würde, wenn sie dich in der Tür stehen sähe und du sie so anschauen würdest."

„Wie?"

Sie zögerte einen Moment, studierte sein Gesicht. Wonach sie suchte, wusste er nicht, aber es schien wichtig zu sein. „Wie ein Wolf."

Eine kluge Einschätzung. Wenn sie schlau wäre, würde sie sie beachten und wegrennen. „Ich bin ein Raubtier. Das ist es, was ich schon die meiste Zeit meines Lebens bin." Er tauchte seine Hand ins Wasser ein und streichelte mit den Fingerspitzen von ihrer Hüfte bis zur Seite ihrer Brust entlang. „Du kannst dich auf diesen Teil von mir konzentrieren, wenn du willst, oder du kannst die andere Seite sehen." Mit der Daumenkuppe zeichnete er die äußere Rundung ihres Busens nach. Ihre Brustwarze wurde durch die zärtliche, neckende Berührung härter und richtete sich auf. „Das, was nur dir und Emerson gehört und sonst niemandem."

Ihr Rücken wölbte sich leicht. Die Bewegung verriet die Wirkung seiner Berührungen und ihr wachsendes Verlangen auf eine ganz natürliche Weise. Ihre Stimme klang tiefer, als sie sprach, krächzender und abgelenkt. „Und das wäre?"

„Euer Beschützer."

Sie erschauderte erneut, dieses Mal so heftig, dass er ihr die Hand in den Nacken legte, um sie zu beruhigen.

Ihr Körper gab sich hin, unterwarf sich ihm und ließ sich von ihm führen, als er ihren Kopf anhob und ihr Gesicht näher zu sich zog. „Du musst nicht gegen mich kämpfen." Er neckte ihren geöffneten Mund mit seinen eigenen Lippen. „Du hast von mir nichts zu befürchten."

Sie presste ihre Hände gegen seine Brust, und die Nässe an ihren Fingerspitzen sickerte durch den feinen Stoff seines Hemdes. Das Gold in ihren haselnussbraunen Augen flackerte im Kerzenschein, und die Angst darin war ein lebendes Ding. Ein Monster entblößt in einem intimen Moment.

„Es ist einfacher, allein zu sein. Man hat nichts zu verlieren."

Tod.

Er hatte seinen eiskalten Atem bereits in jungen

Jahren gespürt. Er hatte gesehen, wie sein Vater sich aus diesem Grund in Alkohol und Selbstmitleid ertränkt hatte.

Doch er hatte auch deswegen eine Familie gefunden. Manchmal gnadenlos und gefährlich, aber dennoch eine Familie. Loyale Menschen, die ihm stets beiseitestanden, bei was auch immer. Anton. Yefim. Kir und Roman. Darya und jetzt deren Familie.

Bis auf Dorothy und Emerson hatte Evette alle verloren.

Das Monster in ihren Augen verspottete ihn, baute sich vor ihm auf und forderte ihn heraus.

Doch er hatte kein Problem mit Monstern. Im Gegenteil, er begrüßte ihre Hässlichkeit, und es war ihm ein Vergnügen, ihnen das Leben aus dem abscheulichen Leib zu würgen.

Er nahm das Handtuch, schüttelte es aus und half ihr, in der Wanne aufzustehen. „Du hast mich, meine Familie und ihre Loyalität." Sobald sie aus der Wanne gestiegen war, wickelte er den tiefroten Frotteestoff um ihre Schultern und zog sie an sich. „Kämpf dagegen an, solange du willst. Beobachte und lerne, wenn es das ist, was nötig ist. Aber deine Tage des Alleinseins sind vorbei."

Er küsste sie.

Besiegelt sein Versprechen mit allem, was er besaß.

Er wollte, dass sie seine Entschlossenheit spürte, seine absolute Entschlossenheit, sie für sich zu gewinnen. Um sie zu beschützen und für sie zu sorgen. Ohne dass sie etwas dafür tun musste. Sie würde keine Not kennen außer der, die durch die bloße Existenz unvermeidbar war, doch selbst die würde sie nicht allein durchmachen müssen.

Er wäre da.

Seine Familie wäre da.

Und sie wäre *sein*.

„Sergei." Ihre Hände zitterten, als sie sie gegen seine Brust presste. Das Monster in ihren Augen war verschwunden, war ersetzt worden durch Fragen, Unsicherheit, ja, und auch Offenheit. Eine Tür hatte sich geöffnet, doch nur einen kleinen Spalt weit. Als ob ihr die Verletzbarkeit bewusst geworden wäre, die sie ihm jetzt anbot, senkte sie ihren Blick, und ihre Stimme bebte vor entzückender Schüchternheit. „Ich mache dich ganz nass."

In seinen Armen wirkte sie so winzig, völlig verschlungen von seiner Größe und Stärke. Und doch passte sie perfekt und war jedes Mal, wenn er sie berührte, mit ihm verschmolzen. „In der Tat."

Er lockerte seinen Griff und führte das dicke weiche Handtuch über ihre Schultern hinunter zu ihren Armen und den Seiten wieder empor. Er ging in die Hocke und rieb den Stoff über ihre Hüften, an den Außenseiten ihrer Beine entlang und über ihre Schienbeine. Als er ihre Knöchel erreicht hatte, ließ er das Badetuch fallen und bahnte sich mit den Daumen einen Weg an den Innenseiten ihrer Schenkel empor, diesmal zarter und sanfter.

An ihren Knien hielt er inne, zeichnete langsam Muster und genoss das seidige Gefühl ihrer Haut. Er erlaubte sich einen Blick auf ihr Geschlecht, auf die geschwollenen Schamlippen und ihren Kitzler, der hinter seiner Vorhaut hervorschaute. Sergei atmete durch den Mund aus, ließ die Wärme seiner Atemluft über ihr Geschlecht streichen.

Sie packte seine Schultern und wimmerte.

Bozhe, wie er dieses Geräusch liebte, sich nach

dem empfänglichen Beben ihres Körpers sehnte, das sie jedes Mal durchzog, wenn er es ihr entlockte, und wie sich ihre Haut unter seinen Berührungen erhitzte und ihre Atmung sich beschleunigte.

Ihre Fingernägel bissen sich durch den Stoff seines Hemdes. „Du hast wieder diesen wölfischen Blick auf deinem Gesicht."

„Habe ich das?" Er drängte ihre Füße weiter auseinander und spreizte mit den Händen ihre Schenkel. Ihr Duft traf ihn umgehend. Moschusartig, aber dennoch süß. Selbst im schummrigen Kerzenlicht glänzte ihre Pussy vor Nässe. Sie war nicht nur für ihn bereit, sie war begierig. „Vielleicht liegt es daran, dass ich hungrig bin und einen Leckerbissen brauche."

„Oh Gott." Die Hand auf seiner Schulter schob sich empor zu seinem Kopf. Er war sich nicht sicher, ob sie ihn wegstoßen oder an sich ziehen wollte. Aber er könnte bestimmt ihre Entscheidung beeinflussen, sie beeinflussen und nehmen, was er wollte.

„Halt dich gut fest, *solnyshka*. Ich verspreche dir, ich werde nicht zerbrechen."

Er leckte sie, fuhr mit der Zunge unverblümt über ihre Schamlippen und genoss ihren Saft. Er umkreiste ihre Klit und saugte sie in seinen Mund. Er fingerte ihre nasse Pussy, während er sie weiter reizte, bis ihre Schreie und ihr Stöhnen wie eine Symphonie von den gekachelten Wänden des Badezimmers zurückgeworfen wurden.

Sie krallte sich in sein Haar, klammerte sich an seine Schulter und rollte ihre Hüften mit absoluter Hingabe gegen seinen Mund.

Wild.

Wunderschön.

Völlig hemmungslos.

Und alles *seins*.

Ihre Beine zitterten und ihre Pussy zuckte um seine Finger. Ein sicheres Anzeichen, dass sie kurz davor war, zu kommen. Allerdings waren Ort und Position beschissen dafür, also zog er sanft seine Finger aus ihrer nassen Hitze, stand auf, hob sie hoch und schlang sich ihre Beine um die Taille.

Der Schrei, der seine Ohren füllte, während er aus dem Badezimmer schlenderte, war entschieden weniger angenehm als die, die er zuvor geerntet hatte. „Du hast jetzt nicht aufgehört, obwohl ich kurz davor war, zu kommen?!"

„Nicht aufgehört, nur pausiert." Er warf sie sanft auf das Bett, schob seine Hände unter ihren perfekten Hintern und zog ihre Pussy zurück an seinen Mund. „Aber jetzt, wo ich sehe, welche Reaktion es erzeugt, wenn ich dir den Höhepunkt verweigere, sollte ich dich vielleicht noch ein wenig länger hinhalten." Er leckte ihren Spalt entlang und genoss ihren süßen Geschmack auf seiner Zunge. „Etwas härter rannehmen."

Sie drückte sich auf ihre Ellbogen empor, während ihre Atmung kurz und abgehackt klang. Ihr Blick schärfte sich und ihr Tonfall war der einer kampfbereiten Frau, doch ihre Schenkel entspannten sich und sie schob die Knie weiter auseinander. „Das würdest du nicht wagen."

Als Antwort leckte er sie erneut und hielt dabei jede Sekunde den Blickkontakt zu ihr. „Du hast akzeptiert, dass ich ein Raubtier bin." Seine Zunge glitt zwischen ihre Schamlippen, und noch mehr ihres Honigs legte sich auf seine Geschmacksknospen. „Jeder weiß, wie gerne wir mit unserer Beute spielen."

Ihre Lippen öffneten sich und ihre Augenlider wurden schwerer. Während die unabhängige, starke Frau in ihr die Idee nicht mochte, dass man ihren Orgasmus hinauszögerte, genoss die sinnliche Seite von ihr sehr deutlich das Bild und seine Aggression, denn ihre Stimme wurde samtweich. „Kennst du das Sprichwort: *Wie du mir, so ich dir?*"

Sein Schwanz, der bereits schmerzte und um Befreiung bettelte, zuckte und wurde in der Hose noch härter. Fuck, allein der Gedanke daran, ihre vollen Lippen auch nur in der Nähe seines Schaftes zu haben, brachte ihn fast dazu, ihr zeigen zu wollen, wie primitiv er sein konnte. „Du darfst deinen schönen Mund jederzeit bei mir einsetzen, *solnyshka*. So oft und so lange, wie du willst." Er lächelte und zeigte ihr den echten Wolf in ihm. Den gnadenlosen Wolf, der seine Grenzen satthatte und bereit war, mit seiner Partnerin frei herumzurennen. Mit der Zunge umkreiste er ihren Kitzler, drückte gegen die Basis und ließ seinen warmen Atem über die geschwollene Oberfläche tanzen. „Aber je energischer du mich drängst, desto mehr sehe ich mich gezwungen, dich dominieren zu wollen." Erneut ließ er seine Zunge um ihre Klit kreisen und schob zwei Finger gleichzeitig in sie. „Die Kontrolle zu übernehmen und dich zur Unterwerfung zu zwingen."

Mit einem Stöhnen ließ sie ihren Kopf zurückfallen, und ihre Hüften wölbten sich seinem Mund entgegen. Wenn er je Zweifel daran gehegt hatte, ob die Idee von Dominanz sie schon früher angesprochen hatte, wischten die Finger, die sie ihm jetzt ins Haar grub, und die Verzweiflung, mit der sie ihn dazu bringen wollte, mehr Druck mit seinem Mund auszuüben, fort. „Wag es nicht, es hinauszuzögern. Wag es nicht."

Und wie er es wagte.

Sehr viele Male.

Er würde nur sicherstellen, dass sie seinen Ring am Finger tragen und seinen Nachnamen annehmen würde, bevor er es weiter treiben würde. „Schhhh." Sein Atem spülte über ihre erhitzte Haut. Mit den Lippen streifte er wieder und wieder über ihren Kitzler, während er seine Finger mit einer schmerzlichen Langsamkeit rein und raus pumpte. „Ich will meine Braut nicht necken." Er leckte abermals über ihre Klit. „Jedenfalls noch nicht."

Als er seine Lippen um ihren Kitzler schloss und anfing, daran zu saugen, baute sich ein tiefes, getriebenes Geräusch in ihrer Kehle auf. Es war das Geräusch einer Kriegerin, die sich auf den Weg zu ihrem angenehmsten Kampf machte. Ihre Pussy zog sich um seine Finger zusammen, gierige, pulsierende Kontraktionen. Er wünschte, er hätte die Weitsicht besessen, sich von seinen Klamotten befreit zu haben, bevor er weitergemacht hatte.

Doch hierbei ging es nicht um ihn. Es drehte sich nicht darum, zu beweisen, wie stark ihre Verbindung war, oder darum, sich selbst zu befriedigen. Es ging darum, sich um ihre Bedürfnisse zu kümmern und ihr zu zeigen, wer er für sie sein würde, im Bett und außerhalb.

Außerdem war ihr Geschmack einfach göttlich. Seine Lungen füllten sich mit ihrem moschusartigen Duft, und ihre tiefen, kehligen Seufzer voller Lust waren es wert, sein eigenes Bedürfnis zurückzustellen und die Herausforderung anzunehmen.

Er ließ sie den Wellenritt ihrer Erlösung genießen, behielt den Druck auf ihrer Klit bei und verzögerte die Empfindungen und genoss die süßen Nachbeben an seinen Fingern. Erst als sich ihre Hüftbewegungen beruhigten und ihr Stöhnen zu leisen Seufzern verebbte, zog er sich aus ihrer Pussy zurück.

„Siehst du, *solnyshka*." Er packte ihre Hüften und drückte einen zarten Kuss auf die kurz geschnittenen Löckchen auf ihrem Venushügel, bevor er sich langsam bewegte, um ihren nackten Körper mit dem seinen zu bedecken. „Ich habe dir gesagt, dass ich effizientere Methoden zur Entspannung kenne."

Ihre Lider öffneten sich zögerlich und ihre haselnussbraunen Augen wirkten unglaublich verlockend und verführerisch. Ein schüchternes Lächeln breitete sich auf ihrem Gesicht aus. „Garantiert geringer, was die Kalorienzufuhr betrifft, das steht mal fest." Ihr Lächeln verrutschte ein wenig und ihr Blick blieb an seinen Lippen hängen. Mit dem Zeigefinger zeichnete sie seine Unterlippe nach. „Hältst du dein Versprechen, Sergei?"

Eine schlaue Frage. Die einer Jägerin, die ihre Falle präparierte. „Ich mache keine Versprechungen, die ich nicht halten kann."

Sie gab ein Geräusch von sich, das halb wie ein Summen und teilweise wie ein Seufzen klang, während sie ihren Blick wieder zu seinen Augen hob. Ihre Finger glitten zu seinem Hemdkragen und begannen, die Knöpfe zu öffnen, einen nach dem anderen. „Denn das letzte Mal ging alles viel zu schnell, und ich hatte gar keine Gelegenheit, dich zu erforschen."

Er hatte sich geirrt.

Ein Blick auf das Unheil, das in ihren Augen tanzte, und er wusste, die Herausforderung an diesem Abend läge nicht darin, seine eigene Befriedigung hinauszuzögern.

Sie läge eher darin, zu überleben.

Evette zog sein Hemd aus der Hose und öffnete die letzten beiden Knöpfe. Mit den Fingerspitzen zeichnete sie die Muskeln an seinem Bauch und seiner Brust nach, bis hinauf zu seinen Schultern, und schob den Stoff aus dem Weg. Ihr Blick musterte die Tinte auf der Haut, die sie freilegte. „Die bedeuten alle etwas, nicht wahr?"

„Viele davon. Ja."

„Mmm". Das klang nicht danach, als ob sie ihn ermutigen wollte, eher, als würde sie es sich für später merken.

Sobald seine Arme befreit waren, warf sie das Hemd beiseite, spannte ihre Hand über seinem Brustbein auseinander und drückte mit einer überraschenden Kraft zu.

Er rollte sich auf den Rücken, war sich dabei nicht nur ihrer Energie und dem sinnlichen Versprechen ihrer Bewegungen bewusst, sondern auch der Macht, die er ihr in dem Moment gegeben hatte. Nicht ein Mal, bei all den Liebhaberinnen, die er gehabt hatte, hatte er einer Frau zugestanden, sich in irgendeiner Weise über ihm zu erheben.

Aber sie wollte erforschen, wollte ihn auf die gleiche Weise kennenlernen, wie er sie kennengelernt hatte. Die Wahrheit brannte in ihren Augen und sie öffnete seinen Gürtel. „Du hast gesagt, ich darf jederzeit meinen Mund bei dir einsetzen." Der Knopf und der Reißverschluss folgten. „So oft und so lange ich will."

Er würde jegliche Art von Folter für sie ertragen, wenn es bedeutete, sie so erblühen zu sehen, wie es jetzt, in diesem Moment, der Fall war. Er würde ein

Brandeisen in Kauf nehmen und das Brandmal hinnehmen, ohne einen Ton von sich zu geben, wenn es nur bedeutete, ihre süße Berührung auf seiner nackten Haut fühlen zu können.

Evette hakte ihre Finger in den Bund seiner Hose und des Slips und zog beides über seine Hüften, während sie seinen Blick erwiderte.

Sie atmete zittrig aus, bevor seine Schienbeine von der Hose befreit waren, und ihr Mund öffnete sich.

Er strampelte sich von der Hose frei und berührte ihren Unterarm, weil sie, genauso wie er, diesen Kontakt dringend nötig hatte. „Ich habe aber auch gesagt, dass ich umso mehr dazu getrieben werde, dich dominieren zu wollen, je energischer du mich drängst.“

Seine Worte lösten ein entzückendes Beben in ihrem Oberkörper aus. Anmutig wie eine Katze kniete sie sich zwischen seine Beine, streichelte von seinen Knien zu seinen Schenkeln empor.

„Du magst die Aussicht auf dieses Ergebnis, nicht wahr, *solnyshka*? Einen Mann zu haben, der die Kontrolle übernimmt und dich führt. Der dir die Freiheit gibt, einfach nur zu fühlen.“

Ihre Hände wanderten neben seinem harten Schwanz seine Hüftknochen entlang. Als Reaktion darauf zuckte seine Erektion in der Erwartung, dass sie ihn endlich berührte.

„Ja.“ Während ihr Blick auf sein Geschlecht gerichtet war, als sie antwortete, spürte er ihr Flüstern im ganzen Körper.

„Dann nimm es dir. Tu, was du willst, aber sei dir bewusst, es wird der Tag kommen, an dem du dafür zahlen wirst.“

Nur ihre Augen bewegend, blickte sie ihn durch ihre langen Wimpern an. Es wirkte wie die entzückende Mischung aus schüchternem Mädchen und teuflischer Füchsin, als sie ihn anstrahlte. „Vielleicht." Sie hielt den Blickkontakt zu ihm und senkte ihren Kopf mit grausamer Langsamkeit. Ihr warmer Atem flüsterte über seinen Schaft. „Vielleicht bin aber auch so gut, dass du viel zu erledigt bist, wenn ich mit dir fertig bin, um es mir mit gleicher Münze zurückzahlen zu wollen."

Evette gab ihm keine Zeit zu reagieren. Sie stahl ihm den Atem und das, was von seinem Plan übriggeblieben war, als sie mit einem sanften, selbstbewussten Lecken mit der Zunge über die Wurzel bis zur Eichel entlangfuhr. Nässe glitt über sein Fleisch. Die Wärme ihres Mundes, als sie ihre Lippen um ihn schloss. Die quälende Berührung ihrer Finger an seinen Hoden und wie ihr sehnsüchtiges Stöhnen durch seinen ganzen Körper vibrierte.

Die kombinierte Wirkung war exquisit. Es war eine Erfahrung, die weit über jede andere Begegnung, die er je gehabt hatte, hinausging und die jeglichen Vergleich lächerlich erscheinen ließ. In dieser Handlung lag nicht die Spur von Geldgier. Es gab keine kalkulierten Blicke, die darauf hindeuteten, dass sie eine Gegenleistung erwartete. Es war pure Hingabe, ein Geschenk voller Empfindung, die ihn nur noch tiefer, noch weiter in den Bann zog, den sie ihm schon vom ersten Tag an, als er sie zum ersten Mal erblickt hatte, auferlegt hatte.

Die Erlösung rückte näher. Seine Muskeln spannten sich an und seine Eier zogen sich zusammen. Und angesichts des eifrigen Tempos, das sie mit ihrem Mund und ihrer feuchten Faust an seiner Basis vorlegte, hatte sie nicht die Absicht, aufzuhören. Sie hatte kein anderes Ziel vor Augen, als ihn genauso inbrünstig über die Klippe zu stoßen, wie er sie hatte fliegen lassen.

Er schnellte empor. Ihr überraschtes Keuchen mischte sich mit seinem Knurren, als er sie auf den Bauch drehte, ihre Hüften hochzog und sich bis zum Anschlag in ihr vergrub.

Zu Hause.

Mein.

Alles. Verflucht. Mein.

Die Worte wurden zu einem Mantra. Es war das Einzige, was ihn noch in Schach hielt, während er seinen Schwanz in ihr versenkte. Es war Führung und Versprechen zugleich, als er sich auf ihr Stöhnen konzentrierte, wie sich ihre Schultern und ihr Rücken bewegten, wenn sie ihre Hüften anhob, um seinen Stößen zu begegnen. Er vergrub seine Faust in ihrem Haar, zog sie daran empor. Es hätte eigentlich dafür sorgen müssen, dass sie vor Schmerz aufschrie, doch stattdessen erntete er ein sexy Stöhnen. Er spreizte seine Hand auf ihrem Bauch und hielt sie still, während er weiter in sie pumpte.

Sergei stieß so tief, dass sie es niemals vergessen würde. „Glaubst du wirklich, ich lasse es zu, dass du bestimmst, wann ich komme? Denkst du, ich lasse es zu, dass du meinen Saft schluckst, wenn ich dich damit markieren kann? Meinen Anspruch auf dich einfordern?"

„Oh mein Gott …" Das Wimmern in ihrer Stimme war ebenso zittrig wie das Beben, das durch ihre Pussy ging. Sie griff nach der Hand auf ihrem Bauch und drückte sie. Ihr Kopf fiel gegen seine Brust und ihr Rücken wölbte sich noch mehr. „Bitte. Ich bin fast so weit."

„Natürlich bist du das. Weil dein Körper für mich

gemacht wurde. Deine Lust passt perfekt zu der meinen."

Ihre Beine zitterten und die Muskeln in ihrer Pussy zogen sich zusammen.

„Lass dich gehen, Evette. Komm auf meinem Schwanz und nimm meinen Anspruch an."

Der Atemzug, den sie machte, war kaum hörbar, rau und viel zu kurz, um ihre Lungen tatsächlich zu füllen.

Die Kontraktionen ihrer Pussy um seinen Schwanz waren heftig. Es war eine körperliche Manifestation des wilden Schreis, der seinen eigenen Höhepunkt mit auslöste. Sie molk ihn mit einer verzweifelten Forderung, die er nicht ignorieren konnte.

Sein Schwanz zuckte in ihr, füllte ihr Geschlecht, das um ihn herum pulsierte. Es entblößte ihn, ließ ihn roh zurück, aber gleichzeitig auch seltsam erfüllt und ermächtigt. Sie war seine Schwäche, der zarter Riss in seiner sonst unüberwindlichen Mauer.

Doch sie war außerdem seine Erlösung. Seine Absolution. Sie war sein tieferer Sinn und die Farbe in einer eher trüben und monochromen Welt.

Ihr Körper zitterte an seinem, und kleine Nachbeben durchzuckten ihre Pussy, die ihn noch immer umklammerte, während Evette ihre Hüften gegen ihn rollte. Sinnliche Bewegungen, die zu jedem zufriedenen Wimmern und Seufzen passten.

Er brachte sie dazu, sich auf den Bauch zu legen, bedeckte ihren Nacken und ihre Schultern mit ehrfürchtigen Küssen und liebkoste ihre Schultern, ihren Rücken und ihre Hüften auf sanfte und beruhigende Weise. „Das kannst du nicht ignorieren, Evette. Das wird nicht verschwinden oder weniger werden." Er drückte seine Hüften gegen ihren üppigen Hintern.

Während sein Schwanz weicher wurde, tropfte sein Samen von ihren Schamlippen. „Du gehörst mir.“

Ihr Kopf zuckte hoch. „Oh nein.“ Sie versuchte, sich unter ihm herauszuwinden, doch sein Gewicht war zu schwer und ihre Kraft nichts im Vergleich zu ihm.

Und er war darauf vorbereitet gewesen.

Er fing ihre Handgelenke ab, hielt sie fest und platzierte einen einzigen Kuss in ihrem Nacken. „Schhh.“

Sie schüttelte den Kopf und versuchte immer noch, sich nach oben zu drücken. „Schhh mich nicht an. Wir haben keine Verhütung benutzt.“

„Nein. Das haben wir nicht.“

Sie hörte auf, zu kämpfen, und drehte ihren Kopf weit genug, um seinem Blick begegnen zu können. „Und du denkst nicht, dass das ein Problem ist?“

„Ich habe noch nie ohne Verhütung mit einer Frau geschlafen. Du warst mit niemanden zusammen, seit Emerson gezeugt wurde. Und du gehörst auf jeden Fall mir.“

Ihre Augen wurden größer, waren von Angst geflutet. „Aber wir könnten Babys bekommen.“

Sein Schwanz rührte sich. Er war klug genug, sich aus ihr zurückzuziehen, bevor sie diese Reaktion bemerken konnte, die ihre Worte ausgelöst hatten. Doch sein Knurren hatte er nicht rechtzeitig erstickt. Sergei knabberte an ihrem Hals und zwang sich dazu, sich auf ihren Duft zu konzentrieren und ihre Angst ernst zu nehmen und alles, was sie durchgemacht hatte, ohne dass jemand da gewesen war, der ihr geholfen hatte. „Wir *werden* Babys bekommen, *solnyshka*. Emerson wird ein wunderbarer großer Bruder sein.“

„Das ist nicht hilfreich.“

Er lachte darüber. Nicht gerade seine intelligenteste Antwort, aber trotzdem ehrlich. „Du willst planen. Das verstehe ich. Wir werden uns sofort darum kümmern, damit du dich wohlfühlst, wir werden allerdings keine Kondome mehr benutzen. Ich will nichts zwischen mir und meiner Braut haben."

„Ich bin noch nicht deine Braut."

Dieses Mal erlaubte er es ihr, sich rumzudrehen, um ihn ansehen zu können, und er begrub sie gleich wieder unter sich, kaum dass ihre Schultern die Matratze berührt hatten. „Das bist du. Meine Braut und mein Licht."

Etwas in seinem Tonfall ließ sie lange genug innehalten, um ihn zu mustern, sich mit ihm zu verbinden und darüber nachzudenken, was er gesagt hatte.

Er nutzte den Vorteil, ließ eins ihrer Handgelenke los und legte die Handfläche an ihr Gesicht. „Wir werden andere Mittel finden. Werden warten, bis du für Kinder bereit bist."

Sie öffnete ihren Mund, um weiter zu streiten.

Er schnitt ihr das Wort ab. „Egal was passiert, du wirst nicht mehr allein sein. Niemals wieder. Egal ob es heute Nacht passiert oder in ein paar Jahren, unsere Kinder werden uns beide haben."

„Du bist zu schnell", flüsterte sie, „alles geht zu schnell. Es ist zu groß. Zu viel. Zu mächtig."

„Das ist bei guten Dingen oft so. Vielleicht ist die Antwort darauf, nicht langsamer zu werden oder den Fall gänzlich stoppen zu wollen, sondern sich einfach drauf einzulassen." Er streichelte die Linie ihres Kinnes entlang, ihr Schlüsselbein und die Rundung ihrer Schulter. „Vielleicht liegt die Antwort nicht darin, dagegen anzukämpfen und abzuwarten, sondern sich dem hinzugeben, so wie es dein Körper tut."

„Das ist etwas anderes.“

„Inwiefern? War ich nicht da? Habe ich mich nicht um dich gekümmert? Für dich gesorgt? Habe ich dir nicht mein Gelübde und meinen Namen angeboten?“

Ihre Augen weiteten sich, dann kräuselte sie die Stirn.

Er bemerkte ihre Verwirrung, rollte sich von ihr hinunter und zog die Decke über sie beide. „Oder vielleicht könntest du ganz aufhören, zu denken, und mir erlauben, dich zu verwöhnen, damit du dich ein wenig länger an die Idee gewöhnen kannst, hmm?“

„Du bist ein herrischer und manipulativer Mann.“ Ihre Worte klangen frech, aber darin lag eine gewisse Abgelenktheit, die deutlich machte, dass sie noch immer über dieser Idee brütete, ungeerdet war und nach stetem emotionalem Boden suchte.

„Ja, das bin ich.“ Er schob ihr ein Kissen unter den Kopf, legte den Arm um sie und zog sie näher zu sich. Sie passte perfekt zu ihm, und die Berührung ihrer seidigen exotischen Haut war wie ein Geschenk des Himmels. „Ich bin auch der Mann, der dir nicht nur Eis gekauft hat, sondern der sich außerdem gegen Cherry Garcia entschieden hat. Vergiss nicht, diesen Aspekt ebenfalls in deine Analyse miteinzubeziehen.“

Sie grunzte. Ein süßes minimales Geräusch, das es ihm allzu leicht machte, sich das kleine Miauen auf ihren Lippen vorzustellen, als sie es von sich gegeben hatte. „Du solltest mir vielleicht etwas von dem Eis geben, wenn du das sagst. Vor allem nach dem Risiko, das wir gerade eingegangen sind.“

Er lächelte an ihrer Ohrmuschel und küsste sie. „Das wirst du mir vergeben. Irgendwann.“

Dieses Mal erntete er ein „Pfff“ und ein Wackeln ihres frechen Hinterns, was nur dazu diente, seinen Schwanz an bessere Dinge zu erinnern, als Eiscreme zu holen.

„Eiscreme zuerst. Süßholzraspeln später. Dann vergebe ich dir vielleicht.“

Oh ja, das mit ihnen war unausweichlich gewesen. Sie waren zusammen unaufhaltsam. Er rutschte unter dem Laken aus dem Bett, beugte sich vor und küsste ihre Wange. „Was auch immer meine Braut will.“

Kapitel 17

Sergei verteilte die Designvorschläge für seine neuen Restaurants auf dem Schreibtisch und verglich sie mit den Fotos von Henris bereits existierenden Lokal. Die Farbgebung war richtig, viel roter Knautschsamt, schwarze Möbel und goldene Akzente. Doch das Gefühl war völlig falsch. Die Vorschläge wirkten zeitgenössischer als der Rat-Pack-Ära-Stil, der in jedem Detail von Henris Restaurant steckte.

Ja, das Essen war überragend, aber weitere Gründe, warum die Leute hingingen, waren das Erlebnis, die Umgebung, die kompetenten Mitarbeiter und die Tatsache, dass die Dinge dort in einem völlig anderen Tempo abliefen. Die Gäste tauchten komplett darin ein, kleideten sich entsprechend, und wenn tatsächlich mal ein Smartphone zu sehen war, dann aus reiner Notwenigkeit – und sogar das war mehr als selten. Es war, als wären sie regelrecht bemüht darum, in der Zeit zurückzureisen – selbst, wenn es nur für ein oder zwei Stunden war.

Sollten seine Erweiterungen mit Henri nicht dasselbe Erlebnis bieten können, würden sie keinen Erfolg damit haben. Und bedachte er, wie viel seine Männer in den letzten fünf Tagen getan hatten, um Alfonsi eine Nachricht zu hinterlassen und jegliche Spuren aus der Vergangenheit von Henris Kindern zu tilgen, würde er einen Fehlschlag nicht zulassen, schon gar nicht wegen etwas so Kontrollierbarem wie Deko.

Er öffnete die E-Mail des Designers, lud in den Anhang die Fotos vom *André's* und schrieb eine kurze Antwort dazu:

Authentisch. 1960er-Jahre. Machen Sie es möglich. Oder ich werde jemanden finden, der es kann.

Schritte erklangen auf der Treppe im Flur außerhalb seines Büros. Es waren mehr als die einer einzelnen Person, beide mit schwerem Profil, und bei dem Tempo schien ein guter Grund dahinter zu stecken. Das konnte nur bedeuten, dass seine *avtoritets* entweder auf dem Weg waren, ihm etwas Wichtiges mitzuteilen, oder die Kacke war am Dampfen.

Er klickte auf Senden der E-Mail, schob die Tastatur weg und lehnte sich in seinem Bürosessel zurück. Für das Wohlgefühl in seinem Hausstand hoffte er, dass es sich um gute Nachrichten handelte. Nach einem angenehmen Wochenende mit wenig Arbeit und viel Freizeit, die er mit Evette und Emerson verbracht hatte, hatte er eine Vorliebe für den warmen und komfortablen Frieden von Häuslichkeit entwickelt. Die erste Person, die ihn dazu bringen würde, sich zu weit von dieser angenehmen Empfindung zu entfernen, würde wohl eher seinen Biss als sein Bellen abbekommen.

Kir kam zuerst durch die Tür. Das schwarze Hemd und der Anzug in anthrazit bildeten einen starken Kontrast zu seinem blonden Haar und dem Aussehen eines Playboys. Roman hingegen hatte gänzlich auf formelle Kleidung verzichtet. Seine Jeans und das einfache graue T-Shirt machten deutlich, dass er Muskeln besaß, die jeder Bedrohung trotzten, und dass er draußen unterwegs gewesen war und seine Truppen mobilisiert hatte. Es war wohl ein gutes Zeichen, dass keiner der beiden den für sie typischen neutralen Gesichtsausdruck zeigte, den sie hatten, wenn sie schlechte Nachrichten überbringen mussten. Wenn überhaupt, sah Kir geradezu selbstzufrieden aus.

Statt sich auf einen der zwei Stühle vor Sergeis Schreibtisch zu setzen, ging Kir hinüber zum Ledersofa am Ende des Raumes, nahm die Fernbedienung vom Couchtisch und richtete sie auf den riesigen Flachbildschirm an der Wand. „Ich habe ein Geschenk für dich, Bruder."

Roman drehte einen der beiden Ledersessel so, dass er Sergei zu seiner Rechten und den Fernseher zu seiner Linken im Blick behalten konnte, und ließ sich auf den Sitz fallen. „Er ist unerträglich, wenn er sich brüstet. Aber ich muss gestehen, das hier ist so gut, dass ich es tolerieren kann, dass er mit seinem Erfolg herumprahlt."

Das Ende des Intros für die lokalen Mittagsnachrichten lief über den Bildschirm und die Nachrichtensprecher begannen ihr übliches Willkommensritual. Der dunkelhaarige Mann auf dem Monitor wirkte, als würde er seit mindestens zehn Jahren hinter dem Nachrichtenpult sitzen, und sein Anzug stammte wahrscheinlich noch aus der Zeit zu Beginn seiner Karriere. Die blonde Frau neben ihm hingegen war jung und atemberaubend und hatte einen klugen Blick, der zeigte, dass sie ebenso schlau wie schön war.

Kir schlenderte zurück zu dem verbleibenden Sessel und drehte ihn so, dass er Roman spiegelte. Er stellte die Lautstärke leiser, knöpfte seine Anzugjacke auf und ließ sich nieder.

Sergei hörte zehn Sekunden lang den Nachrichtensprechern zu und wandte sich dann an Kir. „Dein Geschenk sind die Nachrichten?"

Kir schüttelte den Kopf, behielt seinen Blick jedoch auf den Bildschirm gerichtet, und in seiner

Hand hielt er die Fernbedienung bereit, um den Ton bei Bedarf lauter zu stellen. „*Nyet*. Nur eine zusätzliche Fortsetzung der Maßnahmen, die wir gegen Alfonsi ergriffen haben."

„Kirs Eroberungen scheinen einen nützlichen Zweck erfüllt zu haben", sagte Roman und nickte in Richtung Fernseher. „Er hat die Blondine letzte Woche getroffen. Es hat sich rausgestellt, dass unser Bruder sehr subtil sein kann, wenn er will und es dazu dient, öffentliche Demütigung zu all den Schritten, die wir gegen Alfonsi unternommen haben, hinzuzufügen."

Genau in diesem Moment schwenkte die Kamera auf die Blondine, und neben ihr wurden eine Reihe von Videos eingeblendet, die die verschiedenen Komplikationen zeigten, auf die Alfonsis Unternehmen in den letzten vier Tagen gestoßen waren.

„Der einheimische Geschäftsmann Steven Alfonsi hatte in den letzten Tagen eine schwere Zeit. Die Probleme begannen am frühen Donnerstagmorgen, als ein beliebtes Familienrestaurant, das seit Generationen im Besitz der Alfonsi-Familie ist, einen Küchenbrand erlitt. Das Feuer wurde rasch gelöscht und das Gebäude gerettet, aber der Schaden war so groß, dass das Restaurant schließen muss, bis die Reparaturen und Renovierungen durchgeführt werden können. Später an diesem Tag haben Gesundheitsinspektoren zahlreiche Verstöße in anderen Restaurants Alfonsis gemeldet und erhebliche Geldstrafen erhoben.

Aber die Schäden in der Gastronomie ist nicht das Einzige, unter dem Alfonsi derzeit zu leiden hat. Viele andere Unternehmen, die ihn zu einem der bekanntesten Geschäftsmänner von New Orleans machten, sind ebenfalls betroffen. Zahlreiche Arbeiter haben seine Casinos aus Protest gegen nicht zufriedenstellende Arbeitsbedingungen verlassen. In seiner

Kir pausierte mit der Fernbedienung die Sendung und fror damit den Anblick von Alfonsis finsterem Gesichtsausdruck ein, als er gerade den Rücksitz seines Cadillacs verließ und eine Meute von Reportern auf ihn zueilte, um ihn zu interviewen. „Er ist angeschlagen ..." Kir wandte sich Sergei zu und das Grinsen auf seinem Gesicht war ohne Reue. „Und jetzt weiß es jeder."

Es war ein solider Schachzug. Rechtliche Hürden und Behörden, die sich mit deinem Geschäft befassten, waren eine Sache, aber die Presse war wie ein Mückenschwarm – sie kam in Scharen und schnüffelte überall herum. Außerdem war Alfonsi so sehr auf sein öffentliches Ansehen bedacht, dass ein solcher Treffer ihm ganz und gar nicht schmecken konnte.

Zwei rasche Klopfer an der Tür ertönten, wenige Sekunden bevor sie einen Spaltbreit geöffnet wurde und Evette ihren Kopf durchstreckte. Sie überflog den Raum, bemerkte, dass nur Kir und Roman bei ihm waren, und schob die Tür weiter auf. „Kann ich euch Jungs ganz kurz unterbrechen?"

Angesichts der Bestürzung in ihrem Gesichtsausdruck verschwand Sergeis gute Laune sofort. Er erhob sich, ebenso wie Kir und Roman, und winkte sie ins Zimmer. „Natürlich. Wir haben nur gerade die Mittagsnachrichten verfolgt. Gibt es ein Problem?"

Evette bedeutete Kir und Roman, sich wieder zu setzen, und schob sich vorwärts, bis sie zwischen ihnen stand und sich direkt gegenüber von Sergei befand. „Nun, das kommt darauf an. Wusstest du, dass heute eine Horde Bauarbeiter auftauchen würde, um eine Renovierung durchzuführen?"

„Das wusste ich."

„Und wo exakt?"

„In den beiden Schlafzimmern am Ende der Halle im anderen Flügel."

Ihr Mund verzog sich zu diesem süßen kleinen seitlichen Maunzen, das besagte, dass sie zwischen Lachen und Ihn-in-der-Luft-Zerreißen hin und her schwankte. „Die Reinigungstruppe hat heute Morgen genau dort geputzt."

„Und?"

„Und wir bezahlen sie pro Stunde. Wenn wir also jetzt eine Baumannschaft zur Renovierung der Räume hinschicken, dann ist das Geldverschwendung. Ganz zu schweigen davon, dass an diesen Zimmern nichts auszusetzen ist."

Seine gute Laune kehrte augenblicklich zurück und er lächelte breiter als beim Anschauen der Nachrichten über Alfonsi.

Anscheinend gefiel Evette seine Reaktion nicht, weil sie ihre Hände in die Hüften stemmte und ihren strengen Mutterblick auf ihn richtete. „Lachst du gerade über mich?"

„Nein, *solnyshka*. Ich genieße nur die Tatsache, dass du das richtige Pronomen benutzt hast, als du auf *unser* Zuhause verwiesen hast. Und obwohl ich deinen Ehrgeiz zu schätzen weiß, uns Geld sparen zu wollen, denke ich, dass die Stunde, die die Reinigungscrew damit verbracht hat, die Räume zu putzen, uns nicht das Genick brechen wird."

Ihr Stirnrunzeln verschwand, und sie zappelte herum, als ob der Gedanke an das Haus und die Finanzen als *ihre* nicht ganz angenehm wäre. Sie schob die Schultern zurück und hob dennoch ihr Kinn. „Nun, es ist immer noch eine Geldverschwendung. Vorausgesetzt du willst, dass ich dieses Haus hier leite, dann musst du mir sagen, wenn du große Pläne hast, damit ich die Chance habe, solch eine Verschwendung abzuwenden."

Bozhe, sie war einfach bezaubernd. Temperamentvoll und süß und furchtlos. „Wie du willst, *liubimaya*. In Zukunft werde ich sicherstellen, dass alle Pläne, die sich auf deine Haushaltsplanung oder unsere Finanzen auswirken könnten, im Voraus mit dir geteilt werden. Allerdings muss ich dich bitten, alle – dich eingeschlossen – für den Rest der Woche von dem Flügel fernzuhalten."

„Warum?"

„Es ist eine Überraschung."

Ihre Augen verengten sich und sie sah ihn von der

Seite an. „Versteh das bitte so wie ich es jetzt sage, aber ich bin mir nicht sicher, ob ich noch viele Überraschungen ertragen kann.“

„Ah, diese ist jedoch nicht für dich. Ich denke allerdings gerne über eine für dich nach, wenn dich diese Nachricht enttäuschen sollte.“

Sie lenkte ihre Aufmerksamkeit zwischen Kir und Roman hin und her. „Sind heute Morgen Aliens gelandet und haben mit ihm einen Gehirntausch gemacht oder so? Er ist doch sonst nie so neckisch und umgänglich.“

Kir, stets der Charmeur, antwortete darauf: „Ich glaube, seine gute Laune liegt hauptsächlich an dir. Aber um alles in der Welt, bleib dabei, was immer du tust. Er ist viel amüsanter, wenn du in seiner Nähe bist.“

Roman lachte und nickte. „Das ist wahr.“

„Hmm.“ Evette versuchte, ihre ehrgeizige Vortäuschung aufrechtzuerhalten, doch kaum sah sie Sergei wieder an, glitt ein sanftes Lächeln voller Erinnerungen und intimer Geheimnisse über ihre Lippen. „Nichts liegt mir ferner, als eine gute Sache zu ruinieren.“ Sie ließ ihre Hände auf beiden Seiten in der Luft kreisen. „Ihr Männer macht weiter.“

Sie drehte sich um und ging zur Tür, blieb aber auf halber Strecke stehen und wandte den Kopf zum Fernsehbildschirm. „Wieso ist Alfonsi diesmal in den Nachrichten?“

„Du kennst ihn?“, fragte Roman.

Mit einem herablassenden „Pfff“, das sich ähnlich wie bei Dorothy anhörte, schüttelte Evette den Kopf und sah die Männer an. „Schon lange nicht mehr. Er besuchte die gleiche Schule wie mein Dad und Onkel Carl. Als ich klein war, sind sie ständig vorbeigekommen, zum Flusskrebsessen und so. Aber Mom und Dad sagten, er wäre unberechenbar, also haben sie aufgehört, ihn einzuladen. Das einzige Mal, dass ich ihn seither gesehen habe, war in den News." Sie wandte sich erneut dem Bildschirm zu. „Ich nehme an, er hat schon wieder Dreck am Stecken?"

„Eine Sammelklage", erwiderte Sergei und nickte Kir zu, die Nachrichten weiterlaufen zu lassen. „Etwas, das mit der Verwendung von internen Kontakten zu Inspektoren zu tun hat, um mangelhafte Arbeit zu vertuschen."

„Ha! Das klingt ganz nach ihm." Sie schüttelte den Kopf, setzte ihren Weg zur Tür fort und winkte ihnen über die Schulter zu. „Dann lass ich euch jetzt mal wieder zurück zu euren Nachrichten gehen. Sieht so aus, als hätte ich einen Bautrupp, um den ich mich kümmern muss."

Kir drückte die Playtaste auf der Fernbedienung und stellte die Lautstärke leiser. „Du wolltest wissen, welche Verbindung zwischen Alfonsi und Carl besteht. Jetzt hast du sie."

„Oder zumindest eine Vergangenheit", fügte Roman hinzu.

„Es könnte ein Zufall sein, aber ich bezweifele das." Sergei setzte sich auf seinen Bürosessel und schlug ein Bein über das andere. „Knox stöbert in Alfonsis Konten herum. Wenn es eine tatsächliche Verbindung über Geld zwischen ihnen gibt, wird er sie finden. Bis dahin suchen wir weiter, bleiben wachsam und halten den Druck auf Alfonsi aufrecht."

Die Designvorschläge lagen nebeneinander auf seinem Schreibtisch. Sie waren nicht nur eine Erinnerung an das ausgesetzte Geschäft mit Henri, sondern auch an Sergeis langfristiges Ziel, jegliche Konkurrenz auszurotten. Louisiana und die Staaten drumherum würden ihm gehören, doch das bedeutete eine absolut entschlossene und rücksichtslose Vorgehensweise seinerseits bei allem, was er tat. „Und sorgt für mehr Schutz für Evette und Emerson. Alfonsi wird entweder fürs Erste auf Sparflamme kochen, oder nach einem Ziel suchen, um zurückzuschlagen." Er blickte zu Kir, dann zu Roman. „Niemand vergreift sich an denen, die zu mir gehören."

Kapitel 18

Gäste heute Abend.
Neunzehn Uhr.
Zieh was Nettes, aber Bequemes an.

Zum gefühlt fünfzehnten Mal las Evette die Textnachricht, die sie von Sergei bekommen hatte, und knurrte, während sie ihren begehbaren Kleiderschrank begutachtete. Ihre Klamotten nahmen gerade mal die Hälfte des Raumes ein, was viel darüber aussagte, wo sie zuvor gelebt hatte und wo sie jetzt wohnte, aber auch darüber, wie heftig sich ihre gesamte Welt verändert hatte.

Wie fehl am Platz sie in Sergeis Welt war.

„Zieh was Nettes, aber Bequemes an", murmelte sie zu den ordentlich aufgereihten Kleiderbügeln. „Bedeutet das etwas formeller? Oder geschäftlichleger?" Diesmal zwang sie sich dazu, langsamer vorzugehen, überlegte sorgfältig, welche Optionen sie hatte, und spulte den Rest der nicht gerade hilfreichen Nachricht runter, die sie auf dem Heimweg erhalten hatte, nachdem sie Emerson zur Schule gebracht hatte.

Evette: Muss ich mich mit Olga zusammensetzen und ein Essen planen? Horsd'œuvres? Und wie viele Leute? Welche Art von Event veranstaltest du?

Er antwortete mit Verzögerung, die kleinen Blasen zeigten sich und verschwanden mindestens fünfmal, bevor seine kryptische Erwiderung erschien.

Ich habe mich um alles gekümmert. Du musst nur um neunzehn Uhr da sein.

Nicht hilfreich. Nicht einmal ein bisschen. Möglicherweise würde sie besser verstehen, was los war, wenn sie die eineinhalb Wochen seit Halloween eher damit verbracht hätten, zu reden, anstatt dass Sergei ihr bewies, wie kreativ er im Schlafzimmer sein konnte. Erwartete er vielleicht, dass sie ihm als Gastgeber half, bei was immer er vorhatte? Gab es ein Protokoll? Handelte es sich um normale Geschäftsverhandlungen oder *Geschäftsverhandlungen*? Und was zum Teufel sollte sie machen, wenn er sie … nun ja … gefährlicheren Menschen vorstellen würde? Wollte sie das? Würde Sergei das tun?

Sie knurrte laut auf, schüttelte den Kopf und konzentriere sich wieder auf ihre mageren Möglichkeiten. Ihre Hand landete auf dem einzigen „kleinen Schwarzen" in ihrem Kleiderschrank. Ein nobles Wickelkleid mit Dreiviertel-Ärmeln, das bis zu den Knien reichte und eng an ihrem Körper anlag. Es war die billige Kopie eines Markenkleids, das sie einem Kaufhaus gefunden hatte, aber die meisten Männer würden das eh nicht erkennen, und irgendwie konnte sie sich nicht vorstellen, dass weibliche Mafiosi in Sergeis Haus auftauchen würden.

Nein, keine Mafiosi. Bravta – die wörtliche Übersetzung dafür lautete: Brüder, wie Sergei ihr erklärt hatte.

Gott, was ist aus meinem Leben geworden?

Sie zog das Kleid aus ihrem Schrank und marschierte damit in ihr Schlafzimmer, als Emerson hereinkam. „Hey, Mom, Jeb und die Jungs wollen heute Abend rüberkommen und hinten im Garten den Football werfen. Ist das okay?"

Auf dem Bildschirm ihres Handys leuchtete die Uhrzeit, 18:15 Uhr, in weichen weißen Zahlen. Sie hatte fünfundvierzig Minuten Zeit, sich zurechtzumachen. Das würde sie locker schaffen. „Sicher." Sie warf das Kleid auf das Bett, stopfte ihr Handy in eine der tiefen Taschen ihres Bademantels und eilte ins Badezimmer.

„Ja!" Emerson streckte eine Faust in die Luft, drehte sich um und ging zur Tür.

Jungs.

Die Football im Garten spielen.

Vielleicht während ein paar Mafiosi im Haus sind.

„Warte." Ihr panisches Kreischen, als sie wie vom Blitz getroffen stehen blieb, tat sogar in ihren Ohren weh. Sie sah ihren Sohn an. „Besser nicht. Ich meine …" Shit. Gespräche würden definitiv für eine Weile herrlich heißen Sex mit ihrem russischen Arbeitgeber/Freund übertrumpfen müssen. „Sergei hat heute Abend etwas vor. Ich denke nicht, dass es eine tolle Idee ist, ein paar Jungs einzuladen."

„Du denkst es nicht oder du weißt es genau?"

„Ich weiß nicht, was er vorhat. Nur, dass ich um neunzehn Uhr dort sein soll."

„Nun, kannst du ihn fragen?"

Ihre Sorge wegen heute Abend wurde durch den Gedanken ersetzt, dass Emerson Zeit mit älteren Jungs verbringen wollte. Klug wäre es wohl, die Situation dazu zu benutzen, um ihrem Sohn eine Auszeit von der Königlichen Hoheit namens Jeb zu geben.

Oder du könntest Sergei fragen, was er von Gesellschaft hält, und sehen, ob seine Antwort dir irgendeinen Hinweis auf seine Pläne gibt.

Richtig!

Eine Win-win-Situation. Sie holte das Smartphone aus ihrer Tasche.

Emersons Truppe will vorbeikommen und in deinem Garten ein paar Bälle werfen. Würde das deine Gäste stören?

Emerson drängte sich näher und versuchte, heimlich auf ihren Bildschirm zu sehen. Evette drehte es von sich weg und warf ihrem Sohn einen warnenden Blick zu. „Harte Grenze, Junge."

„Aber du guckst auf meins."

Nachdem sie ihn konfrontiert hatte, hatte sie ihm gesagt, dass er sein Handy nie wieder vor ihr verstecken dürfe und dass sie stets das Passwort dafür haben wolle. „Das hast du richtig erkannt. Und wenn du die Rechnung für dein eigenes Handy bezahlst, kannst du jeden davon abhalten, daraufzusehen."

Seine Augen verengten sich. Obwohl er es nicht aussprach, was er sagen wollte, waren ihm die Worte *Allerdings zahlst du auch nicht dafür* regelrecht ins Gesicht geschrieben.

Sie stemmte ihre Hände in die Hüften und sah ihn stirnrunzelnd an. „Fordere dein Glück nicht heraus, Junge. Sergei mag dir das Handy gegeben haben, doch ich kann es dir schneller wieder wegnehmen, als du gucken kannst. Und glaube ja nicht, er würde mich daran hindern."

Sein Gesicht wurde rasch ausdruckslos und seine Haltung wurde noch schneller militärisch. „Ich habe nichts gesagt."

„Nein, aber du hast es gedacht."

Er hätte weiter diskutieren können, das Ding-Geräusch ihres Handys unterbrach sie beide allerdings.

Dies ist Emersons Zuhause. Wenn du damit einverstanden bist, kann er Football spielen, solange er will.

„Ja", sagte Emerson und rannte aus dem Raum. „Ich sage es den Jungs."

Ihre Schultern sanken. Doppelt verloren – weder eine Info und mehr Zeit mit Jeb.

Na toll.

Sie kehrte in ihre Routine zurück, um sich rasch fertig zu machen. Wenn man es von der positiven Seite betrachtete, könnte es bedeuten, dass Sergeis Haus vielleicht heute Abend nicht mit muskelbepackten und bis an die Zähne bewaffneten Mafiatypen gefüllt sein würde.

Fünfunddreißig Minuten später war sie bereits fertig aufgebrezelt unten und packte einen Lipgloss und einige Minzbonbons in eine kleine Handtasche. „Emerson, ich weiß, Sergei hat gesagt, ihr Jungs könnt spielen, aber bitte versucht, höflich zu sein. Er hat ein paar Leute eingeladen.“

Emerson drehte sich lange genug vom Fernseher weg, um ihr einen bewundernden Blick zuzuwerfen. „Wow, Mom. Du siehst schön aus.“

„Du tust gerade so, als hättest du noch nie gesehen, dass ich mich zurechtgemacht habe.“

„Gut, ja. Für die Kirche und so, aber das Kleid ist wirklich hübsch.“ Er lächelte auf eine Art, die deutlich zeigte, dass er von Jeb und den Jungs viel mehr gelernt hatte, als sie sich jemals vorstellen mochte. „Gehen du und Sergei auf ein Date?“

„Sergei erwartet Gäste, und ich bin nur da, um zu helfen.“ Ihre Stimme schwankte. „Denke ich jedenfalls.“

Emersons Lächeln wurde breiter. „Du denkst zu viel.“

Klugscheißerchen. „Das reicht. Keine Gespräche mehr mit Sergei für dich.“

Diesmal lachte er lauthals. Der volle Klang umhüllte ihr Herz vollständig, sodass sie halbwegs entschied, dass Jeb und die Art und Weise, wie ihr und Emersons Leben auf den Kopf gestellt worden war, für ihren Sohn gar nicht mal so schlecht war. Er drehte das Gesicht wieder Richtung Fernseher. Die großen Rückenkissen des Sofas zeigten nur noch seinen blonden Schopf.

Seine Stimme klang nach wie vor sehr fröhlich, als er sagte: „Du wirst mich nicht von Sergei fernhalten. Denn das würde bedeuten, dass du ihn auch nicht sehen kannst. Oder ihn küssen kannst."

Also hatte er diese kleinen verstohlenen Momente doch bemerkt. Und sie hatte geglaubt, sie und Sergei wären recht kreativ gewesen. Sie schloss ihre Handtasche und hielt ihre Stimme so sachlich wie möglich. „Und was denkst du darüber?"

„Worüber?"

Es laut auszusprechen, fühlte sich aus irgendeinem Grund enorm an. So, als würde man zum ersten Mal ein tiefes dunkles Geheimnis zugeben. „Mich und Sergei."

Die Kampfszene in der Wiederholung von *Iron Man* auf dem Bildschirm füllte die Stille, und eine Gänsehaut, die nichts mit der Temperatur zu tun hatte, breitete sich auf ihren Unterarmen aus.

Der Fernseher verstummte und Emerson drehte sich auf der Couch um. Er war schon immer ein etwas ernsteres Kind gewesen, vorsichtig und nachdenklich. Und er war stets eine ehrliche Haut gewesen, fast seit dem Tag, an dem er aus dem Mutterleib gekommen war. Er redete nicht um den heißen Brei herum, wenn es darum ging, seine Meinung zu sagen.

Und heute Abend war keine Ausnahme.

Seine haselnussbraunen Augen sahen sie fest an, und dahinter lag eine Tiefe, die kein Siebenjähriger haben sollte. „Du bist sicher bei ihm. Und glücklich."

„Und das sagst du nicht nur, weil wir überall Wachen haben und ein schönes Zuhause?"

Er schüttelte den Kopf, eine sanfte Geste, die die Ernsthaftigkeit seiner Worte unterstrich. „Du wärst auch sicher mit ihm und glücklich, wenn er das alles nicht hätte."

Gott. Ihr Kind war wirklich klug.

Klug und weise, trotz seines Alters.

Vielleicht hatte Sergei recht und es war tatsächlich an der Zeit für sie, dem Intellekt und den Instinkten ihres Sohnes zu vertrauen, ihn seinen eigenen Weg finden zu lassen, so wie es ihre Mutter zuvor bei ihr getan hatte.

„Ja." Sie legte den schmalen Riemen ihrer Handtasche über ihre Schulter. „Ich denke, du hast recht damit, Kleiner." Sie zwinkerte ihm zu und ging zur Tür. „Halt dich bitte von Ärger fern, okay?"

Die Richtung, aus der seine Stimme kam, zeigte, dass er sich wieder auf dem Sofa umgedreht hatte und sich dem Fernseher widmete. „Es ist nur Football, Mom."

Mmm-hmm. Und Jungs sind nur Jungs.

Aber Emerson lag richtig. Sie hatte jetzt andere Sorgen. Wie zum Beispiel das, was ihr heute Abend bevorstand.

Die Luft des Novemberabends war frisch, sodass sie ihr Tempo auf dem Weg zum Haupthaus beschleunigte, was das Klicken ihrer Pumps in der sonst stillen Umgebung laut klingen ließ. Der Mann, der auf der hinteren Veranda neben der Küche Wache schob, nickte respektvoll, als sie näher kam. Er schien sich in seinem Anzug ebenso unbehaglich zu fühlen, wie sie es tatsächlich tat, während sie in Gott weiß was hineinging. „Ich schätze, ich bin wohl nicht die Einzige, die sich heute Abend schick machen musste, wie?"

Er schenkte ihr ein schiefes Lächeln. „Nein, Ma'am. Heute Abend sind alle in voller Montur."

„Wow." Für den Bruchteil einer Sekunde überlegte sie, welche anderen Leckerbissen sie aus ihrem ahnungslosen Informanten herauslocken könnte, strich die Idee aber schnell wieder.

Dass Sergei ihr nicht alles erzählte, war ein Problem. Andere Menschen auf diesen Fehler aufmerksam zu machen, war etwas anderes. „Nun ja, es wird wohl nicht ewig dauern, oder?"

„Nein, Ma'am."

Sie öffnete die Hintertür.

Im Innern war die Küche voll beleuchtet und makellos, aber leer. Vom Wohnzimmer her ertönte jedoch eine Mischung aus Stimmen. Zuerst Sergeis leiser Akzent, dann eine andere männliche Stimme – schärfer, warm und ungewohnt.

Sie legte ihre Handtasche auf den Küchentisch und folgte den Geräuschen. Wer auch immer es war, er klang freundlich. Die Worte allerdings waren aus der Distanz nicht zu verstehen. Als sie zwei Schritte von dem Durchgang zum Wohnzimmer entfernt stand, rollte eine zarte Welle weiblichen Lachens über sie hinweg.

Süß.

Kultiviert.

Nicht im Geringsten so dreist wie ihres.

Evette betrat den Raum, zuckte zusammen und blieb umgehend stehen.

Ein Mann stand auf der einen Seite des Zimmers – groß und in einen dunklen Anzug gekleidet, der ebenso edel wirkte wie der von Sergei. Aber es war die Frau, schön wie eine Statue, die Sergei umarmte, die ihre Aufmerksamkeit erregte. Weißblondes Haar fiel in eleganten Wellen über ihre Schultern und ihre straffen Arme hielten ihn in einer festen Umarmung. Ihre Augen waren geschlossen, und so, wie Sergei sie an sich drückte, wirkte es, als hätte er sie vermisst.

Evettes Magen krampfte sich zusammen. Alle Arten von Emotionen, die sie nicht verstand und auch nicht näher erforschen wollte, ballten sich in ihrer Brust. Die Frau sah aus wie ein Fotomodel, und ohne dass sie ein Wort sagen musste, war es offensichtlich, dass sie das genaue Gegenteil von Evette war.

Und Sergei schätzte sie eindeutig sehr. Er umarmte sie mit einer Zuneigung, die von einer langen Geschichte sprach.

Hatte er mit ihr geschlafen?

Hatte er eine Beziehung mit ihr gehabt?

Evette wollte verschwinden, zurück in die Küche schleichen, auf Zehenspitzen über den Hof gehen, wo sie sich dann in ihrem Zimmer verstecken könnte. Sie war eine Hausangestellte, um Gottes willen. Egal wie Sergei es beschönigen mochte, das war sie nun mal. Und diese Frau war … na ja … perfekt.

Als hätte ihr innerer Aufruhr eine unangenehme Welle durch den Raum geschickt, blickte Sergei auf und starrte Evette an. Obwohl er die Frau nicht losließ und Evette nicht so schuldbewusst ansah, genau wie sie es befürchtet hatte, mochte Evette seine Reaktion nicht. Er lächelte und umarmte die Frau noch fester, während er ihr etwas ins Ohr flüsterte und Evette dabei angrinste.

Die Frau schnappte nach Luft und schob sich aus seinen Armen.

„Das ist Evette?"

Definitiv Perfektion. Vielleicht sogar noch ein wenig mehr durch den sehr leichten, aber weltlichen russischen Akzent, der ihre melodische Stimme umso beneidenswerter machte.

Sie schwebte auf Evette zu und ihre langen Beine überbrückten die Distanz zwischen ihnen rasch. Evette hatte jedoch genug Zeit, das einfache, dennoch schicke Designerkleid zu bewundern, das wie eine zweite Haut auf ihrer Sanduhrfigur saß. Das Kobaltblau war perfekt für sie. Es war auffällig, doch nicht zu grell. Ihre hohen Schuhe waren zweifelsohne von *Prada* oder einer anderen ausgefallenen und teuren Marke.

An ihr wirkte alles wie eine zweite Haut. Als ob sie darin geboren worden wäre. Anstatt vor Evette stehen zu bleiben und ihr die Hand zu reichen, so wie Evette es erwartet hätte, zog die Frau sie an sich und drückte sie. „Du hast keine Ahnung, wie glücklich ich bin, dich kennenzulernen." Sie beugte sich nur so weit zurück, um Evette ein engelsgleiches Lächeln zu schenken, behielt aber ihre Hände auf Evettes Schultern. „Sergei hat mir so viel von dir erzählt."

Hatte er das?

Denn Evette hatte keinen Schimmer, wer sie war. Oder wie sie reagieren sollte.

Nur vage bemerkte sie, dass sowohl Sergei als auch der andere Mann auf sie zukamen. Es war der Fremde, der sprach, und seine Stimme war entspannt und voller Lachen. Er blieb direkt neben der erstaunlichen schönen Blondine stehen. „Schatz, vielleicht möchtest du dich zuerst einmal vorstellen, denn ich denke nicht, dass sie einen von uns kennt."

Für den Bruchteil einer Sekunde stand der Frau die Überraschung ins Gesicht geschrieben. Sie nahm ihre Hände von Evettes Schultern und lenkte ihre Aufmerksamkeit auf Sergei. „Sie wusste nicht, dass wir kommen würden?“

Sergei blieb neben Evette stehen und legte eine Hand auf ihre Schulter. „Sie wusste, dass wir Gästen haben würden. Es sollte eine Überraschung sein, also habe ich für mich behalten, um wen es sich handelt.“ Mit einer Zärtlichkeit, nach der sie sich zu sehnen begonnen hatte, lächelte er Evette an. „Evette, das sind Darya Torren und ihr Ehemann Knox.“ Er glitt hinter Evette und legte seine Hände mit einer besitzergreifenden Geste auf ihre Hüften.

Ein Blick.

Eine Berührung.

Und sie hatte nicht nur all die schrecklichen Schlussfolgerungen, die sie fast gezogen hätte, vergessen, sondern auch die gesamte Nervosität, die sie mit sich in den Raum gebracht hatte. So tief in der Pause versunken, die seine Berührung verursacht hatte, verpasste sie beinahe den Rest seiner Worte.

„Darya. Knox. Das ist Evette Labadie.“ Sergei küsste Evettes Kopf. „Meine Braut.“

Okay, diesen Teil hatte sie sehr deutlich gehört, und der Schock über seine Ankündigung schien ihr wohl ins Gesicht geschrieben zu stehen, denn Knox lachte.

Darya tat es ihm gleich, bedeckte jedoch ihren Mund mit der Hand. Der Versuch, das Geräusch zu unterdrücken, wirkte allerdings albern, da sie immer noch amüsiert aussah.

Evette gab ein „Pfff“ von sich und streckte Darya die Hand entgegen. „Ich bin nicht seine Braut. Aber es ist schön, dich kennenzulernen.“

Daryas Lachen verstummte augenblicklich. Während sie Evettes ausgestreckte Hand nahm, fiel ihr Blick auf Sergei. „Ich dachte, du hättest gesagt, sie wäre die Eine.“

„Das ist sie.“ Sergei drückte Evettes Hüften, eine Kombination von Zuneigung und Betonung lag in dieser Geste. „Sie hat noch nicht offiziell Ja gesagt, aber das wird sie.“

Knox’ Grinsen wurde breiter. Seine Kleidung war ebenso formell wie die von Sergei, doch er wirkte darin mehr wie ein Rockstar, der gebleichte *Levi’s* bevorzugte und nur widerwillig zugestimmt hatte, diesen todschicken Anzug zu tragen. Er trat näher an Darya heran und senkte seine Stimme. „Baby, vielleicht möchtest du deinem Bruder helfen, bevor seine Frau sich aus dem Staub macht oder ihm aus purer Frustration gegens Schienbein tritt.“

„Dein Bruder?“ Evette drehte sich zu Sergei um. „Du hast nie erwähnt, dass du eine Schwester hast. Oder irgendeine Familie außer deinem Vater.“

„Er ist technisch gesehen nicht mein Bruder“, sagte Darya, ehe Sergei antworten konnte. „Aber wir sind einmal durch dieselbe Welt navigiert, und Sergei hat sich um mich gekümmert, als wären wir vom selben Blut. Und bevor du ihn zu sehr in die Pflicht nimmst – ich habe noch nie gehört, dass er eine Frau als die Seine deklariert hat. Du musst schon etwas sehr Besonderes sein, um diejenige zu sein, die ihn dazu bringt.“

Großartig. Darya war nicht nur perfekt.

Sie war *nett*.

Und sie hatte eindeutig einen außergewöhnlichen Geschmack, was Mode betraf.

„Nun, er hat eine Art und Weise, einer Frau das Gefühl zu geben, etwas Besonderes zu sein“, sagte Evette. „Manchmal überfordernd, aber dennoch etwas Besonderes.“ Sie drehte sich so weit um, dass sie

Sergei einen Blick zuwerfen konnte, der ihm hoffentlich mitteilen würde, dass sie eine ernsthafte Unterhaltung vor sich hätten. Dann wandte sie sich wieder zu Darya um. „Also, gibt es Pläne für ein Essen bei dieser abendlichen Festlichkeit, oder muss ich dich auf leeren Magen löchern, woher du dieses Kleid und diese Schuhe hast?“

„Dinner im *August*“, sagte Sergei.

Shit.

Sie war noch nie im *August* gewesen, aber Dorothy hatte ihr kurz nach der Eröffnung – neben einer teuren Speisekarte – eine Rezension gezeigt, die es zu eine der renommiertesten Einrichtungen von New Orleans einstufte. Innerhalb von zwei Sekunden fühlte sich der Raum an, als hätte jemand die Heizung hochgedreht, und ihre Handflächen wurden feucht. Für ein solches Restaurant war sie gar nicht entsprechend gekleidet. „Ich kann Emerson nicht einfach allein lassen. Er hat Freunde da.“

Mit Wachen auf dem gesamten Gelände war dieser Versuch, sich aus der Affäre zu ziehen, ziemlich aussichtslos, doch es war das Einzige, was ihr einfiel neben: *Ich muss mir noch die Haare waschen.*

Es war klar, dass Sergei besser vorbereitet war, was seine gut durchdachten, aber nicht kommunizierten Pläne betraf. „Die Männer sind hier, und Olga war absolut hingerissen davon, auf die Jungs aufzupassen. Sie hat geplant, sie in einer halben Stunde mit Snacks und einem Rundgang durch das neue Spielzimmer im Obergeschoss zu überraschen.“

„Du hast kein Spielzimmer.“

„Es heißt *wir*. Und wir haben jetzt eins. Daran haben die Bauarbeiter die ganze Woche gearbeitet. Das Zimmer gegenüber ist das, das ich Emerson geben möchte, wenn er bereit ist, umzuziehen.“

„Es ist richtig cool“, ergänzte Knox ohne Mangel an Begeisterung.

„Sergei hat mir erzählt, was er machen will, und ich habe ihm alle Optionen aufgezeigt, die er hat. Außerdem habe ich ihm eine Liste mit hervorragenden Einsteiger-Spielen gegeben, mit denen er sich eindecken kann.“ Er hielt lange genug inne, um mit Darya Blicke zu wechseln, bevor er sich wieder auf Evette konzentrierte. „Er hat sie alle genommen.“

„Nicht alle sind für Ermerson“, korrigierte Darya rasch. „Sergei hat alle, in denen viel Blut fließt, weggesperrt, als er uns das Spielzimmer gezeigt hat.“

Na toll.

Ihr Kind ging auf eine Privatschule, hatte mit sieben ein eigenes Smartphone und besaß jetzt den Traum von einem Spielzimmer mit voll ausgestatteter Spielothek. „Du hast sie alle genommen?“, fragte sie Sergei. „Wie um alles in der Welt soll ich diesen Jungen davon abhalten, einen Höhenflug zu bekommen?“

„Wir werden es ihm beibringen. Ich sagte dir – er wird dafür nichts tun müssen. Genauso wenig wie du.“

„Nun, besser wäre es, *wenn* er etwas dafür tun müsste. Oder ich schicke ihn zu dir, damit du mit ihm klarkommst, sobald er sich in einen kleinen verwöhnten Arsch verwandelt.“

Seine Lippen zuckten. „Fragst du mich gerade, ob ich dich heiraten und Emerson als meinen Sohn akzeptieren will?“

„Was?“

„Ich akzeptiere.“

„Nein!“

Darya kicherte. „Oh, wir müssen heute Abend definitiv reden. Und vielleicht außerdem noch morgen. Wir könnten auf ein paar Beignets ins *Café du Monde* gehen. Das letzte Mal, als ich zu Besuch hier war, habe ich gleich zwei Portionen alleine gegessen."

Daryas Ablenkungsmanöver, um Evette davon abzuhalten, weiter mit Sergei zu schimpfen, funktionierte perfekt. „Das hast du?" Evette starrte Daryas flachen Bauch an. „Wie? Wohin steckst du so was?"

Alle drei brachen in schallendes Gelächter aus, als hätte sie einen Witz von sich gegeben, den nur sie verstanden hatten.

„Darya liebt Desserts", erklärte Sergei und die anhaltende Belustigung in seiner Stimme drang wie schmelzende Hitze durch sie. „Wenn man ihr die Wahl lässt, isst sie sie noch vor der Vorspeise."

„Wenn man ihr die Wahl ließe", sagte Knox, „würde sie sie davor und danach verputzen."

Perfekt, schön und mit einem unerhört guten Stoffwechsel ausgestattet. Das Leben war echt nicht fair. „Pumpen die in Russland irgendetwas Besonderes ins Wasser? Weil ich Desserts auch liebe, aber nicht viel davon vertrage, sonst bekommt mein Hintern eine eigene Postleitzahl."

Darya lächelte breit und sah Sergei an. „Oh, ich liebe sie. Und dem Rest der Mädels wird es ebenso ergehen."

Evette hob eine Augenbraue und blickte Sergei ebenfalls an. „Du hast noch mehr Schwestern?"

„Fünf", antwortete Sergei. „Plus zwei Mütter und acht Brüder."

„Neun", ergänzte Knox.

Sergeis Kopf drehte sich zu Knox. „Wer?"

„Rex Niland. Du erinnerst dich an ihn – Lizzys

rechte Hand.“

Sergei nickte, als ob die Erklärung absolut logisch wäre – was sie für Evette überhaupt nicht war. Sie hing immer noch bei der Frage fest, wie zwei Mütter in all das passten.

Bevor sie nachfragen und vielleicht ein Diagramm verlangen konnte, lenkte Sergei seine Aufmerksamkeit wieder ihr zu. „Es gibt außerdem eine Nichte und einen Neffen, beide im Alter von Emerson, aber darüber können wir beim Abendessen reden.“ Er zog sie neben sich und winkte Darya und Knox, vorzugehen. „Nach euch.“

Knox schüttelte den Kopf und führte Darya voraus, blieb jedoch kurz stehen, um Evette etwas zuzuflüstern. „Mach dir keine Gedanken, Kleine. Es wird leichter. Der beste Rat ist, einfach mitmachen.“

Bevor Evie eine kreative Ausrede finden konnte, um ihre Garderobe anzusprechen, wurde sie aus dem Haus geführt und in eine Limousine gesetzt, die vor dem Eingang wartete. Die Fahrt zum *Central Business District* war angenehm und gefüllt mit lockeren Gesprächen, die ihr zumindest Zeit gaben, durchzuatmen und sich auf das Abendessen vorzubereiten. Jedenfalls dachte sie, dass sie entspannt wäre. Doch in dem Moment, als der Wagen vor dem Gebäude aus dem 19. Jahrhundert langsam anhielt und mit seinen eleganten Scheinwerfern die französisch-kreolische Architektur hervorhob, machte ihr Magen einen Sturzflug.

Sergei musste wohl ihre Nervosität bemerkt haben, als er ihr aus dem Auto half, denn er ließ Knox und Darya etwas vorgehen, bevor er ihre Hand nahm und sich zu ihr nach unten beugte. „Alles in Ordnung?“

„Oh, ich weiß nicht", sagte sie ebenso leise. „Ich könnte ein kleines bisschen ausrasten, weil ich in einem Kleid, das weniger kostet als das billigste Entree, in ein Restaurant gehe." Sie lächelte den Portier an, als sie an ihm vorbeikamen, und fügte dann hinzu: „Wir müssen dringend darüber reden, dass du mir eine anständige Vorwarnung gibst, damit ich mich auf so etwas vorbereiten kann. Ich habe keine fünfzig Anzüge im Schrank, die ich einfach so rausziehen kann."

Er neigte seinen Kopf zur Seite. „Ich habe keine fünfzig Anzüge."

Männer.

Ernsthaft.

Sie kapierten es einfach nicht.

Darya verstand es hingegen und besaß anscheinend ein außergewöhnliches Gehör, weil sie sich Evette näherte, kaum das Sergei sich zum Maître d'hôtel umdrehte, um mit ihm zu sprechen. „Er hat vielleicht nicht fünfzig Anzüge, aber er kann sie sich leisten. Was bedeutet, er kann auch für dich etwas springen lassen, damit du eine oder drei Einkaufstouren machen kannst."

„Oh nein", sagte Evette. „Er ist schon gerissen genug. Ich werde nicht zulassen, dass er meine Liebe für Kleider benutzt."

„Oh, das stimmt." Daryas Lächeln wurde breiter und war sichtlich entzückt. „Sergei hat mir erzählt, dass du eine Karriere in der Modebranche anstrebst. Wir werden so viel Spaß haben."

„So viel Spaß, was zu tun?", fragte Sergei.

„Dein Geld auszugeben." Knox zwinkerte Evette zu und führte Darya hinter dem Maître d'hôtel her. „Wenn du mich fragst: Sie hat es geschafft, einen

Monat mit dir auszuhalten, damit hat sie sich ihre eigene Kreditkarte redlich verdient.“

Wären sie irgendwo anders gewesen, hätte sie womöglich widersprochen. Die glänzenden Böden jedoch und die weit aufragenden Säulen ersetzten all ihre Gedanken mit purer Bewunderung. Sie gingen durch einen Flur mit antiken Spiegeln, spektakulären Kristallleuchtern und betraten einen zweistöckigen Raum, in dem unzählige Weinflaschen die Decke über ihnen säumten. Das Ganze war so fantastisch, dass sie sich an einem isolierten Tisch für vier Person wiederfand und einen göttlich riechenden Rotwein probierte, bevor sie sich auch nur daran erinnern konnte, wie nervös sie gewesen war.

„Er hat recht“, erklärte Sergei, sobald der Sommelier verschwunden war.

Knox lachte und Darya nickte.

Evette hatte keine Ahnung, wovon sie redeten. Sie senkte ihre Stimme und warf allen dreien einen Blick zu. „Wer hat recht?“

„Knox“, sagte Sergei.

„Womit?“

„Du solltest Kleider haben. Darya wird mit dir shoppen gehen.“

„Das wird sie nicht tun. Ich brauche keine Klamotten.“

„Doch, tust du.“ Er wandte seine Aufmerksamkeit über den Tisch hinweg auf Darya. „Sie ist nicht an Extravaganz gewöhnt, aber du wirst sie ihr beibringen.“

„Ich kann gut Geld ausgeben“, sagte Evette. „Aber unnötig Geld auszugeben, dafür bin ich nicht zu haben.“

„Oh, es ist notwendig“, warf Darya ein. „Unbedingt notwendig.“

„Wie das?“

Darya schürzte den Mund und betrachtete Sergei für einen Moment, bevor sie wieder lächelte und Evette zuzwinkerte. „Therapie.“

Evette öffnete den Mund, um zu widersprechen.

Knox unterbrach sie. „Es wird dir nichts nutzen. Russische Frauen sind schonungslos, wenn es um Mode und Wellnesstrips geht. Und Gott steh dir bei, wenn sie Sylvie und Ninette um Unterstützung bittet.“

„Und wer sind die?“, fragte Evette Sergei.

„Meine Adoptivmütter.“

Natürlich. Und hier saß sie nun in einem Fünf-Sterne-Restaurant und diskutierte über unnötige Einkaufstouren, während ihr Kind zu Hause war und in einem Paradies für Zocker eine Überdosis an Videospielen erhielt. Offensichtlich würde sie Wunderland nicht mehr so schnell verlassen.

Ich könnte genauso gut einige Infos abgreifen, solange ich kann.

„Na schön“, sagte sie. „Wenn wir nicht vernünftig über Ausgabenbegrenzungen reden können, könntest du mir wenigstens erklären, wie es dazu kommt, dass du zwei Mütter, eine Horde von Schwestern und noch mehr Brüder hast.“

Sie hatte etwas Seltsames erwartet. Oder zumindest eine Geschichte, die einem ebenso den Kopf schwirren ließ wie der Rest dieses Abends.

Stattdessen erstreckte sich die Erzählung über das gesamte Essen und wärmte ihr Herz. Es stellte sich heraus, dass Darya und Knox Teil einer Familie waren, die einander gewählt hatten – ursprünglich sechs Brüder, jetzt neun, alle aus einfachen und schwierigen

Verhältnissen stammend. Sie hatten sich als Einheit zusammengeschlossen und gemeinsam etwas aufgebaut . Sechs dieser Männer hatten Frauen – eine davon hatte Evette vor ein paar Tagen im Radio gehört. Die beiden Mütter waren eigentlich die Mütter von zwei der Männer, aber sie hatten glücklich die mütterliche Rolle für die gesamte Truppe übernommen.

Darya legte den Dessertlöffel neben ihre jetzt leere Crème-Brûlée-Schüssel, lehnte sich in ihrem Stuhl zurück und platzierte die Hand auf ihrem Bauch. „Das war göttlich."

„Ernsthaft, Mädel", sagte Evette. „Ich weiß nicht, wo du das alles hinsteckst." Sie hatte das gleiche üppige Lamm-Entree wie Darya gehabt, allerdings kaum drei Bissen der reichhaltigen Spumoni geschafft, auf die Sergei zum Nachtisch bestanden hatte. „Nach diesem Essen muss ich mindestens zwei Tage fasten, um wieder in meine Jeans zu passen."

„Unsinn." Darya warf ihre Serviette auf den Tisch. „Wir arbeiten das morgen ab, wenn wir Sergeis Geld ausgeben." Sie schob sich vom Tisch weg und erhob sich. „Aber ich könnte einen Spaziergang zum Waschraum gebrauchen. Möchtest du dich mir anschließen?"

Jede Art von Bewegung klang toll, sofern das bedeutete, dass mehr Platz für das ganze Essen in ihrem Magen geschaffen wurde. Selbst wenn es nur der Gang zur Damentoilette war und sie den Weg neben einer Schönheitsikone hinter sich bringen musste. „Gerne."

Wie den gesamten Abend brachte es Darya fertig, auch die Zeit mit ihr allein so angenehm wie möglich zu machen. Ihre liebenswürdige und aufrichtige Art ließ Evette die Unterschiede zwischen ihnen vergessen und machte es ihr leicht, sich auf das Gespräch einzulassen. So leicht, dass sie es wagte, einen tieferen Einblick in Sergei zu gewinnen, als sie sich nach dem Händewaschen ihre Lippen nachschminkten. „Du hast gesagt, du und Sergei habt euch in denselben Kreisen bewegt.“

„Mmm-hmm. In Sankt Petersburg. Ich war einmal Yefims Assistentin.“

Sie machte eine Pause, um sich die Unterlippe nachzuzeichnen, und sah Evette durch den Spiegel an. „Weißt du, wer Yefim ist?“

„Der Mann, der ihm seinen Chef vorgestellt hat.“ Evette legte ihre Stirn in Falten, während sie ihr eigenes Spiegelbild betrachtete. „Anthony? Alex?“

„Anton.“ Darya schenkte ihr ein wissendes Lächeln, bevor sie die letzten Handgriffe an ihren perfekten roten Lippen vollzog. „Er muss dir wirklich vertrauen, wenn er dir erzählt hat, wie er zu diesem Leben kam, das er führt. Meines Wissens hat er niemandem davon berichtet außer denen, die eng mit ihm zusammenarbeiten.“

„Es war keine schöne Geschichte. Mit sieben Jahren eine solche Entscheidung zu treffen, wie er es getan hat, ist zu jung.“

Darya steckte ihren Lippenstift zurück in ihre Clutch, sah Evette an und lehnte sich mit einer Hüfte gegen den Waschtisch. „Vielleicht. Aber es ist keine Seltenheit. Und Sergei hat sich ein gutes Leben geschaffen.“

„Und was ist mit dir? Wie bist du von einer erstaunlichen Familie aus Texas adoptiert worden, obwohl du in Russland warst?“

Ihr Gesichtsausdruck wurde weicher und Traurigkeit kroch in ihre exotisch strahlenden blauen Augen.

„Ich habe die Aufmerksamkeit eines sehr mächtigen Mannes auf mich gezogen. Ein *avtoritet*, der für einen konkurrierenden *pakhan* arbeitete. Weißt du, was diese Worte bedeuten?"

Sie hatte in dem ersten Monat, in dem sie für Sergei gearbeitet hatte, viele Wörter gelernt und in den letzten Wochen noch mehr, aber ein Auffrischungskurs war nicht verkehrt. „*Avtoritet* ist so eine Art Kapitän, oder? So wie Kir und Roman."

„Ja, und der *pakhan* ist der *vor* oder Boss."

„Wie Sergei es heute ist."

„Genau." Daryas Gesichtsausdruck wurde ein wenig ernster. „Die meisten russischen Männer haben eine andere Art, mit Frauen umzugehen. Sie sind direkt. Gentlemen in jeder Hinsicht – zumindest in jeder Hinsicht, wie du es möchtest –, aber getrieben davon, die Frau zu beanspruchen und zu besitzen, die sie auserwählt haben. Sie umwerben dich, kümmern sich um deine Bedürfnisse und behandeln dich mit einer außergewöhnlichen Ehrerbietung und Sorgfalt. Vor allem jedoch akzeptieren sie ein Nein als Antwort nicht."

„Du meinst, das ist nicht nur bei Sergei so?"

Die ehrliche und zugegeben unverblümte Frage brachte ihr ein breites Lächeln von Darya ein. „Oh, ich vermute, Sergei ist noch unerbittlicher als die meisten anderen. Aber ja, das ist ihre Art, Frauen zu umgarnen. Um ihnen zu zeigen, dass sie für dich sorgen und dich beschützen können."

„Und dieser Kerl, dem du aufgefallen bist?"

Daryas Blick wurde kalt. „Ruslan rückt die Männer Russlands in ein falsches Licht. Er war die Geißel der Erde. Ein Mann, der das Gefühl hatte, niemandem Rechenschaft ablegen zu müssen, und die gemeinste aller Seelen. Jeder wusste es. So wie jeder wusste, dass ich seiner Aufmerksamkeit niemals entkommen und sehr leiden würde, wenn ich ihm in die Hände fiele."

„Und dann? Bist du weggelaufen?"

„So einfach war das nicht. Allein wegzulaufen, hätte nicht funktioniert. Ruslan war zu mächtig und hatte zu gute Beziehungen. Er hätte mich irgendwann gefunden. Also hat Sergei meinen Tod inszeniert. Er hat es aussehen lassen, als wären Yefim und ich angegriffen und ich dabei getötet worden. Mein Körper war natürlich nicht identifizierbar." Sie holte langsam Luft. „Danach bin ich weggerannt, habe einen anderen Namen angenommen und einen neuen Beruf ausgeübt."

„Und dann bist du Knox begegnet."

„Ja", sagte sie mit einem zufriedenen Seufzer. Ihr ganzes Gesicht erhellte sich. „Und dann habe ich Knox getroffen." Sie hielt einen Moment inne, schöne Erinnerungen und Dankbarkeit zogen offensichtlich durch ihre Gedanken. Evette konnte es ihr regelrecht ansehen. Darya schüttelte den Kopf, als wollte sie die Erinnerungen abschütteln, und richtete sich auf. „Also, sag es mir. Womit kann ich dir helfen?"

„Mir helfen?"

„Du weißt schon." Sie deutete auf die Tür, die zum Speisesaale führte. „Mit Sergei. Ich habe mit Männern wie ihm gearbeitet, habe mit ihnen gelebt. Sie sind beeindruckende Kreaturen. Unnachgiebig, wenn sie gefunden haben, was sie wollen." Ihr Lächeln wurde streitlustiger. „Und Sergei hat in dir eindeutig gefunden, was er will."

Es klang so gut. Wie *Aschenputtel* und *Pretty Woman* in einem. Allerdings trug ihr Prinz Charming eine Waffe und hatte einen gefährlichen Ruf.

Und egal, wie gut es sich anhörte, es fiel ihr noch immer schwer, zu glauben, dass das Ganze kein Wunschtraum war, aus dem sie bald ziemlich abrupt geweckt werden würde.

„Woher weißt du das? Ich meine, er kennt mich erst seit etwas mehr als einem Monat. Die meisten Männer brauchen eine Ewigkeit, um eine Verpflichtung einzugehen. Aber Sergei fing fast über Nacht damit an, die Dinge in Gang zu setzen. Kommt dir das nicht komisch vor?"

„Bei Sergei?" Darya schüttelte den Kopf. „Nein. Ganz und gar nicht. Er ist ein Mann, der hauptsächlich von seinen Instinkten geleitet wird. Und ich schwöre dir, ich habe es noch nie erlebt, dass diese Instinkte versagt haben." Sie hielt inne und neigte ihren Kopf. „Ich weiß, dass wir uns gerade mal ein paar Stunden kennen, aber darf ich einen Vorschlag machen?"

Evette kicherte. Etwas von dem Wahnsinn, der von dem wilden Ritt herrührte, auf dem, sie sich seit dem Tag ihrer Entlassung befand, mischte sich in diesen Ton. „Machst du Witze? An diesem Punkt würde ich mich über jegliche Art von Input freuen."

Daryas Lächeln ähnelte dem, das sie von Dorothy und ihrer Mutter kannte – es war voller Geduld und Verständnis. „Vielleicht solltest du dich nicht fragen, warum Sergei so schnell agiert, sondern was dich zurückhält."

Die leise ausgesprochene Ansage traf tief und schlug einen ähnlichen Akkord in ihr an, wie ihn

Dorothy zuvor schon ausgelöst hatte. Sie wäre ein Dummkopf, wenn sie es ignorieren würde.

„Wie fühlst du dich mit ihm, Evette? Bist du gerne mit ihm zusammen? Bist du glücklich? Fühlst du dich sicher?"

Die Fragen verblüfften sie, rüttelten etwas in ihr auf. „Ich weiß es nicht. Ich war so damit beschäftigt, herauszufinden, warum er macht, was er macht, und zu versuchen, Schritt zu halten. Ich habe nicht darüber nachgedacht."

„Hast du nicht darüber nachgedacht, oder hast du es nicht zugelassen, darüber nachzudenken?"

Außerhalb der ruhigen Oase der Damentoilette erinnerten gedämpfte Stimmen, Lachen und klassische Musik daran, dass die Welt nach wie vor in Bewegung war. Dass die Leute noch immer ihren Abend hier verbrachten, den Moment mit ihren Familien, Freunden oder Liebhabern genossen.

Unbeeindruckt und ohne den eingefrorenen Moment zu bemerken, in dem sie gerade feststeckte.

Diese völlige Stille in ihr und das unangenehme Schweigen, das er mit sich brachte.

„Ich weiß es nicht."

Aber war das wirklich so?

Nach dem Tod ihres Vaters hatte sie ihre Gefühle mit Teenager-Allüren überspielt, die ihre Mutter fast in den Wahnsinn getrieben hätten.

Nach dem Tod ihrer Mutter hatte sie sie mit Alkohol und Partys betäubt.

Vielleicht war die Fokussierung auf das Warum hinter Sergeis Handlungen nur ein weiterer Weg, ihre Gefühle zu ignorieren. Ein geschickt getarnter Mechanismus, um sich selbst zu schützen.

Als hätte Evette ihre Gedanken laut ausgesprochen, nickte Darya, drehte Evette mit einer Hand auf
ihrer Schulter zum Ausgang und öffnete mit der anderen die Tür. „Nun, meine liebe Freundin, ich denke, vielleicht ist das ein guter Anfang.“

Kapitel 19

Hübsche Lichter in einer klaren Nacht, den Magen voll mit außergewöhnlichen Speisen und Stunden voller Erwachsenengespräche und Gelächter. Evette konnte sich gar nicht mehr daran erinnern, wann sie so etwas erlebt hatte. Vielleicht hier und da in einer Kurzversion auf Partys mit Familie oder Freunden, aber nie bei einem waschechten Doppeldate wie an diesem Abend.

Ihre Hände lagen gefaltet in ihrem Schoß und eine von Sergeis großen Händen bedeckte sie. In der Dunkelheit im Innenraum der Limousine wirkten die Tätowierungen auf seinen Knöcheln und die, die unter seinen Hemdsärmeln verschwanden, statt wie Tinte eher wie Schatten. Vor einiger Zeit hatten sie ihre Neugier geweckt und als Warnung gedient.

Gefährlicher Mann voraus. Mit Vorsicht weitermachen.

Ja, sie hatte diese Warnung ignoriert, nicht wahr? War direkt daran vorbei gestürmt, hatte sich an seinen Tisch gesetzt und die sprichwörtliche Büchse der Pandora geöffnet.

Würde sie etwas anders machen?

Wenn sie diesen Tag noch einmal durchleben könnte, würde sie einen anderen Weg einschlagen? Sergei komplett meiden?

Nein.

Nicht für eine Sekunde.

Die Antwort war so deutlich – so kühn und selbstbewusst -, dass sie fast unter ihrer Kraft zusammengezuckt wäre. Was natürlich die Frage nach dem Warum aufwarf. Was hatte sie an diesem Tag angetrieben, was sie jetzt davor zurückschrecken ließ, sich darauf einzulassen? Wenn sie wirklich so unsicher wäre, wer er war und in welche Aktivitäten er verwickelt war, was hielt sie davon ab, sich einen anderen Job zu suchen, ihre Sachen zu packen und Emerson woanders hinzubringen? Ja, das Geld und die Sicherheit, die damit verbunden waren, waren Luxus. Allerdings hatte sie den größten Teil ihres Lebens ohne all diese verschwenderischen Dinge verbracht. Emerson war da, wo er schulisch jetzt sein sollte, also gab es nichts, was sie davon abhielt.

Bis auf Sergei.

Zu gehen bedeutete auch, ihn zu verlassen.

Trotz seines Körpers neben ihr und der Wärme seiner Hand auf ihren zitterte sie.

Der Griff seiner Finger wurde fester und er lenkte seine Aufmerksamkeit von den draußen vorbeiziehenden Häusern auf sie. „Ist dir kalt?“

„Nein.“ Sie war verwirrt und durcheinander, aber darüber war sie nicht bereit, zu reden, also wechselte sie zu einem sicheren Gesprächsthema. „Ich verstehe nicht, warum Darya und Knox nicht einfach in deinem Haus bleiben. Es ist doch viel angenehmer als ein Hotelzimmer.“

„Vielleicht wollten sie uns Raum geben.“ Sein Blick wanderte über ihr Gesicht. Seine dunkelblauen Augen wirkten in der Dunkelheit des Wagens fast schwarz. „Du bist seit dem Dessert sehr ruhig. Stört dich etwas?“

Das.

Genau das.

In den wenigen Stunden, seit Darya sie gefragt hatte, was sie an Sergei mochte, hatte Evette im Stillen all die Dinge aufgelistet, die ihr an ihm gefielen. Sein Vertrauen. Seine Intelligenz. Seine Loyalität gegenüber denjenigen, die er als Familie betrachtete.

Und seine Fähigkeiten im Schlafzimmer sprengten vollkommen die Skala.

Aber es war der Beschützer in ihm, der sie am meisten an ihm anzog. Er war stets aufmerksam. Er bemerkte nicht bloß, was in ihrer körperlichen Welt vor sich ging, sondern auch im emotionalen Bereich. Er beobachtete und war immer bereit, einzuschreiten, um ihr Kraft, Schutz oder Komfort zu bieten, egal was sie brauchte. Sie fühlte sich daher sicher und nicht nur wichtig, sondern auch wertgeschätzt.

Genauso hatte ihr Vater stets für ihre Mutter gesorgt. Vielleicht hatte er nicht auf demselben finanziellen Niveau wie Sergei gestanden, doch er war immer für ihre Mutter da gewesen. Nach einem langen Tag im Diner hatte er ihr die Füße massiert. Wenn sie mit der freiwilligen Arbeit für die Kirche überfordert gewesen war, war er stets eingesprungen, um ihr zu helfen. Und um ihr die dringend benötigte Auszeit zu gönnen, war er samstags mit Evie unterwegs gewesen.

„Evette?", fragte Sergei, weil sie nicht antwortete. Konnte sie mit ihm reden? Sollte sie?

„Im Waschraum hat Darya mich gefragt, was mir an dir gefällt. Wie ich mich mit dir fühle."

„Ein interessantes Thema für einen solchen Ort." Der Humor in seinem Gesichtsausdruck verschwand, und er schien zu überlegen, ob er nachhaken sollte. „Und was hast du geantwortet?"

„Ich habe ihr gesagt, dass ich es nicht weiß." Sie zwang sich, den Kopf zu heben. Ihre Stimme kratzte, während der Motor des Wagens sanft schnurrte. „Aber ich glaube nicht, dass das der Wahrheit entspricht. Ich denke, es war einfacher für mich, all die guten Dinge zu ignorieren und mich auf jegliche

Gründe zu konzentrieren, warum ich nicht mit dir zusammen sein sollte.“

Er sah sie schweigend an, und seine Gesichtszüge verrieten nicht, was er dachte.

„Es gibt viele Gründe, warum ich nicht mit dir zusammen sein sollte“, sagte sie fast flüsternd. „Oder zumindest Gründe, warum andere Menschen sagen würden, dass ich nicht mit dir zusammen sein sollte. Aber wenn ich darüber nachdenke, ob ich die Dinge rückgängig machen oder ob ich gehen sollte, dann finde ich einfach nicht den Mut, es wirklich zu tun.“

Die harten Linien in seinem Gesichtsausdruck wurden sanfter. „Was denkst du, warum das so ist?“

Die Wahrheit.

Gib ihm die Wahrheit.

Gib dir die Wahrheit.

„Jedes Mal, wenn ich bei dir bin – jedes Mal, wenn ich dich sehe –, ist es, als würde sich mein ganzer Körper neu ausrichten. Als würde er zu einer erhöhten, effizienteren Frequenz wechseln. Ich war mir einer Person noch nie so bewusst, wie es bei dir der Fall ist. Schon vom ersten Moment an, als ich dich im *Diner* gesehen habe.“

Er nickte. Es war ein einfaches einmaliges Senken seines Kopfes, das eine Bestätigung und Aufforderung war, fortzufahren.

„Ich fürchte mich nicht vor dir“, gestand sie. „Bei allem, was die Leute über dich sagen, und auch bei allem, was du mir selbst erzählt hast, sagt mir mein gesunder Menschenverstand, dass ich es eigentlich tun sollte, aber ich habe keine Angst. Ich fühle mich sicher bei dir.“

„Weil ich jeden vernichten würde, der es wagt, Emerson oder dich zu verletzen.“ Er hob eine ihrer

Hände und küsste deren Handrücken. Die Sanftheit dieser Geste stand im vollkommenen Widerspruch zu seiner Aussage. „Was noch, *solnyshka?*"

Es fühlte sich an, als ob hinter ihrem Brustbein lauter winzige Risse in alle Richtungen entstünden. Wärme und Helligkeit sickerten aus diesen kleinen Spalten hervor. Sobald sie die Wahrheit aussprechen würde, gäbe es kein Zurück. Sie würde sie nicht mehr verbergen können, weder vor Sergei noch vor sich selbst. „Ich vertraue dir."

So ein einfacheres Statement. Eins, über das sie nicht lange nachgedacht hatte und das sie eigentlich auch gar nicht laut hatte aussprechen wollen. Doch es war das tiefste und aufrichtigste Kompliment, das sie jemandem machen konnte. Weil sie es selten von anderen glaubte. „Ich denke nicht, dass ich das jemals über eine andere Person behaupten konnte, abgesehen von Mom und Dorothy. Die Leute versprechen etwas und halten es nicht. Sie sagen das, was man hören möchte, nur weil sie etwas von dir wollen. Sie sehen dir direkt in die Augen und lügen dich an, ohne rot zu werden.

Aber du nicht. Wenn du etwas sagst, dann meinst du es ernst. Ehrlich. Offen. Auch wenn es hässlich ist. Du hast mir von deiner Vergangenheit erzählt und wie du dazu gekommen bist, dieses Leben zu führen, und du hast es ohne Rechtfertigungen oder Beschönigungen getan. Du hast die Karten auf den Tisch gelegt und mich meine Entscheidung treffen lassen."

Ihre Kehle zog sich zusammen und die restlichen Worte drangen nur abgehackt aus ihr heraus.

„Es gibt viele Dinge, die ich an dir mag. So viele, dass ich Angst habe, sie alle aufzuzählen und mich daran zu gewöhnen – oder schlimmer noch, sie für selbstverständlich zu nehmen – und sie dann zu verlieren.“

Das Auto wurde langsamer und bog in die Einfahrt ein. Die Bewegung brachte sie ins Schwanken und warf sie gegen ihn.

Er stützte sie mit einer Hand um ihre Schulter und wartete, bis der Wagen zum Stehen gekommen war, ehe er antwortete. Seine Stimme klang so leise und feierlich wie ein herannahender Donner. „Ich kann dir nicht versprechen, dass du mich nicht verlieren wirst. Mein Leben ist gefährlich. Wut und Rivalität können mir jederzeit eine Kugel einbringen oder einen gut inszenierten Unfall bescheren. Wenn die Nachricht sich herumspricht, werden Emerson und du ebenfalls zu größeren Zielscheiben.

Aber ich werde die Zeit, die ich mit dir zusammen sein könnte, nicht damit verschwenden, zuzulassen, dass dich das von mir fernhält. Es ist besser für mich, dich nur eine begrenzte Zeit lang in meinem Leben zu haben, als überhaupt nicht. Das ist der Grund, warum ich dir die Wahrheit sage. Ich werde nicht zulassen, dass Unehrlichkeit, die Zeit besudelt, die wir miteinander haben. Du wirst alle Seiten an mir kennenlernen, auch die, die ich selbst verabscheue.“

„Wow.“ Nicht gerade die intelligenteste Erwiderung, die sie hätte vorbringen können, aber sie war ehrlich. Nun war auch die Gelegenheit, das Gesprächsthema zu etwas weniger Ernsthaftem zu wechseln. Angesichts der Tatsache, wie viel sie zu verdauen hatte, war eine leichtere Konversation sehr willkommen. „Dir ist schon klar, dass du wahrscheinlich gegen ungefähr fünfzig verschiedene Mafiagesetze verstößt, wenn du so weise und schöne Sachen sagst.“

Auf Sergeis Seite wurde die Wagentür geöffnet, doch er ignorierte es und lächelte auf sie herab. Dieses sanfte Lächeln sagte ihr, dass er genau wusste, warum sie das Thema gewechselt hatte, und ihr daraus keinen Vorwurf machte. „Steige ich damit in deiner Gunst weiter auf?“

„Ein sündiger Mann, der meinen Körper auf Touren bringen und meinen Verstand verführen kann? Hm, ja. Ich denke schon.“

Sein Daumen kreiste über ihren Handrücken. „Dann lohnt es sich, diese Gesetze zu brechen.“ Er zog sie mit sich, als er zur Tür rutschte. „Komm, wir müssen sehen, wie sich Olga gegen Emerson und seine Freunde behaupten konnte.“

Verdammt!

Sie hatte so viel Spaß gehabt und war die gesamte Heimfahrt über so mit ihren eigenen Gedanken beschäftigt gewesen, dass sie Emerson und seine Freunde fast vergessen hatte. Sie stieg aus der Limousine und nutzte Sergeis festen Griff, um das Gleichgewicht zu halten. Zum größten Teil war es in der Nachbarschaft ruhig, nur das leise Summen des Lärms von den Hauptverkehrsstraßen drei oder vier Blocks entfernt war zu hören. An beiden Ecken der erhöhten Veranda standen zwei Wachen.

„Wundern sich deine Nachbarn nicht, warum du rund um die Uhr Männer vor dem Haus postiert hast?“, fragte sie.

Sergei öffnete die Haustür, trat beiseite und wartete, bis sie hineinging. „Glaubst du, sie wären neugierig genug, um zu fragen?“

„Ha!“ Sie ergriff seine Hand und zog ihn hinter sich ins Haus. „Guter Einwand.“

Drinnen war alles ruhig. Überhaupt kein Lärm, den sie von vier Jungs eigentlich erwartet hätte, die sich in einem hochmodernen Spielzimmer verschanzten. Andererseits war es fast elf, was selbst für Jungen in Jebs Alter Ausgangssperre bedeuten musste.

Sie stiegen die Treppe hinauf. Ihre Absätze hörten sich auf den Holzstufen wesentlich lauter an als das leise Klopfen seiner Slipper. Der subtile Duft von Popcorn wehte ihnen im Flur entgegen und das gedämpfte Licht des Spielzimmers fiel auf den dicken Teppich vor ihnen. Je näher sie dem Raum kamen, desto lauter wurde der Klang von Jimmy Kimmels Stimme im Fernseher.

Drinnen saß Olga schlafend in einem großen braunen Ledersessel und Emerson lag ausgestreckt auf dem dazu passenden Ledersofa auf der Seite. Eine dunkelblau- und rot karierte Decke war über seinem Körper ausgebreitet. Der Wachmann am Pokertisch direkt gegenüber der Tür schloss seinen Laptop und erhob sich.

Das Geräusch ließ Olga schreckhaft aus ihrem Schlaf fahren, und ihre plötzliche Bewegung ließ den Sessel so heftig vorwärtsschnellen, dass es ein Wunder war, dass es sie nicht aus dem Sitz katapultierte. Während sie für einen Moment hustete und stotterte, schaffte sie es, die Fußstütze mit etwas mehr Kontrolle herunterzuklappen und stand auf. „Ihr seid schon zu Hause. Hattet ihr einen schönen Abend?"

„Er war wunderschön", antwortete Evette und bemerkte, dass Olga womöglich die Frage an Sergei gerichtet hatte. Sie sah zu ihm und hob die Augenbrauen.

Sergei grinste sie an, bevor er seine Aufmerksamkeit auf Olga richtete. „Es war ein schöner Abend.

Danke, dass du dich um die Jungs gekümmert hast.“

„Es war mir ein Vergnügen.“ Das Lächeln auf dem Gesicht der Frau zeigte, dass sie es wirklich so meinte, doch ihre sonst tadellose Uniform machte den Anschein, als hätte man sie durch den Fleischwolf gedreht. Ebenso wirkte ihr normalerweise ordentlich hochgesteckter Dutt eher so, als ob sie einen Tornado überlebt hätte.

Auf der Couch rührte sich Emerson kein bisschen.

Evette senkte dennoch ihre Stimme. „Haben sich die Jungs benommen?“

„Oh ja“, sagte Olga mit einem Kopfnicken. „Zumindest bis Emerson eingeschlafen ist. Danach haben sich die kleinen Teufel aufgemacht, das Haus zu erkunden, während ich unten war, um Snacks zu holen. Einen von ihnen habe ich in deinem Büro gefunden, die anderen zwei in deinem Schlafzimmer. Ich habe die Männer gebeten, sie nach Hause zu bringen.“

Sergei wechselte einen Blick mit seiner Wache. Keiner der beiden schien angespannt oder besorgt zu sein, doch zwischen ihnen fand eine deutliche nonverbale Männerunterhaltung statt.

Was auch immer das Thema ihres schweigenden Gesprächs gewesen war, der Wachmann beendete es mit einem beiläufigen „Das Haus ist sauber“.

Sergei nickte und sah Olga an. „Sehr gut. Geh jetzt. Ruh dich aus.“ Er wandte sich an die Wache. „Du auch.“

Die beiden eilten zur Tür, und Olga warf Evette ein Lächeln zu, während sie an ihr vorbeiging. Ein wissender Schimmer lag in den Augen der Köchin, als hätte sie eine Ahnung von all den schmutzigen

Dingen, die passieren könnten, sobald sie das Zimmer verlassen hätten.

Auch Sergei schien den Blick bemerkt zu haben und lachte, während die beiden im Flur verschwanden. Er spreizte seine Hand auf Evettes Rücken und zog sie zu einem sanften und viel zu kurzen Kuss zu sich. „Geh in unser Zimmer. Ich kümmere mich um Emerson."

Er drehte sich zum Sofa um, doch Evette griff nach seinem Handgelenk und hielt ihn zurück. „Sergei, wir können nicht."

„Wir können was nicht?"

Sie riss die Augen weit auf und deutete mit der in allen Sprachen bekannten „Du weißt schon"-Geste in Richtung Sofa. „Ich kann ihn nicht allein im Kutscherhaus lassen. Was ist, wenn er mich braucht?"

„Warum denkst du, dass er im Kutscherhaus schläft?"

„Weil wir dort wohnen?"

Ein selbstzufriedenes Lächeln kräuselte seine Lippen. Eine verräterische Selbstgefälligkeit, die nur bedeuten konnte, dass er ihr nicht bloß einige Schritte voraus war, sondern ganze Welten. „Und sein neues Zimmer wurde renoviert und komplett für ihn vorbereitet. Er weiß bereits, dass etwas zwischen uns läuft. Warum lässt du ihn heute Abend nicht den Raum nutzen, um sich an die Idee zu gewöhnen?"

„Ernsthaft?"

Er zog eine Augenbraue hoch. „Du hast mir gesagt, dass du mir vertraust, richtig?"

Das hatte sie. Und das vor nicht einmal zehn Minuten, also nickte sie.

„Dann vertrau mir auch diesbezüglich." Er benutzte ihren Griff um sein Handgelenk, um sie zu sich zu ziehen, und legte seine Handfläche an ihre Wange. „Es wird funktionieren. Sosehr du auch Angst vor dem hast, was wir beide miteinander haben, Emerson hat keine solchen Ängste." Er presste seine Lippen auf ihre, atmete tief ein und murmelte gegen ihren Mund. „Wenn du dich damit wohler fühlst, habe ich nichts dagegen, dass du mir hilfst, ihn ins Bett zu bringen."

Vertrauen.

So ein einfaches Konzept, und doch so schwer umzusetzen. Aber ihr Sohn lächelte zurzeit viel, lachte sogar, spielte mit anderen Kindern – auch wenn diese Kinder sie misstrauisch und nervös machten. Und die meisten dieser Verhaltensveränderungen waren darauf zurückzuführen, dass Sergei in ihrem Leben war. Sergei und all die Menschen, mit denen er sich umgab.

Sie streichelte über seine Brust und flüsterte: „Okay."

Das Lächeln, das er ihr schenkte, als er sich von ihr zurückzog, war sanft, voller Lob und Anerkennung. „Warum gehst du nicht schon vor und ziehst die Bettdecke beiseite?"

Richtig.

Zusammenarbeit.

Guter Plan.

Sie eilte durch den Flur, unsicher, was sie erwarten würde, fand aber sehr schnell heraus, dass Sergei den Nagel auf den Kopf getroffen hatte. Das Zimmer ihres Sohnes wirkte wie eine Kreuzung aus einem Paradies des Weltraumzeitalters und einer Doppelseite aus dem *L.L.-Bean-Katalog.* Es gab dunkelblaue Wände, stahlgraue Vorhänge und eine weiche graue Flanellbettdecke, unter der sie Emerson an kalten

Tagen wohl nicht mehr rausbekommen würde.

Gott, dachte sie wirklich darüber nach, es zu tun?

Sie wischte sich die plötzlich feucht gewordenen Hände an den Hüften ab und trat vom Bett zurück. Die Logik sagte ihr, dass der Boden unter ihren Füßen solide war, doch es fühlte sich an, als ob sich vor ihr das Ungewisse auftun würde. Als ob sie nur einen Schritt davon entfernt wäre, in einen unsichtbaren Abgrund zu stürzen.

Schritte erklangen im Flur und wenige Sekunden später betrat Sergei das Zimmer. Ihr Sohn schlief immer noch tief und fest in seinen Armen und schmiegte sich eng an seine Brust.

Er wäre auch dein Partner.

Der Gedanke durchfuhr sie wie eine sanfte Frühlingsbrise. Es war eine dieser subtilen Erkenntnisse, die man jedoch nicht sofort registrierte, die sich eher leise einschlichen und damit die Schatten beiseite fegten. Sie konnte sich nicht bewegen, konnte nicht wegsehen. Sie konnte sich nur über die Leichtigkeit wundern, mit der Sergei ihren Sohn ins Bett steckte, die Decke über ihn zog und sich vorbeugte, um ihm etwas ins Ohr zu murmeln.

Ein gefährlicher Mann. Einer, der so ziemlich alles zugegeben hatte bis auf den Punkt, dass er tötete.

Und doch behandelte er Emerson mit Sorgfalt und Zärtlichkeit.

Sergei drehte sich zu ihr um und ertappte sie beim Starren. „Ich kann mich nicht entscheiden, ob du kurz davor bist, wegzulaufen, oder ob du gerade eine bahnbrechende Entdeckung gemacht hast."

Oh, es war bahnbrechend. Nur nicht so, wie er es wahrscheinlich gemeint hatte. Und mit so vielen Wahrheiten, die sich ans Licht schlichen, fühlte sich die ganze Situation unausgeglichen an, geriet so in Schräglage, dass sie jederzeit kippen konnte. „Sag mir, was du an mir magst. Warum du das willst."

Sein Gesichtsausdruck wurde ernst und die Bedeutsamkeit ihrer Bitte schien tief zu greifen. Er musterte sie einen Moment lang und sah dann zu Emerson, der sich unter der Decke zusammengerollt hatte. Anschließend umrundete er das Bettende, wo sie stand und ihm zusah. „Komm mit." Er drehte sie mit der Hand auf dem Rücken zur Tür. „Ich werde dir sagen, was du wissen willst."

Nur eine einzige Lampe leuchtete in seinem Zimmer, und das weiche Licht, das vom kleinen Sitzbereich aus schimmerte, verlieh den verschwenderischen Möbeln eine ordentliche Portion Sinnlichkeit. Im Gegensatz zu dem Gästezimmer vibrierte dieser Raum förmlich von seiner Energie, so als ob er Spuren von sich selbst hinterlassen, ihn mit seiner Kraft und Entschlossenheit markiert hätte, so wie er auch bei ihr seine Spuren zurückgelassen hatte.

Hinter ihr fiel die Tür ins Schloss.

„Zieh dein Kleid aus, Evette."

Sie wirbelte herum. Ihr Keuchen mischte sich mit dem unerwarteten Kribbeln von Nervenkitzel, das sein Befehl in ihr auslöste.

„Ich dachte, du würdest mir antworten."

„Das werde ich. Aber ich werde es dir auch zeigen." Sein Blick wanderte über ihren Körper. „Jetzt zieh es aus. Auch die Schuhe."

Oh Mann.

Ein zärtlicher Sergei war verlockend, ein dominanter Sergei hingegen entfachte in ihr ein Feuerwerk. Sie straffte ihre Schultern und legte die Hände an die Hüften. „Kommandierst du mich rum?"

„Ja.“ Ein wissendes Schmunzeln kroch über sein Gesicht. „Wirst du mir gehorchen?“

„Verdammt, nein. Wenn ich dir den kleinen Finger reichen würde, würdest du die gesamte Hand nehmen.“

Das Lächeln wurde breiter und er schlich näher auf sie zu. „Ganz genau.“ Er zog sie nicht gerade sanft zu sich. Eine seiner Hände spreizte sich über ihrem Hintern, und mit der anderen umfasste er ihren Hinterkopf, sodass sie nicht wegsehen konnte. „Du hast gesagt, dass du keine Angst vor mir hast, *solnyshka*, aber die Wahrheit ist, dass du enormen Mut besitzt. Es ist berauschend. Und es sagt mir, dass ich mir niemals Sorgen darum machen muss, dass du immer deinen Standpunkt verteidigen wirst.“

„Ich?“ Sie lachte und streichelte über seine Schultern, bis zu seinem Nacken empor. „Bist du sicher, dass wir über dieselbe Frau reden? Weil ich dir versichern kann, dass ich so ziemlich vor allem Angst habe.“

„Ich sagte mutig. Jeder hat Ängste, aber nicht jeder ist mutig genug, sie durchzustehen.“ Er neigte den Kopf zur Seite und grinste. „Und da ist noch etwas, was ich an dir liebe.“

Liebe.

Nicht einfach nur mögen, sondern lieben.

Die meisten Männer machten einen riesigen Bogen um das Wort mit den fünf Buchstaben, doch Sergei benutzte es ohne Wenn und Aber.

„Was meinst du?“, fragte sie mehr als neugierig.

Er umarmte sie fester, einen Arm um ihren Rücken, den anderen um ihre Taille geschlungen. „Dein Lachen.“

Es war die einzige Warnung, die sie bekam. Eine

Sekunde später kitzelte er an ihrer Seite entlang, und ihr scharfes Lachen prallte von den Wänden wider. Sie zappelte und versuchte, seinem Griff zu entkommen.

Als er aufhörte, war sie völlig atemlos und träge in seinen Armen. Ihr ganzer Körper summte von dem spielerischen Moment. Evie seufzte und lehnte ihre Wange an seine Brust. „Das war gemein.“

„Vielleicht.“ Er drückte ihren Kopf an sich und küsste ihr Haar. „Bevor du hergekommen bist, hatte ich kein Lachen in meinem Haus. Du kannst mir also nicht die Schuld dafür geben, dass ich mehr davon haben will.“

Sie hob ihren Kopf, um ihm in die Augen sehen zu können. „Baby, du musst damit aufhören. Du sagst immer solche Sachen und am Ende muss ich weinen.“

Sein Gesichtsausdruck wirkte, als ob er ihr das nicht abkaufen wollte. „Du wolltest wissen, warum ich dich zur Frau haben will.“

„Ja, aber du machst damit mein Herz butterweich.“

Ein wölfisches Schimmern tanzte in seinen Augen. „Du willst nicht, dass ich dir sage, wie sehr ich deine Courage liebe? Und dass du alles für die Menschen tun würdest, die du liebst, um sie zu umsorgen und zu beschützen?“

Tränen traten ihr in die Augen. Sie versuchte, die Welle an Emotionen zurückzuhalten, doch die Wucht hinter den Tränen war zu groß und sie liefen ihr über die Wangen. „Sergei …“

„In Ordnung“, sagte er und wischte eine der Tränen fort. „Kein Reden mehr.“ Er wiederholte die Geste auf der anderen Wange. „Aber ich möchte dir noch einen Grund zeigen. Einen, den du nicht vergessen solltest."

Bevor sie etwas erwidern konnte, hatte er die Schleife ihres Wickelkleides aufgezogen. Er schälte den hautengen Stoff beiseite, um den innen liegenden Verschluss zu suchen.

Es war völlig egal, ob seine Berührungen funktional oder verführerisch waren. Ihr Körper reagierte sofort darauf, blendete jegliche anderen Reize aus und konzentrierte sich auf den Kontakt mit ihm, um die Empfindung, die er auslöste, voll und ganz auszukosten. Zärtlich. Rau. Beschützend. Besitzergreifend. Der Grund dafür spielte keine Rolle. Nur die Tatsache, dass sie miteinander verbunden waren und kein anderes Gefühl ihre Aufmerksamkeit ablenkte.

Er öffnete den Knopf an der Innenseite und die Schwerkraft erledigte den Rest, sodass die beiden Stoffhälften auseinander fielen. Seine Fingerspitzen folgten der Wölbung ihrer Taille und entlang ihrer Rippen. Eine zarte Berührung von rauen Händen.

Evie seufzte und schloss die Augen. Auch wenn sie versuchte, neckend zu klingen, drangen ihre Worte heiser und atemlos hervor. „Ich nehme an, diese Demonstration ist wohl eher körperlicher Natur."

„Sehr." Eine seiner Hände glitt zu ihrem Rücken und öffnete den Verschluss ihres BHs. „Jetzt wo ich gesehen habe, was du unter dem Kleid trägst, habe ich vor, meinen Standpunkt recht schnell darzulegen."

Also gefiel es ihm, oder? „Das muss ich mir für meine morgige Shoppingtour mit Darya notieren." *Mein Mann mag BHs aus Seide und Spitze und gewagte Tangas. Gut zu wissen.*

Sie öffnete gerade rechtzeitig die Augen, um zuzusehen, wie er den einzigen schicken BH, den sie besaß, zu Boden warf. Evie legte die Stirn in Falten. „Weißt du, für einen Kerl, der ausgefallene BHs und Höschen mag, konntest du den hier scheinbar nicht schnell genug loswerden.“

„Mehr noch, als sie an dir zu sehen, mag ich es, sie dir auszuziehen.“ Er hockte sich vor sie hin und streichelte über die schwarze Seide, die ihre Scham bedeckte. „Und denk daran, ich bezahle die morgige Tour. Ich würde mich freuen, wenn du genug davon kaufst, damit ich in naher Zukunft reichlich Gelegenheit dazu bekomme, beides genießen zu können.“

Seine Hände wanderten über die Außenseiten ihrer Schenkel und klopften dann gegen eins ihrer Fußgelenke. „Raus aus den Schuhen, meine Braut. Für das, was ich geplant habe, brauchst du einen festen Stand.“

Sie gehorchte seiner Aufforderung und streckte ihm einen Fuß entgegen, damit er ihr den High Heel ausziehen konnte. „Hmm.“ Sie hob den anderen für ihn und er befreite sie auch vom zweiten Schuh. „Jedes Mal, wenn du Pläne hast, die mich betreffen, bin ich am Ende völlig wuschig, überwältigt und gerate nachträglich in allgemeine Panik.“

Wegen des schwachen Lichtes und weil sein Gesicht so nah an ihrer Hüfte war, konnte sie seine Mimik nicht sehen, doch seine Stimme klang amüsiert, als er ihr das Höschen von den Beinen schälte. „Ich kann dir versichern, dass diese Pläne dich garantiert lächeln lassen und befriedigen werden.“ Sergei erhob sich und schenkte ihr ein teuflisches Lächeln. „Wenn dem nicht so ist, habe ich es falsch gemacht.“

Er trat zurück und manövrierte sie zum Bett. „Bleib hier stehen.“

Interessant. Er hatte schon von Beginn an gern das Kommando übernommen, wenn sie intim miteinander waren, aber es hatte dabei selten Distanz zwischen ihnen gegeben. Tatsache war, sobald einer von ihnen in Kontakt zum anderen gegangen war, hatten sie sich immer auf irgendeine Art berührt, bis die Realität sie zu etwas anderem zwang.

Trotzdem machte seine Geheimniskrämerei Spaß, und er hatte ihr bereits einen magischen und außergewöhnlichen Abend geschenkt, also hob sie ihre Schultern, ging zu der Stelle, auf die er gezeigt hatte, und blickte auf die Matratze. „Etwa so?"

„Nein, dreh dich zu mir um."

Sie tat, was er verlangte, und er krümmte seinen Zeigefinger, um sie näher zu sich zu locken. „Ein paar Schritte vorwärts." Er nickte, als sie die Stelle erreicht hatte, wo er sie haben wollte, und lockerte seine Krawatte. „Perfekt."

Sie war offenbar so sehr von dem Anblick gefesselt gewesen, zuzusehen, wie er Emerson getragen und ins Bett gebracht hatte, dass ihr jetzt erst auffiel, dass Sergei seine Anzugjacke wohl bereits im Spielzimmer ausgezogen hatte. Anstatt die Krawatte beiseitezulegen, hielt er sie in einer Hand und öffnete die Knöpfe an den Ärmeln und der Vorderseite seines Hemdes. Die ganze Zeit über betrachtete er sie, studierte sie eingehend und musterte sie unverfroren.

Ihre Haut prickelte unter seiner Aufmerksamkeit. Ein elektrisierendes Summen breitete sich in ihrem Körper aus, das sonst eigentlich nur durch seine Berührungen ausgelöst wurde. „Was hast du vor?"

„Ich werde sicherstellen, dass du deiner Liste eine ganz besondere Qualität hinzufügst. Eine, die ich schon im Kopf habe, seit ich dich zum ersten Mal berührt habe." Er blieb hinter ihr stehen und hielt die Krawatte so, dass sie vor ihrem Gesicht baumelte. „Und ich werde dafür sorgen, dass du durch nichts abgelenkt wirst, damit du jede Sekunde davon absorbieren kannst."

Bevor sie auch nur nach Atem schnappen konnte, drapierte er die Seidenkrawatte über ihren Augen und verknotetet sie an ihrem Hinterkopf. Der Stoff fühlte sich kühl und weich auf ihrer Haut an. Nachdem er ihr die Sicht genommen hatte, verstärkten sich augenblicklich alle anderen Sinne. Die knisternde Energie seiner Anwesenheit hinter ihr. Sein erdiger, männlicher Duft. Das leise Klirren seiner Gürtelschnalle, als er sie öffnete, und das Rascheln seiner Kleidung.

Stille breitete sich aus und ihre Sinne gierten nach mehr Input. Luft flüsterte durch die Lüftungsschlitze, während die Kühle der Nacht draußen blieb. Aber sonst war da nichts. Sie hatte keine Ahnung, was er tat oder wo er sich befand.

„Ich bin hier."

Seine Stimme hinter ihr war wie ein samtiges Streicheln. Ein sofortiger Anker in dieser grauen Leere. „Was machst du gerade?"

„Dich ansehen. Dir Zeit geben, alles außer dir und mir und diesen Moment zu vergessen."

Sie lächelte, trotz ihrer Nervosität. „Süßer, ich habe bereits alles außer uns vergessen, als du mich berührt hast."

„Also fühlst du das auch?" Seine Stimme bewegte sich, gepaart mit seinen leisen Schritten auf dem dicken Teppich, als er ihr gegenüber stehen blieb. „Das ist gut. Was ich von dir verlangen werde, wird dann eher Sinn ergeben." Ein gedämpftes Knarren ertönte. „Deine Berührungen erden mich, erinnern mich daran, dass ich zum ersten Mal etwas Gutes und Kostbares in meinem Leben habe." Die Wärme seines Körpers, nur wenige Zentimeter von ihrem entfernt, floss über ihre Haut, kurz bevor er ihre linke Hand hob. Kaltes Metall mit einem ordentlichen Gewicht daran glitt über ihren Ringfinger.

Sein Ring.

Sie hatte ihn nur ein Mal in seinem Büro gesehen, aber die Erinnerung an die Schönheit des riesigen Steins im Cushion-Cut, der von kleineren Diamanten umrahmt war, fiel ihr so leicht wie das Atmen selbst. „Sergei."

„Ich möchte, dass du ihn ab heute Abend trägst, Evette." Er senkte ihre Hand, strich mit den Fingerspitzen über ihr Gelenk, ihren Arm hinauf zu ihrer Schulter, bis er ihren Nacken umfasste. „Ich möchte, dass du sein Gewicht an deiner Hand spürst, während ich dich berühre." Mit der anderen Hand umschloss er ihre Taille und zog sie an seinen heißen, harten und zu einhundert Prozent nackten Körper. „Willst du, dass dieses Gewicht dich an unsere Verbindung erinnert, wenn ich körperlich nicht da sein kann, um dich zu erden?" Sein Mund schwebte über ihre geöffneten Lippen und mit den Fingern folgte er einem Weg zwischen ihren Brüsten. „Damit du dich daran erinnerst, dass du meine Sonne bist?" Seine Fingerspitzen erreichten ihren Bauch und zogen Kreise um ihren Nabel. „Mein Licht und mein Engel."

Die Muskeln in ihrem Bauch begannen zu flattern und Evie schnappte nach Luft. Die feinen Härchen auf seiner Brust kitzelten an ihren Handflächen, als sie nach Halt suchte. Der hypnotische Klang seiner Stimme und die verführerische Berührung zogen sie tiefer, öffneten diesen geheimen Ort in ihr, von dem sie nicht einmal gewusst hatte, dass er existierte, bis Sergei in ihr Leben getreten war. Er ging mit ihr eine Verbindung auf eine ursprüngliche Weise ein, bei der nur noch Gefühl und Instinkt jegliche Handlung beherrschte und die Realität keinen Einfluss hatte.

„Das ist es, was ich am meisten an dir liebe, *solnyshka*. Deine Reaktion auf mich. Diese Verbindung zwischen uns." Anstatt seine Finger tiefer gleiten zu lassen, wie sie es gern gehabt hätte, erkundete er ihre Hüften und ihre Schenkel, die Länge ihrer Wirbelsäule, die Rundungen ihrer Schultern und die Rückseiten ihrer Arme. Er streichelte jeden Zentimeter ihrer Haut mit einer gemächlichen Ehrfurcht, die alles außer ihn auslöschte. Seine Stimme. Seinen Geruch. Seine Kraft und wie sie sich stärker und enger um sie wickelte.

Das sanfte Kratzen seines Bartes flüsterte gegen ihre Wange, und das leise Rumpeln seiner Worte an ihrem Ohr ließ ein köstliches Zittern über ihren Rücken hinablaufen. „Ich wusste, dass du etwas Besonderes bist, als ich dir begegnete. Du bist das Gute, wo ich das Böse bin." Seine Lippen berührten die zarte Kurve, wo sich ihr Nacken und ihre Schultern verbanden. „Aber als du mit mir getanzt hast …" Ein sanftes Lecken, gefolgt von einem zärtlichen Kuss traf auf die sensible Stelle. „Als du deine Arme um mich gelegt und zum ersten Mal das, was gerade zwischen uns fließt, gespürt hast, da wusste ich …" Er schloss sie fester in seine Arme und seine Stimme fiel auf eine tiefe gefährliche Tonhöhe, die ein wildes Surren in ihrem Magen verursachte. „… du gehörst mir."

Seine Zähne versenkten sich in ihrem Nacken und

ihr Schrei erfüllte den Raum. Diese unerwartete Aktion und dieser animalische Besitzanspruch rissen auch den letzten Hauch ihrer Vorsicht fort.

Sie gehörte ihm.

Hatte es schon immer gespürt.

Sie war sich ihm auf einer Ebene bewusst, die sie nach wie vor nicht verstand, nicht erklären oder beschreiben konnte, selbst wenn das Leben ihres Sohnes davon abhängen würde.

Aber es war da. Die ganze Zeit, voller Energie. Voller Gier und Hunger nach mehr.

Er packte ihren Hintern und hob sie hoch. Wo zuvor seine Stimme ein leises, sanftes Raspeln gewesen war, klang sie nun eindringlich und voller Verlangen. „Leg die Beine um mich.“

Die Anweisung war völlig unnötig. Sie schlang aus einem puren sinnlichen Reflex heraus ihre Arme um seinen Nacken und die Beine um seine Hüften, bevor er den Satz überhaupt beendet hatte. Sein Schwanz drückte sich gegen ihren Bauch, heiß, hart und mit dem Versprechen auf das, was nun folgen würde.

Nur wenige Sekunden später lag sie mit dem Rücken auf der Matratze; das sanfte Geräusch, als sie auf der plüschigen Oberfläche landeten, und die kühlen Laken bildeten einen starken Kontrast zu seinem muskulösen Körper und dem köstlichen Gewicht, mit dem er sie bedeckte.

„Sergei.“ Sie versuchte, ihn näher zu ziehen, bog ihm ihren Hals entgegen und betete um mehr von seinen Lippen auf ihrer Haut, um das nasse Gleiten seiner Zunge gegen ihrer oder mehr von seinem besitzergreifenden Biss. Alles, um den Durst zu lindern, den er verursacht hatte. Das drängende Verlangen pulsierte in ihrer Mitte.

Die Seidenkrawatte, die ihre Augen bedeckte, verrutschte.

In der gedämpften Beleuchtung des Raumes klärte sich langsam ihr Blick. Seine Gesichtszüge wirkte wie die eines wilden Raubtiers mit der sexuellen Anziehungskraft eines dunklen Gottes. Rau. Männlich. Absolut dazu entschlossen, sich zu nehmen, was er für sich selbst wollte.

Seine Handflächen fanden ihre, und ihre Finger verschränkten sich so natürlich ineinander wie die Kraft, die zwischen ihnen floss. Seine Augen richteten sich auf ihre und seine Hände drückten fester. Der Biss des Rings an ihrem Finger erinnerte sie stark daran, wohin das hier führen würde, und vor allem daran, was ihr gehören könnte, wenn sie es wagen würde, loszulassen.

„Du hast gesagt, du würdest mir vertrauen. Sagtest, du wüsstest, dass ich dich nie anlügen würde." Er schob seine Knie zwischen ihre, öffnete mit seinen Beinen ihre Schenkel weiter und strich mit der Länge seines Schaftes über ihre Klit.

„Greif jetzt nach diesem Vertrauen. Nimm, was ich dir anbiete, und ich verspreche dir, dass das Einzige, was mich von dir fortreißen kann, der Tod sein wird."

Da war sie. Die unverfrorene Wahrheit in seinen Worten.

Seine Welt war gefährlich. Für ihn. Für sie. Für ihren Sohn.

Es war ein großer Vertrauensvorschuss. Wie ein Sprung über eine Kluft, die sie bereits beim Verlust beider Elternteile verschluckt und wieder ausgespuckt hatte, auf eine Weise verändert, von der sie sich bis heute nicht erholt hatte.

Aber sie war stark. Und wenn sie in der Zeit, als ihre Eltern noch gelebt hatten, etwas gelernt hatte, dann war es, dass Liebe etwas Wunderschönes war und eine Chance bot, die sich lohnte, egal wie hoch der Preis war.

Sie rieb sich an seiner Länge, hielt seinen Blick und akzeptierte den Moment, das Risiko und alle damit verbundenen Herausforderungen, während die starke Verbindung zwischen ihnen wuchs. „Ja."

Seine Augen verdunkelten sich und ein kehliges Knurren dröhnte tief in seiner Brust. Er veränderte die Lage seiner Hüften und sein Schwanz presste gegen ihren Eingang. „Meine Braut." Seine Spitze drängte sich zwischen ihre Schamlippen und sein Becken drückte sich vor. Mit einer herrlich langsamen Bewegung dehnte und füllte er sie. Es war perfekt und brannte den Moment so tief in ihre Erinnerung ein, dass nicht einmal der Tod, den sie so sehr fürchtete, ihn auslöschen könnte. „Alles mein."

Er gab den Rhythmus vor. Anfangs behutsam, aber zielgerichtet. Seine samtige Länge massierte auf perfekte Weise ihre feuchte und gierige Pussy und steigerte ihr Verlangen, schmiedete ein Versprechen. Er erhöhte das Tempo, bis sie in jeder Faser ihres Daseins fühlen konnte, dass das Leben von diesem Moment an nie wieder dasselbe sein würde.

Sie war sein.

Beschützt.

Geschätzt.

Der Raum hinter ihrem Brustbein wurde enger und das Brennen, das stets auftauchte, bevor die Tränen kamen, tanzte über ihren Nasenrücken.

Aber dieses Mal versuchte sie erst gar nicht, sie zu unterdrücken. Stattdessen hielt sie den Blickkontakt zu ihm und ließ die Tränen an ihren Schläfen hinabrollen, als sie die Wahrheit akzeptierte und sich ihr ergab.

Als hätte er ihre Gedanken gelesen, wurden seine harten Gesichtszüge weicher, aber seine Stöße vertieften sich, wurden in Tempo und Kraft intensiver, bis sie sich nur noch festhalten und sich von dem Feuer verzehren lassen konnte, das die Vergangenheit verbrannte und sie reinwusch für die Zukunft.

Erneut veränderte er die Position seiner Hüften, und seine Schwanzspitze streifte ihren G-Punkt.

So intensiv.

So perfekt.

Es war unbeschreiblich, wie ihre Körper zueinanderpassten. Dieses Gefühl, das sich jeglicher Logik und Vernunft widersetzte.

Die Erlösung raste auf sie zu, das exquisite Zucken in ihren Bauchmuskeln und das heftige Blutrauschen in ihren Adern nahmen ihr den Atem.

Sie zwang sich dazu, ihre Augen offen zu lassen, damit sie den Blickkontakt zu ihm halten konnte, während die Schönheit ihres Orgasmus über sie hinwegfegte.

Und dann war es um sie geschehen.

Ihre Augenlider schlossen sich und sie schrie auf, als die Wellen durch sie hindurch rauschten und sie weit über das Hier und Jetzt hinausfliegen ließen. Die einzigen Dinge, die sie noch verarbeiten konnte, waren das schwerelose Vergnügen und das köstliche Kribbeln in ihren Fingern und Zehen sowie das Pulsieren ihres Geschlechts um seinen Schaft.

Sein kehliges Knurren umwob sie, mischte sich mit der Wärme seines schweißnassen Körpers und seinen angespannten Muskeln, die sich gegen sie pressten. „Das ist es, *liubimaya*. Nimm es an. Akzeptiere, wem du gehörst.“ Seine Worte wurden abgehackter und seine Stöße tiefer. Seine Hüften prallten gegen ihre. „Mein. Meine Braut.“

Er versenkte sich bis zum Anschlag in ihr und sein Schwanz zuckte, während ein heiseres Geräusch seine Kehle emporstieg.

Sie öffnete ihre Augen und keuchte über den Anblick, der sich ihr bot. Sein Kopf war zurückgeworfen, sein dunkles Haar umrahmte seine scharfen Gesichtszüge, und die Muskeln an seinem Hals waren so angespannt, dass sie jede Faser davon im Detail erkennen konnte.

Aber es war mehr sein Gesichtsausdruck, der alles in ihr zum Stillstand brachte. Seine geschlossenen Lider, das entspannte Kinn, die geöffneten Lippen, die zu einem Lächeln gebogen waren. Als ob er hinter seinen geschlossenen Augen in den Himmel blicken und ihm eine Ewigkeit voller Glück beschert worden wäre.

Es war atemberaubend. Eine absolute Verwundbarkeit, die von einem Mann zugelassen wurde, der wirklich niemandem gegenüber Schwäche zeigte und die sie mit einer solchen Wucht ergriff, dass sie auf die Knie gegangen wäre, wenn sie gestanden hätte.

Dieser Mann – dieser Furcht einflößende Mann – vertraute ihr. Er wollte sie und glaubte genug an sie, um alle seine Barrieren abzubauen und sich ihr in den intimsten Momenten ganz zu zeigen.

Seine Brust hob sich mit jedem Atemzug und die Muskeln an seinen Schultern und Armen spannten sich an und zeigten ihre unglaubliche Definition.

Sie wollte ihre Hände von seinen lösen, brauchte das Gefühl seines Körpers unter ihren Handflächen fast ebenso wie die Luft zum Atmen.

Aber sein Griff war zu fest. Regelrecht verzweifelt.

Sie versuchte es erneut und krächzte ein paar erzwungene Worte. „Sergei. Lass mich dich fühlen."

Während die Nachricht zunächst nicht zu ihm durchzudringen schien, erreichte ihn jedoch ihre Stimme schließlich, sodass er die Augen öffnete und seinen Blick auf sie richtete.

„Bitte." Sie wackelte mit ihren Fingern, so gut es möglich war, und das Gewicht seines Ringes fühlte sich noch immer fremd an, war aber auch eine willkommene Erinnerung an das, was sie gerade miteinander geteilt hatten. „Ich muss dich berühren."

Mit einem Grunzen, das in jeder anderen Situation genervt geklungen hätte, ließ er langsam ihre Hände los und stützte sich auf seine Ellbogen.

Sie berührte ihn, gab dem Verlangen nach, das Tier zu streicheln und zu liebkosen, das sie noch immer nahe der Oberfläche spüren konnte. Sie genoss den harten Druck seines Körpers auf ihrem, wie seine Lippen über ihren Nacken und ihre Schultern streiften, wie sich die Dicke seines Haares an ihren Fingern anfühlte und auch das träge Kreisen seiner Hüften gegen ihre, mit dem er sie zurück in die Realität holte.

Seine Zunge glitt über ihren Hals. „Du wirst es nicht bereuen, Evette." Sein heißer Atem streichelte über ihre Haut, und das Versprechen in diesem tiefen Tonfall schickte ein Beben ihre Wirbelsäule entlang. „Ich verspreche es dir, du wirst es nicht bereuen, mir zu vertrauen. Niemals."

Es war ein gefährliches Versprechen. Eins, bei dem das Leben sie beide zu Lügnern und Narren machen könnte.

Doch es war ihr egal.

Dorothy hatte recht. Sie war in diese Arena gegangen, hatte den roten Umhang geschwenkt und sich damit die Aufmerksamkeit und Hingabe eines wilden Tiers verdient.

„Ich glaube dir, Sergei." Sie schlang ihre Arme um seinen Nacken und die Beine um seine Hüften und umarmte ihn mit allem, was sie in sich hatte. In diese Geste und in ihre folgenden Worte legte sie jedes Gefühl und jegliche Hoffnung, die er seit dem Tag in ihr befeuert hatte, als sie sich an seinen Tisch im Diner gesetzt hatte, und sie verpflichtete sich ihm komplett. „Ich bin ganz bei dir. Und du gehörst mir, mindestens genauso sehr, wie ich dir gehöre."

Kapitel 20

Sergei liebte sein Leben. Er hatte die Entscheidungen nie bereut, zu Yefim ins Auto zu steigen oder Anton all die Jahre zu folgen. Aber jetzt gerade – mit Evette in seinen Armen neben ihm, ihrem süßen Duft, der seine Lungen füllte, und dem butterweichen Morgenlicht, das auf ihre Haut fiel – wünschte er sich ein oder zwei Momente eines einfachen Lebens. Eines ohne Gefahren, ohne stete Bedrohungen und ohne die Notwendigkeit von Wachsamkeit und Wachen.

Der Aufbau einer Familie in seiner Welt war mit einem Preis verbunden. Einem Preis, der oft von unschuldigen Frauen und Kindern bezahlt wurde, beispielsweise durch mangelnde Privatsphäre. Er hatte häufig erlebt, wie Beziehungen durch solch eine Belastung auseinandergerissen worden waren, hatte beobachtet, wie Mütter ihre Kinder zu isolierten Orten gebracht hatten, um der nicht enden wollenden Bedrohung zu entkommen.

Zwar ehrten viele seiner Kollegen die uralte Sitte, Frauen und Kinder vom Kreuzfeuer fernzuhalten, doch die Zeiten änderten sich.

Egos wurden zu groß, und sich in Geduld zu üben, wurde für sofortige Genugtuung fallengelassen.

Evette holte tief und gemächlich Luft, seufzte dann und drängelte ihren Hintern gegen seinen Schwanz. „Ich weiß nicht, worüber du nachdenkst, aber der Krawall ist so groß, dass ich ihn bis ins Land der Träume hören konnte."

Dass ich dich niemals mehr gehen lassen könnte. Ich würde jedes Interesse und jeden Cent, den ich besitze, dafür hergeben, um dich und unsere Kinder bei mir zu behalten, bevor das passieren würde.

„Ich denke, ich finde es noch besser, neben dir aufzuwachen, als mit dir im selben Bett einzuschlafen“, sagte er stattdessen. Er strich mit seinen Lippen über ihre unbedeckte Schulter, küsste sich bis zu der empfindlichen Stelle an ihrem Hals, die sie stets aufseufzen ließ, und fuhr dann sanft mit seinen Zähnen darüber. „Ich denke auch, dass ich das Frühstück mit dir viel mehr genießen werde als mit Olga.“

Evette kicherte. Ihr gesamter Körper zitterte, als sie versuchte, sich das laute Lachen zu verkneifen. „Ist das deine subtile Art, mir zu sagen, dass du Olga den Tag freigegeben hast und nun erwartest, dass ich nach unten eile, um dir etwas zu essen zu zaubern?“

„Nein, es ist meine Art, dir zu sagen, dass ich mich darauf freue, mit dir zu frühstücken und zu wissen, dass du die ganze Zeit über nichts unter deinem Bademantel anhast als das, was du gerade trägst.“

„Ich trage gerade gar nichts.“

„Ich weiß.“

Sie rollte sich weit genug von ihm weg, um ihm eins dieser frechen *Sei-nicht-so-ein-Schlaumeier-* Grinsen zuwerfen zu können, das er so an ihr liebte. „Ich kann da nicht nur in deinem Bademantel runtergehen.“

„Warum nicht? Wie würdest du sonst einen Samstagmorgen in deiner Küche verbringen?“

„In *meinem* Bademantel. Falls nicht mindestens vier oder fünf Männer jederzeit zum Nachfüllen von Kaffee hereinkommen könnten.“ Sie rollte sich zurück an seine Seite und kuschelte sich wieder an ihn, als könnte sie gar nicht nah genug kommen. „Außerdem ist es besser, dass ich angezogen bin, sobald

Emerson runterkommt.“

„Nein, das ist jetzt dein Zuhause. Wenn die Männer dich stören, dann werden wir von nun an das Kutscherhaus nutzen, damit sie morgens ihren Kaffee dort holen können, aber ich werde es nicht dulden, dass du dich belästigt oder dich in irgendeiner Weise in deinem eigenen Heim unwohl fühlst.“ Er strich mit dem Daumen über die Oberseite des Diamanten an ihrem Ringfinger. „Und wir werden Emerson nichts vormachen. Selbst wenn wir es versuchen würden, würde er es besser wissen. Du würdest es sehen, wenn du innehalten und für einen Moment darüber nachdenken würdest.“

Ihr Blick richtete sich auf den Ring, und sie wurde auf einmal so still, dass es fast aussah, als hätte sie sogar die Atmung eingestellt. „Wir machen das wirklich, oder?“

Er legte seine Hand auf ihren Bauch und staunte erneut, wie perfekt sie zu ihm passte. „Ja, *liubimaya*. Wir können uns Zeit für die Hochzeit nehmen und sie so planen, wie es dir gefällt, aber ich werde keine weitere Nacht mehr ohne dich an meiner Seite schlafen.“

Sie spitzte die Lippen und bewegte den Ring mit dem Daumen. „Das ist neu – *liubimaya*. Was bedeutet das?“

Er fragte sich, wann sie die Veränderung mitbekommen würde. Seit sie eingezogen war, hatte sie ihn immer direkt gefragt, sobald er ein russisches Wort oder einen russischen Brauch eingeführt hatte, doch bei diesem Wort hatte sie sich erst nach einige Zeit erkundigt. Seltsam, wenn man bedachte, dass er niemals damit gerechnet hätte, einer Frau so etwas zu sagen. „Es bedeutet so viel wie *meine Liebe*, oder passender, *meine wahre Liebe*.“

Sie spähte über ihre Schulter, und da lag eine ungewöhnliche Schüchternheit in ihren Augen, als sie zu ihm emporblickte. „Meinst du das so?“

So süß.

Purer Sonnenschein mit einem unbezwingbaren Geist und einem Herzen, das größer war als Russland.

Er rollte sie auf den Rücken und bedeckte sie mit seinem Körper, wartete, bis sie ihm in die Augen sah, bevor er antwortete: „Es gibt keine andere, die jemals mein Herz so berührt hat wie du, Evette. Keine andere, der ich genug vertraut habe, um es mit ihr zu teilen. So wie es bei dir tue.“

Tränen füllten ihre Augen, doch ihre Lippen hoben sich zu einem zittrigen Lächeln. „Für einen Mann mit einem schlechten Ruf weißt du absolut, wie man süße Worte benutzt.“

Die Tränen liefen an ihren Schläfen hinab, und er nahm sich Zeit, die Spuren fortzuwischen, die sie hinterlassen hatten. „Ja, nun, du darfst es niemandem erzählen. Es würde meine Effektivität erheblich mindern und meine Fähigkeit beeinträchtigen, dir und meinem Sohn schöne Dinge zu ermöglichen.“

„Oh mein Gott.“ Dieser Ausruf war eher ein Flüstern, aber die Kraft dahinter erzeugte mehr Tränen, die er kaum in der Lage war aufzufangen, also streichelte er einfach über ihr Haar und gab ihr Zeit, es zu verarbeiten. „Du hast gerade … dein Sohn?“

„Es sei denn, Emerson hat ein Problem damit. Oder du.“

„Baby.“ Sie legte die Arme um ihn und zog ihn an sich. Ihr Oberkörper zitterte, während sie von Gefühlen übermannt wurde. Es dauerte ein paar Minuten, doch als sie wieder reden konnte, mischte sich Lachen in ihre krächzende Stimme. „Ernsthaft, du bist wirklich sehr, sehr gut darin, süß zu sein. Aber ich verspreche es, ich werde nichts verraten. Auch wenn ich die schönen Dinge nicht brauche."

„Du wirst sie vielleicht nicht brauchen, allerdings du wirst sie haben." Er küsste ihre Wange und hob seinen Kopf weit genug, um sie ansehen zu können. „Nun, wenn Emerson tatsächlich so ein Frühaufsteher ist, wie du behauptet hast, wäre es wohl klug, nach unten zu gehen, bevor er vor uns da ist."

Sie schniefte und strich sich mit den Fingern über die Schläfen. „Wie spät ist es?"

„Fast sieben."

Ihre Augen weiteten sich und für einen kurzen Moment lang erstarrte sie, dann drückte sie gegen seine Brust. „Heilige Kacke, wir haben bestenfalls dreißig Minuten Zeit!"

Es stellte sich heraus, dass Evette ziemlich schnell sein konnte, wenn sie sich entschied, etwas zu tun. Sie schaffte es, sich die Zähne zu putzen, ihr Haar zu entwirren, sich seinen Bademantel überzuziehen und sie beide runter in die Küche zu schaffen, und das in weniger als zwanzig Minuten. Eine halbe Kanne Kaffee wartete bereits auf sie. Die andere Hälfte davon hatten sich die Männer genommen, die um sechs Uhr ihre Schicht begonnen hatten und jetzt draußen vor dem hinteren Fenster mit dem Rücken zum Haus standen und sich leise unterhielten.

Evette schenkte Sergei eine Tasse ein, reichte sie ihm und machte sich anschließend daran, sich selbst einen Kaffee zu nehmen. „Also?" Sie tat drei Löffel Zucker in ihren Kaffeebecher, füllte ihn zur Hälfte und gab Milch hinzu, bis die Tasse voll war. „Was sollen wir zum Frühstück machen?"

„Was gibt es normalerweise zum Frühstück, wenn du und Emerson allein seid?"

Sie blies auf die Oberfläche und ließ den Dampf ins Nichts verschwinden. „Hängt davon ab." Sie nahm einen vorsichtigen Schluck, hielt inne, um das Aroma zu genießen, und lehnte dann ihre Hüfte gegen die Arbeitsfläche, während sie die Tasse weiterhin fest mit beiden Händen umfasste. Sein Bademantel sah lächerlich groß an ihr aus, aber die dunkelblaue Farbe wirkte umwerfend auf ihrer Haut. „Normalerweise surfe ich im Internet, bis er aufsteht, und lasse ihn entscheiden. Hin und wieder sind es *Pop-Tarts* oder *Lucky Charms*. Manchmal sind es Speck und Pfannkuchen."

Bei allen Heiligen, wenn Emerson sich ebenfalls als Naschkatze rausstellte, müsste Sergei sein Training mit Kir und Roman intensivieren, damit er weiterhin in seine Anzüge passte. Sergei führte sie zum Tisch. „Dann werden wir warten, und ich hoffe auf Letzteres."

„Weißt du, du musst ihm nicht seinen Willen lassen. Nur weil ich ihm immer die Wahl gelassen habe, heißt das nicht, dass es auch in Zukunft so sein muss."

Er zog ihr einen Stuhl zurück. „Es geht nicht darum, ihm seinen Willen zu lassen, sondern darum, einige Dinge während des Übergangs normal zu halten."

Sie blieb neben dem Stuhl stehen und sah ihn mit einer solchen Zärtlichkeit an, dass sich ein Schmerz hinter seinem Brustbein ausbreitete. „Du bist immer noch süß."

Und sie war immer noch bezaubernd. So sehr,

dass sein Ruf als eiskalter und effizienter Killer dahin wäre, wenn einer der Männer vor dem Fenster sich umdrehen und den verliebten Ausdruck auf seinem Gesicht sehen würde. Er hob eine Augenbraue und deutete auf den Stuhl. „Ich bin ein Mann, *solnyshka*, also werde ich dich früher oder später verärgern."

Die nächsten zwanzig Minuten waren ein Stück unerwarteter häuslicher Himmel. Wenn ihm jemand nach seinem Umzug nach New Orleans erzählt hätte, dass er jemals Zeit an einem Küchentisch verbringen, mit einer Frau wie Evette im Internet surfen, Kaffee trinken und darauf warten würde, dass ein kleiner Junge auftauchte, um das Frühstücksmenü festzulegen, er hätte ihn ausgelacht. Aber hier saß er nun, für den Moment absolut zufrieden, und plante bereits, was sie nach Evettes Shoppingtour mit Darya machen könnten, als wären sie seit Jahren und nicht erst seit Tagen zusammen.

Kurz nachdem Evette seinen Knöchel mit ihren eiskalten Füßen berührt und er sie dazu gebracht hatte, sich auf ihrem Stuhl so zu drehen, dass sie ihre Füße in seinen Schoß legen konnte, kam Emerson auf leisen Sohlen in den Raum. Tatsächlich so leise, dass Evette wahrscheinlich gar nicht mitbekommen hätte, dass er in der Tür stand und sie beide beobachtete, wenn Sergeis Blick nicht über ihre Schulter gewandert wäre.

Kaum hatte sie Sergeis Ablenkung bemerkt, drehte sie sich um, allerdings nur so weit, wie sein Griff an ihren Füßen es zuließ. „Hey, Kleiner, bereit fürs Frühstück?"

Emerson musterte sie beide, realisierte ihren Aufzug und Sergeis legere Jeans und T-Shirt, ebenso wie ihre Füße auf seinem Schoß. Er grinste wie ein Kind, dem man gerade Tickets für Plätze in der ersten Reihe für die *World Series of Baseball* überreicht hatte. „Sieht so aus, als wäre ich nicht der Einzige, der hier übernachtet hat."

Und einfach so war jedes mögliche Unbehagen bezüglich des Übergangs vorbei. Emerson erklärte, dass Übernachtungstage Pfannkuchen und Speck verdient hätten, und die drei verwüsteten die Küche, um ihr Festmahl zu zubereiten. Olga würde sich zweifelsohne tagelang darüber beschweren.

Aber es war ein Frühstück, das er so noch nie gehabt hatte.

Unschuldig.

Warm.

Glücklich.

Der Speck war weg, und was von ihrer zweiten Portion Pfannkuchen übrig war, schwamm in einer unglaublichen Menge an Sirup auf ihren Tellern. Das gedämpfte Geräusch von der sich öffnenden und schließenden Haustür mischte sich unter Emersons Erzählungen von der Nacht zuvor, und Schritte auf dem Parkettboden im Foyer näherten sich.

Realität.

Zweifellos auf den Rücken seiner *avtoritets* hereingetragen. Er konnte sich nicht für immer vor seiner Verantwortung verstecken. Und angesichts des traurigen, wenn auch verständnisvollen Wissens in Evettes warmem Blick nach zu urteilen, wusste sie ebenfalls, dass es Zeit war, die Seifenblase zu verlassen.

Sie richtete sich in ihrem Stuhl auf, zog den Gürtel seines Bademantels fester, rutschte vom Sitz und nahm ihren und Sergeis Teller mit, als sie sich erhob. „Schnapp dir deinen Teller, Emerson, und hilf mir beim Aufräumen."

„Wieso muss Sergei nicht aufräumen?“

Genau in dem Moment schlenderten Kir und Roman in die Küche. Ihre lässigen Jeanshosen und Henley-Shirts waren für den Morgen geeignet, den er mit Evette und Emerson geteilt hatte, aber für seine Männer war die Kleidung seltsam untypisch.

Evette deutete mit dem Kopf in Richtung der beiden, stellte die schmutzigen Teller auf die Arbeitsfläche und öffnete die Spülmaschine. „Weil er Geschäfte zu erledigen hat und ich mich auf eine Einkaufstour vorbereiten muss. Wenn ich es rechtzeitig schaffen will, werde ich mehr als ein paar Hände benötigen, und du hast zwei neue Räume, für die du dich zu bedanken hast, also fällt die Wahl auf dich.“

Kir und Roman blickten sich mit einer Mischung aus ironischem Humor und unverhohlenem Schock um, doch es war Kir, der seiner Überraschung eine Stimme gab. „Was ist hier passiert?“

„Wir haben Frühstück gemacht.“ Emerson sprang aus dem Hochstuhl, auf dem er den gesamten Morgen über herumgezappelt hatte, in der einen Hand hielt er seinen benutzten Teller, in der anderen schmutziges Besteck. „Übernachtungen bedeuten Pfannkuchen und Speck, also haben wir ganz viel davon gemacht.“

Roman grunzte über die Neuigkeiten und verbarg den Rest seiner Meinung hinter einem wissenden Grinsen.

Kir hingegen hielt sich nicht annähernd so bedeckt. Er runzelte die Stirn und konzentrierte sich auf Sergei. Sein russischer Akzent klang absichtlicher schwerer. „Übernachtungen. Das muss ein Wort sein, das ich nicht richtig verstehe.“

Dreister Bastard. Kir musste es immer ein wenig

übertreiben, aber wenn er sich nicht vorsah, dann hätte er nicht nur ein Problem mit Sergei, sondern auch mit Evette. Sergei stand auf und nahm seinen fast leeren Kaffeebecher mit. „Das vielleicht nicht, dennoch glaube ich, dass du das Wort *Konsequenzen* kennst.“

Die Information traf ins Schwarze und Kir wischte sich das Grinsen vom Gesicht. Beinahe. Nicht ganz. „Ja, das ist mir vertraut.“

Sergei nickte, trank seinen Kaffee auf dem Weg zum Spülbecken aus und stellte die Tasse neben das schmutzige Geschirr. Er zog Evette zu sich und küsste sie auf den Kopf. „Komm zu mir, bevor du gehst und wenn du wieder zurück bist.“

„Okay“, murmelte sie leise.

„Die Männer werden dich begleiten.“

„Na sicher.“

„Und du wirst übermäßig viel Geld ausgeben.“

Ihr Kopf schnellte hoch, und ihre Augenbrauen waren so zusammengezogen, dass sie fast ein V formten. „Nun ja, das kann ich nicht versprechen.“

„Versprich, dass du es versuchen wirst.“

Emerson schob sich auf die andere Seite von ihr, kicherte und lud die beiden Pfannen, die sie benutzt hatten, in das Seifenwasser im Spülbecken. „Viel Glück damit.“

„Jetzt ist aber mal genug mit euch. Es ist nichts falsch daran, sparsam zu sein.“ Sie hob sich auf die Zehenspitzen und platzierte einen kurzen Kuss auf Sergeis Lippen. „Geh und erledige harte Geschäftssachen. Ich melde mich zurück, sobald wir fertig sind.“

Sie aus seiner Umarmung zu lassen, erforderte eine erhebliche Menge an Disziplin. Er wäre wohl daran gescheitert, wenn nicht zwei Männer und ein siebenjähriger Junge dagestanden und sie beobachtet hätten. Noch schwerer fielen ihm die Schritte, die er machen musste, um die Treppe hinauf in sein Büro zu gehen. Falls Kir und Roman die Schwerfälligkeit auffiel, mit der er sich bewegte, zeigten sie es nicht. Sie folgten ihm nur, wie an jedem Morgen, aber blieben verdächtig still dabei.

Oder zumindest blieben sie das, bis sie hinter verschlossener Tür standen.

„Emersons Freunde arbeiten für jemanden", sagte Roman ohne Vorwarnung und noch bevor Sergei seinen Schreibtisch erreicht hatte. „Letzte Nacht haben die Wachen sie ohne Emerson im Haus erwischt. Bei einer Durchsuchung sind Wanzen gefunden worden."

Sergei nahm seinen Platz ein und nickte. „Ich hatte schon vermutet, dass mehr dahintersteckt, als Olga erzählt hat. Reggie sagte, das Haus sei sauber, also habe ich darauf vertraut, dass ihr euch darum gekümmert habt."

„Vier entfernt", entgegnete Kir. „Zwei aus deinem Büro, eine aus dem Spielzimmer und eine aus deinem Schlafzimmer."

„Zerstört?"

Roman schüttelte den Kopf. „Umgesetzt in die Gästezimmer, die von niemandem außer dem Reinigungspersonal betreten werden. Die Zerstörung hätte sie darauf aufmerksam gemacht, dass wir sie entdeckt haben, und wir wollten zuerst Rücksprache mit dir halten."

„Gut." Sergei konzentrierte sich auf Kir. „Ich vermute, du hast die Jungs inzwischen überprüft. Irgendeine Idee, wer sie benutzt?"

„Die Eltern haben keinerlei Verbindungen zu jemandem, der sich für uns interessieren könnte. Beide haben Jobs, aber verdienen kaum mehr als den Mindestlohn. Alle drei Jungs sind mit Stipendien an der Schule. Keine Probleme bis auf gelegentliches Unterrichtsschwänzen.“

„Geld wäre also eine gute Motivation für sie.“ Sergei wechselte seine Aufmerksamkeit zwischen den beiden Männern hin und her. Jeder von ihnen sah ihm direkt in die Augen, doch die Anspannung in ihren Körpern zeigte ihm, dass da noch mehr war. Und dass es nichts Erfreuliches war. „Ich nehme an, ihr habt eine Theorie, wer die Jungs ins Spiel gebracht hat?“

Kir sah zu Roman und nickte ihm kurz zu.

„Du erinnerst dich, dass wir jemanden hatten, der erzählt hat, er hätte Carl mit Alfonsi zusammen gesehen“, sagte Roman.

Sergei neigte den Kopf.

„Evette hat erwähnt, dass sie alle auf die gleiche Highschool gegangen sind. Es war ihre Codekarte, die benutzt wurde, um eine Anwaltskanzlei zu betreten – was der Grund für ihre Entlassung war. Die Jungs haben sich mit Emerson nur wenige Tage, nachdem Carl herausgefunden hat, dass Evette für dich arbeitet, angefreundet. Es heißt, er taucht nach einiger Zeit mit großen Summen Geld auf. Alfonsi ist dafür bekannt, Erpressung zu benutzen, um zu bekommen, was er will.“ Roman machte nur eine kurze Pause, doch das reichte, um deutlich zu zeigen, dass er sich nicht darauf freute, den Rest auszusprechen. „Was ist, wenn Carl für Alfonsi arbeitet?“

Es ergab Sinn. Die Schritte, die sie gegen Alfonsi und seine Geschäfte unternommen hatten, waren lange, nachdem die Jungs sich mit Emerson angefreundet hatten, erfolgt. Demnach konnte es sich dabei also nicht um eine Reaktion auf die Maßnahmen handeln. Obwohl Knox' Recherche keine finanzielle Verbindung zwischen Alfonsi und Carl ausgespuckt hatte, wäre es einfach genug, Bargeld durch die vielen Unternehmen von Alfonsi zu leiten. Und Evette hatte die frühere Bekanntschaft der beiden bereits bestätigt. Da die Abhörwanzen in seinem Haus noch funktionierten, wäre es nicht schwer, die Beziehung zu bestätigen und zu beweisen. „Es ist möglich. Es kann aber auch sein, dass Labadie ein Freiberufler ist, der an jeden potenziellen Käufer verkauft."

Die Anspannung von Roman und Kir ließ nach.

Froh, dass er das Schlimmste von dem gehört hatte, was sie mitzuteilen hatten, lehnte er sich zurück und schlug ein Bein über das andere. „Und wie geht es unserem Kollegen Alfonsi heute?"

Das gleiche zufriedene Grinsen, das Kir am Tag der Nachrichtensendung gezeigt hatte, kroch auf dessen Gesicht. „Einer seiner Kapitäne hat gestern Kontakt aufgenommen. Alfonsi will ein Treffen."

Das waren noch hervorragendere Nachrichten. Wenn er Alfonsi genug verunsichert hatte, dass er ein Treffen verlangte, könnte dies bedeuten, dass er belehrbar und kontrollierbar war. Beides wäre besser als ein regelrechter Krieg. Besonders, weil Evettes Onkel in das Chaos verwickelt war und weil Evette und Emerson sich gerade daran gewöhnt hatten, ein Teil seiner Welt zu werden.

Draußen schwankten die hohen Gräser, Pflanzen und die Kreppmyrte, die den kristallklaren Pool säumten, in einer leichten Brise hin und her. Im

Sommer gab es viele Farben – Weiß, Rot, Orange und Lila -, doch im Moment hatten sie einfach nur ein friedliches Grün. Das war eins der Dinge, die er am meisten an seinem neuen Zuhause liebte. Das Wetter konnte kühl werden, doch es reichte nie aus, um Bäume und Pflanzen in den Winterschlaf zu schicken. Sicherlich würde es nie so kalt wie die russischen Winter, die er erlebt hatte.

„Wie sollen wir vorgehen?", fragte Roman und riss ihn damit aus seinen Gedanken.

Es war einmal vor langer Zeit, da hätte er an dieser Stelle jede Bitte um ein Treffen abgelehnt, hätte sein Ziel gnadenlos weiterverfolgt, bis entweder seine Konkurrenz ausgelöscht oder Kapitulation angeboten worden wäre.

Aber er liebte sein neues Zuhause.

Er liebte seine neue Familie.

Und damit ging die Notwendigkeit einher, Vorsicht und Vernunft walten zu lassen.

„Ich treffe mich am Montag mit Henri", sagte er. „Wenn unsere Hindernisse für den Abschluss des Geschäftes wirklich beseitigt sind, dann stimme ich einem Treffen zu. Bis dahin nutzen wir die Wanzen zu unserem Vorteil und versuchen, herauszufinden, ob Carl tatsächlich für Alfonsi arbeitet oder ob er einfach nach Informationen sucht, die er verkaufen kann."

„Und wie willst du das machen?", fragte Roman.

Sergei lenkte seine Aufmerksamkeit von der friedlichen Szene draußen auf seine Männer und erlaubte sich ein Lächeln. „Wir geben Evettes Onkel, was er will – Informationen."

Kapitel 21

Was für ein fantastisches Wochenende.

Das war der erste Gedanke, der Evette durch den Kopf geschossen war, als Sergeis Wecker an diesem Morgen losging und seitdem ständig widerhallte, während die beiden sich auf ihre erste gemeinsame Arbeitswoche vorbereiteten. Niemals hätte sie gedacht, dass die einfache Aufgabe, sich im selben Badezimmer fertig zu machen, oder ihrem Mann zuzusehen, wie er sich einen seiner tollen Anzüge anzog, so angenehm sein würde. Aber sie schwebte noch immer, erledigte ihre morgendlichen Aufgaben mit einem dämlichen Grinsen auf dem Gesicht und saugte regelrecht den Sonnenschein auf, als wäre der Tag wie maßgeschneidert, um ihr Glück widerzuspiegeln.

Um zehn Uhr lagen die Temperaturen noch nicht einmal bei fünfzehn Grad, aber es war ihr egal. Die Touristen, die normalerweise an den Wochenenden den French Market in der North Peters Street überfluteten, kamen montags nie hierher, was ihr genug Zeit und Platz verschaffte, um sich durch die verschiedenen Händler zu schlängeln.

Der Moment war perfekt. Ihr Herz war sorgenfrei. Ihre Gedanken kreisten nicht mehr, zum ersten Mal seit – na ja … vielleicht jemals. Sie hatten sich sogar so sehr beruhigt, dass sie mit einem einfachen Lächeln und einem Kuss auf Sergeis Wange seinem Vorschlag zustimmte, dass einer seiner Männer sie zum Markt führe, statt dass sie die öffentlichen Verkehrsmittel nahm.

Das war jetzt ihr Leben. Sie hatte es akzeptiert. Und sich gegen die Vor- oder Nachteile davon zu wehren, war schlichtweg eine Verschwendung von Energie und Zeit. Ein Punkt, mit dem Darya auf ihrem Wirbelwindeinkaufsbummel am Samstag ins Schwarze getroffen hatte.

Sie nahm sich Zeit, an diversen Ständen vorbeizuschlendern, blieb sogar stehen und staunte über eine Auswahl von handgemachten Mardi-Gras-Masken. Schließlich ging sie zu der Verkäuferin, für die sie den besonderen Trip unternommen hatte – eine süße Cajun-Dame, die Dorothy ihr vor einigen Jahren vorgestellt hatte und die all ihre Gewürze selbst herstellte und verpackte. Sie hatte jegliche Arten von Gewürzen für praktisch alles – von Gumbo bis hin zu Shrimpsgerichten.

Wie er es beabsichtigt hatte, steckte der Ring, den Sergei ihr geschenkt hatte, gewichtig an ihrem Finger. Eine Erinnerung. Nicht nur an ihre unvergessliche Nacht, sondern auch an den nächsten Morgen mit Emerson.

Sie bog in den letzten Gang des Marktes, erspähte die Dame, die sie aufsuchen wollte, und hob die Hand, um zu grüßen. Sie blieb allerdings stehen, als ein bekanntes Gesicht ihre Aufmerksamkeit erregte. Oder besser gesagt: vier bekannte Gesichter, von denen drei normalerweise jetzt in der Schule sein sollten und das vierte eigentlich nicht mit den anderen dreien zusammen sein sollte.

Aber da waren sie. Onkel Carl und die drei älteren Freunde von Emerson, die sich fröhlich miteinander unterhielten. Die beiden jüngeren konzentrierten sich großteils auf ihre Eiswaffeln, doch ihr Anführer, Jeb, fokussierte sich voll und ganz auf ihren Onkel und redete mit einer Reihe von Handgesten.

„Ms. Labadie?“ Tonys knappe Stimme klang eine Sekunde, bevor er vor sie trat und ihr die Sicht auf ihren Onkel und die drei Jungen versperrte. „Vielleicht sollten wir für eine Weile ans andere Ende des Marktes zurückkehren. Ihre Gewürzhändlerin sieht beschäftigt aus.“

Um bessere Sicht zu haben, trat sie einen Schritt zur Seite.

Reggie stellte sich neben Tony, um eine perfekte Wand zu bilden. Doch Evette schob sich an ihnen vorbei, gerade rechtzeitig, um Carl dabei zu beobachten, wie er Jeb einen Haufen Geld überreichte, dessen bereits durcheinandergeratenes Haar zerzauste und laut genug lachte, dass man es überall hören konnte.

Evettes plötzliche Bewegung musste wohl Onkel Carls Aufmerksamkeit erregt haben, denn er blickte auf, sah sie an und erstarrte. Das fröhliche Lächeln auf seinem Gesicht verschwand und wurde durch Bestürzung und vielleicht sogar Angst ersetzt.

Reggie drehte sie mit einem festen Griff an ihrer Schulter um. „Verzeihen Sie bitte, Ms. Labadie, aber wir müssen uns um etwas kümmern. Bitte kommen Sie mit.“

Sie hätte diskutieren können und hätte es vielleicht auch getan, wenn ihre Gedanken nicht Karussell gefahren wären und aus der Realität ein verschwommenes Ärgernis gemacht hätten. Stattdessen trottete sie dahin, wohin sie geführt wurde, ihr Körper lief auf Autopilot und das Summen der Kunden auf dem Markt dröhnte in ihren Ohren.

Geld.

Onkel Carl.

Ältere Jungs und ihr plötzliches Interesse an Emerson.

Carl hatte Sergei treffen wollen, was sie jedoch abgelehnt hatte. Sie hatte sogar nach Dorothys Straßenparty jeglichen Kontakt zu ihm abgebrochen. Dann waren nur wenige Tage später die Jungs auf Emersons Radar aufgetaucht.

Warum bezahlte Carl sie?

Das ergab keinen Sinn.

Die Jungs würden nicht dafür sorgen können, dass Carl eine Audienz bei Sergei bekäme. Bestenfalls könnte Carl eine zufällige Begegnung mit ihm inszenieren, aber das war es auch schon. Und ihre Bewacher hatten sie von Carl weggebracht, sobald sie ihn gesehen hatten.

Warum?

Sie schüttelte ihre Gedanken ab und blickte abwechselnd zu den beiden Männern rechts und links von ihr. Den ganzen Morgen über waren sie total entspannt, sogar irgendwie fröhlich gewesen, nun jedoch wirkten sie wachsam und vollkommen entschlossen dazu, sie zurück zum Wagen zu bringen. „Ihr haltet mich von Carl fern."

Reggie behielt seinen Blick nach vorn gerichtete, doch Tony warf ihr einen kurzen Seitenblick zu. Er sagte nie ein Wort, aber die Wahrheit war buchstäblich in seinen Augen abzulesen. Sie hielten sie von Carl fern, was nur bedeuten konnte, dass Sergei es ihnen befohlen hatte. Sie wollte Antworten. Viele davon. Sobald es niemanden gab, der mithören konnte.

Tony öffnete die hintere Tür des Wagens für sie und sie rutschte auf den Sitz. Fünf Sekunden später schlugen die Autotüren der Wachen fast unisono zu.

Als wäre nichts passiert, drehte Reggie sich auf dem Beifahrersitz zu ihr um. „Gibt es einen anderen

Ort, zu dem Sie möchten?“

„Ich würde gerne wissen, warum Sie mich von meinem Onkel fernhalten.“ Die Kontrolle in ihrer Stimme war sogar so deutlich, dass sie verdammt stolz auf sich war. Nicht einmal ein Hauch des Adrenalins, das ihr durch die Adern schoss, war in ihrer Stimme zu hören gewesen.

Reggie blickte zu Tony.

Tony sah sie im Rückspiegel an und hob die Schultern. „Wir haben Befehle erhalten. Keinen Kontakt zu Carl Labadie, weder für Sie noch für Emerson, es sei denn, Mr. Petrovyh ist anwesend.“

„Und wann haben Sie diese Befehle bekommen?“

„In der Nacht, als Sie von der Straßenparty zurückgekehrt sind“, antwortete Reggie. „Kir war derjenige, der uns das sofort mitgeteilt hat, aber Sergei hat gleich am nächsten Morgen jedem von uns persönlich die Anweisung erteilt.“ Er machte eine Pause und kniff die Lippen zusammen, als wäre er nicht sicher, ob er weiterreden sollte. „Ihr Onkel hat Sie verärgert, Ms. Labadie. Mr. Petrovyh hat klargestellt, dass wir ihm keine Möglichkeit mehr geben sollen, es erneut zu tun.“

Also ging es nur darum, dass ihr Mann sie beschützen wollte. Und so, wie sie auf ihren Onkel reagiert hatte, hatten ihre Wachen wahrscheinlich das Schlimmste hineininterpretiert. Allerdings beantwortete das noch immer nicht die Frage, warum ihr Onkel die Jungen, die eigentlich in der Schule sein sollten, bezahlt hatte.

„Gibt es einen Ort, zu dem Sie möchten?“, fragte Reggie erneut.

Dieses Mal lag eine Bitte in dieser Frage, und so einschüchternd, wie ihr Verlobter sein konnte, konnte sie es ihm nicht verdenken. Was sie nicht in seinem Gesicht erkennen konnte, war eine unmittelbare Besorgnis wegen ihres Onkels oder darüber, was er mit den drei Jungs auf dem Markt zu suchen gehabt hatte. So schnell wie die Wachen ihr den Blick verstellt hatte, war es durchaus auch möglich, dass keiner der zwei die Kinder überhaupt registriert hatte.

Sie schüttelte den Kopf. „Bringen Sie mich einfach nur nach Hause.“

Tony legte den Gang ein und navigierte den Wagen durch die Straßen. Die Männer schwiegen. Keiner von ihnen holte ein Handy heraus, um Sergei über die Details ihrer Begegnung in Kenntnis zu setzen. Evie hegte jedoch keinen Zweifel daran, dass sie dies nachholen würden, sobald sie die Gelegenheit dazu bekämen. Das war definitiv keine gute Idee, bis sie Gelegenheit gehabt hätte, herauszufinden, was los war. Sergei hatte die Angewohnheit, zuerst zuzubeißen und danach Fragen zu stellen.

In ihrer Gesäßtasche summte ihr Handy. Sie zog es heraus und überprüfte die Nachrichten.

Carl: Wo bist du? Wir müssen reden.

Einen Teufel mussten sie. Alles in ihr sagte, dass es klüger wäre, sich von ihm fernzuhalten. Jedenfalls so lange, bis sie eine Minute Zeit gehabt hatte, darüber nachzudenken.

Sie steckte das Handy zurück in die Hosentasche und starrte aus dem Seitenfenster. Die Gebäude und Menschen strömten, von ihr unbeachtet, vorbei. Mit dem Daumen tippte sie in einem unsteten Rhythmus auf die Armlehne, wobei das Tempo seltsamerweise ihrem Herzschlag entsprach. Carl war schon immer eigenartig gewesen, hatte angeblich sein Geld auf Ölplattformen verdient und es ebenso schnell wieder ausgegeben, wenn er nach Hause gekommen war. Außerdem war er ein Schnorrer, der dafür bekannt war, zu den unmöglichsten Zeiten bei ihr aufzutauchen und ewig zu brauchen, um wieder zu gehen, aber das hier war selbst für ihn mehr als seltsam.

Ihr Handy summte erneut.

Und wieder.

Typisch Carl, immer wieder die Aufmerksamkeit einfordern, bis man ihm gab, was er wollte. Er war ein bisschen wie ein Zweijähriger, der am Rockzipfel zupfte, nur größer und mit nervigeren Angewohnheiten.

Die Nacht von Dorothys Straßenparty tauchte wieder in ihrer Erinnerung auf. Was er ihr an den Kopf geworfen hatte. Dass er Sergei wegen seiner Beziehungen unbedingt treffen wollte.

Beziehungen.

Das war es.

Dasselbe hatte er über ihre Putzstelle gesagt. Und er hatte nicht nur schockiert darauf reagiert, dass man sie gefeuert hatte, nein, er hatte sogar panisch ausgesehen.

Es war *ihre* Karte, die den Zugang zu der Kanzlei ermöglicht hatte. Und Carl war an diesem Wochenende in ihrer Wohnung gewesen. Nicht einmal, sondern zweimal. War er derjenige gewesen, der sie benutzt hatte? Für was? Er sollte nichts von einer Anwaltskanzlei brauchen.

Anwälte waren jedoch mit vielen persönlichen Informationen vertraut.

Was, wenn es Informationen waren, nach denen er gesucht hatte?

Was auch immer der Grund gewesen war, zeitlich würde es passen, dass *er* ihre Codekarte benutzt hatte.

Es ergab Sinn. Und wenn er auf Informationen aus war – egal aus welchen Gründen–, in Sergeis Haus befand sich davon noch mehr.

Shit.

Shit. Shit. Shit.

Der Wagen blieb in ihrer Einfahrt stehen.

Es wäre wohl schlau, auszusteigen, ihre Aufgaben zu erledigen und ihre Gedanken für eine Weile vor sich hin simmern zu lassen, doch das fühlte sich irgendwie falsch an. Sie rutschte in die Mitte des Rücksitzes und beugte sich näher zu Tony und Reggie. „Sergei sagte, er hätte heute Morgen ein Treffen. Wisst ihr, wann er zurück sein wird?"

Tony zückte sein Handy schneller als ein Teenager, der seit Wochen nichts mehr mit Elektronik zu tun gehabt hatte. „Ich kann ihn anrufen und es herausfinden."

„Nein." Sie rutschte zurück und schüttelte den Kopf. „Nein, sollte er in einer Besprechung sein, möchte ich ihn nicht stören. Ich kann mit ihm sprechen, sobald er wieder da ist." Besser gesagt, genau in der Sekunde, in der er zurückkäme. Falls Informationen, die in seinem Haus besprochen wurden, enthüllt worden waren, musste er dies so schnell wie möglich erfahren. Aber wenn sie ihn mitten in einer Geschäftsbesprechung anriefe, könnte sie ihm auf diese Weise Probleme bereiten.

Sie trommelte mit den Fingerspitzen auf ihre Oberschenkel und atmete langsam aus. Es war ihr egal, dass ihre Wachen sie mit offener Besorgnis beobachteten.

Na gut. Sie musste also ein wenig warten, um mit Sergei darüber sprechen zu können und herauszufinden, wie er darüber dachte. Sie war klug. Sie konnte damit umgehen.

Gott, dennoch wünschte sie, ihre Mutter wäre hier. Mom hatte Onkel Carl nicht ausstehen können, aber sie hatte ihn lange gekannt, war sogar mit ihm befreundet gewesen, bevor Dad gestorben war. Danach hatte sie Carl meist ausgeschlossen, hatte sich ihm gegenüber kalt und distanziert gegeben, wann immer er vorbeigekommen war.

Eine Veränderung.

Nachdem ihr Vater gestorben war.

Ihre Mutter war nicht mehr am Leben, um sie zu anzuleiten, doch Mom war nicht die Einzige, die darauf bestanden hatte, Carl zu meiden.

Sie hob den Kopf und sah zu Reggie. „Fahrt mich zu *Dorothy's*."

Kapitel 22

Die Fahrt zu *Dorothy's* dauerte unerträglich lange, und ihre Geduld wurde zusätzlich strapaziert, weil sie auf der Suche nach einem Parkplatz drei Runden um den Block drehen mussten. Gott sei Dank waren die Textnachrichten von Onkel Carl schon auf halben Weg dorthin weniger geworden. Die letzte SMS von ihm besagte nur noch:

Sobald ich es dir erklärt habe, wirst du es verstehen.

Schließlich parkte Tom ein kleines Stück die Straße weiter unten.

Schon bevor der Wagen zum Stillstand gekommen war, öffnete Evette die Hintertür.

Reggie hatte wohl ihren Eifer vorausgesehen. Er war ebenfalls schnell ausgestiegen und blieb dicht neben ihr, als sie auf den Eingang des Diners zusteuerte. „Wissen Sie, Mr. Petrovyh passt nur auf Sie auf. Wenn Sie verärgert sind, sollten Sie ihn einfach anrufen. Es macht ihm nichts aus, wenn Sie ihn unterbrechen."

Oh, sie würde mit ihm reden. Aber je mehr sie auf der Fahrt hierher darüber nachgedacht hatte, desto entschlossener war sie, dies persönlich zu tun und ohne dass eine Waffe in der Nähe wäre. Ganz besonders, wenn Sergei der Ansicht war, dass die Sicherheit seines Hauses gestört worden war. „Es geht mir gut. Ich muss nur ein bisschen mit Dorothy reden, dann gehe ich nach Hause und sehe nach, ob er von seinem Treffen zurück ist."

Tonys schnelle Schritte erklangen hinter ihnen, als Reggie vor sie trat und die Tür des Diners für sie öffnete.

Das Glöckchen über ihnen klingelte fröhlich, und eine Handvoll Bauarbeiter, die drei Tische zusammengeschoben hatten, blickten von ihren Mahlzeiten auf, um zu sehen, wer neu hereingekommen war.

Die zwei Kellnerinnen räumten Tische ab oder nahmen Bestellungen entgegen und drehte sich gerade so weit zu ihr, um Blickkontakt mit Evette aufnehmen zu können. Beide lächelten, als sie sie erkannten, aber es war Matilda, die seit fünf Jahren hin und wieder für Dorothy arbeitete, die sie ansprach. „Hey, Evette.“ Matilda richtete sich auf, nachdem sie den letzten jetzt leeren Vierertisch abgewischt hatte, und wies mit dem Kopf in Richtung Küche. „Wenn du nach Dorothy suchst, die ist gerade nach hinten gegangen, um eine Bestellung aufzugeben.“

„Danke.“ Evette zeigte auf Tony und Reggie, die zum Glück in der Nähe des Eingangs herumstanden. „Würdest du den beiden etwas zu trinken zu bringen?“

„Ja, kein Problem.“ Sie sah zu den zwei Männern und ihr Lächeln wurde ein wenig breiter. „Ihr könnt diesen Tisch hier nehmen. Möchtet ihr Kaffee oder was anderes?“

„Kaffee für mich“ und

„Cola“, antworteten die beiden nahezu gleichzeitig und schlenderten dann zu Matilda an den Tisch.

Evette machte sich auf den Weg zur Küche und stieß dabei fast mit Dorothy zusammen, als sie durch die Tür kam. In der einen Hand hielt sie einen großen Becher mit Limonade und auf der anderen trug sie einen Teller mit einem Burger und einer doppelten Portion Fritten.

„Oh.“ Evette trat einen Schritt zurück und strich mit den feuchten Handflächen über ihre Hüften. „Du bedienst heute?“

Dorothy schüttelte den Kopf. „Nee, ich gönne mir nur schnell einen Happen, bevor das Mittagsgeschäft anfängt.“ Sie musterte Evette von Kopf bis Fuß und runzelte die Stirn. „Ist dir eine Laus über die Leber gelaufen? Das letzte Mal, dass du so blass im Gesicht gewesen bist, war in deinem letzten Jahr auf der Highschool, als du die Grippe hattest.“

Na großartig. Wenn es wirklich so offensichtlich war, würde Sergei das auch von seinen Jungs erfahren.

Evette warf einen Blick über ihre Schulter, und tatsächlich flogen Reggies Finger über die Tastatur seines Handys. „Ich muss mit dir über etwas sprechen.“ Sie wandte sich wieder Dorothy zu und eine neue Welle der Dringlichkeit legte sich in ihren Tonfall. „Stört es dich, wenn wir reden, während du isst?“

Dorothys Stirnrunzeln vertiefte sich und ihr Blick wanderte von Evette zu den beiden Wachen. „Ich habe das Gefühl, dass dieses Gespräch nicht gut für meine Verdauung sein wird.“ Sie hob ihr Getränk in Richtung der leeren Sitzecke, in der Sergei sonst immer saß. „Lass uns da rüber gehen. Ich habe mein Büro satt und es ist privat.“

Sie ließen sich nieder und Dorothy begann ihre typische Routine: Sie rollte die Serviette auf und legte das Besteck ordentlich hin, als hätte sie alle Zeit der Welt. Evette konzentrierte sich darauf, nicht herumzuzappeln. Sie ging sogar so weit, ihre Hände unter ihre Oberschenkel zu stecken, während sie wartete, dass Dorothy ihr die Erlaubnis gab, loszulegen.

Dorothy schnappte sich die Flasche mit dem Ketchup und goss sich etwas davon neben ihre Fritten. „Also gut. Was hat dich so aufgebracht, dass du neben mir sitzt wie ein Rennpferd, das in die Startbox gesperrt wurde?"

„Du musst mir von Onkel Carl erzählen."

Dorothy, die den Deckel gerade wieder auf die Ketchupflasche drehte, hielt mitten in der Bewegung inne und sah Evette an. „Wie bitte?"

„Onkel Carl. Ich muss wissen, was du über ihn weißt. Wie er sein Geld verdient. Warum Momma ihn nicht mochte. Alles, was du mir sagen kannst."

In all den Jahren, in denen Evette Dorothy kannte, war diese Frau immer durchschaubar gewesen. Ihr Gesichtsausdruck vermittelte stets das, was sie dachte, ohne dass sie auch nur ein Wort aussprechen musste. Doch jetzt, in diesem Moment, war es, als wäre ein Schalter umgelegt worden. Völlige Leere bis zu dem Punkt, an dem Evettes Innerstes eiskalt wurde.

Dorothy stellte die Ketchupflasche wieder genau dorthin, woher sie sie genommen hatte. Die Bewegung war langsam und methodisch. „Wie wäre es, wenn du am Anfang beginnst und mir sagst, warum du fragst?"

Evette erklärte es ihr, während Dorothy aß. Dass Onkel Carl an dem Wochenende, an dem ihre Codekarte dazu benutzt worden war, um in die Anwaltskanzlei zu kommen, zweimal bei ihr zu Hause gewesen war. Was er ihr bei der Straßenparty vorgeworfen hatte, und wie er darauf reagiert hatte, dass sie gefeuert worden war. Dass die älteren Jungen sich mit Emerson angefreundet hatten und unbeaufsichtigt in Sergeis Haus herumgelaufen waren. Dass sie gesehen hatte, wie Onkel Carl den Jungen auf dem Markt Geld gegeben hatte, und wie oft er danach versucht hatte, sie zu erreichen, um mit ihr zu reden.

„Ich denke, er hat etwas vor“, sagte Evette, „und ich muss herausfinden, was es ist. Momma mochte ihn nicht, und du hast auch nie einen Hehl daraus gemacht, dass du ihn nicht leiden kannst. Ich will wissen, wieso das so ist.“

Dorothy schob ihren Teller beiseite, obwohl sie den Burger und die Fritten kaum angerührt hatte. „Hast du Sergei irgendetwas davon erzählt?“

„Nein, noch nicht. Er hatte heute Morgen ein Geschäftstreffen, aber hiernach gehe ich nach Hause und werde es ihm sagen. Allerdings brauche ich Informationen von dir, bevor ich das tue.“ Evie verschränkte die Arme auf dem Tisch, beugte sich näher zu Dorothy und senkte ihre Stimme. „Du kennst Sergei. Wenn ich ihm nicht die richtigen Details mitteile, dann wird er reagieren, ohne nachzudenken, und seine Handlungen sind nicht gerade das, was man als ‚vernünftiges Gespräch darüber‘ bezeichnen kann.“

Dorothys Blick fiel auf Evettes Hand und ein sanftes Lächeln schlich sich in ihr Gesicht. „Wie ich sehe, hast du ihm eine Chance gegeben.“

So, wie sie es in den letzten Tagen unzählige Male getan hatte, um sich an das Gewicht zu gewöhnen, legte Evette ihren Daumen auf das Metall und bewegte den Ring damit hin und her. „Habe ich. Er ist ein guter Mann. Hart, dennoch fürsorglich. Und er liebt Emerson. Aber sollte jemand versuchen, ihn zu benutzen, dann muss ich das stoppen.“

„Kind, wenn du schlau bist, stehst du jetzt von diesem Tisch auf, gehst nach Hause, sagst deinem Mann alles, was du weißt, und belässt es dabei.“

„Warum? Was willst du mir nicht erzählen?“

Dorothy starrte auf den Tisch, und ihre Lippen

waren so zusammengepresst, dass es aussah, als wären sie miteinander verschmolzen.

„Dorothy, sag es mir. Sergei hat sich um Emerson und mich gekümmert und unser Leben besser gemacht. Wie soll ich auf ihn aufpassen, wenn ich nicht alle Fakten kenne?“

Einige Sekunden saß Dorothy einfach nur da. Ihr Brustkorb hob und senkte sich, als ob es sie eine immense Konzentration kostete, zu atmen. Während sie schließlich redete, klang ihre Stimme leise und abgehackt. Als ob sie sich die Worte entreißen müsste. „Weil es hier mehr als bloß Fakten gibt, Evie. Da sind Schmerz und Gefahr. Viel davon.“ Sie hob ihren Kopf und sah Evette direkt in die Augen. „Ich sage dir noch einmal – lass es einfach gut sein.“

„Und ich sage dir, dass ich das nicht kann und auch nicht tun werde. Sergei hat sich für mich und Emerson fast ein Bein ausgerissen. Ich mag vielleicht nicht seine Ressourcen besitzen, aber wenn du auch nur für eine Sekunde denkst, dass ich ihm nicht den Rücken decken werde, wenn es darauf ankommt, dann irrst du dich gewaltig. Außerdem habe ich ein Recht darauf, zu erfahren, wenn jemand aus meiner Familie Dinge tut, die er besser lassen sollte. Wenn du nicht mir zuliebe erzählen willst, was los ist, dann tu es für Emerson, damit ich ihn beschützen kann.

Diese Worte trafen sie wie eine Ohrfeige. Ihr Blick schoss zu ihrem kaum angerührten Essen, und ihr Gesicht verzog sich dabei, als würde es wehtun, überhaupt zu atmen. Sie blieb einige Sekunden so. Dorothys Aussehen hatte ihr immer eine zeitlose Schönheit verliehen, doch in diesem Moment ließ die Traurigkeit in ihren Augen sie gebrechlich und völlig geschlagen erscheinen.

Seufzend ließ Dorothy den Kopf hängen. „Kurz bevor deine Mutter starb, sagte sie mir, dass sie dachte, Carl hätte etwas mit dem Tod deines Vaters zu tun gehabt. Sie erzählte mir, dass deinem Dad vor seinem Tod irgendetwas Sorgen bereitet hätte. Deine Mutter glaubte, Bobby mache sich Gedanken wegen des Geldes und darüber, wie er die Rechnungen zahlen solle, weil er viele zusätzliche Stunden gearbeitet hat, um Pakete auszuliefern. Aber dann hatten Carl und Bobby einen großen Streit vor dem Haus, das deine Eltern gemietet hatten." Dorothy sah vom Tisch auf und blickte Evette an. „Kurz danach kam sein LKW von der Straße ab."

„Sie dachte, Carl hätte ihn getötet?"

„Nein, zuerst nicht. Dass dein Daddy gestorben ist, hat deine Mom total aus der Bahn geworfen, ganz zu schweigen davon, wie sehr dich diese Situation mitgenommen hat. Die Polizei sagte ihr, es sei ein typischer Fall von Blitzeis auf einer Nebenstraße gewesen, und sie hat es geglaubt. Aber dann kam Carl eines nachts Jahre später vorbei, als du auf dem College warst. Deine Mutter hat erzählt, er wäre so betrunken gewesen, dass er kaum geradeaus laufen konnte. Er fing an, darüber zu reden, dass dein Dad noch am Leben wäre, wenn er nicht so ein nervöser Dummkopf gewesen wäre und getan hätte, was ihm gesagt wurde, anstatt sich gegen das System aufzulehnen.

Sie hat mich weinend angerufen, nachdem Carl gegangen war. Wort für Wort habe Carl ihr erzählt: ‚*Er brauchte nicht zu wissen, was in den Paketen war. Er musste nur die Auslieferung machen und sich um seine eigenen Angelegenheiten kümmern*‘. Ich habe deiner Momma gesagt, sie solle es nie wieder erwähnen, aber du weißt ja, wie sie war. Wie entschlossen sie war, Dinge durchzusetzen. Sie sagte, wenn Carl am nächsten Tag nüchtern wäre, würde sie ihn damit konfrontieren." Tränen traten in Dorothys Augen und liefen ihr über die Wangen. Ihre Stimme brach, als sie wieder zu sprechen begann. „Drei Tage später war deine Mutter tot."

Eine fiese, elende Kälte sickerte Evette in die Knochen. Die Art von Kälte, die man verspürte, wenn man stundenlang in einem Winterregen feststeckte und bis auf die Haut durchgeweicht war. Sie wollte sprechen, öffnete und schloss ihren Mund zweimal, bevor sie Worte an der unsichtbaren Schlinge um ihren Hals vorbeizwingen konnte. „Das hättest du mir erzählen sollen."

„Warum? Um dir noch mehr Leid zu bereiten, nach allem, was du bereits durchgemacht hast? Oder damit du etwas Dummes tust und Carl mit der Sache konfrontierst und am Ende ebenso stirbst wie deine Momma?"

Dorothy presste ihre Lippen zusammen, blickte erneut auf den Tisch und faltete die Hände vor sich. „Und sosehr ich mich schäme, es zuzugeben, aber ich hatte Angst, dass ich am Ende ebenfalls tot bin, wenn ich auch nur ein Wort darüber verliere." Ihr Kopf drehte sich wieder zu Evette. „Und wer hätte dann ein Auge auf dich gehabt und dafür gesorgt, dass du dich von ihm fernhältst?"

Die Tür zum *Diner* öffnete sich.

Reflexartige jahrelange Gewohnheit ließ sie beide hinsehen.

„Oh Scheiße", flüsterte Evette.

„Oh Scheiße, da sagst du was", antwortete Dorothy, und die Sorge darüber, dass Carl kurz nach dem, was sie soeben erzählt hatte, hereingekommen war, stand ihr ins Gesicht geschrieben.

Carl erspähte sie an dem Ecktisch und schlenderte mit einem nicht gerade überzeugenden Lächeln auf sie zu.

Dorothy senkte ihre Stimme, aber die Dringlichkeit in ihren Worten war deshalb nicht weniger stark. „Du hörst mir jetzt ganz genau zu. Egal was er dir sagt, du erzählst ihm nichts. Glaubst ihm nichts. Verstanden?"

„Es ist nur ein Zufall. Er kann nicht wissen, worüber wir geredet haben."

„Zu verdammt viele Zufälle, wenn es sich um Carl Labadie dreht, Kind. Das ist das ganze Problem. Du stellst das besser schnell fest und schottest dich vor ihm ab." Sie richtete ihren Blick wieder auf den Teller, schnappte sich eine Fritte und stopfte sie sich in den Mund – als ob es das Einzige wäre, was sie tun könnte, ehe sie zu viel sagte, was sie bereuen würde.

Carl war zum Tisch geschlendert, bevor sie es geschafft hatte, zu schlucken. „Wenn das mal nicht zwei Unruhestifter sind."

„Pfff", gab Dorothy von sich, ohne aufzusehen. Wo sie zuvor noch ganz geschäftig gewesen war, kehrte nun ihr übliches Verhalten voll trockenem Humor zurück, für das sie in der Nachbarschaft so sehr geschätzt wurde. „Zwei Engel, wolltest du wohl sagen." Sie schnappte sich eine weitere Fritte, tauchte sie in Ketchup, sah auf und biss davon ab. Reine Unschuld lag dabei auf ihrem Gesicht. „Was machst du überhaupt hier? Ich dachte, du erledigst einen deiner großen Jobs und verdienst haufenweise Geld?"

Evette musste es Dorothy wirklich lassen, sie war

eine brillante Schauspielerin. Besser, als Evette es sich je hätte vorstellen können, und definitiv besser, als sie selbst es wahrscheinlich war.

„Nein, nein. Erst in ein paar Wochen, und das auch nur, wenn ich den Job bekomme, an dem ich gearbeitet habe. Ich bin tatsächlich bloß vorbeigekommen in der Hoffnung, dass ich Evette hier treffe." Carl stopfte seine Hände in die Taschen seiner schlecht geschnittenen braunen Hose, und das graue Hemd half nur wenig dabei, seinen Bauchumfang zu kaschieren. Carls Blick wanderte zu Evette. „Sieht so aus, als hätte ich Glück gehabt."

Dorothy neigte ihren Kopf und schenkte ihm einen finsteren Blick, der schon so manchen aufsässigen Gast dazu gebracht hatte, einen Schritt zurückzutreten. „Willst du mir damit sagen, du willst dich dazwischen drängen, heute, wo mein Mädchen endlich mal gekommen ist, um mit mir ein Mittagessen zu verbringen?"

„Nun ja, jetzt, wo sie in einer schicken Bude auf unzugänglichem Gelände wohnt, muss ein Mann eben tun, was er kann, um mit seiner Nichte Schritt zu halten." Er wiegte sich ein wenig auf den Fersen vor und zurück. „Es macht dir doch nicht aus, Dorothy. Nur für eine Weile?"

Bevor sie antworten konnte, stellten Tony und Reggie sich links und rechts neben Carl. Obwohl sie keinerlei Anstalten machten, Carl von ihr wegzerren zu wollen, hatten sie ganz klar einen Auftrag.

„Ms. Labadie", sagte Tony. „Sind Sie bereit, zu gehen?"

Es war der perfekte Ausweg. Es war eine Chance, von ihrem Onkel wegzukommen, alles sacken zu lassen, was sie von Dorothy erfahren hatte, und Sergei davon zu erzählen.

Andererseits, sobald ihr Onkel sich etwas in den Kopf gesetzt hatte, würde er nicht eher Ruhe geben, bis er es bekam, und es lag auf der Hand, dass er unbedingt mit ihr reden wollte. Wenn sie ihm diese Zeit zugestehen würde, könnte sie vielleicht mehr erfahren, was sie Sergei mitteilen konnte. Außerdem war sie in der Öffentlichkeit und wurde von zwei Männern bewacht.

Entweder schluckte sie jetzt ihre Ängste und ihren Ärger runter, um sich dem Mann zu stellen, der möglicherweise ihre Eltern getötet und der Informationen hatte, die Sergei vielleicht gebrauchen konnte, oder sie rannte weg und leckte ihre Wunden.

Sie hatte später noch Zeit, Tränen zu vergießen; eine Gelegenheit wie diese würde nicht wiederkehren. Sie schüttelte den Kopf und wischte sich die feuchten Handflächen an ihren Schenkeln ab. „Nein, noch nicht." Sie hob ihr Kinn zu ihrem Onkel. „Mein Onkel wollte mit mir über etwas sprechen, also können wir das genauso jetzt erledigen, wenn ich schon mal hier bin."

Tony sah zu Reggie. Während er seine Unsicherheit wegen der Situation ziemlich gut vor der Gruppe verborgen hielt, war Evette lange genug in seiner Nähe gewesen, um zu wissen, dass er so selbstbewusst war wie ein Mann auf einem zugefrorenen Teich im Frühling.

Reggie sah nicht viel besser aus, und der Griff um sein Handy wurde fester, sodass sie dachte, er würde es gleich zerquetschen.

Sergei.

Zweifelsohne hatten sie ihn bereits angerufen. Vielleicht hatten sie ihm sogar gesagt, dass Carl ins

Diner gekommen war.

„Weißt du was?", sagte Evette und verließ sich auf ihr Bauchgefühl. „Wenn es dir nichts ausmacht, dann ruf doch bitte Sergei an und teile ihm mit, dass ich etwas später nach Hause komme. Ich würde das sehr zu schätzen wissen. Oder besser noch, vielleicht könnte er vorbeikommen und mich nach seinem Treffen hier abholen."

Reggie reagierte sofort und nickte. „Natürlich." Er warf Carl einen finsteren Blick zu, der nur als Warnung zu interpretieren war, dann sah er wieder Evette an. „Wir sind gleich hier, wenn Sie uns brauchen."

Dorothy schüttelte ihren Kopf auf dieselbe Art wie müde Eltern, deren Kinder sie tagelang wegen eines neuen Spielzeuges nervten. Sie schnappte sich ihren Teller und erhob sich. „Ich denke, das ist wohl das Stichwort für mich, zu verschwinden."

Sie schob sich vor Carl am Tisch vorbei und zwinkerte Evette zu. Der Schimmer in ihren Augen zeigte deutlich ihre Zustimmung zu der Taktik, die Evette gewählt hatte. „Du gehst mir aber nicht hier weg, ehe ich deinem Mann Hallo gesagt habe. Hier hat man selten die Gelegenheit, gut aussehende Männer anzustarren. Ich muss jede Chance nutzen, die ich habe."

„Die bekommst du."

Carl sah mit leicht gesenktem Kopf zu, wie Dorothy ging. Nachdem sie außer Hörweite war, drehte er sich um und musterte die beiden Bewacher, die nur zwei Tische weiter weg saßen.

Er schien wohl zufrieden damit zu sein, dass der Abstand zwischen ihnen ausreichte, um ihm die Privatsphäre zu geben, die er wollte, denn er setzte sich und murmelte: „Dein Mann, was?"

Oh, Dorothy war hinterlistig. Den subtilen Hinweis hatte Evette gar nicht mitbekommen, doch Carl hatte ihn schnell aufgeschnappt.

Evette stieg darauf ein, verschränkte die Arme auf dem Tisch, grub tief nach ihrer üblichen Dreistigkeit und stellte sicher, dass der gigantische Ring, den Sergei ihr an den Finger gesteckt hatte, deutlich zu sehen war. „So etwas in der Art. Aber wenn du mich erneut beschuldigst, meine Vorteile zu nutzen, dann ist dieses Gespräch schneller beendet, als es begonnen hat."

Der Hieb schien genau das zu bewirken, was sie beabsichtigt hatte. Carl senkte seinen Kopf und starrte verärgert auf den Tisch. „Ich schulde dir eine Entschuldigung dafür." Als er seinen Kopf wieder hob, waren seine Wagen gerötet. „Ich habe es nicht so gemeint, wie es klang. Du hast mich mit der Nachricht, dass du deinen Job verloren hast und umgezogen bist, völlig überrascht."

Bullshit.

Er hatte eine Gelegenheit gesehen, sie zu benutzen, und ein wenig von seinem wahren Selbst war hinter der Liebenswerter-Trottel-Maske hervorgeblitzt, die er für alle anderen vor dem Gesicht trug.

Sein Blick heftete sich auf ihren Ring. „Das ist ein großer Klunker."

„Zu groß", erwiderte sie. „Aber es macht ihn glücklich, also trage ich ihn."

Carl nickte, schwieg jedoch ansonsten. Wo er bisher die leutselige Karte gespielt hatte, tauchte nun, in diesem ruhigen Moment, eine ganz andere Energie auf. Als ob seine Gedanken zu groß und komplex wären, um seine Fassade aufrechtzuerhalten. Alles, was übrig blieb, war die Gleichgültigkeit eines kalten, lieblosen Mannes.

Was auch immer ihn gedanklich beschäftigte, es war Evette egal. Sergei war wahrscheinlich schon auf halbem Wege hierher, und sie wollte Informationen, bevor er durch die Tür kam. „Also, wirst du mir sagen, warum du drei Jungen, die eigentlich heute Morgen in der Schule hätten sein sollen und nicht mit dir auf dem Markt, einen großen Batzen Geld geben hast?"

Einer von Carls Mundwinkeln hob sich zu einem sardonischen Grinsen und ihr Onkel sah sie an. „Mädchen, du hast keine Ahnung, womit du es zu tun hast. Du bist ein kleiner blutender Fisch, der in einem Becken voller Haie schwimmt."

Kleiner blutender Fisch, von wegen. Wenn jemand hier zum Dinner verspeist werden würde, dann wäre es Carl.

Anstatt diesen Gedanken auszusprechen, hielt sie den Mund und betete, dass die unangenehme Stille ihren Onkel zum Reden bringen würde.

Und es funktionierte. „Die Leute, für die ich arbeite, sind mächtig", sagte Carl. „Sie mögen es nicht, wenn man ihre Pläne durcheinanderbringt, und Sergei hat in letzter Zeit viel durcheinandergebracht."

„Und wer sind diese Menschen?"

Er lachte darüber. „Du hast wirklich keine Ahnung, oder?" Carls Lachen verstummte und sein Gesichtsausdruck wurde ernst. „Erinnerst du dich an Steven Alfonsi?"

Shit.

Er war in den Nachrichten gewesen, als sie in Sergeis Büro gewesen war.

„Was ist mit ihm?", fragte sie.

„Nun, es scheint, dass dein neuer Verlobter ihm

einige Probleme bereitet hat. Er will ihn aus New Orleans drängen.“

Super, das zeigte, dass ihr Mann nicht nur einen guten Geschmack besaß, sondern auch eine recht kreative Ader. „Ich bin mir nicht sicher, was das mit den drei Jungen zu tun hat.“

„Nun, um das Spielfeld zu beherrschen, ist es der beste Weg für Alfonsi, zu wissen, was Sergeis Pläne sind. Und wenn jemand Informationen benötigt, kommt er zu mir. Diese Jungs helfen mir, aber jetzt werde ich auch dich dazu benutzen.“

Selbst wenn sie es gewollt hätte, das scharfe Lachen, das ihr die Kehle emporkroch, konnte sie nicht aufhalten. „Du machst Witze, oder?“

Carl blieb versteinert und völlig emotionslos.

„Glaubst du wirklich, ich würde dir Informationen über den Mann geben, den ich im Begriff bin, zu heiraten?“

Er nickte, nur eine einzige Bewegung mit seinem Doppelkinn.

Der Mann war verrückt. Er war dumm und völlig durchgeknallt, falls er glaubte, sie würde die Drecksarbeit für ihn erledigen. „Und warum sollte ich das tun?“

„Solltest du es nicht tun, erzähle ich Emersons Daddy von der Existenz seines Sohnes, und er wird zweifellos Himmel und Hölle in Bewegung setzen, um ihn dir wegzunehmen.“

Das Selbstbewusstsein, das sich in den letzten Augenblicken langsam aufgebaut hatte, verschwand sofort wieder und hinterließ nichts als lähmende Angst in ihrem Magen. „Ich weiß gar nicht, wer Emersons Daddy ist.“

Carl hielt ihren Blick fest, und die gnadenlose Tiefe in seinen grünen Augen war wie die eines hart gesottenen Henkers. „Aber ich weiß es."

Fuck.

Fuck. Fuck. Fuck.

„Wer?"

Er grinste und legte einen Arm auf den Tisch. „Alfonsis Sohn. Stevie Junior."

Evette schüttelte den Kopf und belächelte die Sache, wie sie es schon tausend Mal getan hatte, nachdem sie seinen wilden Ideen zugehört hatte, doch dieses Mal presste ein schweres Unbehagen auf ihre Schultern. „Oh bitte. Ich könnte ihn nicht einmal bei einer Gegenüberstellung rauspicken, selbst wenn ich wollte. Und selbst wenn das wahr wäre, woher willst du das wissen, wenn nicht einmal ich es weiß?"

„Weil ich in der Nacht da war, als du ihn getroffen hast. Es war eine große Party in einem Hotel im Viertel. Er hat dich angemacht, doch du warst zu betrunken und so nervig arrogant wie immer und hast ihn abblitzen lassen."

Damals war sie fast jede Nacht betrunken gewesen und hatte versucht, den Schmerz über den Verlust ihrer Mutter zu übertünchen. Aber wenn es die Nacht gewesen war, an die sie dachte, traf er genau ins Ziel. Die Nacht, in der ihr irgendwo auf dem Weg schwarz vor Augen geworden war und nach der sie zu Hause mit dieser verräterischen Sensibilität zwischen ihren Schenkeln aufgewacht war, die ihr gesagt hatte, dass sie ziemlich dumm gewesen war. Einen Monat später stellte sich heraus, dass sie schwanger war.

Diese Details würde sie ihm garantiert nicht mitteilen. „Na klar, und wenn ich ihn habe abblitzen lassen, was lässt dich so sicher sein, dass ich mit ihm geschlafen habe?"

Carls Grinsen verschwand, und die Kälte in seinem Blick wurde so tief und dunkel wie die tiefsten Tiefen des Ozeans. „Weil ich derjenige war, der dir etwas gegeben hat, damit du netter wirst."

Ihr Magen zog sich zusammen und kalter Schweiß brach ihr im Nacken aus. Der Raum um sie herum verschwamm etwas, und sie war sich nicht sicher, ob sie sich weiterhin hätte aufrecht halten können, wenn sie nicht gesessen hätte. Während sie antwortete, fühlte es sich an, als würden die Worte ihre Kehle aufschlitzen, und ihre Stimme klang, wie aus einem Tunnel kommend. „Du hast mich unter Drogen gesetzt?"

Carl zuckte mit den Schultern, eine sachliche Bewegung, als hätte man ihn gefragt, ob er gerade eine Kakerlake zertreten hätte. „Nur ein bisschen, um dich ruhigzustellen." Er stieß ein kurzes Lachen aus. „Und Mann, bist du angenehm geworden."

Unter Drogen gesetzt.

Vom eigenen Onkel.

Dem eigenen Fleisch und Blut.

Und doch gab es keinen Zweifel daran, dass er die Wahrheit sagte.

„Warum?" Allein die Frage zu stellen, tat weh. Sie wollte Carl und alle um sie herum schlagen, kratzen und anschreien.

Aber das konnte sie nicht. Noch nicht. Nicht, solange sie nicht die ganze Wahrheit erfahren hatte. Alles davon. „Warum solltest du das tun? Ausgerechnet mir antun?"

„Ist immer gut, zukünftige Gefallen bei einem Mann wie Alfonsi in der Hinterhand zu haben", sagte er. „Sein Sohn war an dir interessiert. Ich dachte, ihr beide versteht euch und es wäre ein Gewinn für alle." Er stieß ein ironisches Kichern aus. „Angesichts seines desinteressierten Verhaltens am nächsten Morgen entschied ich, es abzuhaken. Aber dann bist du schwanger geworden, und das hat den Dingen eine ganz neue Wendung gegeben." Das böse Grinsen kehrte zurück. „Ich habe beschlossen, dieses Wissen im Hinterkopf zu behalten, falls ich jemals ein Druckmittel gegen Stevie oder seinen Vater brauche. Stattdessen benutze ich es jetzt, damit du mir gibst, was ich will."

Es war so einfach für ihn. Keine Gewissensbisse. Kein Zögern. Nur kalte berechnende Manipulation.

Das war es, was sie am meisten traf.

Es war ihm egal, dass sie seine Familie war. Er hatte sich auch nicht um ihren Vater oder ihre Mutter geschert. Er hatte sie nur benutzt und dann weggeworfen, nachdem er mit ihnen fertig gewesen war. Und wenn er bereit war, zu töten oder ihre Eltern töten zu lassen, würde er garantiert ebenfalls nicht zögern, seine Drohung gegen Emerson wahr zu machen.

Das Glöckchen über der Eingangstür läutete und die Energie im Raum veränderte sich augenblicklich. Sie summte, als hätte nicht nur ein Blitz eingeschlagen, sondern die Luft mit Elektrizität aufgeladen.

Sergei.

Sie musste nicht einmal hinsehen, um sich bestätigt zu sehen. Der Beweis war deutlich in Carls Gesicht sichtbar. Eine bizarre Mischung aus Herausforderung und Unsicherheit ließ seine grünen Augen zum Leben erwachen. Wie ein verrückter Krieger, der unbedingt in die Schlacht ziehen wollte.

Nur dass die Waffe, die er einsetzte, sie war.

Er korrigierte seine Gesichtszüge so schnell, wie sie entgleist waren, und konzentrierte sich wieder auf Evette. Seine leise, bedrohliche Stimme passte kein bisschen zu dem höflichen Ausdruck, den er nun trug. „Solltest du auf die glorreiche Idee kommen, deinem Verlobten zu erzählen, was ich dir gesagt habe, denk dran, die Alfonsis leben schon sehr lange in dieser Stadt und haben Dreck über mächtige Leute ausgegraben. Davon kann dein Mann nur träumen. Ein Anruf bei einem Richter und Emerson wird dir sofort entzogen."

„Oh, das habe ich verstanden. Laut und deutlich."

Er nickte und glitt von der Sitzbank. Sein Lächeln war das Gleiche wie das, das er ihr schon in ihrer Kindheit geschenkt hatte. Nur mit dem Unterschied, dass sie jetzt wusste, dass es unaufrichtig war. Es war nichts weiter als eine Art Verkleidung, die er perfektioniert hatte, um das zu bekommen, was er wollte.

Im Stehen richtete er seine Aufmerksamkeit auf Sergei, der sich näherte, und hob seine Stimme an. „Na dann, hier ist der Mann der Stunde." Er zwinkerte und schob seine Hände in die Taschen, entweder weil er sich sicher war, dass Sergei ihm nicht die Hand schütteln würde, wenn er sie ausstreckte, oder weil er zu viel Schiss hatte, es darauf ankommen zu lassen. „Wie ich höre, sind wohl Glückwünsche angebracht."

Sergei legte eine Hand besitzergreifend um ihre Schulter und drückte sie sanft.

Für Carl schien diese einfache Geste nichts anderes als eine grundlegende Zuneigungsbezeugung zu sein, aber sie erdete Evette sofort. Sie erfüllte sie mit seiner Kraft und sagte ohne ein Wort: *Ich bin hier und niemand wird dich verletzen.*

Evette räusperte sich und sprach in die angespannte Stille. „Onkel Carl kam vorbei, um Hallo zu sagen, also habe ich ihm von den Neuigkeiten erzählt."

„Das hat sie tatsächlich getan", bestätigte Carl so leicht und gesprächig wie möglich. „Wann ist die Hochzeit? Ich freue mich darauf, zu feiern."

Sergei starrte ihn mit distanziertem und gleichgültigem Blick an. „Wann wir heiraten und wer anwesend sein wird, liegt ganz bei meiner Braut."

Eine Antwort und irgendwie auch nicht. Seine Worte waren geschickt so gewählt, dass sie mehr als eine Interpretation zuließen und die unausgesprochene Nachricht drin mitschwang, dass Carl möglicherweise nicht eingeladen sein würde.

„Kluger Mann", erwiderte Carl, entweder ohne den Ekel in Sergeis Stimme zu bemerken oder zu arrogant und zu sehr mit seinen eigenen Plänen beschäftigt, um zuzuhören. „Es ist immer besser, den Frauen so was zu überlassen und es über sich ergehen zu lassen, bis der ganze Prozess beendet ist."

Sergei hob eine Augenbraue. Der Blick, den er auf Carl richtete, war nur für Idioten und Narren reserviert.

Zumindest schien so viel davon durchzusickern, dass Carl erneut auf seinen Fersen vor und zurück wippte und sagte: „Also gut. Ich bin dann mal weg." Er sah Evette an. „Ich bin froh, dass wir uns austauschen konnten, Kleines. Lass uns nächste Woche zum Abendessen treffen. Du könntest mir erzählen, wie die Hochzeitsvorbereitungen laufen."

Übersetzung: *Du hast eine Woche Zeit, um Dreck über Sergei zu finden.*

Mit dem Kopf zu nicken, hätte sie fast umgebracht, und ihre giftige Zunge im Zaun zu halten, wurde zur Herkulesaufgabe. „Kann es kaum erwarten."

Carls Lächeln wurde breiter, böse Befriedigung strahlte in seinen Augen. Er richtete seinen Blick wieder auf Sergei. „Schön, dich getroffen zu haben, Sergei."

Und damit schlenderte er davon, sein Gang und sein Verhalten das eines Mannes ohne Sorgen.

Narr.

Neben ihr drehte Sergei sich zu ihr um und studierte ihre Gesichtszüge. Erkenntnis blitzte in seinen blauen Augen auf, und das Tier, das immer nah an der Oberfläche lauerte, schien den Kopf zu heben. „Er hat dich wieder verärgert."

Verärgert.

Was für eine lächerliche Art, das zu umschreiben.

Er hatte ihre Vergangenheit und Zukunft auf den Kopf gestellt und jedes Fitzelchen Scham und Schmerz hervorgebuddelt. „Ich bin nicht verärgert. Ich bin wütend."

Das Glöckchen über der Eingangstür kündigte Carls Abgang an. Zum ersten Mal, seit er hereingekommen war, füllten sich ihre Lungen wieder vollständig.

Sergei musste die Reaktion wohl mitbekommen haben, denn seine leise Stimme verlor jegliche Weichheit und Geduld. Er streckte seine Hand nach ihr aus, um ihr aufzuhelfen. „Du wirst es mir sagen."

Sie benutzte seinen Griff, um ihren adrenalingeschüttelten Körper zu stabilisieren, rutschte von der Sitzbank und sah ihn direkt an. „Zuerst holen wir meinen Sohn und dann reden wir."

Kapitel 23

Sergei lenkte seinen BMW auf die Einfahrt und schaltete den Automatikhebel auf Parken. Die Ruhe seiner Handlungen stand im absoluten Gegensatz zu dem giftigen Unbehagen, das unter seiner Haut prickelte. Egal was zwischen Evette und ihrem Onkel vorgefallen war, es hatte sie ungewöhnlich still werden lassen. Sie wirkte so verschlossen und angespannt, dass er fürchtete, sie könnte jeden Moment zerbrechen. Das einzige Mal, dass sie sich auch nur annähernd normal verhalten hatte, war gewesen, als sie Emerson persönlich aus der Schule abgeholt hatte. Sobald Emerson auf dem Rücksitz des Wagens saß, fiel die Maske von ihr ab.

„Das ist so cool." Anscheinend ahnungslos, was die Turbulenzen auf dem Vordersitz anging, machte Emerson seine Autotür auf und sprang heraus. „Du holst mich sonst nie viel früher aus der Schule. Aber für einen Film? Das ist klasse."

Evette warf Sergei einen unsicheren Blick zu, bevor sie ihren glücklichen Gesichtsausdruck wieder aufsetzte und ihre eigene Tür öffnete. „Nun, ich sagte, einen Film, nachdem Sergei und ich uns um einige Dinge gekümmert haben. Und es ist ja keine so große Sache. Du verpasst nur ein paar Stunden."

Sie schloss die Wagentür und ging zum Kutscherhaus. Obwohl sie seit Darya und Knox' Besuch jede Nacht im Haupthaus geschlafen hatten, waren noch nicht alle ihre Besitztümer rübergebracht worden. Sergei schien dennoch überrascht von ihrem Ziel.

Emerson schlitterte neben sie und tanzte praktisch zwischen den Schritten. „Kann ich den Film auswählen?"

Sergei folgte ihnen beiden. Bis er mehr darüber wusste, was Evette so verärgert hatte, war das Beste, was er tun konnte, ihrem Beispiel mit Emerson zu folgen und einzuspringen, wenn sie ins Stolpern geriete.

Evette blieb vor der Eingangstür des Kutscherhauses stehen und strich Emerson durchs Haar. „Du musst sogar. Ich habe keine Ahnung, was gerade angesagt ist, und Sergei würde wahrscheinlich einen dieser Actionfilme aussuchen, die mich nervös machen." Sie richtete sich auf und deutete mit dem Kopf zur Tür. „Jetzt geh. Superhelden sind okay, aber wenn du eine Komödie findest, kaufe ich dir Schokolade zu deinem Popcorn."

Emerson nickte, öffnete die Tür und marschierte hindurch mit dem Fokus eines Soldaten, der mit einer wichtigen Mission beauftragt worden war. „Habe verstanden. Ich schicke dir eine Nachricht, sobald ich eine gute Komödie gefunden habe."

In der Sekunde, in der Emerson die Tür hinter sich schloss, verschwand das Lächeln auf Evettes Gesicht. Sie eilte zum Pool statt zum Haupthaus. Ihre Stimme war kaum mehr als ein Flüstern und jedes Wort klang abgehackt und voller Dringlichkeit. „Auf dem Heimweg habe ich an etwas gedacht. Kannst du jemanden zu Dorothy schicken, der auf sie aufpasst? Lass sie es nicht wissen, aber lass bitte jemanden in ihrer Nähe, falls sie Schwierigkeiten bekommt."

Sergei schnappte sich ihren Arm und versuchte, sie in Richtung Haupthaus umzudirigieren. Wenn irgendeine körperliche Bedrohung von dem zufälligen Treffen mit Carl ausging, wollte er sie in Sicherheit wissen. „Was ist passiert?"

Evette blieb stehen. „Nicht da drin. Ich denke, dein Haus wird abgehört. Darum waren diese Jungs mit Emerson befreundet. Carl benutzt sie.“

Alles in ihm wurde still, und das Raubtier, das Anton von klein auf in ihm geschürt hatte, war geweckt und bereit, anzugreifen. „Woher weißt du das?“

„Weil ich auf dem Markt beobachtet habe, wie er sie bezahlt hat. Deswegen hat er mich bei Dorothy gesucht. Er hat mitbekommen, dass ich ihn gesehen habe, und ich habe seine Textnachrichten ignoriert. Ich denke, er wusste es besser, als hierher zu kommen, um mich zu suchen. Also hat er sein Glück bei Dorothy versucht.“

Er hatte sich entweder auf sein Glück verlassen.

Oder er hatte sie verfolgen lassen.

Ihre Handtasche hing an einer Schulter, ein kleines Ding im Vergleich zu denen, die Darya stets bei sich trug, doch die erste teure Sache, die sie auf ihrer Einkaufsexpedition erstanden hatte. Er nahm sie ihr ab, packte erneut ihren Arm und zog sie zum Haus.

Sie setzte einen Fuß vor den anderen, allerdings nur, weil Sergei ihr keine Wahl ließ. „Sergei, hast du nicht gehört, was ich gesagt habe? Und gib mir meine Handtasche zurück. Emerson hat eben angekündigt, er schreibt mir eine Nachricht.“

„Es gibt keine Wanzen im Haus. Zumindest keine, mit denen dein Onkel etwas zu hören bekommen würde. Meine Männer haben sie gefunden und woanders eingesetzt.“ Er öffnete die Hintertür und bellte den Mann, der nur einen Meter entfernt stand: „Finde Kir und Roman. Ich will sie hier haben. JETZT!“

Sergei wartete nicht auf eine Antwort, sondern hielt sie in Bewegung und blieb nicht eher stehen, bis sie sich hinter den verschlossenen Türen seines Büros befanden. An seinem Schreibtisch öffnete er ihre Handtasche, nahm ihr Handy heraus und schaltete es ab.

„Was machst du da? Ich muss mit dir reden und will es aber nicht tun, wenn Emerson es hören könnte. Wenn ich seine Nachricht nicht beantwortete, ist dies der erste Ort, an dem er mich suchen wird."

Sergei zog sein eigenes Smartphone hervor und tippte eine SMS an Emerson. „Ich habe dein Handy nie ausgetauscht. Aber das hätte ich tun sollen." Er drückte den Senden-Button und steckte das Gerät wieder in seine Tasche. „Jetzt wird Emerson stattdessen mir eine Nachricht schicken."

Verstehen legte sich auf ihr Gesicht. „Carl hat mich überwacht?"

„Möglicherweise. Du hast das Handy schon länger, nicht wahr? Und er hätte darauf zugreifen können, ohne dass du es bemerkt hast."

Ihr Blick glitt zu Boden. An ihrem benommenen Gesichtsausdruck war deutlich zu sehen, dass sie mit den Gedanken ganz woanders war. „Shit. Ich bin so dumm."

„Du bist nicht dumm. Du lernst." Er führte sie zu einem der beiden Sessel vor seinem Schreibtisch und stupste sie nach hinten, bis sie saß. „Und jetzt sag mir, warum ich eine Wache auf Dorothy ansetzen soll und warum du deinen Sohn wegen einem Film früher aus dem Unterricht geholt hast."

Langsam hob sie den Kopf. In all der Zeit, die er sie kannte – in der er zugesehen hatte, wie sie im Diner ein und aus ging und mit ihrem Sohn interagierte – hatte er sie noch nie so freudlos erlebt. So verloren. Ihre Stimme war angespannt, als sie sprach.

„Ich glaube, Carl hat meine Mutter und meinen Vater ermordet."

Von allen Dingen, mit denen sie hätte anfangen können, war das das Letzte, womit er gerechnet hätte. Dass ihr Onkel ein Erpresser mit gefährlichen Beziehungen war, hatte er erwartet. Aber ein Mörder? Er konnte es nicht verstehen. Carl besaß nicht genug Raubtier in sich, um ein Leben zu nehmen. Er war ein Kriecher. Ein Geier, der vom Unglück anderer lebte. Wahrscheinlich war ihr Tod das Ergebnis seines Versagens. Oder vielleicht auf seine Bitte hin – ohne Zweifel von Alfonsis Männern – ausgeführt worden. „Erkläre es mir."

Das tat sie, ging systematisch den Tag durch. Wie sie Carl auf dem Markt gesehen hatte. Alles, was Dorothy ihr erzählt hatte, und wie Carl aufgetaucht war und zugegeben hatte, die Jungen benutzt zu haben.

Ihre Worte verstummten. Sie senkte den Kopf und starrte auf ihre Fäuste in ihrem Schoß.

„Er ergibt keinen Sinn.", sagte Sergei. „Warum sollte er zugeben, was er getan hat?"

Eine Träne landete auf ihrem Schoß und hinterließ einen dunkleren Fleck auf ihrer Jeans. Eine weitere folgte. Dann noch eine.

„Evette." Ihr Name kam ihm härter über die Lippen, als er es gewollt hatte, aber ihr Schmerz war eine spürbare Präsenz zwischen ihnen. Es war der gezackte Biss von Stacheldraht mit geschärften Stacheln.

Sie hob den Kopf. Die Tränen hinterließen Spuren auf ihrer schönen Haut und rote Flecken auf ihren Wangen. „Als er herausgefunden hat, dass wir verlobt sind, hat er entschieden, dass ich eine bessere Quelle sein würde."

Mehr Erpressung.

Carls Handelsware.

Hitze breitete sich in seinem Magen aus, und seine Abzugshand juckte, sehnte sich danach, mit der Waffe, die unter seiner Jacke steckte, Kontakt aufzunehmen. „Womit erpresst er dich?"

Ein gebrochenes Schluchzen kam aus ihrer Kehle und ihre Schultern zitterten, als die Tränen frei flossen, dennoch hielt sie den Blickkontakt zu ihm. „Er weiß, wer Emersons Vater ist. Sagte, er würde es ihnen stecken und dass sie ihre Verbindungen benutzen würden, um ihn mir wegzunehmen."

„Du hast gesagt, du wüsstest nicht, wer Emersons Vater ist."

„Weiß ich auch nicht. Ich weiß nicht einmal, ob er die Wahrheit gesagt hat. Aber wenn es stimmt, dann hat er recht. Sie könnten bei Gericht die Fäden ziehen und ihn mir wegnehmen lassen." Sie stand auf. „Du musst mir glauben, ich würde das, was er von mir verlangt, niemals tun. Niemals. In der Sekunde, in der er mich unter Druck gesetzt hat, wusste ich, dass ich dir alles erzählen würde. Aber du musst mir helfen, Emerson zu beschützen. Ich weiß, du bist noch recht neu in New Orleans, doch du kennst sicherlich jemanden im Gerichtssystem, der ihre Ansprüche bekämpfen kann, um ihn zu schützen, oder?"

Zuerst registrierte er ihre Frage nicht. Er kam nicht darüber hinweg, dass sie ihm nicht nur genug vertraute, um jedes schreckliche Detail mit ihm zu teilen, das sie erfahren hatte, sondern dass sie auch an ihn glaubte und sich an ihn wandte, um das Problem aus der Welt zu schaffen.

Und das würde er.

Für immer.

Sobald er wusste, woher die Bedrohung stammte. „Wer ist es?“

Offen verwirrt schüttelte Evette den Kopf. „Wer ist was?“

„Emersons Vater. Wer, glaubt Carl, ist es?“

Ihre Lippen zitterten. „Alfonsis Sohn, Stevie.“

Eine weitere Überraschung. Eine, die Evette erschüttert zu haben schien. „Ist es möglich?“

Eine neue Welle Tränen stieg auf und offensichtliche Scham brachte sie dazu, ihren Kopf zu senken. Sie griff nach dem Revers seiner Jacke und beugte sich vor. Ihre Stimme war nicht mehr als ein Flüstern. „Erinnerst du dich, dass ich dir erzählt habe, wie schlecht es mir ging, nachdem Mom gestorben ist? Wie viel ich gefeiert habe?“

Anstatt mit Worten zu antworten, richtete er sich auf und zog sie an sich, um ihr die Stärke zu geben, die sie scheinbar benötigte.

Sie holte tief Luft, unterbrochen von Schluchzen. „Laut Carl hat Stevie mich auf einer Party angemacht.“ Sie pausierte und legte eine Hand an seine Brust. „Ich habe ihn abblitzen lassen, aber Carl dachte, wenn wir zusammenkommen würden, wäre das gut für seine Beziehung zu Alfonsi, also …“ Sie hob den Kopf, ihre Augen waren geschwollen und ihre Wimpern feucht. „Er hat etwas in meinen Drink getan, damit ich zugänglicher werde.“

Seine Hände umfassten ihre Schultern reflexartig fester. In ihm keimte das sofortige Bedürfnis auf, sie um Carls Hals zulegen, und es verzehrte ihn fast, bevor er sich wieder unter Kontrolle hatte.

„Ich erinnere mich daran, dass ich eines Morgens aufgewacht bin und nicht wusste, mit wem ich zusammen gewesen war. Nur, dass ich mit jemandem die Nacht verbracht hatte. Ich dachte, ich hätte einfach einen Filmriss." Sie presste die Lippen aufeinander, bevor sie zu Ende sprach. „Als ich einen Monat später schwanger aufgetaucht bin, hat Carl sich entschlossen, es für sich zu behalten, falls er ein Druckmittel gegen Alfonsi oder seinen Sohn brauchen würde. Aber jetzt will er es gegen mich benutzen, um Informationen aus dir rauszuholen."

Wut peitschte in ihm auf.

Verbrannte sein Innerstes mit der Wucht von Höllenflammen.

Seine Frau hatte gelitten.

Hatte an sich gezweifelt.

War von ihrem eigenen Fleisch und Blut benutzt und in letzter Konsequenz dazu gezwungen worden, ein Kind allein aufzuziehen.

Carl Labadie war ein toter Mann.

Und Alfonsi und sein Sohn ebenso.

Sergei kanalisierte seine Wut. Er schloss die Augen und zwang seine Emotionen dazu, ihr etwas Nützlicheres in ihrem Schmerz zu geben. Er umarmte sie fester und streichelte ihren Rücken entlang, mit all der Sanftheit, nach der er sich als Kind gesehnt hatte, verloren und allein nach dem Tod seiner Mutter.

Niemand würde sie wieder berühren. Oder Emerson. Unabhängig von der DNA war Emerson sein Sohn. Würde es immer sein, und er würde ihn mit der gleichen Hartnäckigkeit beschützen, die er auch Evette anbot.

Erst als das Zittern in ihrem Oberkörper verebbt war, sie ihren Kopf hob und sich die Tränen mit dem Handrücken wegwischte, sprach er. „Dein Onkel wird dich nie wieder behelligen und niemand wird dir deinen Sohn wegnehmen. Dafür werde ich sorgen."

Sie begegnete seinem Blick und die Dunkelheit in ihren haselnussbraunen Augen besiegelte Carls Schicksal nun endgültig. „Das kannst du nicht garantieren. Wenn er wirklich Emersons Dad ist, dann kann er argumentieren, dass er Rechte hat. Heutzutage unterstützen Gerichte Männer viel mehr."

Ehre sie mit der Wahrheit.

Immer mit der Wahrheit.

Sein Bauchgefühl sagte ihm, dass es das Richtige war. Selbst der Stratege in ihm warnte ihn vor den Konsequenzen, wenn er sein Vorhaben vor ihr verbergen und sie später davon erfahren würde.

Weil die Wahrheit immer herauskam – auf die eine oder andere Weise.

Er studierte ihre Gesichtszüge, ließ zu, dass ihr Schmerz seine Seele markierte, damit er sich daran erinnerte, wenn er seine Aufgabe ausführen würde, während er sich an dem Licht erfreute, das mit ihrem Lächeln und ihren zärtlichen Berührungen einherging. „Evette, meine Welt ist nicht wie die, in der du gelebt hast. Das weißt du. Dieser Fall wird es nie bis vor Gericht schaffen, weil ich mich vorher darum kümmern werde."

Ihr Atem stockte und ihre Augen weiteten sich. „Wie wirst du dich darum kümmern?"

„Von diesen Taten musst du nichts wissen. Ich würde niemals riskieren, dass meine Handlungen oder das Wissen darüber auf dich zurückfallen."

„Sergei …"

„*Nyet.* Das ist kein Thema, das wir diskutieren werden. Es wird gehändelt."

Sie schluckte schwer und sah ihn mit großer Angst

in den Augen an. „Ich bin mir nicht sicher, ob ich damit leben kann, wie du diese Situation handhaben wirst."

„Du hast dein Wissen mit mir geteilt. Du hast deine Ängste mit mir geteilt. In diesem Leben muss es so sein. Alle Konsequenzen, die sich aus meinen Handlungen ergeben, habe ich allein zu tragen. Du bist unschuldig."

Während sie verarbeitete, was er gerade gesagt hatte, behielt sie den Blickkontakt zu ihm. Er erwartete, dass sie widersprechen würde, ihren Punkt klarmachen oder eine Alternative fordern würde. Stattdessen flüsterte sie: „Und was ist mit den Risiken für dich?"

Seine Brust wurde eng und seine Bauchmuskeln spannten sich. Die vielen Erfahrungen, die sie ihm geschenkt hatte seit dem Tag, an dem sie sich an seinen Tisch gesetzt hatte, waren einfach unglaublich – ihre Berührungen auf seiner Haut, ihre Leidenschaft, das Vertrauen, das sie ihm entgegengebracht hatte, als sie zu ihm gekommen war, und das schöne Lächeln, mit dem sie ihn täglich anstrahlte. Aber zu wissen, dass sie sich um ihn sorgte – sich wirklich um seine Sicherheit Gedanken machte – ließ ihn demütig werden.

Er umfasste ihr Gesicht und fuhr mit dem Daumen die Spuren ihrer Tränen nach. „Ich habe dir gesagt, *liubimaya*, dass es kein Risiko gibt, das ich nicht eingehen würde, nur um dein Glück und deine Sicherheit zu garantieren."

Es klopfte an der Tür, und das abrupte Geräusch ließ Evette in seinen Armen zusammenfahren.

Er zog sie fester an sich und schmiegte ihren Kopf an seine Brust. „Herein."

Die Tür öffnete sich und Kir und Roman schlenderten hinein. Ein Blick auf Evette in seinen Armen reichte, um ihre Schritte zu verlangsamen.

„Du brauchst uns?", fragte Kir.

Sergei nickte und lenkte Evettes Blick mit seinem Finger an ihrem Kinn zu seinem. „Geh und hilf Emerson, einen Film auszusuchen. Verlass das Kutscherhaus nicht. Ich werde zu dir kommen, wenn ich mit meinen Männern gesprochen habe."

Sie wusste es.

Sie verstand ganz genau, was er tun würde, sobald sie sein Büro verlassen hatte.

Es blieb abzuwarten, ob seine Taten einen unüberwindlichen Keil zwischen sie treiben würden oder nicht. Sie stand da und starrte ihn mit großen, schönen Augen voller Vertrauen an. Sie schien die Wahrheit zu akzeptieren.

Er küsste ihre Stirn und ließ seine Lippen zu einem Gebet dort verweilen, dass es nicht der letzte Kuss sein würde. Wenn es doch so wäre, könnte er zumindest mit dem Wissen leben, dass sie nie wieder die Bedrohung und den Schmerz erleiden würde, die sie heute gefühlt hatte.

Sie zog sich zurück, drehte sich so weit um, dass sie Kir und Roman zunicken konnte, und ging leise zur Tür .

Kein auf Wiedersehen.

Keine Rückversicherung.

Und als sich die Tür hinter ihr schloss, war es, als würde der Raum trotz der Sonne, die durch das Fenster schien, dunkler werden.

Denk später über die Konsequenzen nach.

Jetzt ist es Zeit, zu handeln.

Er schüttelte seine Zweifel von sich, ging zum

Schreibtisch und griff dabei nach Evettes Handy. Er warf es Kir zu und setzte sich auf seinen Bürostuhl. „Besorg Evette und Emerson neue Handys. Überprüf die Smartphones der beiden auf Manipulation oder Trackingprogramme.“

Kir nickte und steckte Evettes Handy ein. „Was noch?“

„Wir ändern die Bedingungen für das morgige Treffen mit Alfonsi.“

Roman runzelte die Stirn und sah Kir an. „Ich dachte, das Treffen mit Henri heute wäre gut gelaufen?“

„Ist es auch“, erwiderte Sergei. „Aber die Situation hat sich geändert. Welchen Ort hat Alfonsi gewählt?“

„*Muriel's* auf dem Jackson Square.“

Sehr öffentlich. Weitaus öffentlicher, als es seinen Bedürfnissen entsprach. „Sein Sohn ist sein erster Kapitän?“

Roman nickte.

„Gut“, sagte Sergei. „Ändere den Ort. Etwas abgelegener.“

Verständnis zeichnete sich in ihren Gesichtszügen ab und sie veränderten ihre lockere Haltung.

Sergei fuhr fort. „Alfonsi werden zwei Kapitäne erlaubt sein. Meine beiden werdet ihr sein. Aber es gibt eine neue Bedingung.“ Er sah zwischen Kir und Roman hin und her, und sie hätten schon blind sein müssen, um den Wink nicht zu verstehen. „Wenn er das Treffen will, wird er Carl Labadie mitbringen.“

Kapitel 24

etonböden, Metallwände und keine Fenster. Wenn es um isolierte Orte ging, war das alte Lagerhaus in der Nähe des Michoud-Kanals perfekt für das, was bevorstand.

Sergei öffnete die Tür zu dem leer stehenden Büro, das in der hintersten Ecke des Gebäudes eingerichtet worden war. Ein Holzschreibtisch, circa aus dem Jahr 1960, stand an der hinteren Wand und auf seiner Seite befand sich eine Schwanenhalslampe, die leuchtete, seit seine Crew vor etwa einer Stunde das Lagerhaus überprüft hatte. Eine weitere Stehlampe, die wohl einmal jemandes Haus geschmückt hatte, befand sich neben den drei Aktenschränken und war ebenfalls noch eingeschaltet. Trotz des Lichtes der Lampen blieb die Tristesse der Umgebung bestehen.

Andererseits könnte auch er die Unruhe, die seit gestern sein eigenes Heim befallen hatte, auf diesen antiquierten Ort projiziert haben. Er war mit Emerson und Evette ins Kino gegangen, nachdem er mit seinen Männern gesprochen hatte – in einen Animationsfilm, mit dem weder Evette noch er etwas hatten anfangen können, den Emerson jedoch scheinbar sehr genossen hatte.

Er hatte gehofft, die Ablenkung würde sich zerstreuen, wenn sie nach Hause kämen und sich auf die Routine des Abendessens einlassen würden, doch Evettes Schweigsamkeit hatte sich den gesamten Abend über fortgesetzt. Sie war nicht böse oder gereizt. Sie wirkte eher nachdenklich. Es war, als ob eine Jury in ihrem Kopf so tief in Überlegungen verstrickt wäre, dass sie nicht in der Lage war, mit der Außenwelt in Kontakt zu treten, von automatischen

Bewegungen abgesehen. Die Frage war nur, welches Urteil er für seinen Verstoß erhalten würde.

Was auch immer das Ergebnis sein würde, er würde nicht von seinem Kurs abweichen. Er hatte den Großteil der Nacht damit verbracht, seine Optionen zu prüfen. Sergei hatte in die Dunkelheit seines Zimmers gestarrt, Evettes langsamen, steten Atemzügen gelauscht, das Gefühl ihres Körpers an seinem genossen und über Alternativen nachgedacht.

Es gab keinen anderen Ausweg.

Nicht bei Männern wie Carl oder Steven Alfonsi.

Sie würden immer eine Gefahr für Evette und Emerson bedeuten, und das war unakzeptabel. Egal ob es ihn das hellste Licht und den größten Frieden kostete, oder nicht.

Er umrundete den Schreibtisch und zog den hölzernen Bürostuhl darunter hervor. Die alten Räder protestierten, als sie über den schmuddeligen Boden rollten. „Wie weit sind sie entfernt?", fragte er Kir, der mit Roman an der Bürotür wartete.

Die Antwort war so kurz und abgehackt wie alle Gespräche seit dem Nachmittag. Seine Männer waren lang genug bei ihm, um zu erkennen, wann seine Stimmung unbeständig war, und wussten, dass es besser war, sich ruhig zu verhalten, bis das Tier in ihm beruhigt war. „Etwa fünf Minuten."

Sergei saß auf dem Stuhl. Sein Sitz, der Schreibtisch und die beiden Besucherstühle davor waren die einzigen Gegenstände im Raum, die nicht mit einer dicken Staubschicht bedeckt waren. Seine Männer standen rechts und links von der Tür, die Füße schulterbreit auseinander gestellt, die Hände lose vor dem Körper gefaltet. Ihre Anzüge waren so makellos und gut sitzend wie sein eigener. „Und Carl?"

„Sie haben ihn abgeholt, kurz nachdem sie Alfonsis Gelände verlassen haben", antwortete Kir.

Roman starrte geradeaus. Der extreme Kurzhaarschnitt seiner dunkelblonden Haare und sein distanzierter, kalter Gesichtsausdruck machten seine Gesichtszüge noch härter. Gemeiner. Beide Männer wussten von Carls Verhalten gegenüber Evette und hatten es sehr persönlich genommen, doch Roman schien auf Blut aus zu sein.

„Du wirst bis zum Schluss warten", sagte Sergei zu ihm. „Ich werde nicht zu Evette zurückkehren, ohne die ganze Wahrheit zu kennen. Ihre Aktionen werden uns verraten, was wir wissen müssen."

Die Muskeln in Romans Kinn zuckten und seine Lippen pressten sich aufeinander, als ob er protestieren wollte, doch er schaffte es, zu nicken.

„Gut", sagte Sergei.

Jenseits des Büros öffnete sich die Metalltür, die sie unverschlossen gelassen hatten, und schlug dann wieder zu. Der scharfe Aufprall knallte wie ein Schuss durch das hohe Gebäude.

„Es scheint, als wären unsere Gäste hier." Sergei setzte seine Männer in Bewegung. „Geht. Lasst uns das beenden."

Es war ein Risiko, Kir und Roman allein zu schicken. Besonders wenn Carl eine Waffe bei sich trug. Sie alle waren sich allerdings darüber einig gewesen, dass Carl nicht der Typ für körperliche Auseinandersetzungen zu sein schien, und dass der beste Weg, Alfonsi davon zu überzeugen, seine Deckung herunterzufahren, darin bestand, von Anfang an ein gewisses Maß an Vertrauen zu zeigen.

Stimmen hallten durch die Tür. Eine Mischung aus Alfonsis abrupter Art und Kirs akzentuierter

Anmut. Schritte folgten, und Carls Stimme mischte sich unter die der anderen. Sein typisches albernes Geschwätz wurde deutlicher, je näher sie kamen. „… aber *Muriel's* wäre ein viel angenehmerer Ort gewesen.“

„Nun, ja“, antwortete Alfonsi Carl. „Du weißt, wie unsere russischen Freunde sind. Ohne übertriebenes Drama können sie keine Geschäfte machen.“

Drama, in der Tat. Entweder war der Mann ein kompletter Idiot oder er besaß Eier in der Größe von ganz Texas.

Alfonsis zweiter Kapitän, Drake, trat zuerst ein, gefolgt von Stevie junior, dann folgte Alfonsi selbst. Es war ihnen hoch anzurechnen, dass sie ebenso respektabel in Anzüge gekleidet kamen. Wenn Sergei hätte raten müssen, war es weniger des Respektes wegen, sondern um die Waffen unter ihren Anzugjacken zu verbergen.

Carl schlenderte eine Sekunde später herein und scannte die Umgebung, als wäre er noch nie zuvor in einem Lagerhaus gewesen und könnte sich nicht vorstellen, warum er überhaupt hier war. Wie üblich trug er ein zerknittertes Hemd und eine zerbeulte Hose — es war fraglich, ob sie jemals ein Bügeleisen gesehen hatten. Besorgniserregend war jedoch seine Windjacke. Zwar war das Wetter heute kühler als normal, aber Jacken waren üblicherweise nicht sein Ding, was nur bedeuten konnte, dass er vielleicht doch bewaffnet erschienen war.

Kir und Roman kamen herein, flankierten die Tür und nahmen wieder ihre teilnahmslose Haltung ein.

Sergei erhob sich und zwang sich dazu, geschäftsmäßig zu wirken. Was wirklich nicht einfach war, da sich alles in ihm nach Carls Schreien sehnte, die von den Metallwänden abprallen würden. Er konzentrierte sich auf Alfonsi. „Ich entschuldige mich für die primitive Umgebung. Was ich heute mitzuteilen habe, ist jedoch von sehr sensibler Natur. Sicherlich möchte niemand von uns etwas an einem Ort teilen, wo andere mithören könnten." Sergei deutete auf die beiden Plätze vor dem Schreibtisch. „Bitte. Nehmen Sie Platz."

Alfonsi ging auf einen der Stühle zu.

Carl wollte den anderen nehmen, doch Stevie junior stoppte ihn mit einem Stirnrunzeln. Drake blieb ein wenig seitlich hinter Alfonsi stehen und verschränkte die Arme.

„Also." Stevie knöpfte seinen Mantel auf und kreuzte ein Bein über das andere. Die legere Art, wie er sich im Stuhl zurücklehnte, war nicht nur respektlos, sondern ließ seine Jacke weit aufklaffen, sodass Sergei die Riemen seines Schulterholsters sehen konnte. „Wir haben alle Hindernisse beseitigt, damit Sie Ihren Deal mit Henri Trahan abschließen können. Wie wäre es, wenn Sie Ihre Hunde zurückpfeifen würden, sodass wir wieder ins Geschäft zurückkehren können?"

Ungehobelt.

Erniedrigend.

Wichtigtuerisch.

Alles Eigenschaften, die der Junge ohne Zweifel von seinem Vater gelernt hatte.

Die unerträgliche Art der Übermittlung jedoch schien sogar Alfonsi senior zu überraschen, weil er langsam seine Aufmerksamkeit auf seinen Sohn richtete und ihn anstarrte. Nach der wortlosen Schelte schenkte er Sergei ein Lächeln. „Entschuldigen Sie bitte. Stevie hat die Feinheiten einer Konversation und den Aufbau von Beziehungen noch nicht verinnerlicht."

Das hieß, er war ebenso impulsiv wie sein Vater.

Sergei zwang sich zu einem Lächeln. „Es ist eine Kunst." Eine Kunst, die er schon vor langer Zeit gelernt und gemeistert hatte. Sein Blick fiel auf Carl, der neben dem Aktenschrank stand und beide Hände in die Taschen der Windjacke schob. Sein schiefes Grinsen zeigte, dass er die ganze Interaktion äußerst amüsant fand.

Wir werden sehen, wie lange du es noch amüsant finden wirst …

Sergei lenkte seine Aufmerksamkeit zurück zu Alfonsi und räusperte sich. „Wir sind heute hier, um über einen Waffenstillstand zu sprechen. Ich bin allerdings auf einige Informationen gestoßen, die angesprochen werden müssen, ehe wir eine solche Einigung erzielen können."

„Das ist Bullshit." Stevie setzte sich aufrecht hin und legte die Hände auf die Armlehnen, als wollte er aufstehen. „Wir sind hierhergekommen, um über die Rückkehr ins Geschäft zu reden, und nicht, um vorgeführt zu werden."

Alfonsi beruhigte seinen Sohn, indem er eine Hand auf dessen Unterarm legte. „Sei ruhig." Er sah Drake kurz an und wandte seinen Blick wieder Sergei zu. In seiner Stimme lag mehr Geduld, als Sergei es einem Hitzkopf wie ihm zugetraut hätte. „Bitte. Fahren Sie fort."

Sergei legte die Karten auf den Tisch und hielt seine Stimme teilnahmslos, als er die Details mit Alfonsi teilte, von denen er wollte, dass dieser davon wusste. Carls Nutzung von Evettes Codekarte, um Zugang zu der Anwaltskanzlei zu erhalten. Dass er

Sergeis Verlobte offen beleidigt hatte, und dass er drei Jungs angeheuert hatte, um Wanzen in seinem Haus zu verteilen. „Es gibt auch signifikante Beweise dafür, dass Carl Labadie den Tod von Evettes Eltern verursacht hat – entweder durch seine eigene Hand oder als Auftraggeber.“

„Moment mal“, sagte Carl, stieß sich von der Wand ab und zog die Hände aus den Jackentaschen.

In weniger als einer Sekunde hatte Roman den plärrenden Narren wieder gegen die Wand gedrückt und seine Hand an dessen Kehle gelegt, um alles zu ersticken, was der Mann sonst noch sagen wollte.

Drake, Stevie junior und Alfonsi behielten klugerweise ihre jeweiligen Plätze bei, waren jedoch angespannt.

Sergei neigten den Kopf und fuhr fort, als wäre nichts passiert. „Ich bin sicher, Sie können verstehen, warum eine Verbindung zwischen Carl und Ihrer Familie mir erhebliche Probleme bereitet. Wie kann es Vertrauen zwischen uns geben, wenn sich in Ihrem Kreis jemand befindet, der nicht vertrauenswürdig ist?“

Alfonsi lachte und schien sich dazu zwingen, sich zu entspannen. Er schüttelte den Kopf, unterbrach dabei den Augenkontakt und rutschte auf seinem Sitz herum. „Ja, ich kann sehen, warum Sie sich Sorgen machen. Vertrauen ist wichtig zwischen zwei Männern wie uns.“ Nach einem Moment erwiderte er Sergeis Blick erneut. „Ich versichere Ihnen, Carl ist kein Teil unserer Familie.“

Carls gurgelndes Geräusch bei dieser Äußerung zeigte, dass Roman seinen Griff gelockert hatte, damit er atmen konnte, und dass Carl klug genug war, um seine Argumente für sich zu behalten.

„Sicher, er ist ein Freund von damals", fügte Alfonsi hinzu, „doch er arbeitet nicht für mich. Wenn Sie ein Problem mit Carl haben, verstehe ich das, aber das geht mich nichts an."

Der Mann war ein Dummkopf. Ein Idiot, der tatsächlich nicht in der Lage war, über das hinauszudenken, was direkt vor ihm war.

Sergei starrte ihn an und sagte ruhig: „Beweisen Sie es."

Ein Herzschlag.

Dann ein weiterer.

Schließlich legte sich Verständnis auf das Gesicht seines Gegners.

Stevie junior wirkte ahnungslos. Zumindest Drake schien zu begreifen, was los war und ließ seine Hände fallen, offensichtlich bereit, nach seiner Waffe zu greifen. Alfonsis Zahnräder drehten sich ebenfalls und eine unverkennbare Panik flammte in seinen Augen auf. Er räusperte sich, stand auf und strich mit der Hand über seine Krawatte. Anstatt den normalen Verhaltensregeln für einen Mann im Anzug zu folgen, ließ er seine Jacke aufgeknöpft. „Natürlich. Wir werden uns darum kümmern und danach ein Treffen vereinbaren."

Alfonsi bedeutete Stevie, aufzustehen.

„Jetzt", sagte Sergei, bevor sein Sohn tun konnte, was sein Vater angedeutet hatte. Der Junior schien noch immer nicht den tatsächlichen Grund dieser Unterhaltung zu begreifen. Sergei erhob sich, um seinen Standpunkt zu betonen. „Hier."

Carl nahm seinen Kampf wieder auf und wurde knallrot im Gesicht in seiner neu entdeckten Fluchtbereitschaft.

Alfonsi sah zu Carl, dann zu Roman und zurück

zu Sergei. Er wusste, dass er feststeckte, wusste, dass die ihm verbleibenden Wege begrenzt waren und dass er sich entscheiden musste. Ein Weg ließ ihm zumindest die Hoffnung, ein oder zwei Tage länger zu atmen. Der andere würde bedeuten, zu kämpfen, und das Glück läge bei dem, der am schnellsten abdrücken würde.

Welche Entscheidung Alfonsi getroffen hatte, erkannte Sergei allein daran, wie käsig sein Gesicht aussah.

Alfonsi klärte seine Stimme und nickte. „Stevie, steh auf."

Stevie warf einen Blick auf das Gesicht seines Vaters, stand auf und trat aus der Linie zwischen Alfonsi und Carl.

Alfonsi straffte seine Schultern, legte seine Hand an die Waffe unter seiner Jacke und sagte zu Roman. „Lass ihn los."

Roman gab Carl einen heftigen Schubser, sodass dieser mit dem Kopf gegen die Wand prallte, und trat dann aus dem Weg.

Alfonsi starrte Carl einen Moment lang an, hob seine Waffe und zielte. „Tut mir leid, mein Freund. Aber hier geht es ums Geschäft."

Carls Augen weiteten sich. „Das kann doch nicht wahr sein. Nach allem, was wir durchgemacht haben? Nach allem, was ich für dich getan habe?"

Da war sie.

Die Wahrheit.

Im Angesicht des Todes kam die Wahrheit immer heraus.

Alfonsi wusste es auch, weil er sich in letzter Sekunde umdrehte und seine Pistole auf Sergei richtete.

Aber Sergei war bereit; mit dem Revolver in der

Hand zielte er auf Alfonsi.

Die folgenden Schüsse aus sechs Waffen, die nahezu gleichzeitig abgefeuert wurden, waren ohrenbetäubend und erschütterten das Gebäude. Das Geräusch von schweren Körpern, die auf dem Boden landeten, folgte, und der Geruch von Schießpulver und Blut erfüllte den winzigen Raum.

Carl stand zitternd neben den Aktenschränken, mit einer Hand dagegen gestützt, um sich aufrecht zu halten, und nahm den Anblick von Drake, Stevie und Alfonsi, die auf dem Boden lagen, in sich auf. Ihr Blut sammelte sich um sie herum. Schüsse in den Kopf bluteten am stärksten.

Sergei legte seine Waffe auf den Schreibtisch. Die kalte Befriedigung über den Unglauben in Carls Gesicht und das unersättliche Bedürfnis nach Rache, das er in den letzten vierundzwanzig Stunden mühsam in Schach gehalten hatte, stieg nun wie ein gefräßiges Tier aus seinem Käfig. „Wie dein Freund schon sagte, wir Russen lieben unser Drama.“

Carls Kopf hob sich, und sein Blick wanderte zuerst zu der Waffe auf dem Schreibtisch, dann zu Sergei, der sich gerade die Anzugjacke auszog. Carl öffnete und schloss den Mund, aber es kam nichts heraus. So, als ob die hässliche Wahrheit seinen Verstand so durcheinandergebracht hätte, dass er nicht mehr in der Lage war, eine vernünftige Sprache zu benutzen.

„Sicher hast du nicht gedacht, dass meine Männer und ich auf dieses Ergebnis vorbereitet waren.“ Sergei zog das Schulterholster aus, öffnet die Manschettenknöpfe und rollte die Hemdsärmel hoch.

Carls Fokus fiel zurück auf die Waffe.

Sergei trat zwischen Carl und den Schreibtisch

und blockierte Carls Sicht und damit seine letzte Hoffnung auf das Überleben. „Meine Braut hat wegen dir viel Schmerz erleiden müssen. Den Tod ihres Vaters. Den Tod ihrer Mutter. Den Verlust ihres Jobs." Er hielt lange genug inne, um sich an das Leid in Evettes Gesicht zu erinnern. Die Scham, als sie ihm erzählt hatte, was sie erfahren hatte. „Vergewaltigung."

Er blieb direkt vor Carl stehen, atmete die heftige Angst ein, die von ihm ausströmte, und ließ das Tier in ihm sich daran nähren. „Ich freue mich wirklich, dass Alfonsi dich mir vorgezogen hat. Weil deine Strafe für das, was du ihr und Emerson angetan hast, durch meine Hand weitaus schlimmer sein wird."

Kapitel 25

Das Schlechte an einer stillen, ruhigen Nacht war, dass es nichts gab, was eine Frau von ihren lauten inneren Debatten oder der Angst ablenkte, die ihren Körper überschwemmten. Evette saß auf der gepolsterten Liege der hinteren Veranda und wickelte die Sherpa-Decke, die sie mitgebracht hatte, um auf Sergeis Rückkehr zu warten, fester um ihre Schultern. Sie zog die Knie dicht an ihren Körper und spielte mit dem Ring an ihrem Finger. Die gläserne Wasseroberfläche des Pools spiegelte den vollkommen klaren Himmel und den Halbmond wider.

So ordentlich.

Jeder Strauch, jeder Baum und jede Blume waren perfekt gepflegt. Jeder Stuhl, jedes Kissen und jeder dekorative Akzent rund um den Pool waren an ihrer Stelle.

Aber das Leben war nicht so. Das Leben war chaotisch. Die Menschen waren noch chaotischer. Beziehungen – nun ja, sie hatte keine verdammte Ahnung, wie sie damit umgehen sollte, hatte ihnen auch nie wirklich eine Chance gegeben. Für eine Frau, die sich zum ersten Mal tatsächlich an einer Beziehung versuchte, hatte sie sich definitiv ein Prachtexemplar als Partner ausgesucht. Sie hatte keinen einfachen Kirchgänger mit einem Job von neun bis siebzehn Uhr gewählt. Nein, Sir. Sie musste sich ausgerechnet in einen Mann verlieben, der nach einem komplett anderen Regelwerk lebte und starb als die meisten Menschen.

Einer, der heute wahrscheinlich für sie getötet hatte.

Sie hatte den gestrigen und den ganzen heutigen Tag gebraucht, um sich dieser Wahrheit zu stellen, um das Wissen darum tatsächlich zu begreifen und zu hinterfragen, ob sie damit leben konnte. Ob sie wahrhaftig mit einem Mann leben konnte, der zu solchen Taten fähig war.

Am Ende der Einfahrt leuchteten die Lichter im Kutscherhaus, dort, wo Emersons Zimmer lag. Sie bewiesen, dass er noch immer mit gesenktem Kopf mit den Aufgaben beschäftigt war, die sie ihm gegeben hatte. Er war ein kluger Junge und wusste, dass mit seiner Mutter etwas nicht stimmte und dass die Dinge zwischen ihr und Sergei aus dem Gleichgewicht geraten waren. Allerdings hatte Emerson seine Fragen für sich behalten, hatte sie einfach umarmt und sie angelächelt, als wäre er sicher, Sergei und sie würden die Dinge schon untereinander klären.

So ein guter Junge.

So stark.

Bodenständig.

Weise.

Wie zum Teufel er sich so hatte entwickeln können, würde sie wohl nie verstehen. Er war sicherlich nicht unter den besten Voraussetzungen gezeugt worden, aber vielleicht war er deswegen als Kämpfer auf die Welt gekommen.

Sie seufzte und die Kälte draußen ließ ihren Atem in einem Hauch weißer Luft tanzen.

Auf keinen Fall ein ordentliches Leben.

Scheinwerfer schweiften über die Vorderseite des Kutscherhauses, und das unverkennbare Schnurren von Sergeis BMW durchbrach die Stille.

Die Anspannung in ihren Schultern ließ zum ersten Mal nach, seit sie ihn am Vormittag hatte gehen sehen. Dennoch strömte eine neue Welle Adrenalin durch sie hindurch.

Das war es.

Richtig oder falsch, Sergei hatte seine Wahl getroffen, und jetzt war es an der Zeit, die ihre zu treffen.

Die Autotür schloss sich mit einem gedämpften Knall, und Schritte ertönten auf dem Beton. Es schienen nur die von einer Person zu sein.

Sergei kam in Sichtweite, erspähte sie in der Ecke der Veranda und suchte fast genauso schnell die Umgebung nach Wachen ab.

„Ich habe sie gebeten, entweder drinnen zu warten, oder sich den Jungs vorne anzuschließen", erklärte Evette ihm, bevor er fragen konnte. „Ich brauchte Ruhe."

Er setzte seinen Weg zum erhöhten Bereich fort und blieb dann stehen. Am Morgen war er in einem seiner schönsten Anzüge fortgegangen, und nun hatte er sein Haar in einen Pferdeschwanz zurückgebunden und trug ein schlichtes graues T-Shirt, Jeans und Stiefel.

Kleidung für harte Arbeit.

Schmutzige Arbeit.

Das war sein Leben. Wer er war.

Er stand da, sein Gesicht eine undurchdringliche Maske. Aber seit sie ihn kannte – seit sie hinter die harte Fassade, die er jedem anderen zeigte, geblickt und sein verletzliches Herz berührt hatte –, hatte sie gelernt, ihn zu lesen. Sie wusste, was hinter diesen dunkelblauen Augen steckte, dass er wartete und sich auf ihr Urteil gefasst machte.

Nach allem, was er für sie getan hatte, wäre es grausam gewesen, ihn länger warten zu lassen.

Sie stand auf und ging auf ihn zu, blieb aber außerhalb seiner Reichweite. „Ich bin froh, zu sehen, dass es dir gut geht. Ich dachte, du wärst viel früher zu Hause.“

Anstatt zu sagen, wo er gewesen oder warum er so spät zurückgekommen war, warf er einen Blick durch die Küchenfenster hinter ihr. „Wo ist Emerson?“

Mit dem Kopf deutete sie in Richtung Kutscherhaus. „Packen.“

Für einen winzigen Moment blitzte Schmerz in seinen Augen auf, doch er verbarg ihn sehr schnell und holte tief Luft. „Verstehe.“

Nein, das tat er nicht, aber sie würde noch früh genug dafür sorgen. Und wenn sie es täte, würde sie sicherstellen, dass er auch alles verstand. „Werde ich meinen Onkel jemals wiedersehen?“

In den letzten Stunden hatte sie ihre Frage so formuliert, dass sie eine endgültige Antwort erhalten würde.

Sein Blick war fest auf sie gerichtet und er zögerte nicht. „Nyet.“

„Und Stevie junior?“

„Wird niemals Anspruch auf Emerson erheben.“

Niemals.

Kein Zweifel.

Und das gab ihr alle Informationen, die sie brauchte.

Sie trat noch näher, schob unter der Decke langsam den Ring von ihrem Finger und reichte ihn Sergei. „Ich möchte, dass du ihn nimmst.“

Seine Lippen pressten sich so fest aufeinander, dass sie fürchtete, sein Kiefer könnte unter dem Druck brechen.

„Er ist zu groß für mich, Sergei. Wenn du willst, dass ich ihn zu besonderen Anlässen trage oder bei wichtigen Events in deinem Haus, werde ich es tun, aber ich bin eine einfache Frau. Ich hätte lieber einen einfachen Ring, der zu mir passt."

Er bewegte sich so schnell, dass sie es kaum mitbekam. Sie spürte seinen eisernen Griff um ihr Handgelenk, als er sie zu sich zog, und den fordernden Druck seiner Lippen auf ihren. In dem Kuss lagen seine ganze Dankbarkeit und Erleichterung.

Die richtige Entscheidung.

Der leise Gedanke ging durch ihren Kopf und erklang in der Stimme ihrer Mutter.

Er liebte sie.

Das fühlte sie in jeder Berührung. Sah es in jedem seiner Blicke. Hörte es in seiner Stimme, wenn er ihren Namen sagte. Er hatte gezeigt, dass er alles dafür tun würde, um sie und ihren Sohn zu beschützen und für sie zu sorgen.

Und ganz gleich, ob seine Taten richtig oder falsch waren, die Wahrheit war, dass sie endlich erkannt hatte, dass sie ihn auch liebte.

Vollständig.

Sie drückte gegen seine Schultern, löste ihre Lippen von den seinen und legte ihre Stirn an seine Brust. „Ich verlasse dich nicht, Sergei."

Er presste sie fester an sich, und seine Stimme klang leise, abgehackt und atemlos. „Warum packt mein Sohn dann?"

Sein Sohn.

Gott, sie würde nie müde werden, das zu hören. Niemals.

Sie hob ihren Blick zu seinem. „Weil ich dir zeigen wollte, dass ich es auch so meine, nachdem ich meine Entscheidung getroffen hatte. Also habe ich heute Nachmittag meine restlichen Sachen ins Haupthaus gebracht. Ich brauchte etwas, um Emerson zu beschäftigen, während ich auf dich warte, deshalb packt er gerade sein Zeug."

Sein Adamsapfel zuckte, und als er sprach, waren da so viele pure Emotionen in seine rauen Gesichtszüge eingraviert, dass sie es bis in ihre Seele spüren konnte. „Ich möchte, dass du dir sicher bist, *liubimaya*."

Sie legte beide Hände an sein Gesicht, genoss das weiche Kratzen seines Bartes und die Wärme seines Körpers an ihrem. „Ich bin mir sicher. Richtig oder falsch. Gut oder schlecht – ich akzeptiere dich. Alles von dir. Genau so, wie du bist."

Seine Hand zwischen ihren Schulterblättern glitt empor, und er umfasste ihren Hinterkopf. Als er sprach, vibrierte seine Stimme vor Emotionen. Sergei gab ein Versprechen ab, das nicht nur ihr galt, sondern dem ganzen Universum. „Das wirst du nicht bereuen. Niemals."

„Nein, mein Hübscher. Ich werde es nicht bereuen." Sie erhob sich auf die Zehenspitzen, schlang die Arme um seinen Nacken und flüsterte gegen seine Lippen: „Ich gehöre dir genauso wie du mir. Und ich habe mir vorgenommen, eine sehr lange Zeit damit zu verbringen, dir zu zeigen, was es bedeutet, geliebt zu werden."

Epilog

Vielleicht war es keine so gute Idee, mit einem Kind ganztägig aufs College zurückzukehren.

Evette seufzte, schloss den Spiralblock, in dem sie während des Unterrichts Notizen gemacht hatte, und stopfte ihn in ihren Rucksack. Die meisten Eltern waren schlau genug gewesen, ihre schlechten Noten zu bekommen, bevor ihre Kinder zur Schule gingen, aber hier war sie nun – achtundzwanzig Jahre alt und kämpfte sich durch eine volle Ladung an Kursen inklusive Statistik, während ihr Sohn für Mathetests lernte. Es war echt hart, den alten „Du musst gute Noten haben"-Sermon herunterzubeten, wenn ihr eigener Lehrplan ihr den Hintern aufriss.

Sie stand auf und verließ inmitten all der anderen drängelnden Schüler das Klassenzimmer im Stil eines Auditoriums. Positiv war, dass sie die kompletten Semesterferien im Frühling zum Lernen haben würde, um sich auf die Tests vorzubereiten, die nach den Ferien stattfinden würden. Ebenso war es auch nicht schlecht, dass ihr Ehemann, mit dem sie jetzt drei Monate verheiratet war, ein Meister der Zahlen und unglaublich geschickt darin war, immer wieder Wege zu finden, sie zu motivieren.

Das gleiche schwindelerregende Glück, das stets aufkam, wenn sie an ihre Weihnachtshochzeit dachte, zauberte ihr ein albernes Lächeln auf die Lippen. Es war ihr egal, wie seltsam es für die anderen Studenten, die den Gang entlangeilten, aussehen mochte. Enge Zeitpläne oder nicht, sie war glücklich. Überglücklich.

„Mrs. Petrovyh!" Die eifrige, wenn auch etwas gehetzte männliche Stimme kam aus dem Flur zu ihrer

Linken. Zwei Sekunden später tauchte der Besitzer der Stimme vor ihr auf. Es war der Berater, den sie und Sergei wegen der Zusammenstellung der Kurse in diesem Semester getroffen hatten. Seine Wangen waren gerötet, als wäre er von seinem Büro regelrecht hierhergerannt, und die hellblaue Krawatte, die er mit einem schlichten weißen Oxfordhemd kombiniert hatte, war ein wenig schief.

Evie verließ den unmittelbaren Verkehrsfluss in der Mitte des Ganges und sah ihn an. „Sie sind aber weit weg von den ruhigen Hallen des Verwaltungsgebäudes, Mr. Peterson. Ist alles okay?"

„Oh ja. Ja, ja." Er warf einen Blick auf seine Schuhe, blieb dann vor ihr stehen und strich seine Krawatte glatt. „Ich wollte nur … ähm."

Oh je.

Eine weitere Bitte.

Inzwischen hatte sie es weitgehend akzeptiert, dass man sich gern an sie als Vermittlerin für Sergei wandte – zumindest taten das die meist schüchternen und unschuldigen Leute. So wie es aussah, wollte sich wohl auch Mr. Peterson den Reihen derjenigen anschließen, die eine Empfehlung suchten.

Sie wartete und schwieg, so wie Sergei es ihr beigebracht hatte.

Mr. Peterson räusperte sich und hob den Kopf. „Ich … ähm … habe mich gefragt, ob ich Sie vielleicht wissen, wann es mir möglich wäre mit Ihrem Mann etwas besprechen zu können?"

Gott segne ihn. Er schien wirklich ein netter Mann zu sein. Hoffentlich einer, der Sergei nur um eine Spende oder eine Anlageberatung bitten wollte. Unabhängig davon hatte Sergei klargestellt, dass bestimmte Teile seines Lebens zu ihrem eigenen Schutz zu einhundert Prozent verboten waren. Also trat sie näher, senkte ihre Stimme und übermittelte die Nachricht, in der sie bereits eine Menge Übung hatte. „Ich bin sicher, Sergei würde gerne mit Ihnen sprechen. Aber ich denke, es wäre besser, wenn Sie direkt mit ihm ein Treffen arrangieren würden.“

Mr. Petersons Augen weiteten sich und eine Mischung aus Panik und Flehen schoss ihm über das Gesicht. „Sind Sie sicher?“

„Ja, ich bin mir sicher.“ Sie zögerte einen Moment. Jemandem nicht zu helfen, der darum bat, lag nicht in ihrer Natur. Aber wie Sergei bereits vor Monaten betont hatte: Wenn sie mutig genug gewesen war, mit ihm zu sprechen, dann sollten das andere auch sein. „Er hat Ihnen doch seine Visitenkarte gegeben, als ich mich eingeschrieben habe, oder?“

Mr. Peterson nickte leicht und blickte sie an.

„Haben Sie sie noch?“

Ein weiteres Nicken. Dieses Mal jedoch war ein Gefühl des Verstehens in seinen Augen zu erkennen.

„Dann wäre es vielleicht ein guter erster Schritt, ihn anzurufen und einen Termin für ein Treffen zu vereinbaren.“

Er atmete schwer aus und seine Worte folgten eilig. „Er wäre damit einverstanden? Mit einem Anruf?“

„Natürlich ist er das.“

„Das ist gut.“ Ein zitterndes und unsicheres Lächeln huschte über sein Gesicht. Er nickte kurz. „Ich hätte ihn natürlich anrufen können. Ich wollte ihn nur nicht beleidigen, wissen Sie.“

„Das verstehe ich vollkommen, aber es ist viel weniger schwierig, ihn zu beleidigen, als Sie vielleicht denken. Ich würde sagen, rufen Sie ihn einfach an.“

Er senkte den Kopf. „Vielen Dank für den Rat. Genießen Sie Ihre Semesterferien."

„Das werde ich. Gleichfalls."

Anstatt direkt zum Ausgang zu gehen, verharrte Evie einen Moment und sah ihm nach. Da lag Entschlossenheit in jedem seiner Schritte und in der geraden Haltung seiner Schultern.

Es war schon komisch, dass es kaum einen Unterschied dazwischen gab, die Frau eines Gangsters oder eines Politikers zu sein. Mal abgesehen von dem zermürbenden Wahlprozess und dem obligatorischen Hinternküssen natürlich. Aber was sie tat, wirkte sich auf Sergei aus. Die Wahrheit war, dass Sergei in einigen der schlimmsten Viertel von New Orleans einen ernsthaft positiven Unterschied machte. Ja, sie wusste, dass es fragwürdige Dinge gab, die er und seine Männer getan hatten, um die unkontrollierbaren Schläger aus dem Weg zu räumen, die die Straßen unsicher gemacht hatten. Aber er hatte auch dabei geholfen, die Gemeinden wieder aufzubauen, einschließlich seiner Präsenz in der Kirche und der Unterstützung einiger gemeinnütziger Organisationen.

Sie stieß eine der Doppeltüren auf, die zum Kreisverkehr an der *Tulane's Gibson Hall* führte. Die Sonne war schön und blendete. Das Grün des gepflegten Rasens um sie herum begann durch die wärmer werdenden Tage satter zu werden.

So viele Versprechen.

Genau wie ihr Leben.

Wie immer trat jemand neben sie, sobald sie die vordere Treppe des Gebäudes hinter sich gelassen hatte. Aber anstatt eines Grußes von einer ihrer üblichen Wachen war es Sergeis Stimme, die sie wahrnahm.

„Meine Braut kommt lächelnd aus der Schule." Er schlang einen Arm um ihre Taille und zog sie fest an seine Seite. „Ich frage mich, ob sie einen Lehrer gefunden hat, den sie ansprechender als ihren Ehemann findet."

Evette konnte nicht anders. Sie lachte so laut, dass das Geräusch regelrecht von den Wänden der Gebäude abprallte. Sie warf die Arme um Sergeis Nacken. „Es gibt keine Männer, die ansprechender sind als mein Ehemann." Sie gab ihm genau dort, wo jeder es sehen konnte, einen heftigen Kuss, und es war ihr vollkommen egal, was andere darüber dachten. Als sie sich wieder von seinen Lippen löste, rasselte ihr Atem etwas unruhiger und ihre Stimme klang wesentlich belegter als zuvor. „Außerdem, warum sollte ich mir einen Ausbilder suchen, wenn ich doch meinen eigenen Privatlehrer habe, der sehr kreative Methoden findet, um mich zu motivieren?"

Sein Schmunzeln wirkte so selbstzufrieden wie immer, aber jetzt lag Frieden in seinen zuvor so abgestumpften Augen. So, als ob er nach den Tagen, die sie zusammen verbracht hatten, langsam glauben würde, dass er vielleicht – nur vielleicht – endlich dauerhaft Sonnenschein in seinem Leben haben würde. Er öffnete seinen Mund, zweifellos, um einen seiner überlegen klingenden Scherze abzufeuern, aber die Stimme ihres Sohnes schnitt über den Parkplatz, bevor er etwas sagen konnte.

„Komm ihr jetzt, oder was?", schrie Emerson über die Entfernung.

Evette drehte sich in Sergeis Umarmung und sah ihren Sohn an. „Warum ist er nicht in der Schule? Und was noch wichtiger ist, warum streckt er seinen Kopf aus einer Limousine?"

„Du kannst kein siebenjähriger Junge sein und diese Gelegenheit nicht ausnutzen. Und warum er nicht in der Schule ist, nun, du hast ihn auch schon einmal früher aus der Schule geholt, um einen Film anzuschauen. Ich bin also davon ausgegangen, dass es zulässig ist, ihn für einen besonderen Anlass frühzeitig aus der Schule zu holen."

„Er ist nur noch vierundzwanzig Stunden ein Siebenjähriger. Und Frühlingsferien sind kein besonderer Anlass."

Er zog eine Augenbraue empor. „Du warst noch nicht mit mir in Frühlingsferien."

Oh Mann.

In Anbetracht dessen, dass besonderen Anlässe für Sergei bisher von Besorgungen spezieller Eissorten bis hin zu extravaganten Einkaufbummeln gereicht hatten, war nicht abzusehen, was er dieses Mal vorhatte. Vor allem, weil Emersons Geburtstag kurz bevorstand.

„Du verstehst schon, dass ich versuche, meinen Jungen so zu erziehen, dass er keinen goldenen Löffel im Mund hat?"

„Du könntest Emerson tausend Dollar schenken, um sie an einem Tag auszugeben, und er wäre nicht verwöhnt."

Da musste sie ihm recht geben. Verdammt, so wie sie Emerson kannte, würde er als Erstes ein Anlagenkonto eröffnen und damit genug verdienen, um in den Ruhestand zu gehen, bevor er achtzehn wäre.

Vielleicht sogar früher.

Sergei drehte sie um und führte sie zur Limousine. „Komm, wir haben noch einen langen Weg vor uns, ehe wir feiern."

Yep. Etwas sagte ihr, dass dieser Anlass etwas

ganz Besonderes sein würde.

Ein kurzer Blick auf den Fahrersitz zeigte ihr, dass Reggie heute der Fahrer war, und Mikey wartete an der Hintertür der Limousine. Er hatte seine Füße hüftbreit auseinandergestellt und seine Hände hielt er verschränkt vor sich. Es wäre eine einschüchternde Pose gewesen, aber angesichts des Grinsens auf seinem Gesicht war Evette ziemlich sicher, dass sie die einzige Person war, die nicht wusste, wohin es ging.

Anstatt sie auf den Rücksitz zu führen, lenkte Sergei sie zum Heck des Autos.

Der Kofferraum öffnete sich, sobald sie dort ankamen, und Sergei streckte seine Hand aus. „Deinen Rucksack, bitte.“

Evie zuckte mit den Schultern und reichte ihm den Rucksack.

Sergei hob den Kofferraumdeckel an und enthüllte vier Koffer.

„Ähm …“ Nicht nur vier Koffer. Vier große Koffer. „Fahren wir irgendwohin?“

„Nun, es sind Frühlingsferien.“

„Die bloß sieben Tage lang sind. Nicht zwanzig.“

Sergei knallte den Kofferraum zu und grinste. „Niemand soll behaupten, dass ich unvorbereitet verreise.“ Er deutete auf Mikey, der nun neben der geöffneten Hintertür stand. „Nach dir, meine Braut.“

Die Fahrt führte sie nach Westen, raus aus der Stadt. Sergei sah so ruhig wie immer aus, während der arme Emerson mit jedem zurückgelegten Kilometer mehr wirkte, als ob er vor Aufregung gleich explodierte.

„Ich nehme an, du weißt, wohin es geht?“, sagte sie zu ihm.

Er nickte heftig mit dem Kopf, behielt aber seine

Lippen fest verschlossen, so als ob er zu viel Angst hätte, die Überraschung auszuplaudern. Trotz seines Schweigens verblasste sein Lächeln nie und seine Augen glänzten vor lauter Unfug.

Sie konnte nicht sagen, warum sie überrascht war, als Reggie die Limousine auf die Abfahrt zum Flughafen lenkte, aber es ließ ihr Blut etwas schneller fließen. „Okay, also fliegen wir irgendwohin?"

„Obwohl ich weiß, dass du eine Unterstützerin von öffentlichen Verkehrsmitteln bist", sagte Sergei, „befürchte ich, dass diese bestimmte Beförderungsform keine Option dort ist, wo wir hinreisen."

Evette versuchte, ihn stirnrunzelnd anzusehen, versagte dabei jedoch kläglich. „Du hast es in dir, großartig zu sein, Mr. Petrovyh. Ruinier das nicht damit, ein altkluger Arsch zu sein."

„Wenn ich es ruiniere, werde ich einen Weg finden, es wiedergutzumachen, Mrs. Petrovyh."

Mrs. Petrovyh.

Sie wurde niemals satt, das zu hören.

Und während es verdammt großartig klang, wenn andere das zu ihr sagten, war die Art, wie Sergeis Zunge dabei rollte, einfach nur verflucht heiß.

Die Limousine fuhr die Flughafenstraßen entlang, aber anstatt ein Terminal anzusteuern, wo normalerweise die Leute abgeliefert oder abgeholt wurden, lenkte Reggie den Wagen auf eine andere Straße.

Augenblicke später hielten sie an einem stark bewachten Tor.

Nach einem kurzen Gespräch mit jemandem über die Gegensprechanlage öffnete sich das Tor und Reggie fuhr weiter.

Emerson saß auf der Bank gegenüber von Evette und Sergei, drehte sich um, kniete sich auf den Sitz und stützte sich auf die Trennwand, die die Passagierkabine vom Fahrersitz trennte, damit er besser aus der Windschutzscheibe schauen konnte.

Und wow, er hatte sich einen wirklich guten Platz gesichert.

Evette reckte den Kopf, um besser aus dem Fenster sehen zu können, das ihr am nächsten war. „Ist das ein Privatjet?"

„Man könnte es einen Privatjet nennen, ja. Aber meine Empfehlung ist, dass du sie als Gulfstream bezeichnest, wenn du mit Trevor redest. Er würde dir sonst sagen, seine Babys als Privatjets zu bezeichnen, wäre zu primitiv."

Eine Gulfstream.

Sie hatte sich immer gefragt, warum Rapper in Liedern über sie sangen, aber als sie eine aus der Nähe sehen konnte, wurde es deutlich.

Die Tür zum Flugzeug stand offen und die darin eingebauten Stufen wurden ausgefahren, damit die Passagiere einsteigen konnte. Ein roter Teppich wurde davor ausgerollt, und Reggie parkte die Limousine so, dass ihre Autotür sich in die Richtung öffnete. Bevor sie es mitbekommen hatte, waren Emerson und Sergei bereits ausgestiegen und standen auf dem Asphalt.

Sergei streckte seine Hand nach ihr aus. „Ich kann dich nicht hierlassen, *liubimaya*. Und selbst wenn du versuchen würdest, zu bleiben, würde Darya einfach hierhermarschieren und dich herausziehen."

Die Erwähnung von Darya riss sie aus ihrem verblüfften Zustand. Sie griff nach seiner Hand und ließ sich aus dem Wagen helfen. „Darya ist hier?"

Er nickte zum Flugzeug.

Ganz oben auf der Treppe stand Darya, die wie

immer fabelhaft aussah, in engen Röhrenjeans, einem locker gehäkelten Pullover, der an einer Seite über ihre Schulter hing, und einem passenden Paar High Heels, die zweifellos ein Vermögen gekostet hatten.

Zwei ältere Frauen standen hinter ihr, die eine mit silbernem Haar, das über ihre Schultern fiel, die andere mit kirschrotem Haar, das zu einem kurzen Bob geschnitten worden war.

Ninette und Sylvie.

„Meine Mädels!" Evie rannte los, um das Flugzeug zu erreichen. Sergeis und Emersons Lachen begleitete sie dabei. „Oh. Mein. Gott." Sie schnaufte und eilte die hohe Treppe hinauf, wo sie alle warteten. „Ich dachte, ich müsste bis zu den Sommerferien warten, bevor ich einen Trip nach Dallas machen kann, um euch alle wiederzusehen."

Außer Atem und vor Adrenalin sprühend, nahm sie jede einzelne in eine feste Umarmung. Wenn man von Powerfrauen spricht. Sobald die Haven-Crew erfahren hatte, dass sie und Sergei sich auf eine Hochzeit an Weihnachten geeinigt hatten, waren Ninette und Sylvie mit einer ganzen Reihe anderer erstaunlicher Frauen aufgetaucht und hatten ihr in kürzester Zeit gezeigt, was es bedeutete, Teil einer ausgelassenen und liebevollen, wenn auch sehr großen Familie zu sein. Einkaufen. Planen. Aushecken. Sie hatten an allen Vorbereitungen für die Hochzeit teilgenommen und es sogar geschafft, Dorothy dazu zu zwingen, bei Evettes Junggesellinnenabschied dabei zu sein. Wirklich, das Alter schien auf keine von ihnen Einfluss zu haben, und es war mehr als berauschend, in ihrer Gegenwart zu sein.

Die rothaarige Sylvie löste sich aus ihrer Umarmung, hielt jedoch ihre Schulter fest und musterte ihren Bauch. Ihr schottischer Akzent war so stark wie immer, aber ihre Stimme klang leicht und voller Humor. „Och. Es sind jetzt drei Monate vergangen. Ich hatte gehofft, du würdest mich mit einem Kleinen überraschen. Ninnie und ich brauchen mehr Babys zum Verwöhnen."

Ninette packte Sylvie an der Armbeuge und zog sie zurück. „Oh, um Gottes willen, Sylvie. Lass das Mädchen doch zuerst ihre Flitterwochen haben." Sie zwinkerte Evie verschwörerisch zu. „Wir geben ihr mindestens sechs Monate, erst dann machen wir ihr das Leben schwer."

„Ach nein! Ich muss als erstes meinen Abschluss hinter mich bringen. Auf keinen Fall mische ich Statistik und andere Matheteilbereiche mit morgendlicher Übelkeit." Sie spähte über Ninettes und Sylvies Schultern zu der opulenten Kabine dahinter, mit ihren taubengrauen Lederpolstern und glänzenden Mahagoniakzenten. Das Wort *Gulfstream* war eindeutig ein anderer Begriff für Luxusreisen.

Die anderen Plätze waren unbesetzt und sie wandte sich an Darya. „Wo ist Knox?"

„Ich fürchte, das ist nicht ganz seine Art von Reise."

Die Cockpittür öffnete sich und Trevor schlenderte heraus, als Emerson und Sergei die Treppe erreichten. Mit circa ein Meter neunzig, schulterlangem blonden Haar, einem Hemd, verblassten Jeans und Stiefeln war Sergeis Bruder die Verkörperung dessen, wie wohl ein Wikinger aussehen würde, der Viehzucht betrieb. Er streckte Sergei die Hand entgegen. „Hat deine Crew eure Sachen eingeladen?"

Sergei nickte. „Noch fünf Minuten und wir sind startklar."

Oh. Das erinnerte sie daran …

„Startklar wohin?“, fragte Evette in die Runde.

Ausgelassenes Lachen und Gekicher ging in der Runde um. Ninette lenkte sie zurück in die Kabine. „Komm, Mädchen. Du hast vielleicht keine verschwenderischen Flitterwochen verbracht, aber dafür wirst du einen besonderen Trip als Wiedergutmachung bekommen.“

„Ich kann nicht glauben, dass du es ihr immer noch nicht verraten hast“, sagte Darya zu Sergei hinter ihr.

„Auf keinen Fall“, mischte Emerson sich ein. „Überraschungen sind das Beste.“

Evie ließ sich vorsichtig auf einen der Drehsitze neben einem Fenster nieder und streichelte über die Lederarmlehnen. „Sind alle Flugzeuge so?“

„Bist du noch nie geflogen?“, fragte Sylvie, während sie und Ninette die beiden Plätze ihr gegenüber einnahmen.

„Nein, noch nie.“

„Nun, dann bereite dich darauf vor, lebenslang für öffentliche Flüge ruiniert zu sein“, sagte Ninette, „denn das hier ist definitiv nicht das, was du von einem durchschnittlichen Flugzeug erwarten kannst.“

Emerson streckte sich auf einem Sofa entlang der gegenüberliegenden Wand aus und verschränkte mit einem zufriedenen Grinsen die Hände hinter dem Kopf. „Ich könnte mich daran gewöhnen.“

Sergei nahm den noch freien Sitz neben Evette ein, und Darya setzte sich ans Ende der Couch. Darya tippte Emersons Füße an. „Füße runter und schnall dich zuerst an. Hinten gibt es ein Bett, in dem du später ein Nickerchen machen kannst, wenn du willst.“

Das brachte ihn dazu, sich sofort wieder aufzusetzen. „Da ist wirklich ein Bett?"

Trevor zog die Haupttür mit einem festen Ruck zu und verschloss einige zusätzliche Riegel. Das Ganze wirkte fast so, als würde er sie alle in einem Raumschiff einschließen. Nachdem er fertig war, hob er eine Augenbraue und richtete wortlos eine Frage an Sergei.

Sergei nickte.

Evette konnte sich nicht mehr zurückhalten und platzte heraus: „Wird mir irgendjemand endlich verraten, wohin wir fliegen, dass es einen Kofferraum voller Koffer benötigt?"

Sergei neigte den Kopf und der entzückte Funke in seinen Augen ließ das Blau heller als normal erscheinen. „Ich denke, ich hätte weniger einpacken können, aber bezweifle, dass du es schätzen würdest, weniger Auswahl zu haben bei einer Reise nach Mailand."

Mailand.

Zumindest glaubte sie, dass er das gesagt hatte.

Es war auch gut möglich, dass sie sich unter dem Surren der Maschine verhört hatte.

„Hast du gerade Mailand gesagt?"

Er nickte und ein Kichern füllte die Kabine.

„Wie in Italien?"

Diesmal zuckten seine Lippen, als würde er gegen ein Lachen ankämpfen. „Du hast anscheinend verstanden, dass ich gut im Motivieren bin. Was könnte dir also einen größeren Ansporn geben, nach unserer Rückkehr für deine Prüfungen zu lernen, als dir eine echte Erfahrung als Einkäuferin in einer der Modehauptstädte der Welt zu bieten?"

Heilige. Verdammte. Kacke.

„Ich werde zusehen können, wie Einzelhandels-einkäufer in Italien arbeiten?“

„Nein, du wirst mit anderen Einkäufern in Italien zusammenarbeiten. Natürlich zwischen Emersons Geburtstagsfeier und Sightseeing mit deiner neuen Großfamilie.“

Sie konnte nicht anders. Sie stieß einen lauten Schrei aus, den Trevor garantiert hinter der verschlossenen Cockpittür gehört haben musste, kletterte von ihrem Sitz auf den Schoß ihres Mannes und umarmte ihn stürmisch.

Gott, sie war glücklich.

Sie wurde hemmungslos verwöhnt und lebte ein erstaunliches, märchenhaftes Leben.

Aber die meiste Zeit war sie einfach nur so unglaublich glücklich, dass sie sich fragte, wie sie das alles wegstecken sollte.

„Hmm“, murmelte Sylvie. „Glaubst du, Trevor würde durchdrehen, wenn er wüsste, dass das Mädel von seinem Platz aufgestanden ist und über einen Ausflug ins Schlafzimmer nachdenkt?“

„Ich weiß zufällig, dass der Junge selbst ein- oder zweimal gegen die Sicherheitsgurtregel verstoßen hat“, sagte Ninette. „Also, wenn er etwas sagen sollte, werden wir ihm mitteilen, dass er im Cockpit bleiben und sich an die eigene Nase fassen soll.“

Emerson kicherte, und sie war sich ziemlich sicher, dass alle außer Sergei sie für verrückt hielten.

Es war ihr egal. Sie kuschelte sich einfacher näher an Sergei, schloss die Augen und dankte ihren Glückssternen für den Tag, an dem sie gefeuert worden war. Ja, sie hatte ihre Eltern verloren, hatte für eine Weile sich selbst verloren und sich durch einige gefährliche und schwierige Zeiten gekämpft.

Aber sie hatte es überlebt.

Sie hatte es überstanden und den Weg zu einer neuen Familie gefunden. Zu einem neuen Leben. Und zu mehr Liebe, als sie sich jemals erträumt hatte.

Das Flugzeug rollte auf die Startbahn zu. Sylvie, Darya und Ninette diskutierten darüber, welche Sehenswürdigkeiten sie zuerst in Angriff nehmen sollten.

Am Ende der Piste hielt das Flugzeug an.

Evette legte ihren Kopf zurück und musterte ihren Ehemann. „Mailand in den Frühlingsferien, wie?"

„In der Tat."

Die Triebwerke drehten sich, und die Maschine bewegte sich vorwärts, zuerst langsam und dann mit einer enormen Geschwindigkeit.

Ihre Aufregung tat dasselbe. Vorfreude auf all die vielen Abenteuer, die sie in den kommenden Monaten und Jahren gemeinsam erleben würden, sprudelten wie Champagnerblasen in ihr empor. „Eins muss ich dir lassen, Mr. Petrovyh. Du weißt wirklich, wie man ein Mädchen aus den Socken hauen kann."

Danksagung

His to Defend wurde gegen Ende einer äußerst schwierigen Zeit in meinem Leben geschrieben. Ich habe mich noch nie so sehr auf die Redewendung *Ein Tag nach dem anderen* verlassen wie in den letzten vierundzwanzig Monaten.

Trotzdem war ich auch von einigen erstaunlichen Menschen umgeben, die mich nicht nur ermutigt, sondern die an mich geglaubt haben, während ich nicht an viel glauben konnte. Lucy Beshara, Jennifer Mathews, Juliette Cross, Dena Garson und Duane Magnauck – vielen Dank, dass ihr zugehört habt und eine stetige Quelle der Unterstützung seid.

Cori Deyoe und Angela James, ich kann euch nicht genug für eure Geduld, euer Verständnis und eure Weisheit in den letzten Jahren danken. Das Schreiben von Büchern ist in einem stabilen, glücklichen Leben schon schwierig genug. Euch beide als Anker während einer kompletten Veränderung meines Lebens zu haben, war der größte Segen, den ich bekommen konnte.

Für meine Romantiker – ihr seid nicht nur die besten Cheerleader und Promoter, die sich ein Mädchen wünschen kann, sondern sorgt tagtäglich für großartige Abwechslung. Vielen Dank, dass ihr ein Stück eures Lebens mit mir teilt.

Und natürlich viele Umarmungen und Küsse an die drei Menschen, die ich auf der ganzen Welt am meisten liebe – die Liebe meines Lebens, Joe Crivelli, und meine Töchter Abegayle und Addison.

Danke, dass ich Ich sein darf und dass ihr mir Tag für Tag eure Unterstützung zeigt. Mit euch dreien in meinem Leben bin ich zweifellos das glücklichste Mädchen überhaupt.

Autorin

Die aus Oklahoma stammende Mutter zweier hübscher Töchtern ist attestierte Liebesromansüchtige. Ihr bisheriger Lebenslauf spiegelt ihre Leidenschaft für alles Neue wider: Rhenna Morgan arbeitete u.a. als Immobilienmaklerin, Projektmanagerin sowie beim Radio.

Wie bei den meisten Frauen ist ihr Alltag von morgens bis abends vollgepackt mit allerlei Verpflichtungen. Um ihrem anstrengenden Alltag zeitweise zu entkommen, widmet sie sich in ihrer Freizeit dem Liebesromangenre. Egal, ob zeitgenössisch oder übersinnlich – in Rhenna Morgans Liebesgeschichten stecken stets neue aufregende Welten und starke Helden, die um die Frauen ihres Herzens kämpfen.

Website: www.rhennamorgan.com